HIGH SCHOOL INITIATION

SIANNA MILANO

HIGH SCHOOL INITIATION

New adult addictives

À mon Papa.

« Tu n'es plus là où tu étais,
mais tu es partout là où je suis. »
Victor Hugo

1

Ambre

«Les passagers du vol 1285 à destination de Bordeaux sont priés de se présenter à la porte B3 pour l'embarquement.»

Récupérant mes magazines et mon sac à main, j'observe ma mère qui, derrière son sourire attristé, s'efforce d'être rassurante. Je lui emboîte le pas vers notre oiseau de fer, direction une nouvelle vie, une nouvelle maison et un nouveau lycée.

Je laisse derrière moi une vie de famille, certes pas parfaite, et quelque peu dysfonctionnelle. Un père maladroit, peu démonstratif mais aimant, et par-dessus tout ma meilleure amie, Sana, la seule qui me connaisse vraiment, moi et tous mes secrets les plus inavouables.

Alors que je suis perdue dans mes souvenirs, la voix de ma mère me ramène les pieds sur terre…

– Ambre, dépêche-toi, je ne voudrais pas qu'on rate notre avion, me presse-t-elle.

– Oui, maman. Désolée. Je te suis!

– Allez viens, c'est par là, vite!

Ma mère est souvent stressée par le monde qui l'entoure, comme s'il pouvait l'engloutir d'une minute à l'autre.

– Bonjour, mesdames, billets et pièces d'identité, s'il vous plaît? nous demande une hôtesse. Très bien! Madame Nadia Nombria, mademoiselle Ambre Bellino, la compagnie Air France vous souhaite un agréable vol.

Après nous être installées à nos sièges, ma mère au centre et moi près du hublot, j'observe le tarmac, me demandant combien de passagers décollent aujourd'hui pour un nouveau départ. Sommes-nous les seules? Y a-t-il eu d'autres au revoir déchirants et d'autres perles salées sur le sol de l'aéroport?

Je chasse cette pensée de mon esprit et sors mon téléphone portable de mon sac. En fond d'écran, un selfie de Sana et moi lors de mon dernier anniversaire, il y a quatre mois. Nos sourires immortalisés laissent apparaître un bonheur sans fin. Mes parents m'avaient offert des livres et un nouveau téléphone. Ils m'avaient fait promettre de réussir le bac de français. Sana avait alors défendu ma cause en hurlant haut et fort que j'étais l'une des meilleures élèves de la classe et que je réussirais haut la main. Nous avions fini la soirée dans ma chambre et pris ce fameux selfie après une centaine de tentatives, de changements de position, de lumière, d'angle et j'en passe. Oui, Sana aime la perfection. Et quand aujourd'hui, assise dans cet avion, je regarde cette photo, je me dis que ça valait le coup d'avoir perdu une demi-heure.

J'ouvre le fil de notre discussion et prends une photo du hublot avec la légende : « Tu me manques déjà. » J'appuie sur Envoyer et attends impatiemment sa réponse quand ma mère me met une tape sur le crâne.

– Ambre ! Éteins ce téléphone portable tout de suite ! m'ordonne-t-elle. J'ai vu dans un documentaire que les ondes émises par les téléphones peuvent dérégler le fonctionnement de l'avion.

– Quel dommage ! Moi qui croyais le faire dévier vers New York et rejoindre Justin Timberlake pour vivre une grande histoire d'amour ! Une prochaine fois, tant pis… me moqué-je.

Elle me dévisage avec un soupçon de colère en remarquant mon ironie.

– Ambre, écoute, me dit-elle avec un air solennel. Je sais que cette situation est difficile pour toi et je suis désolée que tu doives la subir. Mais je suis sûre que de belles choses nous attendent à Bordeaux. Nous serons proches de Yama, ta tante Louisa et tes cousines. Puis, tu es pleine de ressources et tu as toujours su relever des défis. Essaie de voir le positif, tente-t-elle de me rassurer.

Le positif ? Déracinée de Nice, ma ville natale, où j'ai passé dix-sept années à me construire. Où j'ai mes habitudes, mon quotidien, ma seule et unique amie et mon père. Mais aussi mon centre équestre et mon école de musique, dans laquelle j'ai appris à chanter et jouer du piano depuis mes 10 ans.

Difficile, là tout de suite, de voir le positif.

Difficile aussi de blâmer ma mère pour cette décision de divorcer et de recommencer une nouvelle vie chez elle, à Bordeaux.

Ma mère est tout pour moi. Elle est imparfaitement parfaite. Remplie de bonté, d'amour et de bienveillance. Elle m'aime plus que sa propre vie et m'a toujours protégée comme une lionne. Alors, quand mes parents m'ont dit que j'étais en âge de décider avec qui je voulais vivre, je n'ai pas hésité une seule seconde. J'aime mon père, mais il est en grande partie responsable de tout ça.

Alors pour ma mère, je change de vie, de ville et j'essaie de ne pas penser à ce que je laisse derrière moi, pour me concentrer sur ce que je vais retrouver.

J'ai tellement hâte de revoir Yama, ma grand-mère maternelle. Une femme d'une grande bonté, qui est arrivée d'Algérie en 1963, après la guerre, dans un pays qu'elle ne connaissait pas. *Yama* veut dire «maman» en arabe. C'est comme ça que tout le monde l'appelle car elle est le pilier de notre famille.

Ma mère est la deuxième de la fratrie. Il y a son grand frère Farès, ses deux petites sœurs Louisa et Inès, et le dernier de la famille, Rayane.

Ma grand-mère est une femme aimante, et je suis l'une des seules de ma génération à savoir parler en arabe avec elle. Bon, mon vocabulaire n'est pas étayé de mille mots, mais l'essentiel est là. Mon cœur s'apaise légèrement en pensant à nos retrouvailles et je sens mes paupières s'alourdir.

2

Ambre

Parées de nos bagages, nous attendons ma tante Louisa. Elle s'est proposée pour nous récupérer à l'aéroport de Bordeaux et nous déposer chez Yama où nous attend un repas de fête. Malheureusement, la ponctualité n'est pas notre qualité première dans la famille. Pour preuve, je suis née trois jours après le terme. C'est dire!

Après vingt minutes à feuilleter mes magazines et à avoir appris que Katy Perry fricote avec Orlando Bloom, un bruit de klaxon retentit à quelques mètres de moi. Je tourne la tête et aperçois ma tante et mes deux cousines, Léona, 16 ans et Jade, 12 ans. Je ne les ai plus revues depuis maintenant trois ans! Heureusement que les réseaux sociaux permettent de se donner des nouvelles de temps en temps et de se voir évoluer.

Ma tante descend de la voiture en premier. Elle ressemble beaucoup à maman. Une peau légèrement hâlée, de longs cheveux bruns et un sourire qui réchauffe immédiatement le cœur. Elle ne peut contenir ses larmes en venant vers nous. Elle enlace très fort ma mère sans dire un seul mot, comme si un simple regard et un simple contact leur suffisaient à se comprendre. En cela, j'aurais aimé moi aussi avoir une sœur.

Elle se dirige ensuite vers moi, me prend dans ses bras puis se recule pour m'observer attentivement. Son étreinte se veut rassurante et je dois avouer qu'à ce moment-là, c'est tout ce dont j'avais besoin.

– Mon Dieu, Ambre, comme tu as grandi depuis la dernière fois… Tu es tellement belle! s'exclame-t-elle en souriant. Tu as tout pris de notre côté de la famille!

– Merci, tata, dis-je tout en contenant le flot d'émotions qui m'envahit.

J'aperçois derrière elle les silhouettes de mes deux cousines. Je reconnais immédiatement Léona, l'aînée. Elle est légèrement plus grande que moi et a hérité du blond foncé de son père. Elle accélère le pas vers moi et, à ce moment-là, plusieurs sensations se bousculent à l'intérieur. Je suis d'abord gênée, car d'aussi loin que je m'en souvienne, nous n'avons eu que très peu de moments ensemble. Pourtant, l'accolade qu'elle m'offre me réjouit et m'apaise quelque peu. Probablement ce lien invisible qu'est celui du sang.

– Ma cousine, je suis tellement contente que tu sois là ! Comment ça va ? Si tu savais comme toute la famille a hâte de te retrouver ! Mon Dieu, je suis trop jalouse de ton bronzage et j'adore ton style ! me dit-elle en analysant chacun de mes vêtements. Tu as fait bon voyage ?

– Je me suis endormie dès le décollage… Je suis heureuse de te revoir ! Tu es toujours aussi belle !

– Arrête tes bêtises et viens là qu'on fasse une *story* Insta pour signaler qu'une nouvelle petite bombe vient de débarquer à Bordeaux !

Elle prend la pose avec un naturel déconcertant pendant que mon sourire ressemble à celui d'une pub pour les douleurs abdominales.

– Magnifique ! Tous mes potes vont vouloir ton numéro, c'est sûr !

Lorsqu'elle me libère, je remarque sa petite sœur, Jade, cachée derrière elle. Elle semble extrêmement timide et n'ose pas faire le premier pas. Alors, je m'avance vers elle et me penche afin de lui déposer un baiser sur le front. Elle se détend et court vers sa mère qui me scrute, inquiète. Celle-ci me sourit avant de reprendre à notre intention :

– Et désolée pour le retard. J'ai dû m'arrêter faire le plein d'essence et puis je me suis pris les embouteillages. Enfin, vous voyez, quoi !

Ma mère et moi échangeons un regard complice et je ne peux me retenir de rire. Léona passe son bras en dessous du mien et murmure :

– Tu verras ! Tu vas te sentir comme un poisson dans l'eau. Et puis, regarde-toi ! Tu es tellement canon que tu vas sûrement attirer le regard de tout le monde et devenir hyper populaire.

C'est la deuxième fois qu'elle me complimente et pourtant je ne me sens pas flattée outre mesure. Je n'ai jamais vraiment apprécié que la popularité d'un élève soit intimement liée à sa beauté. Car je sais ce qu'il peut en être lorsque l'on ne répond pas aux critères physiques attendus. J'ai appris à aller bien au-delà des apparences.

Et puis, je ne me trouve pas spécialement belle. Mignonne tout au plus. Je mesure 1,71 mètre, et depuis la séparation de mes parents j'ai perdu pas mal de poids. Ma peau est légèrement hâlée. Grâce à mes années d'équitation, j'ai une silhouette assez sportive, avec des hanches et des fesses très marquées. Mon métissage, une mère d'origine algérienne et un père d'origine italienne, m'a conféré une chevelure brune et ondulée que j'ai laissée pousser jusqu'au milieu du dos, et des yeux verts que je tiens de mon grand-père maternel, décédé avant ma naissance.

– Tu sais, la popularité, c'est pas vraiment mon truc ! ajouté-je, sûre de moi. Je préfère passer inaperçue et éviter les soucis !

– T'inquiète ! Je te brieferai sur les personnes à éviter. Mais en attendant, il nous reste deux semaines de vacances d'été et on va kiffer, ma cousine !

– Je compte sur toi pour me faire découvrir Bordeaux dans les moindres recoins ! Mais s'il te plaît, ne parlons plus du lycée pour l'instant ! Quand je pense au bac, je panique totalement !

La rentrée… Voilà un sujet qui m'inquiète plus qu'il ne faudrait. Mais je décide de mettre mon cerveau sur pause et de penser plutôt à mes retrouvailles avec Yama. Je brûle d'impatience !

Sur la route, mes cousines me posent un tas de questions sur ma vie à Nice. De vraies enquêtrices en herbe ! Jade pose sa tête contre mon épaule et passe ses doigts dans mes boucles, pendant que Léona me montre des photos de ses meilleurs amis tout en me racontant un nombre incalculable d'anecdotes. Je les observe tour à tour, et chaque minute qui passe semble plus légère que la précédente. J'ai le pressentiment que malgré tous les bagages que je traîne, ce déménagement nous sera bénéfique.

Quand ma tante finit par se garer et couper le moteur devant la résidence des Pins francs, il me faut quelques minutes pour reconnaître l'immeuble où j'ai laissé quelques souvenirs d'enfance. Je descends de la voiture et observe ce vieux et grand bâtiment à la devanture blanche. Sur ma droite, le petit parc où l'on faisait nos parties de cache-cache est toujours là. D'autres enfants ont pris notre place et semblent bien s'amuser. Je les observe et souris en repensant à la fois où Léona avait voulu redescendre d'un arbre à la manière de Pocahontas mais son pantalon avait quant à lui décidé de rester sur la branche. Je pouffe silencieusement mais lorsque je pivote, ma cousine me fixe gravement.

– Je sais très bien à quoi tu penses, Ambre, et je t'interdis d'en reparler !

– OK, Pocahontas, j'espère que John Smith se porte bien !

Elle me pince le bras et nous commençons à chahuter.

– Les filles ! Au lieu de vous chamailler, allez sonner chez Yama et dites à tonton de descendre nous aider à porter les bagages, ordonne Louisa.

– Tu ne penses pas qu'on peut se débrouiller sans lui ? demande ma mère.

– Sûrement ! Mais Farès aime se rendre utile et jouer au grand frère protecteur, lui répond-elle. Alors laissons-le faire. Ambre ! Monte avec les filles.

Je sais pertinemment qu'elles veulent se retrouver seules pour discuter. Elles ont toujours été très proches malgré la distance. Elles s'appellent tous les jours. C'est d'ailleurs ma tante Louisa qui a convaincu ma mère de revenir à Bordeaux. Elle doit sûrement être au courant de tout, des infidélités de mon père et de son penchant pour les drogues douces. Elle pense probablement que je ne sais rien mais c'est mal me connaître.

J'obéis néanmoins et vais rejoindre mes cousines. Nous croisons mon oncle Farès dans les escaliers. Il est très grand et très imposant physiquement. Il m'a toujours impressionnée par sa carrure et pourtant, ce sont surtout ses énormes câlins et son humour qui ont marqué mon esprit. Lorsqu'il me voit, il ne peut s'empêcher de me serrer contre lui et de me répéter cette phrase qu'il aime tant :

– S'il y a quoi que ce soit, tu sais que je suis là ! En tout cas, je suis content de savoir que vous allez vivre à Bordeaux ! Allez, je descends les aider avant de me faire incendier.

Il commence à s'éloigner et je l'interpelle.

– Tonton ? (Je cours vers lui et me rue dans ses bras.) Tu m'as manqué...

– Toi aussi, ma puce ! répond-il tout en expirant. Toi aussi...

Je m'extirpe de son étreinte, encore secouée par l'émotion, et suis Jade et Léona vers la porte. J'entre précipitamment, à la recherche de ce visage qui m'a tant manqué. Elle est là, assise sur le canapé, près de Leila, la femme de Farès. Comme à l'accoutumée, ses cheveux sont recouverts d'un foulard fleuri qui laisse entrevoir quelques mèches colorées au henné. Elle porte une gandoura prune et arbore fièrement ses tatouages traditionnels qui recouvrent une bonne partie de son visage et de ses avant-bras. Sa peau est claire et ses yeux bleus me renversent instantanément lorsqu'ils se posent sur moi. Je me jette à genoux près d'elle et l'enlace très fort, comme si elle risquait de s'évaporer d'une minute à l'autre.

– Yama, tu m'as trop manqué, lui dis-je, la voix remplie de sanglots.

– Toi aussi, *Benthi*, toi aussi, me répond-elle tout en me caressant le dos et en me déposant de doux baisers sur le haut du crâne. Ça va aller. Yama est là maintenant.

Benthi veut dire « ma fille ». C'est comme ça que ma grand-mère me surnomme depuis toujours. Nous avons un lien particulier toutes les deux. Même lorsque je vivais à Nice, pas une journée ne défilait sans que nous discutions au téléphone.

Je relève la tête et elle prend mon visage entre ses mains si douces pour essuyer les larmes qui sillonnent mes joues. Elle m'embrasse le front avant de saisir mes doigts. Mes lèvres s'étirent et mon cœur bat à tout rompre. Je me rends compte à présent à quel point ma grand-mère m'a manqué. Elle m'observe attentivement.

– Regarde-toi, Ambre ! Tu as tellement grandi ! Une vraie jeune femme ! Tu ressembles à ta mère quand elle avait ton âge.

Léona et Jade s'installent près de nous sur le canapé, et l'aînée nous offre une accolade des plus chaleureuses avant de me tirer discrètement les cheveux et de rire. Je me relève et embrasse Leila, qui me complimente à son tour, ainsi que ses deux fils, Yanis et Adam. Mes cousins sont jumeaux et à peine plus âgés que moi. Yama et Leila quittent le salon et se dirigent vers la cuisine.

– Bon, il faut immortaliser ces retrouvailles ! Allez, petit selfie, rapprochez-vous tous ! propose Léona.

– Tu l'as déjà fait à l'aéroport, il me semble ! lui fais-je remarquer gentiment.

– Oh, tais-toi et viens par là, rabat-joie !

Je me rapproche et soudoie discrètement ma cousine Jade pour que nous gâchions sa photo avec des grimaces.

– Tu es vraiment chiante, Ambre ! Je retire ce que je t'ai dit tout à l'heure ! Tu ne m'as pas du tout manqué, tout compte fait !

Mes cousins rient et reprennent tranquillement leur partie de Playstation. Léona finit par abandonner sa quête et me jeter un coussin à la figure.

Ma mère, Farès et ma tante arrivent les bras chargés de nos bagages. Ils déposent le tout dans les chambres et, après quelques minutes, tout le monde s'affaire dans la cuisine et dans la salle à manger afin de pouvoir accueillir les autres membres de la famille. Yama a fait son traditionnel couscous royal. Les senteurs orientales s'emparent de l'appartement et l'effluve des épices me met l'eau à la bouche.

Nous dressons la table et la musique commence à résonner dans chaque pièce.

Une trentaine de minutes plus tard, toute la famille est presque au complet. Jérôme, le mari de Louisa, nous a rejoints, avec ma tante Inès, son compagnon et leur bébé âgé de quelques mois à peine.

Nous sommes maintenant quatorze autour d'un bon repas, dans le joli quatre-pièces de ma grand-mère, qui sera mon nouveau chez-moi pour les mois à venir. Pour la première fois depuis la séparation de mes parents, j'ai l'impression de respirer de nouveau. Les conversations vont bon train sur les actualités, le championnat de football et les souvenirs d'enfance. Encore une fois, Léona est scotchée à son téléphone et semble réaliser des photos et des vidéos. Mon oncle Farès lui met une tape derrière la tête.

– Regarde-moi cette accro, là ! On mange ! Pose-moi ce portable, tête de nœud !

– Laisse-la, papa ! crie Yanis. C'est pour son petit copain !

– Mais n'importe quoi ! J'ai pas de petit copain !

– J'espère bien pour toi ! rétorque Jérôme. Je n'ai pas prévu de venir menacer des lycéens dès la rentrée ! D'ailleurs, donne-moi ce téléphone ! Tu le récupéreras à la fin du repas !

– Mais, papa !

– Y a pas de « mais » ! Mange !

Yanis lui tire la langue et je ne peux m'empêcher de rire quand je la sens bouillonner près de moi. Je sens que je ne vais pas m'ennuyer. Mon cousin me fait un clin d'œil avant de relancer la conversation :

– Tu joues toujours aussi bien du piano ? me demande-t-il.

– Je ne sais pas si je peux dire que je joue bien mais en tout cas je pratique toujours !

– Tu vas continuer de prendre des cours ?

– Aucune idée ! Avec le bac, cette année, j'ai peur de ne pas avoir beaucoup de temps pour moi ! Et toi, tu fais toujours de la boxe ?

– Toujours, oui ! Mes entraînements reprennent dans trois semaines ! J'ai hâte ! Tu devrais venir essayer ! Rien de mieux pour se défouler !

– C'est noté !

Le repas se termine et j'aide mes tantes à débarrasser la table et à mettre le tout dans le lave-vaisselle. Léona hurle du salon :

– Maman, est-ce que demain on peut passer la journée à Lacanau pour pouvoir bronzer et se baigner ?

– Si Nadia et Ambre sont d'accord, c'est OK pour moi, répond Louisa.

Bien évidemment, ma mère et moi, qui avons vécu à Nice ces dix-sept dernières années, adorons les plages, le soleil et la mer. Alors, l'océan? Bien sûr que oui.

***

Après le départ de tout le monde, et vingt-trois hashtags de Léona sur Instagram : #Family #MyCousineIsBetterThanYours #CouscousRoyal – et je vous épargne le reste –, Yama nous conduit vers nos chambres.

La mienne sera la dernière au fond du couloir. C'était celle de Rayane avant qu'il ne s'engage dans l'armée.

Lorsque j'ouvre la porte, je m'y sens tout de suite chez moi. Les murs sont blancs et le tableau d'un lion en noir et blanc orne le mur de gauche. Tout à droite se trouve un lit une place recouvert de coussins roses, blancs et argentés, avec une tête capitonnée en lin gris et une petite table de chevet. Tout près, une grande armoire grise, dont les extrémités sont arrondies, et les portes recouvertes de miroirs. Face à moi, un bureau blanc laqué prêt à accueillir mes heures de travail acharné pour préparer mon bac. Enfin, au-dessus du bureau, deux étagères sur lesquelles sont posés deux livres neufs. J'en ferai ma petite bibliothèque.

– Ta chambre te plaît?

– Elle est parfaite, Yama, confirmé-je en l'enlaçant très fort.

– Va te reposer, nous discuterons demain. Bonne nuit, Benthi. *N'habeck*[1].

– Je t'aime aussi, Yama.

Après une douche brûlante et un peu de lecture, je ferme enfin les yeux et m'endors, légèrement plus sereine que d'habitude.

1. « Je t'aime », en arabe.

3

Ambre

Après une nuit agitée, comme depuis cette fameuse soirée, je prends le petit déjeuner avec Yama et ma mère. Même si ce n'est que notre premier jour à trois, tout cela me paraît déjà naturel.

Je m'empare de mon téléphone et découvre un SMS de Sana :

[Alors cette première nuit
à Bordeaux sans moi :-(?]

Je décide de l'appeler pour tout lui raconter de mon arrivée et, quand je raccroche, je me prépare rapidement pour notre journée plage à Lacanau, car oui, après avoir entendu deux coups de klaxon provenant de l'extérieur, je comprends que je suis encore en retard.

Dans la voiture, ma tante met la musique à fond et l'on s'époumone sur nos titres préférés du moment.

Après quarante-cinq minutes de route, j'aperçois enfin l'océan.

Ma tante se gare à la hâte, et je m'arrête quelques instants face à ce paysage tout simplement magnifique.

Une étendue d'eau qui s'étire à l'infini, des enfants qui chahutent, ma mère qui sourit sincèrement pour la première fois depuis bien longtemps et quelques surfeurs venus défier les vagues. Voilà ce qui s'offre à mon regard.

Je respire profondément tout en fermant les yeux. Même si je me sens quelque peu vidée par ces derniers mois qui se sont écoulés, je dois accepter ce nouveau départ. Ici, je peux commencer une nouvelle vie et changer mon histoire. Il suffit d'y croire…

– Hé ! Ambre ? Tu rêves ou quoi ? Allez, viens ! crie Léona.

Nous décidons de nous installer près de l'eau. Les mamans d'un côté et les filles de l'autre, assez loin.

Jade se fait rapidement une copine avec qui elle va se baigner. Quant à Léona, elle est tantôt scotchée à son téléphone et tantôt admirative devant un groupe de garçons qui jouent au beach soccer. Les deux activités sont sûrement liées car elle prend discrètement des photos du match. Je la fixe, prête à rire.

– Tu veux un mouchoir, Léona ?

– Bah non, pourquoi tu me demandes ça ?

– Tu sais, pour essuyer la salive qui coule pendant que tu baves sur les mecs du beach soccer, dis-je très sérieusement.

– Ah, ah ! Très drôle ! répond-elle en me jetant un peu de sable. Ce sont des mecs de mon bahut. De futurs élèves de terminale, comme toi. Les deux bruns sont en horaires aménagés car ils sont au centre de formation de foot de Bordeaux. Tu vois, celui-ci ? (Elle me désigne discrètement un garçon plutôt mignon.) C'est Baptiste, l'ex-petit copain de ma meilleure amie Éva. D'où les photos, car il ne lui répond pas depuis plusieurs jours. Ah, et celui qui vient de marquer, c'est Fabio, son meilleur ami.

– Des sportifs du centre de formation dans un lycée ? demandé-je, étonnée.

– Oui ! D'habitude ils vont à l'institut Peret mais il est en travaux à cause d'un incendie qui a eu lieu au mois de janvier. Du coup, ils ont ouvert des classes provisoires dans notre lycée.

Je m'attarde quelques secondes sur Fabio. Son short orange laisse apparaître un corps athlétique et musclé. Il est assez grand, probablement un mètre quatre-vingts. Il a des cheveux châtains assez courts et une chaîne autour du cou qui reflète les rayons du soleil. De là où je suis, c'est tout ce que je peux voir. Ma cousine continue sa tirade.

– D'habitude, Fabio est toujours avec sa pouf. Charlotte. Elle le suit partout comme pour s'assurer que c'est elle qui brillera auprès de lui quand il jouera en professionnel. Il est promis à une grande carrière. Je la déteste. C'est une fille intéressée et prête à tout pour obtenir ce qu'elle veut. Ces deux-là font partie de ceux que tu dois éviter. Surtout elle ! renchérit Léona.

– OK, chef !

Note à moi-même : éviter les David et Victoria Beckham de Bordeaux.

J'ai à peine le temps de reprendre ma lecture que leur ballon vient s'écraser sur ma tête. GÉNIAL. J'entends des rires au loin qui m'obligent à lever les yeux. Même si, effectivement, cette scène peut sembler drôle, plus jamais je n'accepterai que quiconque se moque de moi. C'est le moment de sortir les crocs et de montrer qui je suis vraiment. Sportifs ou pas, ils vont passer un sale quart d'heure.

Je remets mes cheveux en place, ainsi que ma dignité, tout en me préparant mentalement à l'affront, quand je sens une présence au-dessus de moi.

Je relève la tête et plonge dans les yeux de Fabio. De beaux yeux noisette aux reflets dorés, dans lesquels n'importe quelle fille pourrait se noyer. Il tend la main vers moi pour m'aider à me mettre debout. Lorsque je la saisis, je sens un air chaud traverser ma colonne vertébrale pour finir aux creux de mes reins.

Bon, du calme, ma grande ! C'est sûrement le soleil.

Une fois face à lui, je sens son regard glisser de mes yeux vers ma bouche, puis vers mon corps entier recouvert uniquement d'un maillot deux pièces noir. Un sourire charmeur apparaît alors sur ses lèvres. Qu'il me détaille ainsi me met légèrement mal à l'aise. J'ai l'impression qu'il est habitué à faire de l'effet aux filles et cette constatation m'agace. Pourtant, aucun son ne passe le rempart de mes lèvres. Seuls mes bras viennent tenter de camoufler mon corps pour qu'il cesse de m'examiner ainsi.

Maintenant qu'il est plus proche, je peux constater à quel point il est beau. Il possède une aura magnétique et une carrure très sportive. Sans ressembler à ceux des garçons qui forcent un peu trop sur les haltères, les muscles de Fabio sont parfaitement dessinés et saillants. Ses bras semblent forts et puissants. Je remarque un tatouage sur son épaule. Une colombe en plein vol. J'ai immédiatement envie de passer mes doigts dessus et de connaître la raison du choix de ce symbole. Il est évident qu'il est ce genre de garçons qui attire inévitablement le regard et l'intérêt de la gent féminine. Je me sens tout d'un coup ridiculement insignifiante face à sa beauté. Ma respiration s'affole et, lorsque nos yeux se harponnent, ce contact troublant brûle ma peau et je réalise que je le reluque depuis trop longtemps maintenant. Je n'ai pas le temps de réfléchir davantage car il engage la conversation :

– Je suis vraiment désolé ! dit-il. Ce n'est pas comme ça que j'aborde les filles d'habitude !

Le sourire qui suit sa phrase me déstabilise. Il est bien trop sûr de lui à mon goût.

Son air condescendant ravive le côté piquant de mon caractère. Il doit comprendre que son numéro n'a aucun effet sur moi et que son physique, proche de la perfection, n'excuse pas le ballon en pleine tête.

Dommage pour toi, Fabio. J'ai un sens aiguisé de la repartie et tu seras le premier à en faire les frais. Tu veux jouer ? Jouons.

– Pas de problème ! J'espère simplement que tu ne prévoyais pas de grande carrière dans le football !

Prends-toi ça, David !

Il sourit d'autant plus et laisse entrevoir ses dents parfaitement blanches et alignées. Le contraire m'aurait étonnée.

– Je ne t'ai jamais vue ici ! Tu es en vacances ?

– C'est ma cousine ! le coupe Léona. Elle vient d'emménager à Bordeaux.

Il se tourne vers elle.

– Ah, salut, Léa ! Et comment s'appelle ta cousine ?

– Euh, moi, c'est Léona ! Et ma cousine s'appelle Ambre.

– Enchanté, Ambre. Très joli prénom… Moi, c'est Fabio. Mais Léona a déjà dû te le dire. Alors, vu que tu emménages à Bordeaux, dans quel bahut tu vas aller à la rentrée ?

Je le dévisage. En quoi ça peut l'intéresser ?

– D'abord, tu me lances un ballon à la figure. Ensuite, tu te trompes de prénom et en plus tu es curieux !

– Détends-toi ! lance-t-il en riant. Je t'ai simplement demandé le nom de ton futur lycée ! Pas ton numéro ! Enfin, pas encore…

Quel frimeur ! Trouve quelque chose, Ambre !

Je regarde le ballon dans sa main et puis bingo !

– Écoute, Fabrice ! dis-je en écorchant volontairement son prénom. J'ai un deal à te proposer. Si tu arrives à faire plus de jongles que moi, je te donne le nom de mon futur bahut. Et si c'est moi qui gagne, tu devras aller nous acheter deux glaces. Ça marche ?

Il me rit au nez. Je le fixe, tout à fait sérieuse.

– Vraiment ? Tu veux me défier ?

– Évidemment, rétorqué-je, essayant de paraître sûre de moi.

– Marché conclu ! répond-il, suivi d'un clin d'œil et d'une poignée de main qui dure plus que de raison.

Sacré soleil qui brûle tous mes sens à ce contact.

Ce qu'il ignore, c'est que mon père est entraîneur de foot au niveau amateur depuis quinze ans, et que quelques-uns de ses joueurs m'ont appris à jongler quand je partais en tournoi avec eux. Dommage pour lui, je suis une perfectionniste qui aime gagner. Et je vais adorer lui en mettre plein la vue !

***

– Alors pour moi un Magnum amande et pour ma cousine un Cornetto vanille, s'il te plaît !

Le visage ahuri, il cherche à comprendre comment il a pu échouer. Léona et Jade se précipitent dans mes bras pour me féliciter pendant que tous ses amis, qui ont formé un cercle autour de nous, en profitent pour le charrier. Certaines filles minaudent pour attirer son attention, pourtant il me fixe intensément jusqu'à ce que le fameux Baptiste prenne la parole :

– Fabio, meilleur buteur du championnat, qui perd contre une fille à un duel de jongles ! Mais alors là, ce sera répété et amplifié dès ce soir à l'entraînement ! (Il se tourne vers moi et opère une révérence très caricaturale.) Bien joué, jolie demoiselle !

Fabio s'éloigne sans dire un mot, puis, très fair-play, il revient quelques minutes plus tard avec les deux glaces en souriant, et sous la huée générale de ses amis.

Quel corps ! Et ce sourire !

– Tu veux un mouchoir ? me chuchote ma cousine dans l'oreille.

Idiote.

– Tu m'as eu, Ambre, lance Fabio en tendant nos glaces. J'espère sincèrement qu'on sera dans le même lycée car ce petit duel m'a bien plu ! Je te promets de me souvenir de ton visage et peut-être aussi de ton prénom…

Il se retourne, me salue de la main et rejoint son groupe qui se moque encore ouvertement de sa défaite. Béate, je souris et ne peux m'empêcher de le regarder s'éloigner. J'entends au loin la voix de ma cousine qui me sort de ma rêverie.

– Allô, Ambre ? Tu m'écoutes ?

– Pardon, tu disais ?

– Je n'en reviens pas que tu l'aies battu de la sorte ! Mais où tu as appris à faire ça ? Non, je ne veux pas savoir ! Heureusement, j'ai tout filmé !

– T'es la meilleure, Ambre ! ajoute Jade.

Je rejoins le bleu de l'océan et réalise ce que je viens de faire. Ces quelques minutes passées avec lui étaient tout simplement intenses. Son arrogance et sa confiance exacerbée m'ont réellement irritée et poussée dans mes retranchements. Surtout quand je prends conscience qu'il est en couple et qu'il s'est montré plutôt avenant. Les hommes sont définitivement tous les mêmes. Ils ont beau aimer une femme, ils ne peuvent s'empêcher d'en courtiser d'autres.

Pourtant, quelque chose dans le doré de ses yeux me promet qu'il est tout le contraire…

Je regagne ma serviette et reprends le fil de ma lecture. Chaque fois que je lève les yeux de mon bouquin, je surprends son regard qui laisse planer la promesse d'une nouvelle rencontre.

Aux alentours de dix-huit heures, nous plions serviettes et parasols pour rentrer à Bordeaux. Avant de partir, je m'autorise à jeter un dernier coup d'œil vers le terrain de beach soccer. Fabio est toujours là, avec son groupe d'amis. Comme s'il sentait mon regard, il tourne son visage vers moi et m'adresse un sourire qui devrait être prohibé. Et comme si mes lèvres avaient pris leur indépendance, elles s'entrouvrent pour le lui rendre.

Traîtresses.

Je détourne mon attention de lui et accélère la cadence vers la voiture en essayant d'occulter ce sourire ravageur de mon esprit.

Reprends-toi, Ambre. Il n'est pas libre.

4

Ambre

Entre les achats de fournitures scolaires, la visite guidée de la ville par Léona et la découverte de mon futur lycée, les jours suivants passent rapidement, et la fin des vacances approche à grands pas. Il ne reste qu'un week-end avant le début des cours.

Avec ma mère, nous décidons de reprendre nos habitudes de pré-rentrée et d'aller faire du shopping dans le centre-ville.

Même si j'adore Nice, chaque minute passée à Bordeaux me fait apprécier un peu plus la ville. Se balader sur les quais du port de la Lune, ou encore déambuler le long de la place du Palais, m'est devenu très agréable. J'ai l'impression que la colère qui gronde en moi s'est quelque peu dissipée. En tout cas pour l'instant.

Aujourd'hui, il s'agit surtout de se trouver quelques nouvelles tenues. Nous entrons d'abord chez H&M, où je finis par m'acheter de la lingerie et un ensemble de sport. Puis nous nous dirigeons vers mon magasin préféré : Zara. J'entre dans l'enseigne non sans hâte, et commence ma recherche. Je trouve un chemisier noir, un jean brut, deux tee-shirts et un pull avec des manches amples. Je me dirige vers la caisse quand une voix m'interpelle.

– Ambre ?

Je me retourne et découvre Fabio. À peine nos regards s'entremêlent-ils que cette foutue chaleur réapparaît. Ce qu'il dégage me laisse sans voix. Même habillé, il est terriblement beau. Il porte un simple tee-shirt blanc, sous lequel son torse musclé apparaît timidement, avec un bas de survêtement noir. Il semble sortir tout droit d'un magazine de mode. Ses lèvres dévoilent un magnifique sourire. Il passe une main dans ses cheveux et s'approche. Je sens mes jambes défaillir et un feu d'artifice crépiter à l'intérieur de moi.

Reprends-toi, Ambre, dis quelque chose !

– Tiens, tiens ! Mon marchand de glace préféré !

– Très drôle. Ne joue pas avec mon p'tit cœur.

Il joint le geste à la parole et pose sa paume sur son torse. J'ai soudain envie que ce soit ma paume à moi à cette place.

– Je ne me suis toujours pas remis de ma défaite !

– Oh allez, ce n'est pas grave ! Je te donnerai des cours à l'occasion.

– N'en fais pas trop, non plus ! J'ai perdu car… tu m'as troublé… dit-il. (Je sens le feu picoter mes joues.) Ce n'est pas tous les jours qu'on voit une aussi jolie fille avec un livre à la main, renchérit-il.

Je suis sûrement rouge tomate.

Son compliment me prend de court et éveille en moi des sentiments très ambivalents. Je suis flattée. C'est indéniable. Je n'ai jamais été habituée à ce genre de compliment venant des garçons. Alors, l'entendre de sa bouche gonfle quelque peu mon ego. Pourtant, une partie de moi se sent extrêmement mal à l'aise et gênée car ses mots devraient être réservés à celle qui possède son cœur. Et en l'occurrence, ce n'est pas moi.

Alors pourquoi j'ai encore une fois l'étrange impression qu'il est bien plus qu'un dragueur invétéré ?

– Tu as trouvé ton bonheur dans le magasin ? reprend-il.

– Oui, plus ou moins. Et toi ?

– Depuis quelques secondes, j'ai trouvé plus que ce qu'il n'en fallait pour égayer ma journée… Alors tu ne veux toujours pas me dire dans quel lycée tu vas aller ?

– Si je te le dis, j'ai droit à quoi, en échange ?

Oh, mon Dieu, mais pourquoi j'ai dit ça ? J'ai l'impression d'avoir fait un sous-entendu coquin. Je sens ma conscience bouillir.

Mais pourquoi tu ne réfléchis pas avant de parler ?

Il m'observe avec insistance durant quelques secondes, comme s'il prenait une photo mentale, et reprend.

– Fais-moi confiance. Si tu me le dis, je te promets que tu auras quelque chose en échange. À toi de voir, répond-il avec une certaine malice dans les yeux.

J'étudie son regard quelques instants. Il déborde de sincérité et d'autre chose…

Une lueur sur son tee-shirt attire mon regard. Il s'agit de la chaîne qu'il a autour du cou. Elle est ornée d'un pendentif sur lequel est gravé «À Enzo», avec un petit ange. Je me demande soudain qui peut être cet Enzo. Il doit malheureusement ne plus être de ce monde et être important pour Fabio car il portait également cette médaille à la plage. Ce qui veut dire qu'il doit rarement s'en séparer. Tous ces éléments me donnent soudainement envie de le serrer dans mes bras et de lui poser mille et une questions.

Non mais, ça va pas? Tu ne le connais pas!

À la place, je peux au moins lui donner l'information qu'il me demande.

– J'irai au lycée Montesquieu, le même que toi... Donc n'essaie pas de me gruger sur ta promesse car je te retrouverai facilement!

Il se met à rire et c'est précisément à ce moment-là qu'une vipère déguisée en blonde aux yeux bleus nous interrompt et glisse son bras sous le sien. Fabio change légèrement d'attitude et semble agacé par cette arrivée inopportune. Et c'est là que la culpabilité m'assaille car je comprends alors que je suis face à sa petite copine.

– Bébé! Dépêche-toi d'aller en caisse! Les autres nous attendent à l'Apollo!

La jeune fille me remarque et me détaille du sommet du crâne jusqu'aux orteils.

– Et toi, tu es? lance-t-elle, légèrement agacée.

– Ambre. Enchantée!

– Ah! la fameuse Ambre, la cousine de Léona. Intéressant. (Elle s'arrête de parler quelques instants et m'observe attentivement.) Dis donc, qu'est-ce que tu as fait à ton visage? Tu as l'air d'avoir pris un sacré coup de soleil! Désolée d'être aussi directe mais tu as une mine affreuse, chérie! Tu es donc celle qui s'est pris le ballon en pleine tête et, apparemment, tu en as encore les séquelles!

Elle est très belle. Hautaine et peste, mais très belle.

Elle se tourne vers Fabio, ravie de la gêne qu'elle pense avoir créée chez moi mais c'est mal me connaître et elle va vite déchanter.

– Dis donc, les nouvelles vont vite par ici ! lancé-je sur un ton légèrement moqueur. Par contre, je te prie de bien vouloir m'excuser car si toi tu as entendu parler de moi, pour ma part, je ne sais absolument pas qui tu es, je suis désolée.

Prends-toi ça, Victoria.

– Tu le sauras bien assez tôt ! En attendant, un conseil, la nouvelle ! Reste à ta place ! (Elle pivote vers Fabio.) Bébé, on doit vraiment y aller, là, le presse-t-elle.

– Un conseil, la pimbêche, méfie-toi des inconnus ! On ne sait jamais de quoi ils sont capables !

Elle me scrute, outrée, ne s'attendant probablement pas à un tel mordant de ma part, et se dirige vers la sortie sans demander son reste… Elle ne s'imagine pas un seul instant que ma patience est très limitée et que mon sang-froid est aux abonnés absents.

Pendant toute cette petite discussion, Fabio s'est contenté de me fixer, sans ciller. Il a cessé seulement quand elle lui a mis une tape sur l'épaule en lui désignant les caisses.

Finalement, je me suis probablement trompée sur lui. Peut-être joue-t-il de ses charmes sur la petite nouvelle ?

Je suis soudain agacée par sa présence et mon corps opère un demi-tour afin de m'éloigner de lui. C'est sans compter sur sa voix qui résonne derrière moi quand il décide de me suivre.

– Attends, Ambre. (Je me stoppe net et lui fais face, prête à en découdre.) À lundi, du coup… (Il s'approche de moi et se penche vers mon oreille.) Ton visage est magnifique, ne laisse personne te faire croire le contraire… (Il me tourne le dos et se dirige vers les vendeuses avant de me regarder une dernière fois.) Ah ! Et fais attention de ne pas croiser un ballon sur la route !

Ces quelques mots ont suffi à mettre le désordre dans mon esprit. Je suis tiraillée entre les émotions que sa présence me fait ressentir et le fait qu'il flirte avec moi alors qu'il n'est pas libre. J'ai le sentiment d'être une mauvaise personne. Pourtant, mon intuition se met en marche et me murmure qu'il est différent de ce que je crois.

Une fois qu'il est parti, je vais également régler mes articles. La caissière me salue, me sourit avec insistance, scanne mes achats et me lance :

– 89,98 euros, mademoiselle, s'il vous plaît.

Une fois le tout payé, elle me tend un parfum du magasin avec un mot.

– Tenez, le jeune homme m'a demandé de vous remettre ça, confie-t-elle avec un sourire complice.

Le parfum s'appelle « Black Amber », Ambre noire, et voilà ce qu'il est écrit sur le papier :

Sache que je tiens toujours mes promesses, Ambre.
Ce parfum en contrepartie du nom de ton lycée.
Je ne l'ai pas choisi par hasard. Beaucoup de zones d'ombre
t'entourent et j'espère pouvoir les percer à jour.
À lundi. Fabio.

Je saisis le flacon et hume les senteurs musquées qu'il dégage tout en souriant malgré moi. Soudain, ma conscience se manifeste et je me mets en tête de le retrouver pour le lui rendre. Je marche rapidement vers la sortie et jette un coup d'œil dans la rue. Mais il n'est déjà plus là…

5

Ambre

Je marche seule dans une forêt d'arbres noirs, vêtue d'un simple baillon blanc, quand des dizaines de serpents se mettent à me suivre. Ils se rapprochent et il m'est impossible de fuir. C'est comme si mes pieds pesaient une tonne. Je suis figée sur place; ces saletés de vipères aux yeux bleus commencent à m'entourer les jambes et à serrer de plus en plus fort. C'est au moment où je crois être totalement étouffée que je sens une main me saisir par la taille et m'approcher d'un corps puissant. Cette proximité est aussi angoissante que rassurante. Je ne vois pas le visage de l'inconnu mais je reconnais tout de suite sa voix. C'est lui. C'est Fabio. «Ne t'inquiète pas, je suis là.» Il rapproche dangereusement ses lèvres des miennes et prend mon visage en coupe entre ses mains. Nos bouches ne sont qu'à quelques millimètres. Je peux sentir son souffle chaud. Le feu s'embrase et me consume doucement quand il se tourne pour…

Bip, bip, bip, bip, bip.

Il me faut quelques instants pour comprendre qu'il s'agit simplement d'un rêve et que mon réveil vient de sonner. C'est la troisième fois que je rêve de lui depuis Lacanau. Il faut vraiment qu'il sorte de ma tête et qu'il emporte ses papillons! Il n'est pas libre, c'est un foutu dragueur qui joue avec les filles, et je ne veux surtout pas m'attirer des ennuis alors que je suis à Bordeaux depuis seulement deux semaines. Ma priorité est de réussir mon bac et de passer un maximum de temps avec ma famille. Fabio et son fan-club ne font pas partie de mes projets.

Je me lève de mon lit et jette un coup d'œil dans le miroir de mon armoire. Pourquoi, jusque dans mes rêves, il arrive à me faire rougir, bordel?

Note à moi-même: éviter Fabio. Je répète, éviter Fabio.

Je file à la douche pour me préparer. Le pouvoir de l'eau chaude sur le stress est puissant. J'enfile une de mes nouvelles tenues achetées à Zara et me maquille très légèrement car ma peau est encore bien bronzée. Un peu de mascara et du crayon sur mes sourcils pour les dessiner, cela fera parfaitement l'affaire. Je laisse mes longs cheveux détachés pour le moment et vais rejoindre Yama et ma mère à la cuisine.

– Tu ne déjeunes pas, ma chérie ?

– Non, maman. Je n'ai pas très faim. Le stress de la rentrée.

– Assieds-toi tout de suite, Benthi ! Moi vivante, jamais un seul de mes petits-enfants ne sortira de cette maison le ventre vide !

Je ne veux pas contrarier ma grand-mère, alors je bois un thé et mange une tartine tout en regardant mon téléphone pour lire les deux SMS que j'ai reçus.

Le premier est de Sana :

[Bonne rentrée, ma sœur.
Même si on s'appelle tous les jours,
tu me manques, p'tite conne.
Tu as un énorme bisou d'Anaïs et Estelle ! <3
Je t'aime.]

Son message a le mérite de me mettre du baume au cœur. C'est ma première rentrée sans elle, alors ses mots me donnent du courage. Je m'empresse de lui répondre.

[Tu me manques tellement, si tu savais…
Ne m'oublie pas ! Je t'aime.
On s'appelle ce soir pour tout se raconter !
Embrasse les filles aussi.]

Le deuxième est de Léona :

[Ma cousine, le bus 5n part à 8 h 02 de chez Yama.
On se retrouve devant le portail du lycée.
Appelle quand tu es devant !]

Je regarde l'heure et remarque qu'il me reste dix minutes avant d'être en retard. Je fonce me brosser les dents, embrasse ma grand-mère et ma mère avant de courir vers l'ascenseur.

Quelques minutes plus tard, je monte dans le bus, mets mes écouteurs et me plonge à corps perdu dans mon roman. Je lève les yeux de temps en temps pour ne pas rater l'arrêt du lycée. Bizarrement, ma lecture est parsemée du visage de Fabio…

Je descends du véhicule et préviens Léona que je suis arrivée. Je la vois me faire de grands signes de bras au loin. Elle me présente ses deux potes, Éva et Cyril. Ils ont également un an de moins et vont faire leur rentrée en première.

Éva est légèrement plus petite que moi. Elle a le teint plutôt clair et de jolis yeux marron. Ses cheveux sont d'un brun presque bleuté et lui arrivent juste au-dessus des épaules. Elle vient vers moi et dépose deux bises très sonores sur chacune de mes joues.

Quant à Cyril, il m'offre une accolade on ne peut plus chaleureuse et musclée. Il est très grand, et sa corpulence est assez imposante. Il a le physique d'un rugbyman. Pourtant, son visage est angélique. Probablement à cause de ses cheveux blonds et soyeux et ses yeux d'un bleu hypnotisant.

Je me sens particulièrement bien accueillie par les amis de ma cousine. Une partie du stress que j'avais accumulé depuis mon réveil me quitte ; je remets l'une de mes mèches rebelles derrière mon oreille tout en les observant.

– Léona m'a énormément parlé de vous ! Je suis contente de vous rencontrer !

– Plaît-il ? Nous vous souhaitons la bienvenue au lycée Montesquieu, gente dame, me lance-t-il avec un accent très aristocratique. Cela va sans dire que votre cousine n'a pas tari d'éloges à votre encontre. Paraît-il que, de là où vous venez, les individus de sexe masculin sont fort délicieux !

– Voilà qu'il recommence avec son accent, celui-là ! le coupe Éva.

– C'est fou d'être jalouse de mes talents incontestables de comédien. Pff ! Vivement que tu te renvoies en l'air avec Baptiste, car tu es de plus en plus désagréable !

– Ça n'arrivera jamais ! Lui et moi, c'est terminé ! Pour de bon, cette fois !

– Oui, comme les cinquante dernières fois où vous vous êtes séparés ! Ambre ! S'il te plaît ! Évite les footballeurs ! Apparemment, c'est mauvais pour l'humeur ! ajoute-t-il tout en pointant Éva du doigt.

Tout le monde rit et nous entrons ensemble dans le lycée pour découvrir la classe dans laquelle nous allons passer l'année.

L'établissement est historique et assez grand. Il est organisé autour d'une grande cour centrale surplombée de buissons et d'arbres. Les bâtiments sont entourés par des galeries qui permettent d'accéder aux salles de classe. Léona m'explique qu'il y a une extension accessible par une passerelle de verre. Je me sens immédiatement bien ici.

Je cherche quelques minutes sur le tableau d'affichage et vois mon nom dans la classe de terminale économique et sociale. Ma cousine me rejoint. Elle est heureuse car Cyril et elle sont dans la même classe. Elle regarde ma liste et sa bouche s'ouvre en grand comme si elle avait vu un revenant.

– Est-ce que tu as regardé tous les noms de ceux de ta classe ? demande-t-elle, remplie d'excitation.

– Bien sûr que non ! À quoi ça sert ? Je ne connais personne.

– Ben, lis-moi ça ! ordonne-t-elle en pointant un nom du doigt.

Les bras m'en tombent. Impossible. C'est une mauvaise blague ou un chapitre de l'un de ces romans à l'eau de rose ?

GIORDANO FABIO

Note à moi-même : brûler la note de ce matin.

En effet, ça va devenir difficile de l'éviter si on se retrouve dans la même classe.

Bon, respire, Ambre. Après tout, ça reste un mec, et tu en as vu d'autres.

– Tu es avec Baptiste aussi, précise ma cousine.

Je ne relève pas cette deuxième information. L'appréhension de revoir Fabio s'empare de moi et j'essaie de faire comme si de rien n'était, alors que c'est loin d'être le cas.

Notre classe est attendue au bâtiment trois dans la salle 207. Notre professeur principal est celui de mathématiques, M. Drogiou. Il est déjà là lorsque je rentre pour m'installer. Je me dirige instinctivement vers les tables du deuxième rang. Oui, je suis une élève studieuse qui aime écouter les profs et prendre beaucoup de notes.

Les autres élèves arrivent au compte-gouttes. Pour me convaincre que je ne suis pas du tout, mais alors pas du tout stressée par l'arrivée imminente de Fabio, je regarde par la fenêtre, sérieuse. Quand j'entends la chaise à côté de moi grincer, je tourne la tête et découvre une fille à la peau ébène, avec de longs cheveux tressés, bruns à la racine et rouges sur les pointes. Elle a de jolis yeux en amande et un style vestimentaire très tendance. Elle porte un crop-top blanc, avec un jean taille haute sur des Caterpillar beiges. Une chemise à carreaux rouges autour de la taille apporte une touche décontractée. Elle s'assied et me jauge quelques secondes. Je décide de rompre le silence.

– Salut, je m'appelle Ambre, et toi?

– Noëly. Je suis trop déçue d'être tombée dans cette classe. Entre les footeux et les pimbêches! Pff, l'année va être lonnnnngue, dit-elle, désespérée. Et toi? Pas trop dégoûtée?

– À vrai dire, c'est ma première rentrée dans ce lycée. Donc je ne connais personne dans cette classe mais tu m'as démoralisée en deux secondes. Merci.

– Menteuse! lance une voix qui provient de la table derrière nous. (Je me tourne pour y découvrir Fabio.) Ne dis pas que tu ne connais personne, enfin. Et moi, alors? Ça fait deux fois que tu brises mon petit cœur.

– Désolée, Fabio. Je pensais que tu travaillais uniquement comme marchand de glace sur les plages. Je ne pensais pas te voir dans une salle de classe.

– Et allez, elle remet ça sur le tapis. Le jour où je vais prendre ma revanche, tu ne vas pas t'en remettre, crois-moi!

– Blablabla. C'est ce qu'ils disent tous. Entraîne-toi et on en reparle d'ici deux ou trois mois.

Le regard de Noëly passe de Fabio à moi, sans trop comprendre ce qui se passe. Mais elle ne s'attarde pas plus longtemps, car le prof ferme la porte et commence un monologue sur l'importance de cette dernière année de lycée avec le bac en finalité. Comme si on n'était pas déjà au courant. Il nous explique aussi qu'on est dans une classe à horaires aménagés du fait de la présence de quatre sportifs, et que les élèves ont été choisis par rapport à leurs excellentes notes. Ensuite, il nous distribue notre emploi du temps, que toute la classe s'empresse de regarder. Tous les matins, sauf le lundi, les quatre sportifs auront entraînement. Nous aurons donc nos options, nos enseignements facultatifs ainsi que l'EPS le matin. Il nous donne également nos carnets de correspondance et tout l'administratif nécessaire. Il est seulement onze heures quand nous sommes libérés. Je sors de la classe, suivie par Noëly.

– Nan mais, sérieux, Ambre, tu connais Fabio ? Très mauvaise fréquentation.

– Ah bon ? Pourquoi ?

– Ben, premièrement, quand tu vois sa petite copine, tu te dis qu'il ne doit pas avoir de grandes attentes dans sa vie sentimentale ! Et deuxièmement, les mecs du centre ont souvent une réputation de séducteurs compulsifs. Alors, un conseil, te laisse pas berner !

– Je ne le connais pas vraiment, tu sais. Je me suis pris son ballon sur la tête à Lacanau, il s'est moqué, je l'ai défié aux jongles en échange de glaces et je l'ai battu. Fin de l'histoire.

– Fin de l'histoire ? La façon dont vous vous matez, c'est carrément du flirt ! Et crois-moi que sa meuf est un vrai vigile ! Si j'étais toi, je ferais attention !

– Détrompe-toi, il ne m'intéresse pas du tout. C'est clair qu'il aime jouer de son physique, et ce genre de mec ne m'attire absolument pas.

Menteuse.

– Tu devrais peut-être passer l'info à tes yeux et à ton sourire alors ! Car apparemment ils ne sont pas au courant.

– N'importe quoi. Cette année, je me concentre uniquement sur le bac.

– Si tu le dis, me toise-t-elle.

J'aime sa franchise mais il ne faut pas non plus qu'elle oublie qu'on se connaît depuis à peine, quoi ? Deux heures ? Je pense qu'elle finit par remarquer mon léger agacement car elle me demande :

– Ça te dit qu'on aille manger quelque chose et se balader en centre-ville avant le vrai début des cours ?

– Je suis censée attendre ma cousine et ses amis mais on peut faire ça tous ensemble !

– Plus on est de fous, plus on rit !

Au même moment, la vipère aux yeux bleus passe juste à côté de nous. Elle tient fièrement Fabio par le bras. Ils sont accompagnés de Baptiste et deux autres filles.

Charlotte nous dévisage et murmure quelque chose dans l'oreille de son chéri. Cette fois-ci, il ne m'adresse qu'un furtif regard et se contente de rire à ce qu'elle lui dit. Puis elle l'embrasse fougueusement.

Le comportement des garçons ne cessera jamais de me surprendre. Ils sont tellement versatiles et imprévisibles. Il m'offre un parfum, flirte ouvertement avec moi avant de s'épancher amoureusement sous mes yeux sans une once de culpabilité !

Je réalise à présent que Noëly n'a peut-être pas tort dans le fond. Fabio n'est pas une bonne fréquentation, c'est un charmeur sans scrupule qui espère probablement capturer une nouvelle proie dans ses filets. La petite nouvelle un peu naïve, qui ne connaît personne et qui sera flattée par le fait que le sportif du lycée lui porte une quelconque attention.

Mais il est tellement loin de la vérité. J'abhorre ce genre de comportement car il a eu raison du mariage de mes parents et de la famille unie que l'on formait.

Cela me conforte dans la décision que je m'étais imposée ce matin. Je dois tout faire pour l'éviter. Même si mon intuition n'est pas d'accord, même si je le pensais différent. Il est hors de question que je me fasse avoir par ses fossettes ou son regard renversant.

Leur baiser ne m'a pas laissée indifférente, mais j'en profite pour clouer le bec de ma nouvelle camarade de classe.

– Tu as vu comme on a flirté, là ? À la limite du film pour adulte ! lui dis-je en me moquant clairement d'elle.

– OK, OK, tu gagnes pour cette fois. Mais sache une chose. Je me trompe rarement sur les gens. Et si je te dis qu'il y a un truc entre vous, soit j'ai raison, soit tu as tort.

6

Ambre

Quand j'arrive chez Yama, il est dix-huit heures. Je raconte à ma grand-mère dans sa langue natale ma première journée au lycée. Je ne lui parle bien évidemment que de la partie scolaire, et elle est ravie.

Ma mère sort de la douche à ce moment-là et m'annonce avec beaucoup d'enthousiasme que tonton Farès lui a décroché un entretien pour être hôtesse d'accueil dans un petit hôtel du centre-ville. Je lui saute dans les bras.

– C'est super, maman ! Tu vas tout déchirer, j'en suis sûre.

– Du calme ! Rien n'est fait ! Mais j'espère faire bonne impression !

– Je n'ai aucun doute là-dessus ! Tu es parfaite !

– Merci, ma chérie ! Allez, aidons Yama à cuisiner !

Après avoir mangé un repas aux saveurs orientales, je dis bonne nuit aux deux femmes les plus importantes de ma vie.

Mon téléphone sonne et quand je réalise que c'est mon père, mon palpitant s'agite. Nous ne nous sommes pas parlé depuis ce fameux soir. Mon pouce reste en suspension au-dessus du logo vert mais je n'ai pas la force d'appuyer. La rancœur est trop forte et elle m'étouffe. C'est trop tôt.

Je prends une douche et enfile le cadeau de départ de Sana, un pyjama qui affiche en gros « parfaite insolente ». Décidément, elle me connaît par cœur. Une fois dans ma chambre, je l'appelle et lui raconte ma journée. Bien sûr, ce qui l'intéresse le plus est la partie « Fabio ». Depuis les épisodes Lacanau et Zara, elle ne parle que de lui, ce qui a le mérite de m'agacer. Surtout quand les images du baiser me reviennent subitement.

– Quoiiiiiiiii ? Tu es dans sa classe ? Et il a embrassé sa copine devant toi ? Mais quel petit enfoiré ! Je veux un bilan quotidien de tes journées ! En tout cas, pour le moment, NEXT ! crie Sana.

– En même temps, je n'ai rien envisagé avec lui mais merci de t'inquiéter pour moi.

Après trente minutes de bavardages, j'apprends que mon ex Lucas la drague ouvertement. Cet imbécile n'a pas perdu de temps mais cela m'est complètement égal.

Sana l'a en horreur et, de mon côté, il y a bien longtemps que la page est définitivement tournée.

Avec ma meilleure amie, nous n'avons jamais été le genre de filles à en faire des tonnes avec le maquillage, à dévoiler notre féminité à tout va, à jouer aux pestes de service ou à vouloir à tout prix attirer l'attention des garçons. Ayant passé beaucoup de temps dans les tribunes de stade ou dans les écuries, je suis d'une nature sportive et solitaire. Quant à Sana, elle vit avec quatre frères à la maison et est la plus jeune de la fratrie, ce qui l'a forgée.

C'est avec Lucas que j'ai connu ma première vraie histoire. Il était joli garçon, enfin pour moi. Il avait les cheveux longs, qu'il relevait en queue-de-cheval, de beaux yeux verts derrière des lunettes de vue, et un style vestimentaire assez décontracté. Notre histoire a duré le temps de l'année scolaire. Malgré tout, je ne me sentais pas prête pour les relations sexuelles. Mais ça lui était égal. Il a souvent été très insistant. Plus tard, j'ai appris que pendant les derniers mois de notre relation, il était allé trouver auprès d'autres filles ce que je ne voulais pas lui offrir, et faisait croire à qui voulait l'écouter qu'il m'avait quittée car j'étais nulle au lit. Le problème avec les rumeurs, qu'elles soient vraies ou fausses, c'est qu'elles vous collent à la peau un long moment. Heureusement, la fin d'année et mon déménagement ont au moins eu l'avantage de me permettre d'écrire une nouvelle histoire.

Je croyais que Lucas m'aimait mais j'avais tort.

Nous finissons par raccrocher en nous promettant de nous appeler le lendemain. Je prends mon bouquin du moment et continue tranquillement ma lecture. Il est déjà vingt-deux heures trente quand je suis interrompue par les vibrations de mon téléphone. C'est un message via Facebook.

« Fb Gdn vous a envoyé un message. »

Fb Gdn ? Je ne connais pas du tout ce nom. Ma curiosité l'emporte et j'ouvre la notification.

Fb Gdn : Salut, la jongleuse. L'avantage d'être dans la même classe, c'est que maintenant que je connais ton nom de famille, je t'ai ENFIN trouvée sur Facebook. Ça va ?

Et ça fait tilt. Fb Gdn : Fabio Giordano. Pour qui se prend-il ? Ai-je besoin de lui rappeler qu'il a quelqu'un ? Que je ne suis pas l'une de ces groupies prête à tout pour qu'il s'intéresse à moi ? Je décide de ne pas lui répondre. Mais apparemment, il ne comprend pas que je ne souhaite pas lui parler, car quinze minutes plus tard, le téléphone vibre de nouveau.

Fb Gdn : Ambre, dis-moi !? Tu sais que je sais que tu as lu mon message, hein ? Ce qui veut dire que tu ne me réponds pas volontairement. Et voilà, on m'a prévenu pourtant, jamais deux sans trois. Mon cœur se brise de nouveau.

Il réussit à me décrocher un sourire que je ravale immédiatement. Son cœur ne semblait pas malheureux quand il m'a sciemment ignorée un peu plus tôt. Je reste quelques minutes le nez sur le téléphone devant son message, tiraillée entre l'envie de lui répondre pour l'envoyer bouler et l'ignorer.

Je choisis l'option numéro un.

Ambre Bellino : Du calme, le dramaturge. Il faudrait déjà qu'il y ait un cœur derrière tes muscles…

Ah, ah ! Je ris toute seule de ma réponse.

Prends-toi ça dans les dents, Monsieur « je sais que je suis canon et que tu ne résisteras pas ».

Fb Gdn : :(c'est donc comme ça que tu me vois ? Alors que je risque l'exclusion du centre de formation pour avoir bravé l'interdiction d'utiliser mon téléphone après le couvre-feu, et celle de parler aux jolies filles pour éviter toute déconcentration.

Ambre Bellino : Je te vois surtout comme un futur joueur professionnel qui se fait battre par une fille sur un duel de jongles. Quelle ironie ! Et ta petite copine ? Comment va-t-elle ? Elle ne t'interdit pas de parler à d'autres filles à des heures tardives ? Ah non ! Suis-je bête ! Elle n'est probablement pas au courant.

Après avoir envoyé ce message, je commence à me ronger les ongles.

Fb Gdn : Je ne fais rien de mal, il me semble ! Juste connaissance avec toi. À moins que tu ne fasses partie de ceux qui ne croient pas en l'amitié fille-garçon ?

Arrrggghhhh, il m'a eue. Que répondre à ça ? Je me lance en essayant de ne pas trop réfléchir.

Ambre Bellino : Oui, j'y crois, détrompe-toi !

Fb Gdn : C'est bon à savoir parce que moi pas du tout ! Bonne nuit, Ambre. À demain. Sois pas en retard pour notre vraie première journée ensemble…

Il se déconnecte et me laisse sur ma faim et les joues rouges. Sa réponse est pleine de sous-entendus que je ne veux pas deviner. Je me décide à répondre quelque chose que j'aurais dû faire quelques jours auparavant.

Ambre Bellino : Merci pour le parfum mais je ne l'ai pas gardé. Il serait probablement plus judicieux de faire ce genre de cadeau à ta copine. Bonne nuit.

Sans réfléchir aux conséquences et tout en observant le parfum qui trône fièrement sur mon bureau, j'accepte sa demande d'ami et pose mon téléphone.

Note à moi-même: chercher sur Google «comment empêcher ses joues de rougir?»

***

Pour mon premier jour de classe, quoi de mieux que de commencer par deux heures de sport? J'enfile ma nouvelle tenue achetée chez H&M. Un legging noir très simple, un tee-shirt ample gris et une paire de runnings Nike toutes noires.

J'aime faire du sport. Ça me permet de canaliser toute cette colère qui s'agite en moi depuis la violente séparation de mes parents.

Alors quand le professeur de sport, M. Lopez, nous annonce qu'on commence l'année par un cycle de volley-ball, je suis ravie. Je fais équipe avec Noëly et deux garçons de ma classe. Les deux heures passent trop vite à mon goût. S'ensuit une heure d'option. J'ai choisi les maths car je suis assez à l'aise avec cette matière. Pour ce cours, nous sommes mélangés avec tous les autres terminales qui ont également choisi cette option. À la fin de l'heure, je sors pour rejoindre Noëly devant la cafétéria mais je suis interceptée par un garçon. Il est grand, blond avec des cheveux longs et des yeux bleus, plutôt mince et élancé, et une dégaine assez soignée. Il est pas mal, à vrai dire.

– Hey, excuse-moi! Ambre, c'est ça?

– Oui, c'est ça.

– T'es nouvelle dans le lycée? Je ne t'ai jamais vue avant?

– Oui, réponds-je timidement.

– Cool. Moi, c'est Nicolas. Mais tu peux m'appeler Nico. On sera ensemble en option, du coup.

– Apparemment…

Je lui réponds brièvement car je ne suis pas très à l'aise, là, tout de suite. Particulièrement quand il me fixe comme il est en train de le faire.

– Je peux me permettre de te demander à quelle heure tu finis?

– Euh, je finis à seize heures.

– Moi aussi! Quelle coïncidence! Ça te dit qu'on se boive un café en face du lycée à la fin des cours?

– Merci pour l'invitation mais j'ai déjà quelque chose de prévu, rétorqué-je un peu surprise par sa demande.

– Bon ben, une prochaine fois peut-être! En tout cas, bienvenue! Et laisse-moi te dire que tu es vraiment très jolie.

Dis donc, il ne perd pas de temps, lui. On se connaît depuis quoi? Cinq minutes à peine. Bon, il est peut-être simplement gentil et accueillant. Mais accepter aussi rapidement un rendez-vous ne me ressemble pas vraiment. J'ai besoin de mieux connaître quelqu'un avant de passer du temps en tête à tête avec lui.

Je rejoins Noëly et lui raconte ma conversation avec Nico.

– Ça ne m'étonne pas de lui. Il saute sur tout ce qui bouge et bizarrement il a pas mal de succès. Sûrement grâce à sa mèche à la Justin Bieber! dit-elle en riant.

Sa confession me prouve que j'ai bien fait de refuser sa proposition. En tout cas, pour le moment.

Pendant le repas, elle me parle un peu d'elle, de sa famille et de son petit copain Marvin. Il est lui aussi en terminale mais dans un autre lycée.

Puis, c'est l'heure de retourner en cours. J'appelle ma mère juste avant pour savoir comment s'est passé son entretien. Malheureusement, pas très bien, de ce qu'elle me raconte.

– Allez, maman, c'était le premier, c'est rien. Le prochain sera le bon. J'en suis sûre, la rassuré-je. Je te laisse, je dois filer en classe. Je t'aime, à ce soir.

Je raccroche et remarque que j'ai reçu un SMS. C'est mon père. Je m'appuie sur la rambarde de l'étage où je vais avoir cours dans quelques instants et commence à lire.

[Bonjour, ma princesse.
J'espère que ta rentrée
s'est bien passée.

Tu n'as pas répondu à mon appel d'hier,
donc j'espère avoir
plus de chance par texto.
Tu me manques. Papa]

Je ferme le SMS sans y répondre. Mon cœur s'affole et je sens une larme monter. Je tiens la rambarde fermement pour ravaler ce signe de faiblesse que sont les pleurs. J'ai beau aimer mon père, il a lamentablement foiré.

J'entends des voix arriver au loin et je me détourne pour que personne ne voie ma carapace s'effriter.

– Allez-y, les gars, j'arrive.

– Ah, je comprends mieux ! Avec un p'tit cul pareil, c'est indécent de mettre un legging !

– Je te conseille de la fermer, Baptiste ! Sauf si tu veux finir avec une main cassée !

Même s'ils chuchotent, j'ai tout entendu. Si je n'étais pas aussi secouée par le message de mon père, j'aurais envoyé Baptiste au diable. Ne serait-ce que par solidarité féminine envers Éva. Mais je n'ai pas le temps de réfléchir plus longtemps car des pas se rapprochent de moi dangereusement. Je bombe le torse et récupère mon sac par terre. Je sais qu'il est dans mon dos. J'ai tout de suite reconnu sa voix.

– Salut, Ambre, je ne t'ai pas trop manqué, ce matin ? demande-t-il.

Lorsque je me retrouve face à lui, il doit immédiatement percevoir sur mon visage que je ne suis pas dans mon assiette car son regard me trouble soudain. Il est rempli d'inquiétude, d'incompréhension et de curiosité. Cela me surprend car il a l'air sincère.

– Ça ne va pas, Ambre ?

– Si, si, très bien. Je suis juste très émue de te voir, ironisé-je.

Il voit bien que je mens. Mais il semble décider de me suivre sur le chemin de l'humour.

– Je sais. C'est l'effet que je fais aux filles en général. Si tu veux en parler, tu peux. Je ne suis peut-être pas bon en jongle, mais je sais écouter.

– C'est les amis qui font ce genre de choses. Et tu ne crois pas en l'amitié fille-garçon, je te rappelle.

– Non, c'est vrai. Mais avec toi, je suis prêt à tout essayer.

*P**** de papillons de m****.*

Mon cœur et ma tête sont en plein conflit. Le premier est touché par ses mots et le fait qu'il semble réellement se préoccuper de ce que je ressens. Mais la deuxième m'assène une piqûre de rappel en m'envoyant l'image de Charlotte en pleine face.

Alors que je m'apprête à l'envoyer sur les roses, la sonnerie interrompt notre échange et nous rentrons ensemble en classe pour deux heures de philosophie.

Note à moi-même : ne plus mettre de legging.

7

Ambre

Noëly nous a gardé deux places devant. Je m'assieds à côté d'elle quand la prof arrive. Elle fait l'appel, nous demande de mettre un papier avec nos prénoms devant nous et commence son cours. Au bout de quelques minutes, mon esprit vagabonde vers mon père et cette fameuse soirée où tout a changé.

Il était rentré à deux heures et demie du matin, sous l'influence de l'alcool et de drogue douce qu'il s'était remis à fumer depuis quelques mois. Ma mère avait alors hurlé en le découvrant dans cet état, avec des traces de suçons dans le cou et de rouge à lèvres sur sa chemise. Mais le pire avait été à venir.

Je suis soudain envahie de plusieurs émotions. Quand je reviens au présent, la prof est devant moi à attendre apparemment une réponse. Mais à quelle question? Je n'en sais strictement rien. Je panique et cherche mes mots mais je suis rapidement sauvée de ce moment très gênant.

– Madame, je connais la réponse, crie Fabio. Il s'agit de Maupassant. C'est lui qui a écrit *Le Horla*.

Je suis aussi étonnée par le fait qu'il connaisse Maupassant que par son aide inopportune. Je pivote sur ma chaise et lui souris timidement. Ce à quoi il répond par un clin d'œil qui réussit à me troubler.

À la fin des deux heures, c'est la pause. Je veux le voir pour le remercier mais, en sortant de la salle, je me retrouve face à Charlotte et ses deux acolytes, toutes appuyées contre la rambarde. À peine Fabio passe-t-il la porte qu'elle l'enlace et l'embrasse à pleine bouche. J'entends Baptiste leur suggérer d'aller à l'hôtel. Si elle veut marquer son territoire, elle peut tout aussi bien lui uriner dessus.

Je prends les escaliers avec ma nouvelle camarade préférée pour aller dans la cour quand je sens un bras au-dessus de mon épaule. En tournant la tête, je découvre qu'il appartient à Nico. Niveau délicatesse et romantisme, on repassera!

Je me retire gentiment de son étreinte et mets de la distance entre nous. Je ne veux pas qu'il s'imagine qu'il me plaît et que tout est gagné. Même si je dois avouer qu'il est très beau garçon.

– Comme on se retrouve, Ambre! Je savais que le destin nous remettrait sur le même chemin.

– T'as personne d'autre à aller draguer, idiot? lui lance Noëly.

– Je ne la drague pas. Je la courtise. Une fille d'une telle beauté et d'une telle élégance, on la courtise, voyons, renchérit-il.

Je ris discrètement et il en profite pour repositionner son bras autour de mon cou et me poser de nombreuses questions jusqu'à notre arrivée dans la cour. Lorsqu'il finit par l'ôter, je pense qu'il va enfin me laisser un peu d'air mais il en profite pour se mettre à genoux devant moi et me supplier d'aller boire un café avec lui. Il a le mérite de me détendre et de lever mes appréhensions. Mais ça ne suffit pas encore pour que j'accepte. Les paroles de Noëly assaillent ma mémoire et je ne suis pas sûre de pouvoir lui faire confiance. En tout cas, pas dans l'immédiat. Alors je décide de refuser sa proposition. Pour l'instant…

– J'adore qu'une fille me résiste et je ne baisse jamais les bras! dit-il, sûr de lui.

Plus qu'une heure de cours et enfin à la maison. Je m'arrête devant ma salle et sursaute quand Fabio se dresse devant moi.

– Je peux savoir pourquoi Nico avait son bras autour de ton cou? demande-t-il sur un ton assez autoritaire.

Non mais, pour qui se prend-il?

– Est-ce que, moi, je te demande ce que fait ta langue dans la bouche de Charlotte? rétorqué-je aussitôt.

– Tu vas accepter de sortir avec lui?

– Qu'est-ce que ça peut te faire?

– Réponds simplement à ma question!

– Ça ne te regarde absolument pas, Fabio!

– En tant qu'ami, je te déconseille d'accepter, dit-il avec une pointe d'agacement. Et même de le laisser te toucher. Il pourrait croire que la porte est ouverte.

– Il peut bien croire ce qu'il veut, cela ne te concerne en rien. Je suis une grande fille et j'ai pour habitude de me faire ma propre opinion sur les gens que je rencontre !

Avant de lui laisser le temps de me répondre, je prends la direction de la classe. Je me suis assez fait remarquer pour aujourd'hui. Même s'il est derrière moi et que je ne vois pas son visage, je peux certifier qu'il est irrité par ma réponse.

Durant tout le cours, j'ai senti son regard peser sur moi et je dois dire que son culot me surprend au plus haut point. Mais je préfère ignorer son comportement et me concentrer sur le reste.

Il est dix-sept heures trente quand j'arrive enfin chez moi. Je retrouve Yama, avec une amie à elle. Ma mère n'est toujours pas rentrée. Je les salue et me dirige vers ma chambre. Je me mets directement à mon bureau pour faire mes devoirs. On a déjà trois exercices de maths et une lecture de cinq chapitres du *Horla*. Je termine le tout une heure plus tard, prends une douche et appelle Sana pour lui raconter ma journée. Elle me conseille de répondre à mon père si j'en ai envie, mais qu'elle me comprendrait si je ne le faisais pas.

Je ne me sens pas encore prête, il me faut plus de temps.

Après le repas, je me glisse dans mon lit. Je checke mon téléphone, et deux demandes d'ami sur Facebook s'affichent : Nicolas Martinat et Noëly Fernandes, ainsi qu'un SMS de ma cousine et de Noëly.

Léona :
[On s'est à peine vues aujourd'hui.
Ça va, t'as passé une bonne journée ?]

Noëly :
[On en parle du fait que l'année commence à peine
et que j'en ai déjà marre des devoirs ?
T'as intérêt de m'accepter sur Facebook]

Je discute par texto avec ces deux-là pendant environ quarante-cinq minutes et, au moment où je vais éteindre la lumière, ma mère vient me souhaiter une bonne nuit. Après avoir échangé sur notre journée, elle finit par quitter ma chambre et je ferme doucement les yeux.

Alors que j'essaie désespérément de m'endormir, j'entends mon téléphone vibrer. C'est un message de Fb Gdn.

Fb Gdn : Bonsoir, Ambre. Tu es partie sans me dire au revoir, aujourd'hui. Pas très sympa comme amie. Tu fais quoi ?

Après notre petite altercation de fin de journée, je ne me doutais absolument pas qu'il oserait m'écrire. Il faut croire qu'il est tenace. Probablement à cause de la fatigue, je me pose moins de questions et décide de lui répondre.

Ambre Bellino : Je suis dans mon lit. Je réponds à un mec un peu relou qui se prétend être mon ami. Et toi ?

Fb Gdn : Au lit aussi. Je discute avec une très jolie fille avec qui j'ai décidé de tester l'amitié fille-garçon mais, bon, elle veut rien me raconter.

Ambre Bellino : Peut-être qu'elle n'a rien à dire.

Fb Gdn : Non, je ne pense pas que ce soit ça. Aujourd'hui, j'ai vu dans ses yeux un peu de tristesse mais elle n'a pas voulu en parler. Tu penses que je devrais lui demander ce qu'il s'est passé ?

Ambre Bellino : Ça t'intéresse vraiment ou tu es juste trop curieux ?

Fb Gdn : Je veux savoir ce qu'elle ressent car je n'ai pas aimé la voir cacher ses émotions et serrer les dents alors qu'elle ne connaît encore personne.

Ambre Bellino : Ne t'inquiète pas trop pour elle. Les filles sont fortes. Elles peuvent encaisser beaucoup de choses.

Fb Gdn : Je vois bien qu'elle est forte. Ça se sent. Je voudrais juste qu'elle sache que si elle ressent le besoin de parler, je suis là.

Ambre Bellino : Je pense qu'elle le fera quand elle se sentira prête. Après tout, vous vous connaissez à peine.

Fb Gdn : Par chance, je suis quelqu'un de patient. Mais il y a autre chose aussi. Au lycée, il y a ce mec qui l'a draguée, et elle semble ne pas vouloir suivre mon conseil.

Ambre Bellino : Elle est assez grande pour prendre des décisions, tu ne crois pas ? Et en tant qu'ami, tu dois respecter ça.

Fb Gdn : Et en tant qu'amie, elle devrait prendre en compte mon avis.

Ambre Bellino : Et en tant qu'ami, tu devras respecter son choix.

Il lit le message mais aucune réponse ne vient, même après trente minutes. Il doit sûrement avoir mieux à faire, comme parler avec sa petite amie.

Eh oui, car ce n'est pas toi, sa copine, au cas où tu l'aurais oublié.

Malgré moi, je cède à la curiosité et clique sur sa page Facebook. Aucune photo de couple. Seulement lui, sa famille, ses amis et le foot. Je dérive sur la page de Charlotte et là, un florilège de photos de couple, avec des cœurs, des je t'aime et hashtags à la pelle : #CoupleGoal #Love #MaVie. Lui par contre ne commente rien au sujet de leur couple. Est-ce de la pudeur ? Ou simplement Charlotte qui en fait trop ? Je n'en sais absolument rien.

***

Les journées de cours s'enchaînent et Fabio a été assez distant toute la semaine. Parfois nos regards se sont croisés mais il détournait aussitôt le sien. Apparemment, notre dernière discussion ne lui a pas beaucoup plu. Après tout, je n'ai rien dit de mal et il a quelqu'un. Donc je ne vois pas pourquoi je ne devrais pas accepter un rendez-vous avec Nico. D'ailleurs, chaque fois que ce dernier vient me parler, je sens les yeux noisette désapprobateurs de Fabio sur moi. D'autant que Nico se donne beaucoup de mal pour me croiser le plus souvent possible. Je dois bien avouer que sa persévérance lui a fait marquer des points.

– Alors, tu viens boire un café avec moi, Ambre? Si tu veux, tu peux amener ta vigile, dit-il en montrant ma camarade du doigt.

– Va pour un café parce que c'est vendredi et que j'ai besoin de souffler, finis-je par répondre. Mais je préviens aussi Léona, Cyril et Éva, si ça ne te dérange pas.

– Du moment que tu es là, ça me va!

Il nous propose d'aller à la boulangerie Perrin, à cinq minutes à pied.

Je passe un bon moment entourée de ma cousine et de tous les autres. Nico est drôle et il a insisté pour m'inviter. Je me doute qu'il a probablement une idée derrière la tête mais il n'a eu ni mots ni gestes déplacés à mon égard, et sa compagnie est très agréable.

Alors pourquoi Fabio ne quitte-t-il pas mon esprit? Pourquoi est-ce que je guette la porte en espérant le voir la franchir?

Je suis contrariée par son silence et par le besoin que je ressens de discuter avec lui. Je déteste déjà l'emprise qu'il a sur moi et je sais que c'est mal. Pourtant, mes pensées en ont décidé autrement.

Deux heures après ce goûter improvisé, je suis chez moi. Ma cousine est rentrée également, mais on se voit le lendemain pour se faire une journée shopping avec Éva et Cyril.

Il est vingt-deux heures quand je commence à faire les cent pas dans ma chambre, avec pour seul dilemme: écrire ou ne pas écrire à Fabio. Telle est la question qui me taraude depuis que je suis rentrée.

Je saisis mon téléphone, le fais tourner un bon nombre de fois entre mes doigts et, finalement, je prends mon courage à deux mains.

Ambre Bellino: Bonsoir, Fabio. Alors, quoi de neuf?

J'efface tout. Trop nul. Deuxième essai.

Ambre Bellino: Kikou, alors, on boude?

Non mais, sérieusement ? « Kikou » ? Que quelqu'un vienne me gifler. Troisième essai qui s'avère être le bon.

Ambre Bellino : Bonsoir, Fabio. Je voulais savoir si ça allait vu qu'on ne s'est pas trop parlé cette semaine.

J'appuie sur Envoyer en espérant recevoir rapidement une réponse. Quand mon téléphone vibre, je le saisis à la hâte. Fausse alerte.

C'est un message de Noëly. Je lui réponds rapidement et j'attends. D'interminables minutes s'écoulent quand, miracle, l'écran s'illumine. Je l'ouvre immédiatement, tant pis pour ma dignité.

Fb Gdn : Désolé, Ambre, mais je n'ai pas le temps de discuter avec toi. Bonne nuit.

Et je crois entendre ma fierté me traiter de pauvre idiote.

8

Ambre

Je marche dans une forêt sombre. Sans savoir où je vais. Une voix masculine m'appelle au loin. Je tente de la suivre et j'aperçois une silhouette. Au fur et à mesure, je distingue le visage de Fabio. Je cours vers lui et lui saute dans les bras, encerclant sa taille avec mes jambes. Je m'approche pour l'embrasser mais des dizaines de serpents sortent de sa bouche et m'attaquent.

Ce cauchemar me réveille en sursaut. Il est trois heures du matin. Si maintenant il envahit même mes cauchemars, ça ne va vraiment pas le faire.

Je me remémore sa réponse et j'essaie de comprendre la raison pour laquelle il a été aussi expéditif.

Est-ce qu'il est avec Charlotte? Est-ce qu'il m'en veut de ne pas l'écouter pour Nico? Ou n'avait-il seulement pas envie de me parler?

Arghhhhh, cerveau mode off. Dors, ma grande.

Ou peut-être qu'il respecte les règles du centre pour une fois?

Je sais que je ne devrais pas m'en soucier. Je ne devrais pas penser à lui et il ne devrait pas jouer les acteurs principaux dans mes songes. Pourtant, c'est le cas. J'ai beau essayer de le chasser de ma tête, il y prend toute la place et je me sens impuissante face à ce que je commence à ressentir.

Dors, dors, dors, Ambre.

Je me promets d'en avoir le cœur net lundi au lycée quant à sa froideur!

Le lendemain, je me réveille en mode guerrière avec du Beyoncé dans les écouteurs. Une chanson aura suffi à réveiller la battante qui sommeillait en moi. Qu'il aille au diable! Je le connais depuis quoi? Deux semaines? Il est hors de question qu'il infiltre déjà mes pensées les plus intimes, et qu'il puisse avoir un quelconque impact sur mon humeur. Du moins, c'est le mantra que je me répète en boucle depuis ce matin.

Je me prépare pour ma journée avec Léona, Éva et Cyril et je décide de me faire belle. J'enfile une robe grise moulante, à manches longues, avec une paire de Stan Smith toutes blanches et une veste en jean au cas où il ferait froid.

Je me dirige vers la cuisine et pique une pomme dans le panier de fruits. J'embrasse Yama et ma mère, et monte le son de la télévision pour que la musique envahisse la pièce.

Je me mets à danser au milieu du salon et attire ma grand-mère avec moi. Elle rit et, malgré les sonorités hip-hop de la musique, la danse orientale est au rendez-vous. Maman finit par nous rejoindre, et le début de cette journée me donne une énergie positive incroyable.

Je rejoins tout le monde devant chez moi et nous voilà partis.

Nous flânons d'abord dans le centre-ville pour faire les magasins et manger une glace. Vers quinze heures, ils me font prendre le bus en prétextant vouloir me faire découvrir de nouveaux endroits.

Lorsque nous descendons, nous ne sommes plus en ville mais devant l'entrée d'un stade de foot, et je comprends qu'ils m'ont tendu un piège.

Non, non, non. Impossible. Ils n'ont pas fait ça sans me prévenir.

– Tu vas voir ton premier match de foot ! s'écrie ma cousine en pensant que c'est une bonne nouvelle.

– On s'est remis ensemble avec Baptiste, alors je lui ai promis d'être là ! enchaîne Éva.

– Et moi, j'adore mater des mecs en sueur ! renchérit Cyril.

– Vous auriez pu me le dire avant ! Je serais rentrée, leur dis-je.

– Oh ça va, ça change ! En plus, Fabio joue, annonce-t-elle comme si cette information allait me faire changer d'avis.

Il ne manque plus que ça.

Reste impassible, Ambre.

– Qu'est-ce que ça peut me faire, que Fabio joue ?

– Tu crois que j'ai pas vu comment vous vous regardiez au bahut ? répond Léona.

– Tout le monde l'a vu ! En plus, Baptiste m'a dit qu'il ne supportait plus Charlotte et qu'il allait bientôt la quitter ! Apparemment, une autre fille lui aurait tapé dans l'œil ! Et on sait tous qui est cette autre fille ! crie-t-elle tout en tapant des mains.

– N'importe quoi ! enchaîné-je en essayant d'être crédible.

– Chérie ? Fabio est carrément sexy ! Si tu n'en veux pas, c'est moi qui en ferai mon quatre-heures ! s'exclame Cyril tout en se mordant la lèvre inférieure.

– Je te le laisse volontiers et puis de toute manière, pour l'instant, il est toujours en couple, il me semble ! ajouté-je.

– En tout cas, ça ne l'a pas empêché de me demander ce qu'il se passait entre Nico et toi ! lance ma cousine.

Après m'être laissé convaincre de rester, nous passons la fouille des vigiles et allons nous installer dans les tribunes. Je suis étonnée de voir qu'il y a un public assez nombreux pour une équipe de jeunes joueurs.

Les filles m'expliquent que Fabio et Baptiste sont convoqués pour la première fois en CFA. C'est le plus haut niveau amateur. À leur âge, c'est un gros tremplin pour leur future carrière. Baptiste est deuxième gardien donc sur le banc. Tandis que Fabio est sur le terrain, prêt à faire l'engagement.

Le match commence, et je retrouve toutes les sensations que j'ai déjà ressenties avec mon père lorsqu'il m'emmenait voir ses matchs. Je suis tout d'un coup nostalgique et bien loin de cette période de ma vie.

Comme si l'Univers entier voulait que je me concentre sur lui, Fabio ouvre le score et pointe son doigt vers le ciel. Son geste me serre le cœur car il est lourd de sens. Mon esprit fait directement le lien. La chaîne autour du cou, le prénom Enzo avec l'ange. Il a perdu un être cher à qui il vient de dédier son but. Quelle est l'importance de ce disparu pour lui ? Est-il quelqu'un de sa famille ? Un ami ? Un parent ? Je me demande s'il ressent encore de la tristesse, si le deuil est difficile et s'il a trouvé du soutien pour traverser tout ça. Je n'ai jamais perdu un être cher, je peux simplement essayer d'imaginer la peine que l'on doit ressentir.

Un son aigu et désagréable me ramène à la réalité. C'est la voix de Charlotte, qui hurle à pleins poumons et m'oblige à détourner le regard de lui. Encore une fois, elle veut marquer son territoire.

À la mi-temps, Baptiste fait un signe de la main à Éva, puis murmure quelque chose à l'oreille de Fabio. Ce dernier lève les yeux vers moi et nous nous fixons quelques secondes. Il me sourit jusqu'à disparaître aux vestiaires.

Note à moi-même: trouver de la mort aux papillons à avaler d'urgence.

Lorsque l'arbitre siffle la fin du match, il est presque dix-neuf heures. Victoire de Bordeaux. J'envoie un SMS à ma mère pour lui dire que je serai bientôt à la maison. Les filles me supplient de rester avec elles pour aller manger, mais croiser les Beckham ne me dit rien du tout. Je les abandonne donc et me dirige vers l'arrêt de bus.

Pendant tout le trajet, je pense à lui. Il est vraiment très doué, et il déborde de passion. Ce sourire qu'il m'a fait me perturbe encore. Il faut vraiment que j'arrête de penser à lui. Il a quelqu'un et c'est mal.

Arrivée à la maison, je constate qu'il y a pas mal de monde, dont mon oncle Farès, ma tante Inès et leurs enfants. J'adore les réunions familiales. Nous dînons et rions aux souvenirs d'enfance que Yama nous raconte. Cinq enfants à la maison, ça laisse des marques.

Une fois tout le monde parti, je prends ma douche, je vais au lit avec mon téléphone et, surprise!

« Fb Gdn vous a envoyé un message. »

Mon cœur fait deux saltos avant et un arbre droit.

Fb Gdn: Pourquoi tu n'es pas venue manger avec nous, Ambre?

Je lui réponds sur-le-champ.

Ambre Bellino: C'est qui?
Fb Gdn: Ha ha! Très drôle… Alors, pourquoi?

Ambre Bellino : Tu peux me parler, ce soir?

Fb Gdn : Ah, je vois... Je t'ai vexée, hier. On peut dire qu'on est quittes, alors !

Ambre Bellino : Ton message d'hier soir avait pour but de me vexer?

Fb Gdn : Non, pas du tout. Les veilles de match important, je me couche tôt. J'essaie d'éviter les distractions. Et toi, tu en es une. Mais si ça t'a vexée, alors c'est ce qu'on appelle faire d'une pierre deux coups, car le fait que tu ne veuilles pas suivre mes conseils me vexe aussi. Plus que tu ne le penses.

J'avais raison. Ma réponse l'a touché. Cette découverte ne me laisse pas indifférente. Mais je n'ai pas le temps de réfléchir car Fabio m'envoie déjà un autre message.

Fb Gdn : Tu n'as toujours pas répondu à ma question. Pourquoi tu n'es pas venue? Tu avais rendez-vous ailleurs?

Ambre Bellino : Tu as tout compris. Quelle perspicacité ! Doué avec les jambes mais aussi avec la tête.

Fb Gdn : Tu avais rendez-vous avec qui? Nico encore?

Ambre Bellino : La curiosité est un vilain défaut, Fabio.

Fb Gdn : Pas quand on est amis.

Ambre Bellino : Déjà pourquoi dis-tu « Nico encore »?

Fb Gdn : Parce que je sais que tu as bu un café avec lui vendredi après les cours.

Ambre Bellino : Oui avec lui, trois autres personnes et tous les clients.

Fb Gdn : Tu n'as toujours pas répondu à ma question.

Ambre Bellino : J'avais un repas de famille, ce soir. Et tenir la chandelle? Très peu pour moi.

Fb Gdn : Dommage. Ça m'aurait fait plaisir de passer du temps avec toi...

Ambre Bellino : Tu ne m'as pas parlé de la semaine et puis je ne suis pas sûre que Charlotte soit du même avis. Alors, permets-moi d'en douter.

Fb Gdn : Je suis quelqu'un de susceptible, Ambre. Désolé. Je t'ai manqué ?

Ambre Bellino : Tu as fait un très beau match.

Fb Gdn : Merci. Ça reste entre nous mais je voulais surtout impressionner une fille qui venait me voir pour la première fois. Elle pense qu'on est juste amis. Mais, au fond, on sait tous les deux que c'est faux. Je te souhaite une bonne nuit, Ambre.

Mon Dieu. Ce garçon a le don de faire virevolter chacun de mes sens. Je peux entendre mon cœur hurler qu'il est en détresse respiratoire, mon cerveau lui répondre qu'il faut arrêter de s'emballer pour un garçon qu'on connaît à peine et qui n'est pas libre, et mon estomac jouer à la marelle avec des papillons. Quant à mon entrejambe, il fourmille et brûle de désir. Toutes ces sensations me sont totalement inconnues et me laissent sans voix. Puis c'est la culpabilité qui pointe le bout de son nez. Alors je me ressaisis et tente de dissimuler l'effet Fabio.

Ambre Bellino : Effectivement, ta copine avait l'air très impressionnée par tes exploits sur le terrain. Pour ma part, nous sommes simplement amis, Fabio. Bonne nuit également.

9

Ambre

Dimanche, c'est journée en famille. Nous déjeunons toutes les trois avant de nous attaquer au ménage de la maison. Je sens mes lèvres s'étirer toutes seules depuis mon réveil. Je passe la serpillière en dansant telle une ballerine dans un spectacle du *Lac des cygnes*, puis je fais les vitres en chantant une chanson de Shakira à pleins poumons.

Mais qu'est-ce qui m'arrive ?

Certes, je sais officiellement que je lui plais. Mais Charlotte est toujours sa copine et je suis toujours une fille bien. Enfin, je crois.

En début d'après-midi, ma tante Louisa, son mari, Jade et Léona nous proposent une balade en ville. D'abord, direction la place de la Bourse, pour finir sur le Miroir d'eau, une étendue d'eau posée sur des dalles où nos visages se reflètent. Telle une touriste, j'immortalise toutes ces fabuleuses découvertes et transmets toutes mes photos prises à Sana pour les partager avec elle. Bordeaux est magnifique.

Je culpabilise de me sentir aussi bien dans une ville que je connais à peine, et où chaque nouvelle journée m'apporte son lot de beauté et de nouveauté.

Enfin, nous nous dirigeons tous vers le jardin public pour nous balader et boire un thé à l'orangerie. Ce lieu porte vraiment bien son nom. Sur la terrasse, de grands parasols orange sont ouverts ce qui donne l'impression d'être encore en vacances.

– Allez-y, je vous rejoins ! Je viens de voir Éva, dit Léona en pointant du doigt un groupe de personnes installé un peu plus loin sur des serviettes.

J'aperçois Éva, Baptiste, les deux acolytes de Charlotte et trois autres garçons du lycée.

Mes entrailles se serrent sur ma dernière vision. Fabio et Charlotte sont installés avec eux. Elle est assise entre ses jambes, appuyée sur son torse et elle lui caresse les cheveux. Lui est appuyé sur ses mains, posées au sol derrière lui. Je me sens soudain tellement ridicule de ressentir des choses pour lui, de le trouver beau et de vouloir être à la place de sa vipère.

Ils n'ont pas du tout l'air au bord de la rupture et, au vu de la position de Fabio, elle n'a pas l'air de l'agacer comme le prétend Baptiste. Je perds mon souffle, ma trachée me brûle et une boule est en train de s'installer dans ma gorge. C'est un mélange de colère, de honte et de tristesse qui s'empare de moi. Je ne suis qu'une pauvre idiote. Ne savais-je pas déjà combien les hommes sont de piètres menteurs pour arriver à leurs fins? La vérité m'éclate encore une fois au visage.

Tu ouvres enfin les yeux? Pas trop tôt.

Je vois Léona les saluer et nous désigner, ma famille et moi. Ils se retournent tous vers nous. Fabio est trop loin pour que je puisse percevoir son regard mais quand il me voit, il me tourne immédiatement le dos. Ce ne sont plus des papillons qui dansent à l'intérieur mais des lames de couteau bien aiguisées.

Une fois que nous sommes dans le salon de thé et que nous avons passé commande, je prends une décision sans appel. Ce petit jeu avec le footballeur doit cesser. Je n'ai pas de temps à perdre avec un indécis, et il est hors de question de m'attirer le moindre problème à cause de ses sous-entendus.

– Ça va, Ambre? demande ma mère. Tu n'as pas dit un mot depuis que nous nous sommes installés...

– Non, ça va, maman. Un peu fatiguée, c'est tout!

Je prends mon téléphone, me connecte à Facebook et accepte la demande de Nico.

Après ça, je réussis un peu à me détendre. Jade me raconte sa première semaine au collège. Cette discussion a le mérite de me changer les idées. La voix de Léona résonne soudain à l'autre bout de la terrasse.

– Maman? Tata? Mes amis nous proposent à Ambre et moi de passer la fin de journée avec eux. On peut y aller?

Les deux sœurs se concertent et font oui de la tête.

– Super ! hurle-t-elle en tapant dans ses mains. Viens, Ambre ! Ils nous attendent !

– Non merci ! Je préfère rester en famille.

– Oh allez, ça va ! Viens ! insiste-t-elle.

– Toujours pas, bien tenté.

Elle hausse les épaules en signe d'abandon et retourne auprès d'eux. Les voir de loin a déjà mis mes nerfs à vif. Il ne manquerait plus que je passe un moment avec eux.

À la fin de ce petit goûter improvisé, nous rentrons à la maison. J'aide Yama à cuisiner tout en entendant les vibrations incessantes de mon portable. Nico montre sa joie d'avoir été accepté en likant un bon nombre de photos et en commentant à tout va. Quel acharné ! Je reçois un message de lui.

Nicolas Martinat : Enfin, tu m'as accepté. Alléluia. Je savais qu'il fallait que je persiste.

Je ne réponds pas mais ça ne l'empêche pas d'enchaîner.

Nicolas Martinat : J'ai vu que tu faisais du cheval quand tu vivais à Nice. J'adore les chevaux, moi aussi, et j'adore Nice. On a pas mal de points communs à ce que je vois ;).

Toujours aucune réponse de ma part. Mais toujours plein d'entrain de son côté.

Nicolas Martinat : Ça va, t'as fait quoi de beau, aujourd'hui ? Moi, je suis allé au ciné voir le dernier *Fast and Furious* avec deux potes.

Allez, juste une réponse, histoire de ne pas paraître trop hautaine.

Ambre Bellino : Salut, Nico. Aujourd'hui, c'était journée en famille, balade en ville et goûter au jardin public. Je te laisse, je passe à table. À demain. Bonne soirée.

Son enthousiasme est réconfortant. Même s'il est un peu *too much*, lui au moins est libre et ne semble pas jouer sur plusieurs tableaux. Mais c'est un peu trop pour aujourd'hui et je n'ai pas le cœur à m'épancher.

Après le repas et une bonne douche brûlante pour détendre chaque muscle, je vais me coucher. Il vaut mieux dormir et oublier cette journée.

Je commence à sombrer dans un profond sommeil, quand la lumière de mon téléphone me réveille.

« Fb Gdn vous a envoyé une image. »

Une image ? C'est bien la première fois.

Il a piqué ma curiosité. Il savait que je ne pourrais pas m'empêcher d'ouvrir son message.

Dors, Ambre. Rappelle-toi dans quels bras il était tout à l'heure.

Mon cerveau a raison. Qu'il aille se faire voir avec son image.

Je me remets au lit et ferme les yeux. Je tourne une fois, deux fois, trente fois. Il a gagné.

Pauvre fille, zéro mental.

Je saisis mon téléphone et découvre son message. C'est une capture d'écran de mon fil d'actualité Facebook. Je ne comprends pas tout de suite, mais en y regardant de plus près, ça fait tilt.

« Ambre Bellino est amie avec Nicolas Martinat. »

Son image est suivie d'un point d'interrogation.

Mais quel culot, il a ! Comme il voit que je suis en ligne mais que je ne lui réponds pas, il me renvoie un message.

Fb Gdn : Tu m'expliques ?
Ambre Bellino : Tu sais lire, non ?
Fb Gdn : Oui. Et justement je voudrais des explications.

Des explications? DES EXPLICATIONS? Mais pour qui il se prend, lui? Pour mon père? Je vais lui en donner des explications!

Note à moi-même: m'inscrire à un cours de boxe thaï.

Je fais exprès de rester en ligne et de ne pas lui répondre. Je sais qu'il craquera avant moi.

Fb Gdn: C'est parce que tu es en train de parler avec lui que tu ne me réponds pas?

Bingo. Jetons un peu d'huile sur le feu, maintenant.

Ambre Bellino: Entre autres. Il est vraiment gentil. Plus je lui parle et plus je l'apprécie. Il vient de m'inviter à manger ce mercredi à la fin des cours. Je pense dire oui. T'en dis quoi?

Ma conscience essaie de se mêler de la conversation.
Ce n'est pas beau de mentir et de vouloir le pousser à bout. Ça va mal finir, cette histoire.
Je choisis délibérément de ne pas l'écouter.

Fb Gdn: J'en dis que tu devrais refuser.
Ambre Bellino: Je ne vois pas pourquoi. Il est célibataire, joli garçon et plutôt sympa. Je vais lui laisser une chance.
Fb Gdn: Nico ne pense qu'à une chose. Coucher avec toi. Après, peut-être que tu es ce genre de fille pour qui le sexe n'a pas d'importance, après tout, je te connais à peine.

Un point pour ma conscience.

Ambre Bellino: Peut-être bien. D'ailleurs peut-être que c'est ce que je veux aussi.

S'il savait que je suis vierge, il me rirait au nez.

Fb Gdn : OK. Fais ce que tu veux. Finalement, ce n'est pas mon problème.

Ambre Bellino : Exactement ! Tu as bien assez à faire avec ta petite copine ! Bonne nuit, Fabio.

Fb Gdn : Effectivement, je vais me concentrer sur elle ! Bonne nuit, Ambre.

Qu'il aille au diable, toutes ses réactions commencent à me donner le tournis. Il est hors de question qu'il prenne encore une fois le contrôle de mes émotions.

10

Ambre

Le lundi est le jour où les sportifs sont en classe toute la journée. Malgré ça, Fabio et moi nous sommes ignorés toute la matinée. Il a beau être charmant et très drôle, je ne sais pas à quoi il joue, et ça ne me plaît pas du tout. Encore moins avec la nuit blanche que je viens de passer.

Le midi, à la cafétéria, je m'installe tranquillement avec Noëly. Nous commençons nos discussions de filles, quand les sportifs de notre classe viennent se joindre à nous. Ça doit sûrement être une blague ! Sortez les caméras cachées.

– Ça va, les filles ? commence Baptiste. On ne vous dérange pas, j'espère ?

– Blabla de filles, mais bon, vous pouvez rester si vous voulez ! répond Noëly.

Après quelques minutes à échanger des banalités, Fabio décide de rompre son silence.

– Je peux te poser une question, Noëly ?

– Je t'écoute, dit-elle avec innocence.

– En tant que fille, justement, tu penses quoi de celles qui couchent avec des mecs qu'elles connaissent à peine ? demande-t-il. Parce que, personnellement, je trouve ça assez repoussant !

Je sens la colère m'envahir mais je décide de ne rien dire. Enfin pas tout de suite en tout cas. Il va vite voir de quel bois je me chauffe !

– Je trouve ta remarque très arriérée, Fabio ! On n'est plus dans les années cinquante. Les mecs le font bien, eux ! Alors pourquoi pas les filles ? lance-t-elle.

– Ce n'est que mon avis personnel mais je trouve que ce genre de filles ne se respecte pas assez, enchaîne-t-il.

Je décide de sortir de mon mutisme.

– Du moment que les deux personnes sont célibataires, consentantes et qu'elles se protègent, je ne vois pas le mal.

Il daigne enfin me regarder pour la première fois depuis qu'il s'est assis. Ses yeux me transpercent de rage !

– Je sais que vous, les filles de la Côte d'Azur, vous êtes assez ouvertes au sujet du sexe. C'est d'ailleurs pour ça que je ne t'ai pas demandé ton avis ! Je me doute que, pour toi, coucher avec un mec, c'est une simple banalité…

– Je te demande pardon ? m'emporté-je dans un mélange de colère et de déception.

– Tu m'as très bien entendu, Ambre !

Toutes les personnes de notre table nous regardent, comme si elles assistaient à un match de tennis. Et elles attendent apparemment le prochain set.

– T'es en train de me traiter de traînée ?

– Non, plutôt de fille ouverte d'esprit !

– Je ne te permets pas de me juger ! Tu ne sais rien de moi ! Tu ferais mieux de t'occuper de ta copine, pauvre crétin !

Je me lève et quitte la table immédiatement avant d'utiliser mon couteau sur autre chose que sur ma viande. Il est allé trop loin, et je ne vais pas pouvoir garder mon calme bien longtemps.

Il me rattrape avant que je ne sorte de la cafétéria.

– Tiens ! Avant que tu partes, je voulais te donner quelque chose. Ça te servira sûrement mercredi !

Il glisse quelque chose dans mon sac et retourne s'asseoir.

Lorsque je suis dehors, je m'empresse de regarder ce qu'il m'a laissé, et ce que je découvre finit de m'achever.

C'est un préservatif.

Trois options s'offrent à moi.

Un : Attendre qu'il sorte et le gifler.

Deux : L'ignorer aujourd'hui et pour toujours.

Trois : Lui dire la vérité.

Je choisis l'option numéro deux pour l'instant. Son but est clairement de me provoquer.

Sois plus intelligente que ça, Ambre.

Ma mère n'a cessé de me répéter durant toute mon adolescence que le meilleur des mépris est le silence. Je décide de suivre son conseil, et je n'adresserai plus un mot à ce garçon. Noëly me rejoint quelques minutes plus tard et je ne savais même pas qu'une aussi jolie fille qu'elle connaissait autant d'insultes. Je la rassure sur mon état et nous reprenons nos papotages. Je bous à l'intérieur, mais je ne laisse rien paraître.

***

Le jour suivant, en cours de philo, la prof a rapproché les tables pour que l'on puisse travailler par groupes de quatre. Je me retrouve donc avec deux filles de ma classe et bien évidemment, ironie du sort, Fabio. Et comme une mauvaise nouvelle n'arrive jamais seule, ce que l'on doit rendre à la fin de l'heure sera noté. La Ambre studieuse reprend le dessus sur la situation et se jette à corps perdu dans ce travail, sans adresser un seul mot ni un seul regard à son nouvel ennemi. Le froid est palpable, à tel point que nos camarades n'osent rien dire pour ne pas contrarier l'un de nous.

Le reste de la semaine passe très vite et je suis heureuse d'être enfin en week-end. Nico est venu discuter plusieurs fois sur Facebook et j'ai décidé d'apprendre à le connaître. Après tout, il se montre très gentil et assez avenant.

Samedi matin, je suis étonnée d'avoir été invitée à un groupe qui s'intitule « Laser Game Évolution ». Baptiste en est l'administrateur et c'est Léona qui m'a ajoutée. L'événement se passe ce dimanche à seize heures. Plusieurs personnes ont répondu oui, dont ma cousine, Éva et Charlotte, et plusieurs autres que je ne connais pas. La compétitrice que je suis n'hésite pas un seul instant et je réponds également présente. Quelques minutes après moi, c'est Fabio qui enchaîne.

Fb Gdn : OK pour moi. Ça tombe très bien, j'ai des comptes à régler…

C'est officiel, je suis impatiente d'être à dimanche.

Le jour J, ma cousine me rejoint chez Yama pour que l'on se rende ensemble au laser game. Sur le trajet, elle me raconte que l'équipe a joué et gagné la veille. Elle me confie aussi qu'un des garçons qui allait être là lui plaît beaucoup et qu'elle a hâte de le voir.

Le trajet passe rapidement et, lorsque nous arrivons, il est déjà quinze heures trente. Nous nous installons pour boire un verre en attendant les autres.

Quelques minutes plus tard, Fabio passe la porte le premier avec sa pimbêche accrochée à lui. On ne s'adresse pas un regard mais j'ai une belle surprise pour lui. J'ai moi aussi des comptes à régler.

Nous sommes douze au total. Nous formons deux équipes de six et, pour mon plus grand bonheur, Fabio n'est pas dans la mienne. Je tiens ma vengeance au bout d'une arme factice. J'enfile le gilet digital pendant qu'un jeune d'environ notre âge nous explique les règles de sécurité et précise que, sur notre gilet, s'affichera le nom de la personne qui nous tire dessus ainsi que l'endroit touché.

C'est parti, nous entrons tous en courant afin de nous camoufler le plus rapidement possible.

La salle est un vrai labyrinthe fait de murs noirs. Elle est plongée dans l'obscurité et remplie d'obstacles. Il y a un étage dans le même esprit, que l'on peut rejoindre grâce à des escaliers. Sur les murs, des lumières réfléchissantes, ainsi que des néons, permettent de nous éclairer un minimum. La musique qui sort des baffles est envoûtante et le volume est au maximum. Le décompte avant le début de la partie commence.

« *Three – two – one – Goooooooooo* »

Je me prends tout de suite au jeu, et me cache derrière un mur pour tenter de discerner un gilet ennemi bleu. Après quelques secondes, j'en aperçois un. C'est Charlotte. Elle est à découvert et ne me voit pas. C'est parti, je lui tire six fois dessus avant qu'elle ne finisse par me démasquer. Je change de place et reçois mon premier tir.

« Fabio par épaule. »

Enfoiré !

Mon arme se désactive sept secondes, et j'en profite pour prendre de la hauteur. Dès que je peux la réutiliser, je m'en donne à cœur joie sur les filles de l'autre équipe, qui préfèrent la défense à l'attaque. Alors que je quitte l'étage, je reçois un nouveau tir.

« Fabio par arrière. »

Je continue ma course et troisième tir.

« Fabio par arrière. »

Je m'enfonce dans le labyrinthe mais quatrième tir.

« Fabio par arrière. »

Je me retourne tout en courant, mais impossible de le voir. Je me plaque contre un mur et, telle une espionne du KGB, je me risque à sortir la tête pour essayer de voir quelque chose mais cinquième tir.

« Fabio par épaule. »

Mon sang commence à bouillir. Il faut que je bouge. Je reprends ma course quand sixième tir.

« Fabio par épaule. »

Je cherche autour de moi, mais rien, il fait trop noir. C'est en voulant encore changer d'endroit que je l'aperçois mais septième tir.

« Fabio par avant. »

Il ne bouge pas et me défie du regard. Je m'avance donc dangereusement vers lui et tire sur l'avant de son gilet. Touché. Je me planque car, sachant qu'il sera désactivé sept secondes, je ne peux rien faire.

Sept secondes.

C'est le temps qu'il lui faut pour me trouver, se planter devant moi et déposer ses mains de part et d'autre de ma tête.

Il rapproche lentement son visage du mien, sans jamais rompre le contact entre nos yeux. Mon buste se soulève à une allure dangereusement saccadée à mesure que ma respiration s'accélère. Mon corps est en émoi, et des papillons dansent la farandole entre mes jambes. J'aimerais bouger mais, si jamais ma peau effleure la sienne, je fondrai probablement comme neige au soleil.

Je déteste l'effet qu'il a sur moi. *Menteuse.* C'est la première fois que je ressens ce genre de choses. Il continue d'avancer son visage, ses lèvres toujours plus proches des miennes, avant de finir sa course près de mon oreille et de murmurer quelques mots.

– Jusqu'à la fin du jeu, je ne vais pas te lâcher, Ambre! Dommage que ton plan cul ne soit pas là pour couvrir tes arrières...

C'est le moment de la surprise que je lui ai préparée. Je sors le sachet en plastique de ma poche et le plante entre nos visages.

– Tu peux reprendre ton préservatif, tu en auras sûrement plus besoin que moi car, pour ton information, je suis peut-être une fille du Sud mais je suis toujours vierge! Coucher avec Nico ne fait absolument pas partie de mes projets! Et même si c'était le cas, je te le répète: ça ne te regarde pas!

Il me dévisage, stupéfait, l'air ahuri et reste planté là, sans voix. J'en profite donc pour lui tirer sur l'avant et filer à toute vitesse. Ma chair toujours électrisée par notre brûlante proximité.

Mais deux minutes plus tard, il est de nouveau sur mes traces. J'ai décidé de rester en bas pour viser ceux qui sont restés à l'étage.

«Fabio par arrière.»

Mais qu'est-ce qui ne tourne pas rond chez lui? Je me cache au premier coin que je trouve et, alors que j'hésite à repartir, il me tire par le bras pour m'emmener dans un angle mort, où personne ne peut nous voir. Il me plaque contre le mur et cette fois-ci je ne peux contrôler mon cœur, qui est à deux doigts de quitter mon corps. Sa proximité m'expédie dans des contrées lointaines que je n'ai jamais visitées auparavant.

– Pourquoi tu m'as fait croire que tu comptais coucher avec lui?

– Laisse-moi tranquille, Fabio! Je n'ai pas du tout envie de te parler. Seulement de te tirer dessus!

– Moi j'ai envie de te parler et tu ne vas pas te défiler, cette fois!

– J'ai très bien entendu ce que tu pensais de moi à la cafétéria. Ça me suffit. Reprenons le jeu maintenant!

Je commence à partir mais il me rattrape pour me ramener au même endroit. Il colle son front au mien, passe une main dans mes cheveux et l'autre au bas de mon dos. Cette fois, il arrête ses lèvres à un millimètre des miennes. Son souffle chaud contre ma bouche me désarçonne et ma vue se trouble. Mes palpitations deviennent incontrôlables et je me refuse à bouger, de peur que le moindre contact n'ait raison de moi.

– Crois-moi, Ambre, tu ne sais rien de ce que je pense de toi...

Tout devient flou autour de moi. Il n'y a que lui qui apparaît clairement. Une sensation de brûlure s'abat sur chaque centimètre de mon épiderme. L'incendie semble finir sa course à l'intérieur de mes cuisses. C'est donc ça, le désir? J'avale péniblement ma salive et il soulève mon menton avec son index pour croiser mon regard. Des flammes ondulent dans ses iris et je suis sûre que notre attirance nous consume à armes égales. Il lutte, je peux le sentir jusqu'au plus profond de moi.

– La vérité, c'est que tu me rends complètement fou. Je pense à toi tous les jours depuis Lacanau. Je t'imaginais avec lui, dans un lit et... j'ai perdu le contrôle.

Nos respirations sont de plus en plus intenses, comme si le temps s'était arrêté. Il fait chaud, trop chaud. Un tsunami de papillons commence à s'abattre sur chaque parcelle de mon corps. Il continue.

– Être ami avec toi, je n'y arrive pas. Je veux plus...

Il approche encore ses lèvres des miennes. Cela devient trop intense pour moi, et sa petite copine est seulement à quelques mètres.

Tu n'es pas ce genre de fille, Ambre, reprends-toi. Je relève mon arme, lui tire dessus et disparais à l'étage. Là où tout le monde peut nous voir.

Note à moi-même: trouver un extincteur d'urgence.

Lorsque la partie est terminée, nous sortons tous de la salle pour avoir nos résultats.

Fabio me dévisage. Apparemment, le fait que l'on ne soit pas seuls ne le dérange absolument pas. Contrairement à moi. Je fais tout pour fuir son regard et celui de Charlotte.

Je suis prise d'une certaine culpabilité, même s'il ne s'est rien passé.

Son aveu m'a chamboulée. Que suis-je censée faire de sa confession ? Il n'est pas libre. Croit-il que je suis le genre de filles qui s'immisce dans un couple ? Comme celles qui se sont immiscées entre mes parents ? Ou bien me prend-il pour un jouet, un simple défi à relever ?

L'annonce du classement me sort de ma réflexion.

– Alors, c'est l'équipe des verts qui remporte ce duel. Ceux qui ont fait le moins de points avec exactement le même score sont Fabio et Ambre, suivis de…

Une fois que j'entends mon prénom, je n'écoute plus. Mes pensées vagabondent encore dans le labyrinthe obscur.

L'employé nous remet à chacun notre feuille de score. Sur la mienne, il a écrit son numéro de téléphone et je suis tout à coup gênée lorsque je remarque son sourire insistant.

Baptiste m'arrache alors le papier des mains pour le montrer à tout le groupe. Là, tout de suite, j'aimerais pouvoir me cacher au fond d'un trou ! Fabio observe l'employé, puis Baptiste avant de me fixer, les sourcils froncés et le regard noir.

Au lieu d'en rester là, Baptiste attend d'avoir l'attention de tout le monde et crache :

– Il a dû sentir que t'étais une fille très ouverte, lui aussi !

– Ferme-la, Baptiste ! s'énerve Fabio.

– Oh, ça va ! Ce serait pas le premier, de toute façon ! ajoute Baptiste.

Avant que je ne puisse répliquer, Fabio lui enfonce son poing dans la mâchoire, et il tombe sous le coup foudroyant. Mais ça n'arrête pas Fabio, qui se jette sur lui pour continuer l'assaut. L'employé prévient le type de la sécurité pour le contenir. Et pendant que ce dernier le maintient, il hurle :

– Parle encore une fois d'elle comme ça et je t'envoie à l'hôpital, pauvre con !

Nous sommes tous choqués par ce qu'il vient de se passer. Ma cousine insulte Baptiste un bon nombre de fois et Charlotte rejoint Fabio dehors. Le gérant nous demande de partir avant qu'il ne prévienne la police.

Léona et moi ne perdons pas de temps et sortons pour rejoindre l'arrêt de bus, pendant qu'Éva répète à son petit copain qu'il est répugnant de parler comme ça d'une fille qu'il ne connaît pas. Elle finit par se joindre à nous pour rentrer.

En passant, nous remarquons que Charlotte et Fabio sont en pleine dispute. On ne les entend pas mais, ce qui est sûr, c'est qu'il part de son côté, la laissant en plan.

Chacun rentre chez soi et j'explique à Jade et Éva que ce n'est rien du tout, juste une mauvaise blague de Baptiste. Mais elles sont en boucle sur le geste de Fabio. C'est vrai que ce coup de poing était amplement mérité, mais ils sont amis après tout.

Note à moi-même: faire un croche-patte à Baptiste dans les escaliers.

Arrivée chez moi, j'embrasse ma mère et me précipite dans ma chambre pour y faire les cent pas. Je ne sais pas ce que je suis censée faire après tout ça. Il s'est passé trop de choses en un seul après-midi pour avoir les idées claires.

D'abord, il m'avoue que m'imaginer avec Nico lui a été insupportable, qu'il veut être plus qu'un ami et, pour couronner le tout, il se met dans la peau de Mike Tyson en envoyant Baptiste au sol parce que ce dernier a insinué que je suis une traînée.

Et maintenant?

Est-ce que je suis censée le remercier? Lui dire que c'est lui qui a commencé à parler de moi comme ça à la cafétéria? Que je suis assez grande pour me défendre? Et sa petite amie? Que pense-t-elle du fait que son mec défende une autre fille?

Du calme, je n'arrive plus à suivre.

Encore une fois, il fout un boucan pas possible dans ma tête et dans ma vie. Mais en même temps, il a pris ma défense contre son meilleur ami.

Que se passera-t-il quand il arrivera au centre? J'ai cru comprendre qu'il y a une certaine discipline à tenir pour les joueurs, et à mon avis se battre est interdit. Il faut que je lui parle, que je sache qu'il n'a pas eu de problèmes à cause de moi.

Je prends mon téléphone et lui écris.

Ambre Bellino : Dis-moi juste que tout va bien et que tu ne risques pas de te faire virer du centre à cause de moi ?

Quinze minutes plus tard, toujours pas de réponse. Je décide d'aller prendre une douche pour me détendre un peu.

Toujours pas de réponse.

J'entreprends donc d'aller manger, puis de relire mes cours de la semaine et de préparer mes affaires pour le lendemain.

Toujours pas de réponse.

Je renvoie un message.

Ambre Bellino : Fabio, je m'inquiète. Réponds-moi, s'il te plaît !

Trente minutes plus tard, un message. Malheureusement, c'est Nico. Il veut savoir si j'ai passé un bon week-end et me dit qu'il a hâte d'être à demain pour me voir. Je ne réponds même pas. Je renvoie un message à Fabio.

Ambre Bellino : Si tu as eu des sanctions à cause de ce qu'il s'est passé, je te jure que demain je m'occupe de lui pour qu'il ne puisse plus jamais toucher un ballon.

Il est plus de vingt-deux heures et toujours rien. Mon stress ne cesse d'augmenter. Il ne me reste qu'une chose à faire. Dormir. Je tourne des dizaines de fois dans mon lit quand ce bruit salvateur m'extirpe de mon inquiétude.

« Fb Gdn vous a envoyé un message. »

Fb Gdn : Ne t'inquiète pas pour moi, princesse. Je ne ferai jamais rien de stupide pour risquer d'être exclu. J'ai trop à perdre. Baptiste n'a rien dit de notre altercation. Il s'est même excusé. Donc range tes gants de boxe, lol.

Je me mets à sourire toute seule.
Idiote.

Ambre Bellino : Je suis soulagée. Ne fais plus jamais ça. Je sais me défendre toute seule !

Fb Gdn : Tant que je serai là, tu n'auras jamais à te défendre toute seule. Puis c'est ma faute. C'est moi qui ai lancé ce truc de filles du Sud. Alors je te demande pardon !

Ambre Bellino : Excuse-moi aussi de t'avoir laissé croire des choses fausses et que ça ait causé une dispute avec ta copine.

Fb Gdn : Une dispute avec mon ex, plutôt. Charlotte et moi, c'est terminé.

Ambre Bellino : Terminé ?

Fb Gdn : Oui. Ce n'est pas une fille pour moi. Bon, je dois te laisser, Ambre, avant de me faire confisquer mon téléphone. À demain. Bonne nuit, princesse.

PS : La prochaine fois, tu ne m'échapperas pas.

11

Ambre

J'ai très mal dormi. Je me suis refait la scène du labyrinthe des centaines de fois. Ses lèvres si proches, son odeur, ses yeux… Quand je réalise de nouveau qu'il est célibataire, je me questionne sur la suite des événements. Son attitude vis-à-vis de moi va-t-elle changer? Sera-t-il plus entreprenant? Tout cela m'angoisse fortement et met un terme à mon envie de me rendormir.

Le soleil se lève à peine, alors je décide de profiter de ce temps pour faire un peu d'exercice et libérer les tensions logées dans mon cou.

Quand j'arrive au lycée, Baptiste et Fabio sont devant le portail. Ensemble. À peine nos regards se croisent-ils que mon cœur s'emballe et mes mains tremblent. Il me sourit de manière indécente et j'ai l'impression que mes jambes se dérobent sous mon poids.

Lorsque j'arrive à leur hauteur, Baptiste demande à me parler, ce qui me surprend, à vrai dire. Il s'excuse pour ce qu'il m'a dit hier et me jure qu'il regrette. Il me tend la main en guise de paix et j'accepte de répondre à son geste, mais lui jure que s'il lui reprend l'envie de proférer de telles insultes, il ne pourra plus toucher un ballon de toute sa vie. Fabio nous regarde et sourit. Il semble satisfait de nous voir enterrer la hache de guerre. Alors que je me dirige vers notre bâtiment, il s'empare de ma main pour laisser Baptiste nous devancer. Sa peau sur la mienne provoque une émulsion détonnante de sensations. Il me regarde intensément et je ne me souviens plus de la manière dont il faut respirer.

– Tu es magnifique, Ambre! Comme chaque jour! J'ai pensé à toi toute la nuit… Impossible de fermer l'œil…

– Alors on est deux…

Le bout de son pouce vient caresser le dos de ma main et j'ai l'impression que la Terre tourne plus vite. Nos prunelles se soudent et je ressens la chaleur s'emparer de mes joues.

– Allez, viens, on va être en retard, me dit-il.

Nous commençons à avancer quand la voix théâtrale de Charlotte résonne derrière nous.

– Fabio, attends. Tu peux pas me quitter comme ça. Me fais pas ça ! Je t'aime !

Je continue mon chemin car je ne veux pas passer pour une fille qui se réjouit du malheur des autres. Mais Fabio fait une chose inattendue lorsqu'il pose sa main derrière mon dos pour m'obliger à rester.

– Arrête ça tout de suite. La seule personne que tu aimes, c'est toi. T'inquiète pas, il y a dix autres joueurs dans mon équipe. T'auras aucun mal à trouver un autre pigeon.

– Espèce de connard ! réplique-t-elle. N'oublie pas tout ce que mon père a fait pour toi ! Tu ne trouveras jamais une fille comme moi ! Jamais !

– Tant mieux. C'est tout le mal que je me souhaite !

Elle nous toise l'un après l'autre et s'adresse à moi, la voix emplie de colère.

– Je te le laisse, Ambre. Vous vous êtes bien trouvés ! Tu ne vaux pas mieux que lui ! Tu n'es qu'une arriviste qui se pense au-dessus de tout ! Mais crois-moi ! Tu n'es rien d'autre qu'une allumeuse !

– Je comprends ta colère mais je ne te permets pas de m'insulter de la sorte !

– Tu ferais mieux de la mettre en veilleuse ! Petite traînée !

Quelque chose vrille en moi et je me précipite vers elle pour en découdre. C'est sans compter sur la poigne solide de Fabio qui tente de me retenir.

– Calme-toi, Ambre ! Elle n'en vaut pas la peine !

Charlote tourne les talons en riant et quitte la cour.

Fabio finit par desserrer son emprise et prend mon visage en coupe.

– Comment c'est possible d'être aussi jolie même en colère ?

Je ris et tente de retrouver mon calme. Il m'embrasse délicatement le front puis le bout du nez avant de s'emparer de nouveau de mes doigts.

– Bon, cette fois, on va vraiment être en retard !

Il me tire pour me forcer à courir et, lorsque la porte de la salle B213 s'ouvre, tous les regards sont braqués sur nous. Il me sourit, et une envolée de papillons se propage dans tout mon être.

***

Voilà une semaine que Fabio est seul et nous avons parlé tous les soirs. Jamais très longtemps malheureusement. Je mesure soudain l'investissement personnel que nécessitent sa formation sportive et sa scolarité, car il a un emploi du temps très chargé et une hygiène de vie stricte. Entre ses deux entraînements par jour, ses matchs du week-end et les cours du soir jusqu'à vingt-deux heures, il a très peu de temps pour lui. Alors même si nos échanges ne durent pas longtemps, je suis contente qu'il m'accorde ce peu de liberté qu'il a. Et encore plus heureuse qu'il me propose de venir le voir jouer samedi, et de sortir avec lui dimanche après-midi.

***

Il y a un monde fou au match. Léona, Éva, Noëly, Cyril et moi sommes installés en hauteur. Je suis tellement excitée d'être là parce qu'il m'a invitée, et de le soutenir sans me sentir de trop. J'ai l'étrange sensation d'être à ma place. Contrairement à Charlotte, qui vient juste d'arriver. Décidément, elle a laissé sa dignité au placard.

Fabio est épatant sur le terrain. C'est évident qu'il est fait pour ça. Il est de loin le meilleur de son équipe. Le voir évoluer sur la pelouse me subjugue. Il est concentré et déterminé. C'est comme si rien ne pouvait se mettre en travers de son chemin.

Ce soir, il marque deux buts. Mais son équipe ne réussit pas à gagner le match. Il rentre directement au centre à la fin, et nous discutons plus longtemps.

Il me raconte qu'il a eu son premier ballon à l'âge de 4 ans, que son grand frère lui a appris à dribbler dès son plus jeune âge et que c'est grâce à lui qu'il aime tant le football. Il me parle de son équipe et de la concurrence, toujours plus rude car tous sont là dans le même espoir: devenir professionnels. Il m'explique que sa famille vit à Rennes et qu'elle vient le voir au moins une fois par mois. Il a été repéré par Bordeaux lorsqu'il avait 14 ans et s'y sent tellement bien qu'il a refusé plusieurs fois de changer de club. Ses parents ont accepté à la seule condition qu'il obtienne un bac général. Face à mes questions pointilleuses au sujet du foot, il me demande d'où viennent mes connaissances si poussées. Je lui parle donc de mon père, qui est entraîneur, et de mes nombreux week-ends passés dans les stades de la région PACA.

Après cette discussion, il me propose d'échanger nos numéros de téléphone pour pouvoir nous appeler le lendemain, jour de notre premier tête-à-tête. Il se déconnecte d'un coup. Mais quelques minutes plus tard, je reçois son premier SMS. C'est ridicule mais quand je réalise que c'est lui, quelque chose implose dans chaque cellule de mon corps. Je me surprends même à émettre un petit cri de joie assez strident.

[Bonne nuit, princesse.
Vraiment hâte d'être à demain.]

[Bonne nuit, Fabio.]

Avant d'aller me coucher, j'appelle Sana pour tout lui raconter. Elle crie tellement fort que je crois qu'elle m'a percé un tympan.

– Respire, Ambre. Ne panique pas! C'est juste un mec hyper canon qui vient de quitter sa copine car tu l'as troublé, qui te propose d'aller te balader, SEULE avec lui, et qui va sûrement vouloir t'embrasser. La routine, quoi.

– Je ne paniquais pas avant de t'avoir au téléphone. Je pense que je vais raccrocher. Bonne nuit. Je t'appelle demain pour tout te raconter.

– T'as plutôt intérêt. Oh là là là là ! Ma meilleure amie qui a un rencard ! Ha ha ! Je suis trop émue. Allez ! Bonne nuit, femme fatale. Je t'aime. Bisouuuuuus.

Voilà comment mon excitation se transforme en stress puis en insomnie. Merci, Sana.

Note à moi-même : trouver un tuto de premier rendez-vous sur YouTube.

***

C'est le jour J, mon premier rendez-vous avec Fabio approche à grands pas.

Il m'a envoyé un SMS ce matin, et nous devons nous rejoindre au Vintage Café, sur les quais.

Après avoir essayé une dizaine de tenues, j'opte finalement pour un jean brut avec un tee-shirt blanc où il est inscrit « Mademoiselle en Baskets », une veste en jean et ma paire de Stan Smith blanches. Je décide de laisser mes cheveux détachés et naturellement ondulés, et finis ma préparation par un maquillage très léger.

Mon cœur bat tellement vite et fort que j'ai l'impression qu'il va sortir de ma poitrine pour me dire qu'il ne se sent pas d'aller au rendez-vous et qu'il préfère m'attendre à la maison.

Après quelques respirations pour tenter de calmer mon angoisse, je dis au revoir à ma mère et Yama, et vais prendre le bus.

Je descends au bon arrêt, je marche une dizaine de minutes en suivant le GPS de mon téléphone et arrive devant une magnifique devanture rouge où est inscrit Vintage Café. Le lieu est chaleureux et semble assez typique de la région. Je préviens Fabio que je suis arrivée et décide de m'installer en terrasse pour l'attendre.

À peine ai-je envoyé le message que je relève la tête et me perds dans le doré de ses yeux. Un sentiment de stress immense explose dans ma poitrine quand son sourire illumine ce moment de mille feux.

Mon cœur est en plein concert de batterie. Vêtu d'un jean délavé, d'un tee-shirt noir et d'une veste qu'il tient sur son épaule, il est tout simplement magnifique.

Je prends soudain conscience que le mot « perfection » a probablement été inventé pour lui.

Je me lève pour lui faire la bise et il s'installe très près de moi. Nous commandons nos boissons : une menthe à l'eau pour lui et un Perrier citron pour moi. Il brise le silence le premier.

– Tu es très belle, Ambre, comme toujours.

– Merci. T'es pas mal non plus !

– Je suis content qu'on puisse passer un moment rien que tous les deux... Les conversations virtuelles, ça va cinq minutes. Alors, que penses-tu de cet endroit ?

– Je l'adore. Le style ancien, les couleurs vives et la vue. Pourquoi tu l'as choisi ?

– Le patron est un ami de mon coach. Nous sommes toujours bien accueillis ici. Et tu mérites ce qu'il y a de mieux !

– Tu dis ça à toutes les filles que tu ramènes ici ? le taquiné-je.

– Pour tout t'avouer, tu es la première..., répond-il très sérieusement.

*P**** de papillons de m****. Reprends-toi, Ambre. Et toi, calme-toi sur-le-champ !* ordonne ma conscience à mon cœur.

– En général, continue Fabio, les filles s'intéressent à moi car elles me voient comme le futur Griezmann. Je sens bien ce genre de trucs...

– Ça doit être éprouvant...

– Parfois. Mais j'ai tout de suite vu que tu étais différente. Tu ne cherches pas à attirer l'attention, tu as du caractère et une sacrée repartie ! dit-il en riant. C'est ce qui m'a attiré chez toi. Enfin, assez parlé de moi. À ton tour !

– Qu'est-ce que tu veux savoir ?

– Comment as-tu atterri à Bordeaux ?

– C'est assez simple. Mes parents ont décidé de divorcer cet été. Comme ma mère n'a aucune famille à Nice, elle a pris la décision de revenir dans sa ville natale et je l'ai suivie.

– Ta vie à Nice te manque?

– Mon père et ma meilleure amie me manquent... Mais j'aime ma famille et je suis heureuse de pouvoir être près d'eux. Et toi? Rennes ne te manque pas trop?

– Ça fait maintenant quatre ans que je vis ici. J'ai mes amis, mes habitudes. Ma petite sœur me manque, c'est vrai. Nous sommes très proches. Mes parents sont des acharnés de travail. Mon père est directeur général d'une grande entreprise de terrassement et ma mère est vice-présidente d'un groupe de banques. On ne peut pas vraiment dire que je sois proche d'eux.

– Et ton grand frère? enchaîné-je, curieuse.

– Mon grand frère est mort au mois de janvier, répond-il avec autant de détachement que de volonté de cacher ses émotions.

– Fabio, je suis vraiment désolée, je ne savais pas. Pardonne-moi...

À voir la tristesse naître dans son regard, j'ai subitement envie d'alléger son mal-être, de lui dire que je suis là et qu'il peut compter sur moi. Mais nous nous connaissons à peine alors je préfère m'abstenir.

– Ce n'est rien. C'est la vie, malheureusement, avoue-t-il en faisant tourner son pendentif sur sa chaîne. Je sais qu'il est là-haut, quelque part, et qu'il veille sur moi. C'est lui qui m'a offert mon premier ballon et c'est pour lui que je me bats chaque jour pour réaliser mon rêve, et je sais que rien ne pourra me détourner de mon objectif.

– Je suis sûre qu'il est fier de toi.

– C'est tout ce que j'espère...

Cette confidence me bouleverse. L'émotion est palpable et, sans que je m'en rende compte, ma main est sur sa joue et je m'autorise à caresser sa pommette avec mon pouce. Encore un moment hors du temps auprès de lui. Je le connais depuis quelques semaines seulement et j'ai ressenti plus de choses en sa présence que dans toute ma courte vie. Les papillons dansent dans mon ventre, mon cœur a entamé une rumba endiablée et les flammes du désir ondulent en haut de mes cuisses. Le serveur nous interrompt pour nous demander si tout va bien et m'oblige à retirer ma main de sa joue lorsqu'il récupère nos verres vides.

Pendant les deux heures qui suivent, nous continuons à faire connaissance. Nous évoquons nos ex, nos amis, sa passion... Mais le sujet sensible de la famille est mis en quarantaine pour le moment.

Nous avons beaucoup ri et discuté quand l'heure de rentrer arrive. Je pensais que nous prendrions chacun une route différente mais, encore une fois, Fabio me surprend.

– Il est hors de question que je te laisse rentrer seule. Il faut que tu saches une chose sur moi ! Je suis du genre possessif et assez jaloux.

– Sans blague ! rétorqué-je.

– Moque-toi si tu veux, mais je te raccompagnerai jusqu'à ta porte...

Alerte orange, je répète, alerte orange : invasion de papillons.

Nous passons les trente minutes de trajet à entremêler nos doigts, à nous complimenter mais aussi à chahuter comme des enfants. À ses côtés, j'ai l'impression de naître une deuxième fois et de vivre enfin.

Il descend avec moi à mon arrêt et m'escorte jusque devant mon immeuble. Je me retourne pour le remercier et c'est le moment qu'il choisit pour attraper ma main et m'attirer dans ses bras.

Il plonge son regard dans le mien, et tout mon corps s'enflamme. Je peine à respirer et tout en moi s'affole quand il prend mon visage en coupe, et s'approche lentement jusqu'à ce que nos lèvres se rencontrent.

Nous nous embrassons d'abord timidement, puis nos langues se trouvent enfin et une explosion de sensations s'empare de mon être. Le baiser devient plus profond et plus intense. Il m'attire plus fort à lui comme si chacune de nos vies en dépendait, et me plaque vigoureusement contre son torse ferme et musclé. J'ai l'impression d'être en apesanteur. Mes mains se dirigent instinctivement vers son visage et je passe mes doigts dans ses cheveux avant d'enlacer son cou. Il saisit mon visage entre ses paumes et nos langues poursuivent leur fusion. J'en perds haleine et me mets sur la pointe des pieds pour appuyer notre étreinte. Mon esprit s'évade et je ne parviens plus à contrôler la vague de bien-être qui déferle en moi.

Est-ce que mes pieds touchent le sol ? Est-ce que la Terre s'est arrêtée de tourner pour nous regarder faire ? L'instant est magique. Aucun mot ne peut décrire ce qui se passe en moi. Quand il interrompt son baiser, il nous faut quelques secondes pour reprendre notre souffle.

– Waouh... Bon, il vaut mieux que je rentre au centre avant de te kidnapper et t'embrasser pour le restant de ma vie.

– C'est une idée très tentante, quel dommage...

Il m'embrasse sur le front et ce geste finit de m'achever. Mon cœur me chuchote que j'en fais des tonnes avec mes émotions. Quel hypocrite !

– Fabio ? crié-je alors qu'il s'éloigne.

Il se retourne vers moi.

– Merci pour cet après-midi. C'était fabuleux !

– Et ce n'est que le premier d'une longue série. Je te le promets, princesse. Je t'écris quand je suis arrivé au centre !

Je rentre chez moi, le sourire jusqu'aux oreilles. Je m'allonge sur mon lit, saisis mon coussin, que je plaque sur ma bouche et sans la moindre once de dignité, je hurle de bonheur.

12

Ambre

C'est extrêmement difficile de redescendre de mon petit nuage après un après-midi aussi riche en émotion.

Certains penseraient probablement que c'est allé trop vite, qu'on se connaît à peine. Mais le temps a-t-il vraiment de l'importance quand le cœur parle ? Y a-t-il un nombre de jours idéal avant de se jeter à corps perdu dans une histoire ?

À ce moment précis, mon être tout entier me hurle que j'ai fait le bon choix. Et coïncidence ou pur hasard, je reçois un SMS de Fabio.

[Je viens d'arriver au centre, princesse.
Laisse-moi te dire que j'ai passé
un super après-midi et que j'ai hâte
de regoûter à tes lèvres.
Bonne nuit… À demain.]

[Merci pour tout. J'ai adoré cette journée
à tes côtés. Je t'embrasse. À demain, Fabio.]

Après avoir passé une heure au téléphone avec Sana à tout lui raconter, c'est les yeux remplis d'étoiles et le cœur léger comme une plume que je sombre dans un profond sommeil.

***

Lorsque mon réveil sonne le lendemain, je me lève et me mets à chanter à tue-tête une chanson de Walt Disney. Mon cerveau me murmure : « Nan mais, sérieux, Ambre ? Ce rêve bleu ? Plus cliché, tu meurs. »

Je croise ma mère en sortant de la salle de bains.

– Eh bien, ma puce ! Tu es de très bonne humeur à ce que je vois ! Je suppose que ça n'a rien à voir avec ton escapade d'hier après-midi ni avec le garçon qui t'a raccompagnée jusque devant la résidence...

– Maman ! m'exclamé-je en sentant mes joues rougir de honte.

– Oh, ça va ! J'ai été adolescente, moi aussi !

– Oui mais, dans les années soixante, vous aviez le droit de sortir le dimanche ? la taquiné-je.

– Ha ha, très drôle, ma fille ! Et dire que je t'ai portée neuf mois. Voilà le remerciement !

– Je t'aime, maman.

– Moi aussi, petite insolente, dit-elle en me pinçant les joues. Bon, j'ai une bonne nouvelle ! J'ai un entretien aujourd'hui à l'office du tourisme.

– C'est super, ça ! Ne stresse pas. T'es la meilleure !

Nous allons nous installer dans le salon avec Yama et nous discutons un peu avant que je ne me rende au lycée. Je promets à ma grand-mère de rentrer tôt pour aller marcher avec elle.

Quand j'arrive devant le portail de l'école, mon cœur commence à s'affoler. Une question vient directement à mon esprit. Une question que je ne me suis pas encore posée. Qu'est-ce qu'il va se passer quand on se verra au lycée ?

Malgré le baiser d'hier, je ne sais pas si on est officiellement ensemble, ou s'il veut qu'on ne dise rien à personne et que l'on vive notre histoire en secret. Ça y est, je cède à la panique. Le regard dans le vide, j'appréhende son arrivée imminente et tourne en rond. C'est Noëly qui me sort de ce moment de stress pour me ramener sur la terre ferme.

– T'as vu un revenant ou quoi, Ambre ? Allez, bouge, ça va sonner !

Elle me prend par le bras et m'amène vers la salle de notre premier cours de la journée. Fabio est déjà devant la porte. Mon Dieu, qu'il est beau ! Lorsqu'il m'aperçoit, il sourit à pleine bouche et fait s'envoler les centaines de questions qui m'ont tiraillé l'esprit.

Il s'avance vers moi et je crois un instant qu'il va m'embrasser, là, devant tout le monde. Mais à la place, il se penche vers mon oreille et me chuchote :

– Tu as de la chance que le prof soit juste derrière toi, princesse, sinon je t'aurais embrassée jusqu'à ce que tu ne puisses plus respirer. Mais ne t'inquiète pas, ce n'est que partie remise. Tu ne perds rien pour attendre…

À ces mots, je sens un frisson partir du haut de mon crâne et terminer sa course dans mon bas-ventre. Je n'ai jamais ressenti une telle sensation, je veux qu'il m'embrasse, le sentir contre moi et sur chaque millimètre de ma peau. Il éveille en moi un désir charnel que je n'ai éprouvé pour aucun garçon avant lui. Dans ses yeux, je me sens belle et confiante. Je n'ai qu'une hâte : qu'il mette sa menace à exécution et me coupe le souffle par ses baisers. Mais pour cela, il va falloir attendre que le cours d'économie se termine.

Quand l'heure de la pause arrive, mes lèvres brûlent d'envie de retrouver les siennes. Il doit le sentir car il ramasse ses affaires aussi vite que moi et m'emboîte le pas. J'accélère la cadence pour rendre le moment encore plus palpitant. Une fois dans un couloir à l'abri des regards, il me dépasse, se plante devant moi et nos bouches se rencontrent en une douce étreinte qui va crescendo. Plus les secondes passent et plus le doux baiser s'intensifie pour devenir fougueux, passionné et dévastateur. Je peux mourir une fois tout ça terminé, ça m'est bien égal.

Plusieurs élèves passent et s'arrêtent pour nous regarder. Certains par curiosité mais d'autres par mépris. Comme Charlotte et ses deux chiens de garde. Elle nous dévisage un instant et me balance son venin au visage, comme la vipère virulente qui s'agite en elle.

– Oh, comme c'est mignon ! Alors, ça y est ? Il t'a eue ? Aussi facilement ? Quelle naïve tu fais, ma pauvre Ambre !

– Ferme-la, Charlotte ! lance Fabio.

– Je te croyais plus maligne que ça ! ajoute-t-elle. Laisse-moi deviner ? Il t'a parlé de la mort de son frère et il t'a donné un petit surnom ? Pathétique com…

Elle n'a pas le temps de finir sa phrase que ma main redonne des couleurs vives à sa joue droite. Elle a touché mon ego, certes. Car hier, j'ai eu l'impression que ce rendez-vous était unique, tout comme le début de notre relation. Mais les mots de Charlotte sont en train de mettre à mal mes sentiments.

Cependant, utiliser la mort de quelqu'un de cher pour parvenir à ses fins? Je ne peux pas laisser passer! Je me prépare à lui en mettre une autre mais Fabio me saisit par les épaules, sûrement pour m'éviter les ennuis, car une dizaine de personnes commencent à nous encercler. Il me soulève par la taille et m'attire dans un coin.

Un silence s'installe pendant quelques minutes. Il me regarde fixement pendant que j'utilise toute l'énergie nécessaire pour essayer de me calmer.

– Parle-moi, Ambre.

Des milliers de questions traversent mon esprit et soudain j'ai du mal à le regarder dans les yeux ou à parler. Et si ce qu'elle a dit était vrai? Est-ce qu'il l'a appelée princesse, elle aussi?

– Ne la laisse pas s'immiscer entre nous. Ne la laisse pas gagner.

– C'est vrai, ce qu'elle a dit? Tu procèdes de la même manière avec toutes les filles? Tu leur donnes un surnom et emballé c'est pesé? Tu l'appelais princesse, elle aussi?

Fabio ne me connaît pas encore assez pour savoir que lorsque je suis blessée, j'ai tendance à être excessive en retour. À peine ai-je terminé mon monologue que je comprends que je suis allée loin et que le passé reste le passé.

Il ne me répond pas. Je ne sais pas s'il a honte, s'il est triste ou en colère. Je décide donc de continuer ma tirade.

– Tu sais pourquoi je l'ai giflée? (Il secoue la tête.) Parce que utiliser la faiblesse de quelqu'un contre lui pour le blesser a le don de me mettre hors de moi. C'est de la lâcheté pure!

C'est ce qu'a fait Lucas en utilisant ma virginité et mon refus de m'offrir à lui pour colporter des rumeurs, et anéantir l'image que j'avais de moi dans mon ancien bahut.

– On a tous un passé, Fabio. Alors même si ça ne me laisse pas de marbre de savoir que tu as utilisé ces techniques de drague sur tes ex, je préfère me concentrer sur aujourd'hui. Maintenant, si tu veux bien, je vais aller respirer un coup aux toilettes !

Je commence à m'éloigner avant de piquer une crise et me disputer avec lui pour avoir appelé d'autres filles « princesse ». Et, alors que je suis devant les sanitaires, il crie mon nom.

– Ambre !?

Je ne réponds pas et me contente de me tourner vers lui. Il baisse le regard et passe ses mains sur mon visage, avant de me fixer intensément.

– Si tu continues comme ça, tu ne me laisseras pas d'autres choix que de tomber amoureux pour la première fois de ma vie.

Note à moi-même : « Cher cœur qui bat en moi, pourrais-tu cesser tes acrobaties en la présence de Fabio ? Cela devient extrêmement gênant. »

Quand on revient en classe, la prof n'est pas encore arrivée mais certains élèves sont déjà installés. Apparemment, quelque chose semble les amuser mais je ne sais pas quoi.

Fabio est assis au fond de la salle et il me fixe, avec un sourire en coin malicieux. Quelque chose se prépare mais je suis pour l'instant hors propos. Quand je rejoins Noëly, elle me harcèle de mille et une questions.

– Bordel, Ambre, mais pourquoi t'as giflé Charlotte ? Non, non, non ! Je voulais dire, pourquoi tu ne m'as pas prévenue que tu allais le faire ? J'aurais filmé ! Je t'aurais même aidée ou je l'aurais tenue ! Putain, mais je rate toujours tout ! Raconte !

– Longue histoire. On en parlera après le cours si tu veux bien, la coupé-je. Pourquoi tout le monde a le sourire aux lèvres ?

Elle ne me répond pas et pointe le tableau du doigt. Je tourne la tête et lis ce qu'il y est écrit.

« Le passé n'existe plus… Tu es mon présent, princesse. »

Oh !

Mon !

Dieu !

Qu'on m'apporte de la Ventoline, qu'on appelle le SAMU, qu'on prépare des électrochocs. Cette fois, c'est sûr, mon cœur ne tiendra pas le coup. Je sens mon pouls s'accélérer et ma bouche s'assécher. Cinq minutes plus tôt, je nourrissais une colère monstre contre lui et son ex le reptile. L'idée de stopper cette histoire a même traversé mon esprit le temps d'une nanoseconde. J'ai douté d'avoir été différente à ses yeux. Mais ces quelques mots ont balayé toutes ces idées terrifiantes et j'ai l'impression de vivre quelque chose qui va marquer à jamais le reste de ma vie.

Je pivote sur ma chaise, et nos yeux se rencontrent avec la promesse de millions de baisers ardents. Je lui souris pour lui faire comprendre que ce qu'il a écrit me touche, et que je saisis le poids de chaque mot.

La prof entre dans la salle, nous salue et voit à son tour le tableau. Elle sourit également, et efface ce qui va causer ma perte. J'oublie mon accès de violence, j'oublie les représailles ou punitions possibles qui peuvent en découler, j'oublie que nous nous connaissons depuis un mois à peine, depuis ce jour où son ballon a fait irruption sur ma tête d'abord, puis dans ma vie ensuite, et nous a mis sur le même chemin. Ce jour où l'alchimie entre nous est née.

Je décide de me concentrer sur le cours qui commence quand mon portable vibre. Je prends le risque de regarder de quoi il s'agit et découvre un SMS de Fabio.

[Je le pense, princesse.
Je veux que tu sois mon présent.
Je me fous du reste.
Mange avec moi à midi
et laisse-moi t'embrasser encore et encore.]

Note à moi-même : devenir éleveuse de papillons.

13

Ambre

Lorsque la fin du cours sonne, je préviens Noëly que je mange avec Fabio et que je lui en dirai plus cet après-midi.

À la cafétéria, nous nous installons à une table isolée et je veux discuter sérieusement avec lui avant de lui offrir mes lèvres une nouvelle fois. Il doit s'y attendre car il engage la discussion:

– Ambre, je suis désolé que tu aies eu cette altercation à cause de moi. Charlotte fait partie du passé et même si ça ne fait qu'une semaine que je l'ai quittée, je sais que sortir avec elle était une erreur. Ça n'a duré que quatre mois en tout, mais plus par habitude que réelle envie. Sachant que je ne l'ai pratiquement pas vue de l'été car je suis rentré à Rennes tout le mois de juillet et qu'en août elle n'était pas là. (Il s'arrête de parler et me regarde comme s'il voulait lire dans mes pensées.) Tu dois te demander pourquoi je te raconte tout ça, mais c'est important pour moi que tu saches que cette histoire n'a pas compté. Ce qui compte, c'est ce qu'on partage aujourd'hui.

– Tu sais ce qui me contrarie le plus? demandé-je. C'est de me dire que je vais avoir ton passé sous les yeux toute l'année et que je n'hésiterai pas à lui faire la peau une deuxième fois si elle me cherche trop!

– Et moi, tu sais ce qui me contrarie le plus? C'est de ne pas t'avoir rencontrée avant…

– Tu vas me faire rougir, idiot…

– C'est ce que je veux… J'adore voir que mes mots te font de l'effet. Depuis hier soir, je n'ai qu'une hâte, c'est de sentir de nouveau ta bouche sur la mienne… Alors je te conseille de vite finir de manger sinon ça risque d'arriver ici et maintenant.

Apparemment, mon cœur et mon cerveau viennent de se serrer la main. Ils sont enfin d'accord et me donnent l'autorisation de me laisser aller. Je fixe Fabio, me lève et fais le tour de la table pour m'arrêter à côté de lui. Il est obligé de lever la tête pour me regarder.

– Qu'est-ce que tu fais ? demande-t-il.

– Lève-toi ! ordonné-je.

Il m'obéit sans poser de questions, je saisis son visage entre mes mains et dépose mes lèvres sur les siennes. Il m'a ouvert son cœur et je sens qu'il est sincère. Il faut qu'il sache que même si livrer mes sentiments s'avère difficile, je veux être avec lui. Notre baiser ne dure que quelques secondes. Assez pour que les autres élèves nous applaudissent et sifflent notre étreinte. Je suis quelque peu gênée mais j'ai la sensation étrange qu'à ses côtés, je peux tout traverser.

– Tu es pleine de surprise, princesse… Tu vas causer ma perte, je le sens !

– Du calme, Don Juan, je voulais juste te donner un avant-goût et montrer à tous mes prétendants que c'est toi que j'ai choisi ! le taquiné-je.

– Tu m'en vois ravi. Je ne voudrais pas devoir emprunter tes gants de boxe pour leur faire comprendre que tu es officiellement à moi et avec moi !

Cette façon qu'il a de vouloir me posséder ferait hurler n'importe quelle féministe ! Moi la première ! Mais quand il s'agit de lui, ses mots me donnent la chair de poule et font naître une telle ardeur en haut de mes cuisses. Je ressens chaque jour un peu plus le désir charnel qui germe en moi. Je veux toucher sa peau, m'imprégner de son odeur et sentir ses doigts se faufiler sur chaque recoin de ma chair.

À cette pensée, mon pouls s'accélère, mon entrejambe se contracte et je sens le bout de ma poitrine s'ériger. Jamais avant aujourd'hui je n'ai ressenti cela. Il faut que je sorte rapidement pour calmer cette agitation interne. Je finis de manger, et Fabio en fait de même. Nous débarrassons nos plateaux, et il me demande de le suivre. Il m'amène dans la cour vers un endroit un peu isolé et nous discutons pendant le reste de la pause de midi.

Je reçois un message de ma cousine Léona :

[Alors toi ! Tu sors officiellement avec Fabio
et tu ne le dis pas à ta cousine préférée ?!
On se voit à dix-sept heures. RDV devant le portail.]

Nous retournons en cours, main dans la main, et je me sens chanceuse. Fabio n'est pas comme Lucas. Ce dernier ne perdait pas son temps à me montrer une quelconque attention. Au lycée, il me parlait à peine en prétextant vouloir protéger notre couple et, les week-ends, nous ne passions que très peu de temps ensemble.

Fabio, lui, semble fier d'être près de moi et me regarde très régulièrement comme si je pouvais disparaître. À travers ses yeux, j'existe.

L'après-midi passe très vite. À la fin des cours, Fabio m'embrasse et rejoint le mini-bus qui dépose et récupère les sportifs chaque jour.

Comme prévu, Léona m'attend et je lui raconte tout. Elle passe par diverses émotions, surtout quand j'évoque la dispute de ce matin. Je dois ensuite la convaincre de ne pas arracher les extensions de Charlotte. Puis, nous quittons le lycée pour rentrer. Elle partage mon enthousiasme mais décide de me mettre en garde :

– Je ne connais pas bien Fabio. Ce que j'ai entendu de lui, c'est que le foot est plus important que tout, et qu'il quittera Bordeaux après son bac s'il a des propositions intéressantes…

– Ne t'inquiète pas pour moi, Léona. On est ensemble depuis seulement deux jours. Alors pas de plan sur la comète, on se détend ! tenté-je de la rassurer, et de me rassurer moi aussi au passage.

– Je t'aurai prévenue. Essaie de ne pas trop t'attacher…

Même si j'essaie de faire bonne figure, sa confidence me fait l'effet d'une douche froide. J'ai beau ressentir quelque chose de fort et d'inconnu, j'ai soudain l'impression que notre relation est sous le coup d'un compte à rebours.

Ressaisis-toi, Ambre !

Il faut relativiser et prendre les choses comme elles viennent. Je décide de me focaliser sur le présent et de vivre en essayant de ne plus me poser de questions.

Je rejoins Yama à la maison car je lui ai promis qu'on irait se balader toutes les deux. Quand je passe la porte, elle m'attend déjà. La température est agréable pour une fin septembre. Ma grand-mère a bientôt 80 ans mais elle est en grande forme.

Pendant notre marche, elle me parle de mon grand-père et de leur arrivée à Bordeaux. Ils se sont aimés malgré leur situation précaire, malgré le racisme auquel ils ont parfois fait face et malgré le cancer qui les a séparés, la laissant seule avec cinq enfants à élever, le dernier étant âgé de 12 ans à peine.

Je l'admire pour cette force et cette détermination qu'elle dégage. Elle se fait du souci pour ma mère, tout comme moi. Mais à nous deux, on réussira à lui redonner le sourire. Depuis que l'on vit ici, je l'ai entendue plusieurs fois pleurer en pleine nuit. Elle vit le deuil d'une relation amoureuse qui a duré vingt ans et elle culpabilise de me faire subir une séparation et un déménagement. Elle se croit incapable de réussir à tout reconstruire, car après autant d'années mariée, elle doit apprendre à être seule et à affronter la vie en ne comptant que sur elle. Qui plus est, elle se sent bafouée et humiliée, en venant même à se dévaloriser et à croire que tout est sa faute. Pourtant, je sais au fond de moi qu'elle est dotée d'une force incroyable et qu'elle remontera la pente plus vite qu'elle ne l'a descendue. Il faut simplement qu'elle s'en rende compte. En attendant, je serai là pour elle comme elle a toujours été là pour moi.

En arrivant à la maison, je la trouve dans la cuisine, chantant à pleins poumons et rayonnante. J'adore cette version d'elle, je l'admire tellement. Avec Yama, nous l'observons pendant plusieurs minutes avant qu'elle ne remarque notre présence. Quand elle s'aperçoit qu'elle n'est plus seule, elle rit très fort.

– J'ai une super nouvelle ! lance-t-elle. Il semblerait que j'ai fait bonne impression lors de mon entretien. Ils me prennent à l'essai pour deux semaines. Je commence demain. Alors on va fêter ça avec mon plat préféré !

– C'est super, maman ! Je suis tellement contente pour toi, ils te garderont, j'en suis certaine.

Ma grand-mère la serre dans ses bras et je les rejoins pour un câlin de famille collectif. J'aime cette bulle dans laquelle nous sommes. Nous restons comme cela quelques minutes puis nous dégustons le hachis Parmentier de ma mère avant d'aller nous coucher, heureuses.

***

Je suis réveillée par des cris et des bris de verre qui semblent provenir du salon.

– Tu n'es qu'un salaud. Combien de fois pensais-tu que j'allais te pardonner ? Tu rentres à trois heures du matin complètement drogué, avec des traces de griffures et de rouges à lèvres et tu oses me dire que tu es désolé !

– Ça va, chérie, détends-toi ! C'est pas comme si on s'aimait toujours. Et puis c'était juste un coup d'un soir. Alors arrête de crier et de tout casser, et retourne te coucher.

– Ne m'appelle plus jamais chérie. Tu me dégoûtes ! Prends tes affaires et casse-toi d'ici, Gianni ! Comment peux-tu me faire ça ? Vingt ans de vie commune, dix-huit ans de mariage ! As-tu au moins pensé à Ambre ?

– C'est chez moi ici. Alors si cette vie ne te convient pas, la porte est juste là. Donc maintenant, soit tu la fermes et tu vas dormir, soit c'est moi qui te mets dehors.

Les cris s'intensifient et s'apparentent à de la douleur. Je ne peux plus rester stoïque dans mon lit, je me lève et descends les escaliers à toute vitesse. Quand j'atteins le couloir, les seuls mots qui me sortent de la bouche sont « Papa, non ! » Puis je cours frénétiquement vers ma mère, mais c'est comme si mes pieds étaient cloués au sol. Mes mains tremblent et je respire difficilement.

***

Je me réveille en sursaut, pleine de sueur et cherchant ma respiration. Cela m'est arrivé plusieurs fois de revivre leur séparation dans mes cauchemars. Heureusement pour moi, la scène se termine avant la fin. Je jette un coup d'œil à mon téléphone, il est trois heures du matin. Je me lève pour aller me rafraîchir et tenter d'oublier ce mauvais rêve. Je ne suis plus dans cette maison, ce n'est plus ce soir-là et je ne suis plus impuissante. Je décide de rejoindre ma mère dans son lit et de la serrer fort, comme pour lui signifier que je suis désolée de ce qu'elle a vécu ce soir-là, et désolée de n'avoir rien pu faire pour empêcher le pire. Elle sent ma présence et expire profondément, comme si elle était apaisée. Malgré la culpabilité et la tristesse, je réussis finalement à me rendormir en pensant au présent, en pensant à Fabio.

14

Ambre

Le lendemain matin, ma mère ne me questionne pas quant à ma présence dans son lit au réveil et j'en suis soulagée. Yama et moi avons préparé le petit déjeuner pour lui montrer que nous sommes derrière elle.

L'avantage, avec ce travail, c'est que pour s'y rendre elle prend le même bus que le mien. Je passe donc mon trajet à la rassurer et la motiver. Lorsque le bus arrive à l'arrêt du lycée, je lui dis combien je l'aime et combien je crois en elle, et je descends.

Ma cousine, Noëly, Éva et Cyril m'attendent devant le portail. C'est agréable d'appartenir à un groupe et de se sentir appréciée. Nous allons tous en cours quand Charlotte et ses deux toutous nous barrent la route. Apparemment, l'altercation de la veille ne lui a pas suffi.

– Ce qu'il s'est passé hier, tu me le paieras! crache-t-elle. Tôt ou tard, c'est une promesse!

– Quand tu veux! rétorqué-je.

– Ben alors, Charlotte! T'as tes règles ou quoi? lance Cyril. Range tes griffes et va t'envoyer en l'air une fois que la zone rouge sera terminée!

– Toi, ne la ramène pas trop! N'oublie pas que je connais du monde, alors fais-toi petit! s'exclame-t-elle.

– Laisse-le tranquille! reprends-je. C'est entre toi et moi!

Si elle croit m'impressionner, elle se met le doigt dans l'œil. Je suis une fille de nature calme et gentille, mais il ne faut pas trop me chercher. Surtout depuis que la colère a élu domicile dans les bas-fonds de mon âme et qu'elle n'attend qu'un signe de ma part pour surgir.

La bande de vipères continue son chemin et nous nous rendons tous en cours. Avant de nous séparer, Cyril me saisit le visage entre ses mains et assure avec un grand sourire:

– Si je n'étais pas gay, je t'embrasserais à pleine bouche en voyant la façon dont tu l'as envoyée bouler, chérie !

La matinée passe rapidement et je n'ai qu'une hâte, c'est de retrouver Fabio. Nous nous sommes échangé quelques SMS ce matin et j'ai terriblement envie de le voir. Lorsqu'il arrive, il me renverse et m'embrasse comme dans les scènes de film à l'eau de rose. Les papillons s'agitent en moi et mon corps frémit entre ses bras. Je ne lui raconte pas la scène de ce matin avec Charlotte. Cela ne sert à rien.

Pendant la pause de l'après-midi, on s'isole tous les deux et il m'apprend qu'il part en déplacement ce week-end, du côté de Lyon. Je n'aurai donc pas le plaisir d'aller l'applaudir au stade mais je suis fière qu'il joue à ce niveau de compétition. Un bel avenir dans le monde du football professionnel se dessine devant lui.

Je me mets à penser à mon clavier, que je n'ai pas encore sorti depuis notre arrivée à Bordeaux. Sûrement car il me rappelle beaucoup trop ma vie à Nice et mon père. C'est lui qui me l'a offert pour mes 13 ans et j'y jouais tous les jours jusqu'à ce fameux soir. Mais voir Fabio si passionné et investi réveille la flamme de la musique en moi, et j'ai envie de jouer presque autant que de respirer.

C'est décidé, en rentrant, je pianoterai et chanterai jusqu'à en avoir les doigts et la gorge en feu. J'en ai besoin. La musique m'a aidée tellement de fois durant toutes ces années. Elle a étouffé les cris des disputes de mes parents, les pleurs de ma mère. Elle a reçu ma peine tous les jours de mes années collège quand mes camarades estimaient que je n'étais pas assez mince et pas assez jolie. Elle a entendu le mal-être, le rejet et le dégoût de moi-même. C'est elle qui m'a tenu la main et m'a aidée à avancer et grandir. Et aujourd'hui, elle me manque terriblement. Fabio me sort de mes pensées.

– À quoi tu penses, princesse ? demande-t-il en me caressant la joue.

– Je pense que tu vas faire de grandes choses, Fabio Giordano ! Et qu'un jour, le monde entier parlera de toi !

– Et moi, je pense que si tu continues comme ça, je vais devoir t'enfermer à double tour pour que personne ne te vole à moi… chuchote-t-il avant de me mordiller la joue.

Entendre ses mots et sentir son souffle près de mon oreille éveillent en moi une envie irrépressible de le toucher. Comme si ma survie en dépendait. Il fait battre mon cœur à tout rompre ; l'oxygène manque dans mes poumons et des palpitations affolent mon bas-ventre. Il m'embrasse tendrement dans le cou et des frissons naissent sur toute ma chair. Chaque fois qu'il me touche, mon corps en redemande et je me rapproche un peu plus chaque jour de la ligne que je n'ai jamais franchie auparavant.

La sonnerie me sort de ma transe et il est l'heure de retourner en cours. À la fin de la journée, je rentre chez moi avec hâte. Je brûle d'impatience de savoir comment s'est passée la première journée de ma mère, et de poser les mains sur chaque touche de mon mini piano.

Lorsque je franchis le seuil de chez nous, la maison est vide. Ma mère doit rentrer dans une heure et ma grand-mère est sûrement allée marcher. Je me faufile jusqu'à ma chambre délicatement, comme si quelqu'un y dormait, j'ouvre le placard et sors la mallette qui contient mon instrument.

Lorsque je l'installe, un mélange de souvenirs heureux et malheureux se fraie un chemin dans mon esprit. J'ai une impression de plénitude face à cet objet qui en sait tant sur moi. Je m'assieds et pose soigneusement mes doigts sur les touches blanches et noires. Toutes les sensations, les partitions et les notes apprises me reviennent en mémoire.

Je commence à jouer d'abord des classiques appris au conservatoire afin d'échauffer chaque articulation et chaque muscle de mes mains. Enfin, je décide de laisser ma voix rejoindre la chanson de Daniel Balavoine que j'ai commencé à jouer. J'ai choisi « Tous les cris, les SOS », car c'est l'une de mes préférées. Aussitôt, les émotions que je m'efforce de dissimuler au monde s'autorisent une sortie impromptue, et je lâche prise. La colère, la rancœur, la peur, la tristesse et les regrets se ressentent sur chaque mot. Il faut qu'ils sortent et que la musique apaise les blessures du passé. Je veux vivre au présent, vivre aujourd'hui. Alors entre les larmes, je souris et c'est le visage de Fabio qui envahit mon esprit. Il représente l'espoir, la force, la détermination et l'amour. Oui, l'amour. Car je sais au fond de moi que je suis en train de tomber éperdument et indubitablement amoureuse de lui.

Lorsque l'on tape à ma porte, il est dix-neuf heures. J'ai joué une heure et demie sans même m'en rendre compte. Yama me signifie que l'on va passer à table.

Ma mère nous raconte que sa journée s'est bien passée et qu'elle a été formée par un certain Élie, son chef de service.

– Demain, il doit encore me former sur leur logiciel interne, et normalement jeudi je serai livrée à moi-même. En tout cas, cette première journée était géniale! sourit-elle.

– Je suis vraiment heureuse, maman. Je savais que tu allais tout déchirer!

– Je suis contente, ma fille! ajoute Yama.

– Ambre, ma chérie, j'ai entendu que tu as enfin daigné sortir le clavier. Il était temps. J'aime t'entendre jouer et chanter. Tu as tellement de talent!

La vie à Bordeaux prend forme chaque jour et j'aime de plus en plus mon quotidien dans cette ville. Surtout quand j'entends mon téléphone sonner et que le prénom de Fabio s'affiche.

– Allô, princesse. Tout va bien?

– Oui très bien, et toi? Je suis ravie de t'entendre...

– Pas autant que moi... Je suis tellement claqué! Le coach nous a fait courir une heure autour du stade avant l'entraînement. Alors le son de ta voix est bien meilleur que n'importe quel soin...

Pendant qu'il me parle, mes doigts se perdent sur les touches et je joue le début d'un morceau d'Alicia Keys.

– J'adore cette chanson! (Je m'arrête en réalisant qu'il m'entend.) Pourquoi t'as coupé? C'était agréable...

Je me remets donc à pianoter mais, évidemment, Alicia ne commence pas à chanter.

– C'est une version sans voix? demande-t-il.

– En fait, c'est moi qui joue. Je ne crois pas te l'avoir dit mais je fais du piano. La musique et moi, c'est un peu comme toi et le foot. C'est la première fois que je ressors mon instrument depuis que je vis à Bordeaux.

– Waouh, chaque fois que je pense que tu es parfaite, tu m'apprends de nouvelles choses sur toi. Tu ne cesseras jamais de me surprendre, Ambre Bellino. Continue de jouer, s'il te plaît.

Je lui obéis et «If I Ain't Got You» résonne sur les murs de ma chambre sans que ni lui ni moi disions mot. Je l'imagine sur son lit, fermant les yeux et savourant ce moment autant que moi. Cette pensée m'apaise autant que sa respiration au bout du fil. La chanson parle d'une fille pour laquelle la seule chose importante est l'amour de l'homme qu'elle a choisi. Est-ce qu'un jour je ressentirai ça pour lui? Ne serait-ce pas déjà en train d'arriver?

Quand la dernière note retentit, Fabio interrompt le silence qui s'est installé.

– Merci d'avoir joué jusqu'à la fin, c'était magnifique. C'est ce qu'il me fallait pour passer une nuit paisible, en imaginant tout ce que tes mains pourraient faire de merveilleux. Bonne nuit, ma princesse. Fais de beaux rêves et promets-moi de ne plus jamais rester autant de temps sans partager ton talent.

– C'est promis. À demain, bonne nuit, Fabio.

Il va penser à mes mains… Il m'a appelée «MA princesse». C'est évident, chaque instant partagé avec lui me signifie que mon monde ne tournera plus jamais de la même manière. Il est en train d'y laisser sa marque et je ne ferai rien pour l'en empêcher.

***

Je me retrouve en bas d'escaliers dont les marches sont noires et blanches. Une voix m'ordonne de la rejoindre et mes jambes s'exécutent sans mon accord. Je suis vêtue d'une nuisette blanche et mes pieds sont nus. Plus je me rapproche de la voix et plus je me rends compte que la silhouette qui m'attend est celle d'un homme. Lorsque j'arrive devant lui, son visage est flou mais je reconnais la chaîne de Fabio. Il me porte jusqu'à une chambre dont les murs sont peints en blanc. Il me dépose sur le lit et s'installe entre mes jambes. Il commence à m'embrasser. D'abord les lèvres, puis le cou. Sa langue continue sa course entre mes seins et je sens les pulsations de mon cœur dans chaque cellule de mon corps. Puis il remonte pour reprendre ma bouche. Il me demande d'utiliser mes mains sur lui comme je les ai baladées sur mon piano. «Ne rougis pas! Je sais que tu en as envie autant que moi», murmure-t-il. Alors je me mets à l'œuvre et je commence à effleurer sa nuque, puis la chaleur de son ventre et…

Bip, bip, bip, bip, bip.

Le réveil me sort de ce rêve érotique avec une telle violence! Je me surprends à être déçue que le scénario se termine et je suis sûrement rouge pivoine à l'heure qu'il est. Même dans mon subconscient, il arrive à me chambouler. Si ça continue comme ça, je dirai bientôt adieu à ma virginité et j'avoue que l'idée de sauter le pas fait dangereusement du chemin dans mon esprit… Heureusement pour elle, Fabio et moi dans un lit, ce ne sera pas demain la veille. Je ne pourrai jamais le faire venir chez Yama, je pense qu'elle ferait une syncope! Et Fabio vit au centre de formation, dans une chambre qu'il partage avec deux coéquipiers, et surveillée par des membres du staff…

***

Je passe la matinée à regarder ma montre toutes les deux minutes. Je suis impatiente de le voir. Je ne tiens pas en place, ce qui questionne Noëly.

– Ça va, Ambre? Tu as l'air stressée.

– J'ai eu une nuit un peu agitée. Rien de grave, ne t'inquiète pas. Et toi, ça va?

– J'ai trop hâte d'être en week-end! dit-elle. Les parents de Marvin sont en déplacement. On aura la maison rien que pour nous, si tu vois ce que je veux dire.

Non mais, l'Univers entier a décidé de jouer avec mes nerfs! Elle va s'envoyer en l'air pendant que Fabio sera à des centaines de kilomètres de moi.

– Oui, je vois très bien ce que tu veux dire! lâché-je, légèrement envieuse.

Il faut vraiment que Fabio arrive vite pour que je puisse soulager le désir destructeur qui fait rage en moi.

Pendant le repas, ma camarade me raconte sa première fois avec Marvin. Ils sont en couple depuis bientôt deux ans et envisagent de s'installer ensemble après le bac. Elle l'aime, ça crève les yeux. Je veux ressentir ça, moi aussi. Aimer et être aimée. Mais pour l'instant, j'ai surtout besoin de l'embrasser et de calmer mes ardeurs. J'envoie un SMS à Fabio en lui demandant de me rejoindre dans la partie de la cour la plus isolée. Lorsqu'il arrive, je ne lui laisse pas le temps de parler et me jette dans ses bras. Mes lèvres rejoignent les siennes avec passion et voracité. Chaque seconde qui passe intensifie ce baiser. Mes mains s'accrochent à ses cheveux pendant qu'il plaque son corps contre le mien. Je ne sais pas s'il a fait le même genre de rêve que moi, mais nous semblons partager un désir charnel équivalent. C'est lui qui interrompt notre étreinte.

– Vaut mieux qu'on s'arrête maintenant, sinon je ne répondrai plus de rien, lance-t-il, essoufflé. Ta bouche… c'est… trop…

– Je voulais te montrer à quel point tu m'as manqué ce matin…

– On peut dire que c'est réussi, princesse. Maintenant, si tu veux bien… commencer à avancer… je te rejoins dans une minute ou deux, le temps de… rassembler mes esprits, murmure-t-il.

– Non, je veux rester avec toi, grommelé-je.

– Ambre, avance, s'il te plaît. Sinon je… enfin tu vois… faut pas que tu restes près de moi, là…

Je comprends soudain à quoi il fait allusion. Je suis terriblement gênée tout à coup.

– Oh pardon ! Je suis désolée… Enfin, pas vraiment désolée mais… Bon, on se retrouve en classe.

Mon Dieu, mon Dieu, mon Dieu. Respire, Ambre, c'est une réaction normale quand un garçon est excité, voyons.

Une partie de moi, la plus inexpérimentée, est terrifiée. L'autre partie, la plus curieuse, est heureuse à l'idée de faire autant d'effet au garçon qui la fait craquer, et de ressentir la même chose.

Note à moi-même : prendre une douche froide.

15

Ambre

Lorsque Fabio revient en classe, il est en retard de quelques minutes et il s'excuse en prétextant s'être trompé de salle. Il me fait un clin d'œil lourd de sens, et va rejoindre Baptiste.

Mon téléphone vibre dans ma poche.

[J'espère te manquer chaque jour,
pour avoir droit à ce genre de retrouvailles.
C'était vraiment... intense...]

[Je ne sais pas ce qui m'a pris.
Ça ne me ressemble pas.
C'est sûrement l'effet que tu as
sur moi et là je suis probablement
en train de rougir...]

[J'adore quand tu rougis à cause de moi.
Tu es tellement belle...]

Tout est trop beau pour être vrai. Je ne peux pas m'empêcher de m'attendre au pire. Comment un garçon comme lui, qui plaît à tant de filles, peut-il s'intéresser à moi ? Je reçois un nouveau SMS mais l'expéditeur n'est plus le même. C'est mon père.

[Ambre, ça fait des semaines
que je n'ai aucune nouvelle de toi.
Rappelle-moi, s'il te plaît, ma puce.
Je veux juste savoir si tu vas bien.
Ce qui s'est passé entre ta mère et moi
ne change rien au fait que je suis ton père.]

L'euphorie du baiser est aussitôt retombée et mon ciel bleu devient gris. Il est naïf de croire que les circonstances de la séparation n'ont pas affecté notre relation ni l'image que j'ai de lui. Il m'aime, je n'ai aucun doute là-dessus. Mais ses addictions et ses infidélités l'ont conduit à la destruction, la violence et le divorce. Je ne suis pas prête à lui parler de nouveau, ou à faire semblant que tout va bien. Mes cauchemars me rappellent constamment que le mal s'est emparé de lui bien trop souvent ces derniers temps.

À la fin de la journée, je rejoins Jade et Éva. Nous avons prévu de boire un verre avant de rentrer. Avec Fabio, nous avons échangé un baiser langoureux avant de nous quitter. Apparemment, cela ne leur a pas échappé.

– Dis donc, on a l'impression que Fabio et toi, c'est du sérieux, lance Éva en me donnant un petit coup d'épaule complice. Ce que je vais te répéter doit absolument rester entre nous, sinon je risque de finir célibataire avant la fin de journée.

– Je t'écoute, crache le morceau!

– Baptiste m'a raconté que Charlotte envoyait des photos d'elle assez dévêtue avec des poses carrément osées. Fabio a dit qu'elle pouvait faire ce qu'elle voulait, elle ne t'arrivera jamais à la cheville, et qu'il voulait qu'entre vous ce soit du sérieux.

Je reste surprise par la confidence d'Éva. Fabio ne m'en a pas parlé. Je ne sais pas pourquoi cela me déplaît autant et pourquoi je ne retiens pas le positif, à savoir le fait qu'il la repousse. Non, mon esprit préfère tourner en boucle sur le fait qu'il ne m'ait rien dit. Arrête tes mélodrames, ma grande.

– Hey, Ambre, tu m'as entendue? reprend Éva. Il te veut vraiment!

Je lui souris mais je n'arrive pas à enlever de ma tête des images de Charlotte à moitié nue. Je me demande s'il les a regardées, supprimées ou enregistrées. Cette pensée me rend verte de jalousie. Elle était là avant moi, ils se sont touchés, goûtés et probablement plus. Je sens la nausée poindre le bout de son nez. Je veux être seule, très vite. Quelle idiote d'être blessée par le passé de quelqu'un!

Oui, mais quelqu'un dont tu es en train de tomber amoureuse.

– On rentre, les filles? demandé-je. Je suis épuisée.

Nous nous installons dans le bus et je décide de passer en mode détective, à la recherche d'informations qui peuvent me soulager.

– Bon, je veux que vous me racontiez tout ce que vous savez sur Fabio et Charlotte. Ne m'épargnez aucun détail, réclamé-je.

Mon cerveau me traite d'idiote et mon cœur prépare déjà les mouchoirs. Ce que je m'apprête à découvrir ne va pas me ravir. Léona commence.

– Fabio n'est pas très bavard. Mais Charlotte criait à qui voulait l'entendre à quel point il la traitait comme une princesse. Je sais qu'ils ont passé beaucoup de dimanches chez elle, seuls, car ses parents sont souvent en déplacement. Elle disait que c'était le meilleur coup de sa vie et qu'il savait y faire...

– Un jour, poursuit Éva, elle a organisé une fête, et les garçons n'avaient pas match alors ils pouvaient découcher une nuit. Fabio et Charlotte ont commencé à se tripoter, à tel point que Baptiste leur a soufflé d'aller dans la chambre. Ce qu'ils ont fini par faire car ça devenait carrément indécent. Ensuite, je me rappelle qu'on a dû monter la musique parce que le br...

– Oui bon, stop, stop, stop! la coupe ma cousine. Je pense qu'elle a compris!

Je sens la bile tournoyer dans mon estomac. Mon Fabio, que j'ai tant idéalisé, s'abandonnant dans le corps d'une autre.

En même temps, tu ne peux pas lui en vouloir, il ne te connaissait pas.

Certes, mais je suis vierge et sans expérience, et lui est tout le contraire. Ça y est, mon cerveau s'affole, mon cœur bat en retraite et ce n'est qu'une fois chez Yama, sous une douche brûlante, que je réussis à calmer l'agitation interne qui m'a prise en otage.

Reprends-toi, Ambre. Tu ne peux reprocher à quelqu'un son passé, enfin!

J'aurais aimé pouvoir le joindre et qu'il balaie tous mes doutes uniquement avec le son de sa voix. Mais il va falloir attendre encore deux heures.

Je décide de me mettre au clavier et d'évacuer le peu de tension qu'il me reste. Mon choix se porte sur une reprise acoustique d'Ariana Grande. Une chanson qui s'appelle « Into You ». Après avoir trouvé les partitions sur Internet, je prends la décision de me filmer sans répéter. Les premières prises sont souvent les plus pures et les plus sincères.

Dans mon ancien lycée, il m'arrivait de poster des vidéos sur Youtube et je dois dire qu'en général, j'avais d'assez bons retours. Mais les histoires avec mon ex Lucas et les commentaires dégradants qui en découlaient m'avaient poussée à tout supprimer.

Ce n'est que cet été, en attendant le départ pour Bordeaux, que j'ai créé de nouveaux comptes pour recommencer de zéro sur tous les points.

Après avoir visionné plusieurs fois ma reprise, je prends le taureau par les cornes et la publie sur Youtube et Facebook. Il faut que je reprenne ce côté de ma vie en main.

Je laisse l'ordinateur et vais manger avec les deux femmes les plus importantes de ma vie.

Lorsque je regagne ma chambre une heure plus tard, il est presque vingt-deux heures. Fabio ne va pas tarder à donner signe de vie. En attendant, je jette un coup d'œil à mon écran d'ordinateur et je remarque que dix-sept de mes trente-neuf amis ont commenté ma vidéo.

« Tu me manques autant que ta voix, ma sœur d'amour. »

« Waouh, tu m'as donné des frissons. »

« J'adore, tu devrais faire des castings. »

« *Ambre Grande is in the place.* »

« Tu joues tellement bien du piano. »

Le commentaire qui attire le plus mon attention est celui de Nico :

« J'étais déjà sous ton charme avant cette vidéo, mais là !? Cupidon a fini d'enfoncer sa flèche. Tout est magnifique dans cette reprise. Ambre Bellino, tu fais chavirer mon cœur… »

Je remercie chaque personne car tous ces mots me font énormément de bien. La musique est tellement essentielle à ma vie. C'est à ce moment-là que le prénom qui fait voler les papillons s'affiche sur mon portable.

– Allô !? Ça va, Monsieur « pars devant, je te rejoins dans deux minutes » ?

Je ris de ma blague mais apparemment toute seule.

– Fabio ? T'es là ?

Il prend enfin la parole.

– Oui, je suis bien là.

Il répond sèchement.

– Quelque chose ne va pas ? L'entraînement s'est mal passé ?

– De ce côté-là, tout va bien. J'ai vu ta vidéo. Tu es parfaite. Vraiment, tu as du talent. Par contre, tomber sur les commentaires ambigus de l'autre bouffon de Nico et voir que tu entres dans son jeu avec tes mercis et tes smileys, je ne peux pas le supporter. C'est très simple ! Soit tu lui dis clairement qu'il arrête avec sa drague ouverte, soit je vais lui mettre une raclée.

Quoi ? Pardon ? Je... quoi ?

– J'entre dans son jeu ? Je l'ai juste remercié, faut te détendre.

– Le mec est en train de te dire qu'il craque pour toi et tu lui réponds « merci ». Tu penses lui envoyer quoi, comme message ? Sûrement pas que tu n'es pas intéressée en tout cas.

– Pardon, mais c'est pas comme s'il m'envoyait des photos de lui nu et que je te le cachais, à ce que je sache !

– Je peux savoir pourquoi tu dis ça ?

– Je suis au courant pour les sextos de Charlotte. Tu penses lui renvoyer quoi, comme message, toi ?

– Putain, mais Baptiste peut vraiment pas tenir sa langue !

– Tu ne comptais pas m'en parler ? Tu te la gardes de côté au cas où ça n'irait pas assez vite avec moi ?

– Mais qu'est-ce que tu racontes, bordel ? J'en ai strictement rien à faire de Charlotte !

– Apparemment, vous aviez l'habitude de passer du bon temps ensemble ! Alors tu t'es peut-être dit qu'elle pourrait satisfaire de nouveau tes désirs quand la petite vierge ne céderait toujours pas.

Oh, mon Dieu ! Ne me dites pas que je viens de balancer ça à voix haute. Il semble pourtant que oui, vu le silence qui s'étend à l'autre bout du fil. Mais quelle abrutie ! Ma bouche parle avant ma tête quand je suis en colère. Fabio reprend la parole et je m'apprête à regretter chaque mot que je viens de prononcer.

– C'est donc comme ça que tu me vois ? Je pensais que tu avais su percevoir ce qu'il se cachait derrière ce que les gens disent. Il faut croire que je me suis trompé. Bonne nuit.

Il raccroche sans me laisser le temps de répondre. Je tente de le rappeler mais il est maintenant sur répondeur. Mes paroles l'ont blessé et je regrette amèrement d'être aussi impulsive. Je décide d'appeler la seule personne qui me connaisse et qui saura me rassurer.

– Allô, Sana ?

– Oui, ma sœur. Mon Dieu, ta voix m'avait tellement manqué ! Ça fait trop du bien de t'entendre chanter. Très bon choix de chanson ! J'espère que ton beau footballeur a compris le sous-entendu des paroles, ha, ha !

– Justement, en parlant de lui, je crois que j'ai merdé et que mes mots ont dépassé ma pensée.

– Ça m'étonne de toi, tiens ! Putain, Ambre, combien de fois je t'ai dit de ne pas réagir à chaud ? Ça t'arrive d'écouter mes conseils de temps en temps ? Raconte-moi tout.

Je prends mon courage à deux mains et lui expose toute la situation dans les moindres détails, sans oublier l'épisode où Fabio m'a demandé de partir devant lui.

– Quelle petite conne !

– Je t'avais dit que cette Charlotte était un poison.

– Je parle de toi, Ambre. T'es allée un peu loin. Et pour le coup, je suis d'accord avec lui au sujet de Nico. Inverse la situation deux secondes et mets-toi à sa place. Comment tu réagirais, toi ? Tu lui parles des photos qu'elle lui envoie mais est-ce que tu connais la suite de l'histoire ?

– Non…

Je suis soudain prise de culpabilité. Je ne sais rien de ce qu'il lui a répondu ou non. Peut-être l'a-t-il bloquée juste après, ou peut-être lui a-t-il parlé de nous. Je ne suis au courant de rien sauf qu'il prend notre relation au sérieux et je l'ai jugé hâtivement et négativement sans lui laisser le bénéfice du doute. Tous les hommes ne sont pas mon père ou Lucas, il faut que j'apprenne à faire confiance et que j'arrête de tirer sans cesse des plans sur la comète. Et comme si Sana lisait dans mes pensées, elle reprend.

– Ambre, les mecs ne sont pas tous comme ton père ou ton ex. Il y a des types bien. Et pour l'instant, Fabio a été au top avec toi. Certes, il ne t'a pas parlé des photos ! Mais il ne voulait peut-être pas te blesser ou envenimer les choses. Il a raison sur un point, tu dois être claire avec Nico car, au vu de ses commentaires, il n'a pas l'air d'être au courant que tu as quelqu'un. Dis-lui qu'il te lâche la grappe et surtout tu as intérêt de te rattraper auprès de ton mec car t'es cent pour cent fautive, meuf.

Encore une fois, elle a raison. Il faut que je rattrape la situation et qu'il comprenne que je n'aime pas les secrets, même si la vérité peut blesser. J'ai grandi avec des non-dits et je ne les supporterai pas venant de lui.

Après m'avoir raconté ses derniers jours au lycée et ses disputes avec ses frères, elle raccroche.

Note à moi-même : trouver un plan pour me faire pardonner.

16

Ambre

Je prends conscience que je ne le verrai que le lendemain après-midi et, rien que d'y penser, je sais que je ne tolérerai pas d'attendre aussi longtemps. Je veux que dès son réveil, il sache à quel point je suis désolée.

Une idée me vient soudain.

Il faut que mes excuses se fassent au premier endroit qu'il croise le matin. Je regarde ma montre et appelle ma cousine pour lui faire part de ma dispute et de mon projet de réconciliation.

– Tu es complètement folle, Ambre. Mais je vais bien évidemment t'aider, quelle question ! Dieu sait à quel point j'aime dormir mais, bon, je vais faire une exception pour toi ! En plus, j'adoooore le danger !

Nous nous souhaitons une bonne nuit et je m'affaire au matériel nécessaire à mon pardon.

Lorsque j'ai terminé, il est minuit et demi. Je suis très fière du résultat et il est évident que j'ai mis tout mon cœur à l'ouvrage. La nuit va être courte et je prie pour que ça marche.

Le réveil sonne à cinq heures. J'ai quarante-cinq minutes pour me préparer avant de retrouver Léona à l'arrêt de bus. Ma grand-mère vient de finir sa prière quand je prends mon petit déjeuner. Elle me regarde bizarrement et je lui affirme que j'ai rendez-vous avec ma cousine pour un devoir. Elle ne me questionne pas et se contente de m'embrasser sur le front.

Quand nous nous retrouvons, Léona est tout aussi excitée que moi. Nous avons tout le nécessaire, et prenons la direction de l'espoir. Une fois sur place, l'excitation a laissé place au stress. Je me mets à questionner ma cousine.

– T'es vraiment sûre que c'est là qu'il s'entraîne le matin ?

– Pour la quatrième fois, je te dis que oui ! Tends un peu plus de ton côté au lieu de parler ! Il manquerait plus qu'on se fasse choper !

– Plus haut, Léona ! Bouge plus, c'est parfait. Attends, je récupère le scotch.

Après quelques minutes, le tour est joué.

– S'il n'accepte pas tes excuses après tout ça, je lui fous le scotch là où je pense.

– Allez, faut y aller maintenant.

Alors que l'on commence à s'éloigner, je décide de m'arrêter et de contempler mon œuvre. Une pancarte de trois mètres de longueur sur un mètre de largeur, un peu comme les panneaux publicitaires que l'on voit dans les stades. Sauf que sur la mienne, il est écrit :

Pardonne-moi, Fabio. Je ne suis qu'une idiote !

Une voix me tire de ma contemplation :

– Hé, vous, là-bas ! Vous n'avez rien à faire ici !

– Cours, Ambre !

Nous nous précipitons hors du stade en sprintant et nous dirigeons vers le bus, qui est prêt à partir. Nous tambourinons sur les portes pour que le chauffeur nous laisse entrer et ouf, il cède. Nous finissons par nous installer au milieu pour reprendre notre souffle. Nous nous regardons et un énorme fou rire pointe le bout de son nez. C'est Léona qui craque la première. Tous les usagers du bus nous regardent comme si nous étions en plein délire psychotique. Bon, c'est vrai, il est seulement sept heures du matin, et nous gloussons comme deux dindes d'une basse-cour.

– Ah là là, Ambre, jamais de ma vie j'aurais cru me retrouver un jour sur un stade à 6 h 30 du matin à accrocher une affiche !

– Moi non plus, crois-moi ! Merci de m'avoir accompagnée… Tu es un ange…

– Si un jour vous vous mariez, tu as intérêt de me choisir comme témoin !

Ma cousine est incroyable. Toujours de bonne humeur et souriante. Un rayon de soleil ambulant. Pendant tout le trajet, elle m'a rassurée. Sa gentillesse me touche car, en fin de compte, avant mon arrivée à Bordeaux, nous étions presque des inconnues l'une pour l'autre. Et aujourd'hui, nous partageons nos secrets.

La matinée passe avec une lenteur inhabituelle. Je n'arrive pas à me concentrer. Je ne cesse de penser à lui et à mon geste. J'ai regardé mon téléphone une centaine de fois depuis que nous sommes descendues du bus, mais rien. J'essaie de me rassurer en me disant qu'il sera bientôt là.

Lorsque treize heures approchent, je suis installée sur l'un des bancs de la cour et je guette son arrivée. Noëly est avec moi, je lui ai raconté la dispute de la veille et mon escapade matinale. Elle sait que je suis en pleine crise d'angoisse et me saisit la main.

– Allez, Ambre, t'en fais pas, l'erreur est humaine. Il en a déjà fait aussi avec toi !

– J'espère que tu as raison…

– Bon, ne te retourne pas, mais il arrive. Respire…

Je crois que mon cœur est en détresse ! Mon pouls s'accélère et j'ai du mal à respirer. Je sens immédiatement ses yeux sur moi. Je me retourne pendant qu'il laisse avancer les autres et il me fait signe de venir vers lui. J'obéis sans broncher même si tous mes organes sont en train de s'arrêter. Une fois devant lui, je reste muette. Je n'ose pas le regarder. J'ai un peu honte de moi. Alors je me contente de lui dire ces quatre mots, les yeux rivés au sol :

– Je suis désolée, Fabio.

– Regarde-moi, dit-il d'une voix douce tout en soulevant mon menton de son index. Premièrement, ne doute plus jamais de moi, car en aucun cas je ne veux te faire du mal ou te mentir. Deuxièmement, j'ai bloqué le numéro de Charlotte à la seconde où elle m'a envoyé ces photos. Et troisièmement, que dire de ta pancarte ? Tu es complètement folle mais ça m'a énormément touché. Personne n'a jamais eu de telles attentions à mon égard. Bon, ça m'a coûté plusieurs tours de terrain et une huée générale mais ça en valait la peine…

Il se penche vers moi pour m'embrasser mais nous sommes arrêtés par le principal, qui nous ordonne d'aller en cours avant de finir avec deux heures de colle. Fabio me prend la main et me tire vers le bâtiment. Je suis obligée de courir et je ris nerveusement. Il ne me voit pas, mais je le regarde amoureusement, je me sens soudain chanceuse que ce garçon, si beau, si gentil et si mature veuille de moi. Au premier étage, je l'empêche soudain d'avancer en m'arrêtant net et en gardant ses doigts entremêlés aux miens. Je m'approche pour lui offrir un baiser chargé de désir, d'émotions et de soulagement. J'en perds haleine et il encercle mon visage entre ses longues mains pour approfondir notre étreinte. Il faut que j'arrête ça avant que ça ne dégénère.

– Fabio, faut vraiment qu'on aille en cours avant de se faire coller ! haleté-je.

– C'est toi qui ne peux pas t'empêcher de te jeter sur moi. Je ne suis qu'une victime !

– Espèce d'idiot ! Je te présente encore toutes mes excuses ! Je te promets de ne plus douter de toi…

Il se penche pour m'embrasser sur le front.

– Allons-y !

Et nous voilà réconciliés. Je suis tellement soulagée. S'il m'avait ignorée une minute de plus, je ne l'aurais pas supporté.

***

Les semaines suivantes filent très vite. Nous essayons de passer le maximum de temps ensemble : au lycée, le samedi après ses matchs à domicile et les dimanches après-midi. Sans compter les heures au téléphone. Près de lui, j'apprends le sens des mots aimer, désirer, ressentir. Chaque moment passé ensemble est paradisiaque. Aujourd'hui, je n'ai qu'une crainte, que les nuages viennent entraver le soleil.

Ce soir, ce sont les vacances de la Toussaint et, par chance, ni Fabio ni moi ne quittons Bordeaux. Il s'entraînera tous les jours, et ses parents et sa sœur viendront lui rendre visite la première semaine. Il a d'ailleurs proposé de me les présenter, ce que j'ai accepté non sans crainte.

Ma mère m'a suggéré de rentrer à Nice pour voir mon père mais j'ai refusé. Je ne me sens pas prête. J'ai déjà franchi une étape cruciale en répondant à l'un de ses appels et en discutant avec une certaine distance. Je préfère y aller doucement.

En plus, Sana rentre au Maroc avec ses parents. Il n'y a donc vraiment rien qui me donne envie de rentrer dans ma ville natale.

Le premier samedi, Fabio ne joue pas. Il a proposé que nous passions la journée ensemble. Nous prenons notre repas au Vintage Café, la brasserie de notre premier rencard. Pendant qu'il mange, je ne peux me retenir de le fixer, de vouloir lire son âme à travers ses yeux. Il semble si fort, si courageux. Là où les jeunes de son âge vivent sans se poser de questions, il sacrifie tout pour sa passion. Sa ligne de conduite est droite, sans embûches, sans mensonges. Il est rempli de bonté et il est à moi.

Se rend-il compte que je tombe amoureuse de lui un peu plus chaque jour ? Voit-il dans quelle mesure il est devenu le centre de mon monde ? À quel point imaginer mes jours sans lui me crève le cœur ?

– Quoi ? dit-il. J'ai un truc entre les dents ou quoi ?

– Non. Je suis juste en train de t'admirer et de réaliser ma chance. Je… je suis contente de passer cette journée avec toi.

– Ma princesse… murmure-t-il en effleurant ma joue. C'est moi qui ai de la chance. Allez, suis-moi, je veux te faire découvrir mon coin de paradis sur terre.

Durant le trajet, on se contemple, on s'embrasse et je finis par poser ma tête sur son épaule pour être sûre que ce moment est bien réel. Lorsque l'on descend du bus, nous sommes au jardin public. Je suis déjà venue, mais à part ce goûter à l'orangerie, je ne m'y suis jamais vraiment attardée et je dois dire que, sous ce soleil, c'est magnifique.

La verdure, les grands arbres, les points d'eau et un vieux carrousel apparaissent sous mes yeux. Découvrir ce paysage auprès de lui est comme un rêve éveillé. Il m'arrête tout d'un coup, me demande de fermer les yeux et met ses deux mains sur mon visage pour que je ne voie plus rien.

– Fais-moi confiance, ma princesse. On en a pour quelques minutes…

Je crois que mon cœur va s'arrêter d'un instant à l'autre. Sans la vue, tous mes autres sens sont décuplés. J'entends sa respiration qui s'accélère à chaque pas. Je peux déceler son parfum aux senteurs musquées. Tout chez lui est enivrant. Il faut qu'on arrive vite car je tombe un peu plus.

– Prête ?

Je fais oui de la tête, et je le sens retirer doucement ses mains. Lorsque mon regard retrouve enfin sa capacité, je suis plongée dans un décor digne d'un film romantique. Nous sommes sur un pont en fer forgé, au-dessus d'une grande étendue d'eau. De magnifiques arbres retombent devant nous et je suis subjuguée par le paysage.

– Waouh, c'est magnifique, Fabio. Je ne pensais pas qu'un si bel endroit pouvait se trouver si près.

– Je suis content que ça te plaise. Je viens souvent ici. Seul. Pour me ressourcer, me vider l'esprit et faire le point. Et quand je suis venu il y a quelques jours, j'ai ressenti le besoin de t'y emmener. De partager ce moment avec toi. C'est peut-être étrange mais je le pense vraiment. Je ne vois plus les choses de la même manière depuis que je suis avec toi. Je n'ai plus envie de faire les choses seul, de découvrir un endroit si tu n'es pas là. (Mon cœur est en train de faire une samba et mes jambes flanchent sous le poids de ses mots.) C'est ici que je viens chaque fois que mon frère hante mes pensées et que la tristesse me comprime la poitrine.

Je serre sa main très fort pour qu'il sente que je suis là. Il se retourne et me sourit pour dissimuler ses émotions. Je sens qu'il n'est pas encore prêt à en parler alors je me contente de le prendre dans mes bras.

– La peine que tu ressens est légitime, Fabio. Cela montre à quel point tu l'aimais. Elle s'atténuera avec le temps, tu verras, mais tu dois la laisser sortir… (J'enroule délicatement mes doigts autour des siens.) Chaque jour, dans chaque goutte de sueur qui perle sur ton front, dans chaque pensée que tu as pour lui et dans chaque prière, il sent ton amour. J'en suis certaine. (Il regarde au loin, alors je prends son visage entre mes mains et le force à me fixer dans les yeux.) Je t'aime, Fabio Giordano.

Son regard me transperce. Même s'il ne répond pas à mon aveu, je ne regrette pas d'avoir prononcé ces mots. Je veux qu'il sache ce que je ressens, même s'il n'est pas prêt à l'entendre et même si ce n'est pas réciproque. Je l'aime et il est hors de question que je le garde pour moi une seconde de plus. Alors que nous nous regardons intensément, il me fait pivoter et m'emprisonne entre lui et la rampe du pont. Il avance son visage et embrasse d'abord mon front puis le bout de mon nez. Il se décide ensuite à effleurer mes lèvres mais continue sa course au creux de mon cou pour s'y arrêter définitivement. Son souffle chaud déclenche une armada de frissons sur toute ma peau. Mon cœur s'affole quand il y dépose sa bouche et l'humidité de sa langue. Quand je me crois sur le point de défaillir, il remonte doucement et finit par s'emparer de mes lèvres. Un désir foudroyant s'empare de moi quand il saisit mes cheveux et presse son corps contre moi. L'intérieur de mes cuisses est en feu, c'est douloureux et je ressens le besoin de sentir ses mains partout sur moi.

Mais t'es complètement malade, on est en public ! me crie ma conscience.

Je ne l'écoute pas. Je presse mon bas-ventre contre Fabio et glisse mes mains sous son pull, puis sous son tee-shirt pour sentir son dos ferme et musclé. Même à travers nos vêtements, je sens l'envie qui remplit peu à peu son jean. C'est le bruit de son téléphone qui interrompt ce moment chargé de tension sexuelle. C'est sa mère. Je ris intérieurement. Si elle savait ce qu'il est en train de faire ! Il abrège la conversation et se mord les lèvres en passant son pouce sur ma bouche.

– Ambre, tu es tellement belle et tu me fais tellement d'effet. Heureusement que nous ne sommes pas seuls. Dieu seul sait ce qu'il arriverait. Quand tu poses tes mains sur moi, je perds tout bon sens. (Et moi donc !) Bon, on va rester quelques minutes ici, histoire que mon corps se calme. Si tu veux bien m'aider en évitant de me regarder comme ça.

Je n'ai même pas remarqué que je fixais le renflement dans son pantalon, avec la bouche légèrement ouverte.

Oh, mon Dieu.

– Je… je suis désolée. Ta mère va bien ?

– Oui, ils m'attendent à l'appartement qu'ils ont loué. Je lui ai confirmé que demain nous mangerions avec eux.

– Bien, je suis tout excitée de rencontrer tes parents. (*Excitée ? Mais t'as pas d'autres adjectifs en tête, pauvre idiote ?*) Enfin, je suis super chaude pour ce repas. (*Oh, mon Dieu, faites-la taire, je vous en supplie.*) Contente, voilà je suis contente, j'ai hâte.

Il se met à rire de bon cœur et, à cet instant précis, je sais que je l'aimerai toute ma vie.

17

Ambre

Le lendemain, comme à nos habitudes, nous prenons notre petit déjeuner toutes les trois. Ma mère nous raconte qu'elle se plaît vraiment dans ce travail. Après qu'elle a narré les potins de son bureau, et que Yama est allée se doucher, elle me fixe et m'interroge :

– Bon, ma chérie, tu vas me dire qui est ce Fabio qui t'envoie des messages de bon matin ?

Je rougis probablement et m'étouffe avec une partie de mon thé.

– Allez, crache le morceau ! ajoute-t-elle. En tout cas, vu ton humeur et ton sourire, je l'aime déjà !

– Puisque tu connais déjà son prénom, je peux simplement ajouter qu'il aura 18 ans au mois de janvier et qu'il est au centre de formation de football.

– Vous vous fréquentez depuis quand ?

– Un mois environ.

Face à cette confidence, je réalise d'autant plus à quel point je suis tombée rapidement amoureuse de lui. Je raconte à ma mère que je dois rencontrer ses parents ce midi et que je suis un peu stressée. Alors pour me détendre, elle propose de s'occuper de mes cheveux et de mon maquillage. Cela lui arrive souvent de prendre soin de moi, comme si j'étais encore une toute petite fille. Là où certaines pourraient être agacées, j'adore chaque moment passé avec ma mère.

Une fois prête, je récupère mon sac et m'avance vers l'entrée quand elle me retient par le bras et me complimente.

– Tu es magnifique ! Ils ne pourront que t'apprécier, j'en suis sûre. Je t'aime, ma fille ! Sois sûre de toi et fière de qui tu es ! lance-t-elle.

Je quitte mon immeuble, gonflée à bloc et sûre de moi.

Je dois les rejoindre dans un restaurant qui s'appelle La Péniche.

Lorsque j'arrive devant, je suis tout de suite sous le charme de cette devanture bleue à l'allure d'un bateau. Pour y entrer, il faut marcher sur un chemin de lattes en bois semblable à un ponton. Une fois à l'intérieur, tout est mis en œuvre pour avoir l'impression d'être à Paris et de naviguer sur la Seine. Pourtant, tout est simple et chaleureux.

Au bout de quelques pas, j'aperçois Fabio, qui me sourit instantanément. Il se lève et vient me chercher. Probablement par pudeur, il m'embrasse sur le front.

– Tu es très beau, comme toujours…

– Pas autant que toi, ma princesse. Allez, viens que je te présente. (Il mêle ses doigts aux miens et m'attire jusqu'à la table. Je dévoile mon plus beau sourire.) Papa, maman, Selena, je vous présente Ambre. Ambre, voici mes parents, Giovanni et Caroline, et ma sœur, Selena.

Sa mère est une très belle femme. Elle a de beaux cheveux blonds, coupés au carré, et sa silhouette semble assez sportive. Elle porte une jupe cintrée sur une chemise blanche, ce qui lui donne une apparence à la fois classe et stricte. Quant au père, il a énormément de traits de ressemblance avec Fabio. Ils arborent tous les deux ce même sourire chaleureux et rassurant. Malgré ses cheveux grisonnants, c'est un bel homme qui dégage une certaine gentillesse.

Je me penche d'abord pour embrasser sa mère mais elle me tend la main. OK, très bien. Je la lui serre en une poignée amicale. Elle me dévisage froidement et ne répond pas à mes sourires. Son père, qui vient de répondre au téléphone, quitte la table en m'adressant un rapide signe de tête. Je perds peu à peu l'enthousiasme de la matinée.

Allez, Ambre, concentre-toi sur les mots de ta mère. Ils ne peuvent que t'aimer.

Heureusement, la petite sœur de Fabio me serre très fort et trouve mes chaussures super cool. Elle ressemble aussi beaucoup à son frère. Les mêmes iris dorés, de longs cheveux châtains et un air espiègle assez attachant. Elle m'apprend qu'elle vient de fêter ses 12 ans et que ses parents lui ont offert le dernier smartphone pour l'occasion.

Nous finissons par nous installer et je décide de rester positive.

Au bout de quelques minutes, son père nous rejoint et je me sens quelque peu mal à l'aise face aux regards appuyés de sa mère. J'ai l'impression qu'elle analyse chaque détail chez moi, encore plus lorsque l'un de ses sourcils inquisiteurs se lève.

Après avoir passé commande, ses parents questionnent Fabio sur les matchs et événements qui ont eu lieu depuis leur dernière visite. Pendant qu'il répond, Caroline me fixe et sourit d'une manière étrange quand elle échange avec lui.

Après que le serveur a déposé les plats, la conversation emprunte une nouvelle direction.

– Alors, Ambre? Fabio nous a dit que tu étais originaire de Nice? interroge Giovanni.

– Oui, en effet. Ma mère est née à Bordeaux et lorsqu'elle a rencontré mon père, elle l'a suivi à Nice. Nous y sommes revenues depuis le mois d'août à la suite de la séparation de mes parents.

Caroline lève les yeux au ciel comme pour signifier son aversion pour le divorce. Commence alors un interrogatoire qui me laisse pantoise.

– Que font vos parents dans la vie? demande-t-elle.

– Mon père travaille dans une bibliothèque et il lui arrive d'animer des soirées le week-end. Et ma mère vient d'être embauchée à l'office du tourisme.

– Ambre est un prénom plutôt rare. Quelles sont vos origines? reprend-elle.

– Mon père est d'origine italienne et ma mère algérienne.

À l'évocation du dernier mot, elle fixe Fabio et je crois déceler un léger hochement de tête comme si ma réponse était décevante. Je ne comprends pas cette réaction. Je suis très fière de mon métissage. Il représente l'union de deux personnes malgré les différences et les obstacles qui peuvent se dresser devant l'amour. Je tente un regard vers Fabio, qui crispe la mâchoire. Cela ne présage rien de bon.

– C'est bon, m'man? Tu as fini ton interrogatoire? rétorque Fabio.

– Quoi? J'ai le droit d'en savoir plus sur les fréquentations de mon fils tout de même.

– Je suis ravie de répondre à vos questions, Caroline.

J'essaie de détendre l'atmosphère mais elle ne m'aide pas vraiment, bien au contraire.

– Et comment va la belle Charlotte? enchaîne-t-elle avec un sourire qui en dit long. Cette jeune fille est tellement gentille et agréable! Tu lui passeras le bonjour de notre part.

Cette dernière phrase me fait lâcher ma fourchette, qui tombe par terre en un bruit sourd. Jusqu'ici, dans ce restaurant, près de lui et sa famille, Charlotte parvient à s'immiscer entre nous.

– M'man, Charlotte et moi, c'est fini. Je suis avec Ambre maintenant.

– Certes! Mais le peu de fois où nous l'avons vue, elle a toujours été très gentille. Donc cela ne t'empêche pas de la saluer de ma part. N'est-ce pas, Ambre?

Garde ton calme, reste digne.

– Bien évidemment! rétorqué-je. Si vous voulez bien m'excuser, je vais aller me laver les mains.

Je quitte la table et me dirige vers les toilettes en essayant de ne pas pleurer. Je me sens de trop tout à coup. Lorsque je m'observe dans le miroir, j'y vois la porte s'ouvrir sur Caroline. Il ne manquait plus que ça. Elle vient de m'humilier, mais je décide, pour Fabio, de lui sourire. Elle se pose à côté de moi et se lave les mains à son tour, sans me regarder.

– Je sais ce que les gens comme toi veulent de mon fils, me dit-elle sur un ton froid et sec. Tu es probablement une fille intéressée et opportuniste qui a vu l'avenir doré que Fabio va atteindre. Dommage pour toi, je suis là pour veiller au grain. Il est hors de question qu'il soit avec quelqu'un comme toi!

– Permettez-moi de vous dire que vous ne savez rien de moi et que j'aime votre fils pour ce qu'il est, et non pour ce qu'il a ou aura!

– Tu l'aimes? répond-elle, en poursuivant d'un rire diabolique. Tu ne sais strictement rien de l'amour! Encore moins avec des parents séparés. Tu n'es qu'une gamine de 17 ans! Les gens comme toi sont des voleurs ou des délinquants. Son père et moi avons tout donné pour nos enfants. Alors crois-moi que je ne le laisserai pas gâcher son avenir à cause d'une fille comme toi. Tu ferais mieux de rentrer chez toi sur-le-champ! Tu n'es pas la bienvenue!

Lorsqu'elle finit sa phrase, elle s'admire dans le miroir, replace ses cheveux blonds et courts derrière ses oreilles et remet un peu de rouge à lèvres, avant de tourner les talons dans un silence total. Une fois la porte fermée, une larme roule sur ma joue et le bonheur vécu avec lui ces dernières semaines a soudain un goût amer. Je ne sais pas ce que je suis censée faire. Rentrer chez moi et la laisser gagner? Ou retourner à table et passer le reste du repas à attendre ses attaques?

Que dirait Fabio de tout ça? Pense-t-il la même chose? Croit-il que je suis avec lui pour son avenir prometteur? Cette idée me donne la nausée. Pourquoi l'amour n'est-il pas un sentiment aisé? Je pensais rencontrer une femme douce comme son fils, d'autant plus après le malheur d'avoir perdu l'un de ses enfants. Peut-être son animosité est-elle liée à son deuil? A-t-elle peur de perdre son autre fils? Ou qu'il soit malheureux? Si elle pouvait lire mon cœur, elle saurait qu'elle se trompe sur moi.

Heureusement, j'ai pris mon téléphone et je décide de demander conseil à ma seule vraie amie. Elle se trouve au Maroc mais je prie pour qu'elle me réponde.

– Ma sœur! Il fait trente degrés au Maroc, je peux te dire que je vais rentrer en bombe avec un bronzage à la Beyoncé. Comment vas-tu? (Je sanglote doucement mais pas assez, il semblerait.) Héééé, qu'est-ce qui se passe? À qui dois-je faire la peau? T'as intérêt de me raconter immédiatement!

– C'est assez long mais je vais essayer de te la faire courte, tenté-je de dire entre deux reniflements. En gros, Fabio me présente ses parents aujourd'hui et sa mère ne m'apprécie pas du tout. Elle fait des remarques sur mes origines, le divorce de mes parents et, selon elle, je suis une profiteuse.

– Je te crois pas! La garce! Et Fabio? Qu'est-ce qu'il a dit?

– Elle ne l'a pas dit devant lui, mais aux toilettes des femmes, dans lesquelles je suis encore enfermée et je ne sais pas quoi faire ! Partir ? Rester ? J'ai besoin de ton aide et rapidement. Car ils vont commencer à se demander ce que je fous encore aux sanitaires.

– Tu l'aimes, n'est-ce pas ?

– Oui… Ça paraît fou, mais oui !

– Alors, tu sors de ces putains de WC, la tête haute, et tu retournes à table. Ton histoire, tu la vis avec lui ! Pas avec sa mère !

– Mais Sana…

– Il n'y a pas de « mais » ! Rien n'est simple dans la vie. On doit se battre pour ce qu'on veut. C'est ce qu'on a toujours fait, toi et moi. Alors maintenant, je vais raccrocher et tu vas retourner montrer qui est Ambre Bellino. Je t'aime. On se rappelle ce soir.

Elle a raison. Après tout, Fabio est le seul qui compte à mes yeux et il est assez grand pour savoir avec qui il veut être. Je sors et vais au comptoir payer en avance ma commande et celle de Fabio, et je retourne m'asseoir. Les yeux écarquillés de Caroline me donnent une certaine forme de satisfaction et je me sens gonflée à bloc par les mots de ma meilleure amie.

– Tout va bien, ma princesse ?

– Oui, désolée, ma mère m'a appelée car elle a eu un souci avec ses clés mais c'est réglé maintenant.

Je me tourne vers Caroline et lui souris de la plus hypocrite des manières. Elle l'aura cherché.

À la fin du repas, lorsque le serveur apporte l'addition, il signale à Giovanni que j'ai déjà réglé une partie des repas. Le père de Fabio me regarde curieusement et sourit. Il paie le reste de l'addition et nous nous dirigeons vers la sortie. Le garçon que j'aime s'autorise un baiser volé et passe son bras par-dessus mes épaules pour me serrer contre lui. Nous avançons lorsque Giovanni propose à tout le monde d'aller se balader.

– Tu es la bienvenue, Ambre ! me dit-il.

Ce n'est probablement pas l'avis de sa femme vu les couleurs changeantes de son visage.

– C'est très gentil de votre part mais je dois rentrer. J'ai passé un très bon moment, merci beaucoup.

– Oh non, reste, Ambre ! supplie Selena.

– On se reverra avant que tu partes, j'en suis sûre, poupée. Tiens, c'est pour toi.

Je lui tends un petit porte-clés avec son prénom, que j'ai acheté il y a quelques jours, et elle me saute dans les bras.

– Merci, Ambre ! T'es vraiment trop gentille et trop belle pour mon frère.

– Je la raccompagne à l'arrêt et je vous rejoins, les informe Fabio.

Nous faisons quelques pas ensemble et, une fois à l'abri de leur regard, il prend mon visage entre ses grandes mains et m'embrasse passionnément. Son baiser me rassure et me confirme que j'ai bien fait de ne pas quitter le restaurant.

– Je suis triste que tu ne restes pas avec nous, me dit-il. Merci pour le repas, mais ne refais jamais ça !

– Ce n'est que partie remise. J'ai la chance de te voir tous les jours, contrairement à ta famille…

– Ne fais pas attention à ma mère, elle aime s'occuper de nos vies. C'est sa manière de montrer qu'elle nous aime mais aussi de gérer le deuil de mon frère.

– Je comprends, ne t'inquiète pas. On s'appelle ce soir et puis je serai là à ton match amical mercredi soir.

Il m'embrasse si profondément que je crois défaillir. Il passe son pouce sur mes lèvres et rejoint ses parents. Avant qu'il ne soit trop loin, je l'appelle et il se retourne.

– Je t'aime…

Il sourit puis repart.

Pour la deuxième fois, il ne t'a pas répondu, pauvre cruche. Alors ne lui dis plus, tu seras mignonne.

Note à moi-même : trouver des informations sur comment gérer une belle-mère enragée.

18

Ambre

En rentrant de ce repas, je n'ai bien évidemment rien raconté à ma mère des paroles de Caroline. Car si cette dernière prête attention au bonheur de son fils, ma mère est une vraie lionne capable de sortir les griffes et les crocs pour sa seule et unique progéniture.

Ce soir, nous mangeons chez ma tante Louisa ; il me reste quelques heures avant de partir alors je décide de me mettre au piano et d'évacuer toutes les émotions négatives de ce repas. Malgré tous les mots de sa mère, je crois en notre histoire, je crois en nous. C'est évident, je ne peux même pas me l'expliquer.

Croire rend les choses réelles et diffuse un sentiment de bien-être. Ses pensées m'amènent à jouer une chanson de Gavin DeGraw, « Belief », qui évoque la foi et l'amour. Je décide de m'enregistrer pour que Fabio puisse voir que j'y crois. Plus que tout.

Depuis ce jour à la plage, depuis qu'il m'a souri, qu'il a effleuré ma main. Ce garçon a marqué ma peau, mon cœur et mon esprit. Chaque journée est remplie de lui depuis ce moment. Je me dois d'aller au bout des choses, qu'importent les obstacles.

Les deux jours suivants se sont écoulés lentement. Fabio a passé son temps libre avec ses parents, tout en m'envoyant des SMS et des selfies. Il a beaucoup aimé ma vidéo et me l'a fait savoir à maintes reprises. Cela peut paraître niais mais il me manque. Énormément. Une habitude est très facile à prendre, comme celle de le voir tous les jours au lycée. Heureusement, son match est demain. Je m'apprête à passer à table quand mon téléphone sonne :

– Ma princesse, j'ai un service à te demander. Peux-tu te rendre à la fenêtre de ta chambre ?

J'obéis, trépignant d'impatience. Je crois halluciner. Il est là, souriant, le téléphone près de son oreille. Quand nos regards se croisent, il crie :

– Surprise ! Tu me rejoins ?

Ni une ni deux, me voilà courant dans les escaliers à deux doigts de m'affaler. Au diable ma dignité, j'ai trop hâte de sentir sa bouche sur la mienne.

Arrivée en bas, je sprinte et lui saute dans les bras. Il me soulève et place mes deux cuisses autour de ses hanches. Lorsqu'il pose sa main sur ma nuque, je ne peux plus attendre et j'écrase mes lèvres sur les siennes. Au bout de quelques minutes, il me repose et me fixe tendrement. Il me serre fort contre lui et s'imprègne de l'odeur de mes cheveux. Je sens son torse chaud, les battements de son cœur et ses muscles contractés.

– Tu m'as manqué… Je ne pouvais pas passer une journée de plus sans te voir. Alors me voilà !

– Je suis tellement contente ! Comment ça se fait que tu es là ?

– J'ai dit à mes parents que j'avais un entretien avec le coach ! Viens par là, tu es beaucoup trop loin de moi, dit-il en me ramenant dans ses bras. J'ai hâte d'avoir mon appartement, pour qu'on puisse passer plus de temps ensemble.

– Un appartement ? demandé-je étonnée.

– Oui, lorsqu'on atteint la majorité, le club nous loue un appartement pour laisser la place à ceux qui arrivent.

– Intéressant…

– Ne me regarde pas comme ça, tu joues avec le feu…

Nous restons quelques secondes dans un silence apaisant. Je le fixe et, encore une fois, les papillons dans mon ventre s'affolent. Les mots sortent de ma bouche sans que je puisse les contrôler :

– Si tu as un peu de temps, j'aimerais te présenter les deux femmes de ma vie, lui avoué-je.

– Avec plaisir ! J'ai encore une vingtaine de minutes devant moi.

Je ne sais pas comment va réagir Yama en le voyant ni comment lui va réagir devant elle. Ma grand-mère a vécu vingt ans en Algérie, dans un village de montagne. Les traditions voulaient qu'on lui tatoue des motifs fins sur le visage, les mains, les bras et les jambes lorsqu'elle était petite. Cela en impressionne plus d'un.

Nous franchissons la porte et trouvons Yama et ma mère devant la télévision. Je prends mon courage à deux mains et incite Fabio à me suivre.

– Maman, Yama, j'ai quelqu'un à vous présenter. (Je le tire par la main pour le placer devant moi.) Voici Fabio.

– Bonsoir, mesdames, enchanté de faire votre connaissance !

– *Shkoun hadha*[1] ? demande Yama.

– C'est l'amoureux d'Ambre, maman !

– *Hbibi*[2], Yama.

Ma grand-mère se lève et se dirige vers lui. Je retiens ma respiration. Elle prend une chaise et tapote sur l'assise pour lui signifier de s'asseoir.

– Bienvenue, mon fils. *Ena*[3], Yama.

Elle joint le geste à la parole pour lui faire comprendre qu'elle se présente, puis elle me somme d'aller lui servir un thé et de lui apporter les crêpes que nous avons faites cet après-midi.

Ma mère et moi échangeons un regard ahuri et je me dirige vers la cuisine. Je les entends questionner Fabio, et Yama dire en arabe qu'il a un visage d'ange. Lorsque je reviens dans le salon, je dépose le verre de soda et la crêpe au Nutella devant ce garçon qui fait battre mon cœur à tout rompre et, sans que je m'y attende, il se tourne vers ma grand-mère :

– *Choukran*[4], Yama.

Je me mets à rire sans pouvoir m'arrêter et ma mère me suit. Quant à Yama, elle est fière de sa réponse.

– L'avantage du centre de formation, c'est que j'apprends plein de nouveaux mots dans toutes les langues.

---

1 « C'est qui ? »
2. « Mon amour. »
3. « Moi. »
4. « Merci. »

Pendant qu'il termine son goûter improvisé, il nous raconte qu'il sait dire des mots en portugais, espagnol et ukrainien. Puis il termine en annonçant qu'il va devoir partir.

– Je te montre d'abord mon piano et je te libère. Je peux maman ?

Elle fait oui de la tête et Fabio m'emboîte le pas. Une fois dans ma chambre, je lui fais face et ses lèvres sont un appel au péché.

– Embrasse-moi, Fabio...

Il ne se fait pas prier et tout mon être s'enflamme. Mes doigts se baladent comme sur mon piano, dans ses cheveux, son cou, son dos et j'ai très envie de descendre plus bas mais mon manque d'expérience et ma timidité m'en empêchent. Alors je reste à la lisière de son jean.

Fabio est beaucoup moins hésitant. Ses mains caressent mes hanches puis s'emparent de mes fesses. Son corps me pousse vers le mur pour m'y plaquer. Puis il me soulève et replace encore une fois mes cuisses autour de ses hanches. L'obstacle dans mon dos l'aide à supporter mon poids, et sa bouche se met à mordre ma lèvre inférieure, avant de descendre sur mon épaule. Je sens les frissons m'envahir. Pendant que l'une de ses mains me maintient contre lui, l'autre se fraie un chemin sous mon pull et se dirige directement vers mon sein droit. Je sens immédiatement mes tétons se dresser et la chaleur envahir mon shorty en dentelle. Il s'arrête et me regarde, la respiration rapide et saccadée. Il attend mon approbation pour laisser ses doigts trouver ma peau nue. Je hoche la tête et, lorsque sa main passe sous mon soutien-gorge pour saisir entièrement mon sein, un gémissement de plaisir m'échappe.

– Ma princesse, si tu fais encore ce genre de bruit, je ne vais pas tenir. Tu m'excites trop... murmure-t-il.

Je rougis mais le plaisir est tellement intense que, par-dessus mon pull, je prie sa main de continuer et l'embrasse plus fort. Lorsqu'il saisit mon téton entre son pouce et son index, je me sens partir vers des contrées inconnues, et essaie d'étouffer mes gémissements dans sa bouche. Il s'arrache tout à coup à notre étreinte et me repose à terre, les yeux pleins de désir et d'envie. Nous restons collés front contre front pendant que nos souffles se mélangent. Il caresse ma joue de son pouce.

– Je suis désolé, princesse. Mais à cette allure, j'allais... enfin tu vois. Tu es tellement belle que ça me rend dingue !

Je souris pendant qu'il remet mon pull correctement et qu'il essaie de camoufler son excitation.

– Fabio, tu me fais ressentir des choses tellement fortes !

– Je n'en ai vraiment pas envie mais je dois te laisser...

Notre étreinte n'a duré que quelques minutes. Pas assez longtemps pour que ma mère et ma grand-mère s'en rendent compte mais assez pour que je devienne accro à son corps. Je le raccompagne jusqu'à la porte, et il s'arrête au salon pour dire au revoir.

– À bientôt, Fabio, lui dit ma mère. C'était un plaisir.

– *Salam*, mon fils. Tu es le bienvenu ici.

– Je crois que tu as fait ton effet ! chuchoté-je.

– J'espère bien ! À plus tard, ma princesse... Je t'écris ce soir.

Il m'embrasse le front et s'en va. Je décide de le rattraper et, une fois qu'il est dans l'ascenseur, je me mets devant les portes, je capture sa nuque et lui délivre un baiser fougueux et provocateur. Je mords sa lèvre inférieure et lui tire légèrement les cheveux, ce qui le fait geindre.

Puis je le laisse sur une faim exquise et tourne les talons. Je veux que ce baiser brûle encore ses lèvres charnues et insatiables pendant des heures. J'aurais voulu lui dire que je l'aime, à l'inverse de mon cœur qui ne supporterait pas un nouveau silence timide en guise de réponse. Je lui laisse le temps et me fie au destin. Il est bien trop ancré en moi pour faire marche arrière.

À peine ai-je franchi la porte de chez nous, ma mère tapote le canapé pour que je la rejoigne. Je suis tout à coup extrêmement gênée. Non pas par rapport à ma mère, avec qui j'ai toujours tout partagé, mais surtout vis-à-vis de ma grand-mère. Je suis chez elle et je lui ai imposé la présence de Fabio, sans penser à la réaction qu'elle pourrait avoir.

– Yama, je suis désolée de ne pas t'avoir demandé la permission avant de ramener Fabio.

– Benthi, j'ai confiance en ton jugement. Mais la prochaine fois… *Rhali l'beb mehloul*[5].

– *Choukran*, Yama, lui réponds-je en imitant l'accent de Fabio, ce qui nous vaut un fou rire général.

Une fois ma grand-mère dans la salle de bains, je me lance.

– Alors ? Comment tu le trouves ?

– Il est plutôt beau garçon et je dois dire qu'il te regarde comme un garçon amoureux. Il a l'air de tenir à toi. À l'avenir, je préférerais que tu nous préviennes, car s'il était tombé sur tonton Farès, le résultat n'aurait pas été le même. Ambre, tu as bientôt 18 ans, je veux que tu sois responsable, si tu vois ce que je veux dire. (Non, non, non, je ne veux pas parler de ça !) Tu es brillante, et tu as un bel avenir qui t'attend. Donc sois prudente à tout point de vue. Je t'aime, ma fille, je suis fière de la jeune fille que tu es.

Ouf, sujet frôlé de justesse.

– Merci, maman. Je t'aime.

***

Aujourd'hui, je vais voir jouer l'homme qui hante chacun de mes rêves. J'ai une certaine appréhension en pensant que je vais revoir ses parents. Enfin sa mère surtout.

Fabio lui a donné mon numéro afin qu'elle me dise où ils sont installés dans les tribunes. Mais évidemment, c'est seule et sans aucune nouvelle que j'entre dans les tribunes qui, heureusement pour moi, ne sont pas bondées.

Pour me donner du courage, j'enfile mes écouteurs et m'en remets à la force de la musique. Tel un gladiateur qui entre dans une arène, je choisis une chanson de Kendrick Lamar, « DNA ». Je me sens soudain indestructible et insensible à une quelconque déstabilisation.

---

5. « Laisse la porte ouverte. »

Mais ça, c'était avant de repérer la famille de Fabio installée avec… Charlotte.

Bien évidemment, elle est assise à côté de Caroline et, à en juger par les sourires sur leur visage, elles passent un très bon moment. Je sens mon cœur faiblir, tout comme mes jambes.

Je suis face à un dilemme.

Encore une fois.

M'effacer ou m'imposer.

Ma fierté me crie de fuir et d'envoyer au diable ces deux conspiratrices. Je monte le volume et cherche des réponses autour de moi.

C'est alors que l'équipe entre sur le terrain. Il est là, sous mes yeux. Il me cherche immédiatement du regard, sans même répondre aux agitations de sa petite sœur qui lui fait de grands gestes. Une fois ses yeux ancrés aux miens, il sourit et ne cille pas jusqu'à serrer la main de ses adversaires. Ma décision est prise, son attention est le signe que j'attendais pour me donner le courage d'affronter n'importe quelle épreuve. Je me dirige vers sa famille et l'animosité des deux blondes devant moi est à son paroxysme.

Ne te laisse pas démonter, Ambre, entre dans l'arène et sors les crocs.

– Bonsoir, Ambre, comment vas-tu ? demande Giovanni.

– Très bien merci, et vous ?

Je lui fais la bise, ainsi qu'aux deux hyènes assises à ses côtés, et Selena m'offre le câlin le plus chaleureux du monde. Je remarque que les sièges qui entourent Caroline sont recouverts de leurs sacs à main et de leurs vestes. Le message est clair, je ne suis pas la bienvenue.

– Ça va, ma belle ? Je suis content de voir mon fils jouer. Je suis allé le voir à l'entraînement ces deux derniers jours, il est en grande forme.

– Nous avons invité Charlotte car ses parents ne sont pas là, m'informe Caroline.

– Ambre, tu peux t'asseoir à côté de moi ? S'il te plaît, s'il te plaît ! supplie Selena.

Je me sens vraiment de trop. D'autant plus quand j'entends les deux femmes rire et chuchoter derrière moi. Elles doivent s'en donner à cœur joie sur mon compte. Giovanni est plus accueillant mais il est surtout happé par le match. Je l'imite et me force à imaginer que je suis seule à admirer le garçon que j'aime briller sur le terrain.

Lorsqu'il marque son premier but et qu'il pointe son doigt vers le ciel, je m'autorise à observer son père. Son sourire bienveillant a fait place à un regard triste et mélancolique. Il fixe ses chaussures et ses pensées semblent s'échapper ailleurs. Quant à sa mère, c'est à peine si elle regarde son fils tellement elle est occupée à bavarder avec sa vision parfaite et idéale de la belle-fille.

Lorsque le match se termine, tout le monde se lève et je les imite. Je ne sais plus où est ma place à présent. L'aura de Caroline est écrasante, malgré les compliments de Selena et la gentillesse de Giovanni. À elle seule, elle arrive à me donner envie de partir.

– J'espère que Fabio va sortir rapidement! Nous avons réservé pour vingt heures, annonce Caroline. Ambre, si tu dois partir, ne te gêne pas! Je dirai à mon fils que tu étais là.

*Mais quelle co***!*

– Ambre, tu ne viens pas au restaurant avec nous? demande Giovanni, surpris.

– Je n'étais pas au courant…

– Ah mince, j'ai dû oublier de te prévenir, explique Caroline.

Mon œil! Elle croit que je suis aussi bête pour gober ce mensonge.

– De toutes les façons, prendre le bus à des heures tardives, c'est risqué!

– Qu'est-ce que tu racontes? Nous avons la voiture de location, nous la ramènerons à la fin du repas, rétorque Giovanni.

– C'est gentil, mais Caroline a raison. Je vais rentrer; en plus, je n'ai pas prévenu ma mère.

Elle sourit de sa victoire et Charlotte en fait de même.

C'est à ce moment que Fabio fait son apparition, les cheveux humides retombant sur son front, portant le survêtement officiel de son équipe et son sac ballant par-dessus son épaule. Quelle vision angélique! J'en oublierais presque ce rejet humiliant auquel je viens de faire face, et la tristesse qui en découle.

Son père le prend dans ses bras et je sais que cette accolade n'est pas uniquement due au résultat du match. Il se dirige vers moi et m'embrasse très pudiquement les lèvres.

– Je suis content que tu sois venue... (Il garde son bras autour de mon épaule et remarque la présence de Charlotte.) Je peux savoir ce que tu fais là, toi? Toi et moi, c'est terminé!

– Fabio, ça suffit! dit Caroline. C'est moi qui lui ai proposé de venir car ses parents sont en déplacement. Montre-toi gentil, tu veux! Ce n'est pas comme ça que je t'ai éduqué!

– Je te jure que je n'étais pas au courant, me murmure-t-il.

Alors dis-lui de rentrer chez elle, dis-lui qu'elle n'a rien à faire ici, choisis-moi.

– Allez, on y va maintenant, le presse sa mère. Bonne soirée, Ambre, à bientôt.

Fabio se tourne subitement vers moi.

– Comment ça, « bonne soirée »? Tu ne viens pas avec nous?

– Non, désolée. Je dois rentrer.

Dis-lui que tu n'as pas été conviée, parle, bon sang!

– Non, je veux que tu viennes!

– Je préfère te laisser en bonne compagnie...

Dis à ton ex de partir, à ta mère qu'elle ne refasse plus jamais ça et j'oublierai cette humiliation.

Il m'amène à l'écart et dit à tout le monde de commencer à avancer.

– Eh, je n'y suis pour rien si elle est là! Et je n'ai pas envie de me disputer avec mes parents, je les vois déjà très peu. Écoute, Ambre, mes parents et ceux de Charlotte sont très souvent en contact. Son père est à la tête de la société d'agents sportifs qui gère ma carrière. Si j'en suis là aujourd'hui, c'est aussi en partie grâce à lui... Tu comprends bien que je marche sur des œufs... Je ne peux pas risquer de me les mettre à dos...

Je sens mes poumons s'affoler et ma respiration s'étioler. Je ne peux pas lutter, elle sera toujours entre nous, tout comme sa mère.

– Fabio, dépêche-toi, s'énerve Caroline.

– Allez, viens, Ambre !

Il serre ma main et m'attire vers lui mais je fais bloc.

– Non, désolée. Je ne veux pas me sentir de trop ou mal à l'aise…

– Dis pas n'importe quoi, bébé ! Je suis avec toi. Je l'ai quittée pour être avec toi !

– Alors demande-lui de rentrer chez elle !

Est-ce que je viens de dire ça à voix haute ?

– Ambre, je ne suis plus avec elle. C'est avec toi que je suis et que je veux être. Mais comme je viens de te l'expliquer, pour mes parents et pour ma future carrière, je suis obligé de garder de bons rapports…

L'image qui se joue est digne d'un film.

Sa famille et Charlotte d'un côté, moi de l'autre et Fabio au milieu, tiraillé.

Je lui lâche subitement la main, sans un mot et me dirige vers le bus.

Il ne me retient pas.

Il ne me suit pas.

Pour la première fois, il fait le choix de protéger sa carrière plutôt que notre relation.

Pourtant, ce soir, pour nous, j'ai subi le rejet de sa mère, ses réflexions douteuses et la présence de son ex sans broncher, la tête haute et les épaules solides. Mais le fait qu'il me laisse partir est le coup de trop.

Une fois seule, je m'autorise enfin à lâcher les larmes restées au fond de ma gorge depuis que j'ai franchi les portes du stade.

Pour l'instant, je n'ai aucun recul sur la situation et beaucoup trop de fierté pour essayer de le comprendre et répondre à son septième appel. Ma réaction est probablement exagérée mais cette soirée est la goutte d'eau qui a fait déborder le vase.

Mon regard plein de larmes se perd dans le paysage qui défile. Je les imagine ensemble, en train de dîner, Charlotte au côté d'une Caroline victorieuse et fière de m'avoir évincée.

Ce constat douloureux est comme mille aiguilles se jouant de mon cœur.

À peine rentrée, je me dirige sous la douche et apprécie le pouvoir salvateur de l'eau chaude.

Je n'ai pas faim, je préfère aller dormir et oublier cette soirée. Deux heures plus tard, c'est un appel de ma cousine qui vient pourtant signer le coup de grâce.

– C'est une blague, Ambre ? Toi et Fabio, c'est fini ?

– Hein ? Pourquoi tu dis ça ?

– Tu es allée sur Facebook récemment ?

– Non, je n'ai pas eu le temps !

– Je te conseille d'y aller sur-le-champ !

Les photos que je découvre me donnent la nausée. Fabio a été identifié dans six photos. Deux de sa mère et quatre de son ex. Ils sont au restaurant, assis l'un à côté de l'autre comme s'ils étaient toujours ensemble. Caroline a mis un cœur sous la photo de l'ancien couple. Quant à Charlotte, une pluie de hashtags déferle sur son mur : #Family #GoodTime #Retrouvailles #LeMien. Je bredouille un au revoir mal assuré à ma cousine et je raccroche.

Mon cœur s'effrite, la bile monte et j'ai envie de hurler. Je me sens terriblement idiote d'avoir cru qu'un mec comme lui pouvait être avec une fille comme moi. Sa mère n'a pas tort, nous n'avons rien à faire ensemble. Ce n'est pas sans raison s'il ne m'a toujours pas dit qu'il m'aimait. Je ne suis pour lui qu'un passe-temps, une expérience de plus. Qui réussira à se faire la petite nouvelle ? Voilà ce qui a dû le pousser vers moi.

J'éteins mon portable et je ravale cette déception ravageuse. Il est hors de question que je pleure encore une fois.

J'ai eu mon moment de faiblesse à l'arrêt de bus et il est déjà de trop. C'est terminé.

19

Ambre

Je suis seule, assise face à une longue table rectangulaire. Devant moi, Fabio au milieu de Charlotte et Caroline. Les trois me fixent et se mettent à rire à gorge déployée.

– Non mais, tu t'es vue? demande Charlotte. Tu penses vraiment qu'il peut s'intéresser à une fille comme toi?

– La pauvre, elle y a cru! enchaîne Fabio.

Puis il se retourne vers sa vipère et l'embrasse à pleine bouche. J'essaie de crier mais aucun son ne sort. Puis je me lève et cours, mais je fais du sur-place.

– C'est ça, retourne chez toi avec tes ancêtres! rétorque Caroline.

Des rires tonitruants s'intensifient dans mon dos alors que j'essaie de fuir. N'y parvenant pas, je me retourne et me mets à genoux.

– Mais je t'aime, Fabio! lui avoué-je.

Son rire prend de l'ampleur et me voilà plongée dans le noir total, ne parvenant plus à respirer.

Je me réveille haletante et à bout de souffle. Je suis dans la pénombre de ma chambre, et seuls les reflets de la lune viennent éclairer mon lit. Je me remémore cette soirée et ne peux empêcher une larme de se frayer un chemin sur ma joue.

J'ai connu beaucoup d'humiliations dans ma vie. Le rejet de mes camarades au collège car je n'étais pas assez maigre. Puis celui des cavalières de mon centre équestre car je n'étais pas assez riche. Enfin celui de Lucas et des autres au lycée, qui m'avaient collé l'étiquette d'un mauvais coup frigide alors que j'étais vierge.

Tout cela a fait de moi une fille solitaire et fière. Je ne peux plus accepter les invectives, les remarques blessantes. Je suis une jeune femme de bientôt 18 ans. Je ne suis plus une petite fille que l'on peut blesser et manipuler sans scrupule. J'ai déjà beaucoup trop encaissé pour continuer de me laisser faire.

Même si Fabio n'est dans ma vie que depuis quelques mois, je voulais qu'il me choisisse. Qu'il me montre qu'il tient à moi. Qu'il répare ce cœur bien trop souvent meurtri par le passé. Qu'enfin je compte vraiment pour un garçon.

Malheureusement, j'ignorais que ménager Charlotte était capital pour sa carrière. Ce soir, les regards appuyés et mécontents de sa mère lorsqu'il a dit à Charlotte que c'était fini étaient suffisamment éloquents. Je ne vais pas pouvoir lutter indéfiniment contre ça. Sa carrière, son avenir et sa mère.

Alors, réfugiée sous ma couette, je décide de faire la seule chose qui m'apaise. La musique. Mes écouteurs dans les oreilles, la voix de James Arthur et sa chanson « Impossible » bercent mes craintes nocturnes. J'ignore les SMS et les deux messages vocaux, et finis par me rendormir.

Le lendemain, je ne sais pas encore ce que je vais faire. Je me souviens avoir reçu des textos que j'ai ignorés, alors je saisis mon téléphone et mon cœur se serre en découvrant qu'ils sont tous de Fabio.

20 h 18
[Ambre, réponds-moi, bon sang.
Je t'ai appelée au moins dix fois.]

20 h 36
[Je ne comprends pas pourquoi
tu es en colère contre moi !
C'est toi qui n'as pas voulu venir
malgré mon insistance.]

20 h 59
[Tu comptes m'ignorer combien de temps ?
En plus, tu as éteint ton téléphone.
C'est vraiment n'importe quoi !]

00 h 10
[Je t'ai laissé deux messages
et tu continues de m'ignorer.
Si tu ne me rappelles pas,
je vais vraiment péter les plombs.
Ne joue pas à ça.
Pas avec moi, bordel !]

01 h 14
[Donc tu préfères le silence aux explications.
Tu me déçois vraiment. C'est bon,
t'inquiète pas, je te laisse tranquille.
Oublie ce que je t'ai dit
dans les messages vocaux.]

Un mélange de colère et de tristesse assiège mon esprit. Il est à bout et même si je suis quelque peu satisfaite de l'avoir mis dans cet état, son dernier SMS est une lame qui vient saigner mon cœur. Je me risque alors à écouter ses deux messages vocaux.

« Hier à 20 h 13.
Je pensais qu'on pouvait discuter. Je ne veux pas que tu sois fâchée ou triste. Ça me rend malade, bébé… Rappelle-moi, s'il te plaît. »

« Hier à 23 h 47
Je t'ai laissé le premier message il y a plus de trois heures et toujours rien. J'en ai rien à foutre de Charlotte. Son père gère ma carrière et nos parents sont amis, ça s'arrête là. J'essaie juste de faire au mieux pour tout le monde. Je suis avec toi, je suis à toi. Rappelle-moi, putain. »

L'ignorer l'a définitivement poussé à bout. Malgré le goût amer de l'imaginer attablé avec Charlotte pendant que j'étais seule dans mon lit, lire qu'il jette l'éponge m'a abattue. Littéralement.

J'ai affronté le dragon qui lui tient lieu de mère et la vipère qui lui sert d'ex et, malgré les brûlures et les morsures, je suis restée debout.

Pour lui.

Mais il vient d'achever mes fragiles certitudes et de réduire à néant mes petites batailles.

Ne pleure pas, sois forte. Les larmes sont un signe de faiblesse. Tu n'es plus cette fille-là.

Je serre les dents de toutes mes forces pour ravaler les larmes qui menacent de couler. Mais tous les efforts du monde ne suffisent pas et je m'effondre.

Seule.

Plusieurs fois dans la journée, je relis ses SMS et écoute ses messages vocaux, et je doute à présent de mon comportement. Peut-être ai-je exagéré en l'accablant de la sorte ? Il est évident qu'il est coincé et qu'il ne pensait pas à mal, non ? J'essaie de m'en persuader tout en commençant à lui écrire des excuses.

[Je suis désolée, Fabio…
Mes réactions étaient impulsives,
je n'aurais pas dû t'ignorer de la sorte,
je sais que tu n'y es pour rien…
Pardonne-moi.]

***

Je passe les deux jours suivants enfermée dans ma chambre à chanter, jouer et écrire. Ce sont les seules choses qui me canalisent. Ma récente solitude comme alliée.

Je n'ai eu aucune nouvelle de Fabio. Il n'a pas répondu à mon message et je n'ai plus osé lui écrire.

Deux jours que je n'ai donné de nouvelles à quiconque et ce silence a visiblement inquiété ma cousine puisqu'elle entre brusquement dans ma chambre sans frapper. Je me retourne à peine pour découvrir les traits blêmes et inquisiteurs de son visage.

– Écoute-moi bien, Ambre ! La prochaine fois que tu ignores mes appels, je t'arrache les yeux ! Depuis quand, dans cette famille, on se laisse quand ça ne va pas ? (Elle se met à grimacer et plisser le nez.) Et puis, c'est quoi, cette odeur ? Ne me dis pas que tu ne t'es pas lavée ?

– Tu vas me foutre la paix à la fin ?

Je renifle discrètement mes aisselles et, effectivement, il faut que je me douche.

– Écoute, si Fabio est un connard, tant pis pour lui ! Mais je te rappelle que ce soir, il y a la soirée Halloween chez Éva et qu'on va s'éclater. En plus, il sera là, ainsi que plein d'autres mecs du bahut. Donc, on va aller t'acheter un costume digne de ce nom et tu vas te mettre en bombe atomique pour qu'il regrette jusqu'à la fin de sa vie d'être passé à côté du sosie de Miss Univers !

Elle a le mérite de me faire rire.

– Si je dis oui, peux-tu arrêter de piailler et me laisser d'abord prendre une douche ?

– Il vaut mieux, je ne voudrais pas que les gens pensent que tu as fait les poubelles !

Après deux heures de boutique et quatre essayages, mon choix s'arrête sur un déguisement de Harley Quinn. La célèbre femme du Joker dans *Batman*. Elle est complètement loufoque et agressive. Mais aussi terriblement sexy. Ça me va très bien. Le costume est composé d'un short à paillettes, bleu d'un côté et rouge de l'autre, sur des collants résille noirs, d'un haut blanc sur lequel est écrit « Daddy's Lil Monster » en rouge, d'une veste sur le même thème que le short et d'une batte de baseball. Le ton est donné. Il ne me reste plus qu'à faire deux couettes hautes et un maquillage excentrique.

Je rejoins Léona devant l'immeuble. Elle porte un costume d'infirmière tout ensanglanté. Elle a relevé ses cheveux en chignon et porte une coiffe blanche. Malgré le côté trash de son accoutrement, elle est magnifique. Ses yeux m'analysent et elle reste scotchée devant moi, la bouche entrouverte.

– Quoi ?

– T'es carrément sexy ! Tu ne fais pas du tout peur ! Fabio va s'en mordre les doigts !

À l'évocation de son prénom, mon enthousiasme se fait la malle. Fabio n'a pas quitté mon esprit depuis que je l'ai laissé devant le stade. J'appréhende tellement de le revoir que j'en ai la nausée. Je me sens soudain mal dans ce costume trop moulant et trop voyant.

À mille lieues de qui je suis vraiment.

Voilà à quoi j'en suis réduite pour attirer l'attention du garçon que j'aime. Pauvre idiote.

Lorsque nous arrivons devant la maison d'Éva, la fête n'a pas encore commencé. Nous sommes venues en avance pour l'aider à préparer et installer le buffet. Elle nous ouvre la porte et nous découvrons un Petit Chaperon rouge sexy à souhait. Ses cheveux ébène tombent en cascade sur ses épaules et le rouge sur ses lèvres termine le tout en beauté. Avec ma cousine, nous ne tarissons pas d'éloges et elle en fait de même.

La maison d'Éva est assez grande. Le salon doit faire au moins soixante mètres carrés.

Au milieu, un gigantesque canapé gris en forme de U, face auquel un grand écran est fixé au mur. Derrière le canapé se trouve un grand espace où deux marches mènent vers une cuisine ouverte très sophistiquée, avec un grand bar sur lequel sont déposés tous les mets et alcools pour la soirée.

La décoration est assez recherchée ; une grande bibliothèque longe la totalité du séjour. C'est magnifique.

Alors que j'admire cette jolie demeure, c'est Charlotte qui fait une entrée digne des plus grands. Elle porte une combinaison rouge vif en cuir, très échancrée au niveau de la poitrine, qui couvre le strict minimum. Je distingue la semelle rouge sous ses escarpins noirs ; des cornes serties de diamant lui servent de serre-tête. Si la jalousie ne m'avait pas achevée jusque-là, ce soir, c'est le cas. Elle est très belle et on ne peut que la regarder. Un pincement au cœur me saisit. Fabio va la voir aussi.

Ça suffit, l'apitoiement, maintenant. Tu es canon, tu es forte et tu es sexy. Bon peut-être pas autant qu'elle mais à ta manière.

Tandis que je me retourne vers le buffet pour manger quelque chose, je sens qu'elle se rapproche de moi, me toisant de toute sa hauteur. Elle se tourne alors vers l'hôte de la maison.

– Éva, je ne savais pas que tu connaissais personnellement une prostituée, crache-t-elle hargneusement sans quitter mon regard.

Je serre mon poing autour de ma batte de baseball. Je me lève doucement pour m'approcher d'elle pendant qu'elle se décompose face à l'accessoire que je tiens dans la main.

– Ne t'inquiète pas, Charlotte. Si t'es sage ce soir, je te ferai un prix d'amie… chuchoté-je à son oreille.

Je ne lui laisse pas le temps de répondre, et me dirige vers le canapé avec un verre de punch à la main.

Le deuxième.

Je n'ai jamais bu d'alcool, mais ce soir je me sens incapable de tous les affronter sans un peu d'aide. Alors que je vais vers la cuisine pour aider Éva à installer de nouveaux plats, l'air se charge soudain de tension.

Il est là.

Je le sens.

Je ne parviens pas à me retourner. Mon cœur s'affole pendant que mes mains deviennent moites. Je reste collée au bar, dos à l'entrée, en attendant de retrouver mon sang-froid. J'entends plusieurs personnes le saluer et dire son prénom. Je pivote doucement, et soudain mes yeux s'amarrent aux siens.

Son corps, son visage, ses cheveux et peut-être un peu l'alcool aussi me donnent le tournis.

Il est habillé d'un jean noir troué au genou, d'un tee-shirt de la même couleur sur lequel repose une chaîne ornée d'une croix chrétienne, et d'un perfecto. Ses cheveux et ses lacets sont teints en gris. Son visage est recouvert d'un maquillage blanc, et deux ronds noirs encerclent ses yeux. Des lentilles de contact blanches lui confèrent un regard troublant et mystérieux.

Une réelle beauté divine.

Mes jambes se transforment subitement en coton, m'obligeant à m'accouder fermement au bar.

Son regard m'examine minutieusement. Il analyse, réfléchit, se mord la lèvre inférieure et secoue la tête.

C'était quoi, ça?

Je rêve ou ma tenue et mon corps le dégoûtent? Monsieur ne faisait pas cette tête-là quand il avait mon sein dans une main et mes fesses dans l'autre! D'ailleurs son entrejambe non plus! Dans mon souvenir, il était aussi dur que le plan de travail du bar que je suis en train de palper pour comparer.

Mais qu'est-ce qui me prend?

Note à moi-même: ne plus avaler une seule goutte d'alcool.

Fabio est maintenant à côté de moi. Il demande un soda à Éva et appuie son dos sur le bar. On ne se parle pas, on ne se regarde pas. Le malaise me gagne et je m'apprête à rejoindre le canapé mais il m'attrape le bras et se penche vers mon oreille. Je sens tout de suite son souffle me brûler la peau de désir, et l'intérieur de mes cuisses se contracte. Putain de libido à la con qui refuse d'obéir à mon cerveau. Ses mots me coupent les jambes.

– Je peux savoir à quoi tu joues avec ta tenue? Tu voulais attirer tous les regards des mecs sur toi? Ben c'est réussi. Ils te matent tous. Bravo, Ambre! Maintenant tu as l'embarras du choix!

Puis il s'en va et me laisse seule. Il rejoint le salon et je ne peux m'empêcher de mater son postérieur, malgré la colère qui m'envahit en voyant Charlotte minauder devant lui, essayant de capter son attention. Étonnamment, il ne la repousse pas. Bien au contraire. Il discute avec elle et lui sourit.

Puis ils se dirigent tous les deux vers le canapé pour s'asseoir, l'un à côté de l'autre. Je crois même pendant une seconde qu'il s'est légèrement tourné pour être sûr que j'assiste à la scène. Foutu alcool.

La fête bat son plein. La musique commence à envahir les pièces et ma cousine vient m'extirper de mes songes. Je n'arrive pas vraiment à me concentrer sur ce qu'elle dit, ni à voir autre chose que Charlotte offrir une vue plongeante à Fabio sur son décolleté.

– Hé! Ho! Tu m'écoutes? Donc c'est OK pour maman et ta mère aussi. On dort chez Éva ce soir! affirme Léona.

– D'accord… confirmé-je.

Je me lève et me dirige vers le punch. Quitte à être là, autant s'amuser. Une voix familière vient me surprendre.

– Waouh ! Waouh ! Waouh ! Tu es CA-NON en Harley Quinn ! Bon, en Ambre, tu n'es pas mal non plus !

Je pivote et découvre Nicolas en Chapelier fou. C'est le premier garçon qui ose me parler depuis l'arrivée de Fabio.

– Ton verre est vide ! remarque-t-il. Laisse-moi arranger ça !

Il saisit une louche de punch et remplit mon gobelet.

– Merci, Nico ! Alors pourquoi ce choix de personnage ?

– Je le trouve excentrique et drôle. Un peu comme moi. (Il accompagne sa réponse d'un clin d'œil.) Et toi ? Tu as choisi Harley Quinn pour que je tombe amoureux de toi ? (Je glousse telle une dinde.) Même avec des couettes et du maquillage à outrance, tu es définitivement magnifique.

Je rougis probablement plus que de raison.

– Merci… dis-je timidement. Je la trouve forte et audacieuse ! Elle a tout sacrifié pour un amour totalement impensable…

Je remets mes couettes en place et ose un regard vers Fabio, qui nous observe, la mâchoire contractée et les yeux tranchants. Lorsque Nicolas replace une de mes mèches rebelles derrière mon oreille, je ne me sens pas très à l'aise tout à coup. D'autant moins quand, quelques secondes plus tard, Fabio apparaît à quelques centimètres de nous. Il se place à côté de moi et murmure dans mon oreille :

– Laisse-le te toucher encore une fois et je te jure que c'est toi qui perdras à ce jeu-là ! Ça ne te suffit pas de montrer ton corps à tout le monde ? Il faut en plus que tu joues les allumeuses ?

– Les allumeuses ? crié-je un peu trop fort. Va plutôt t'occuper de ton ex ! Enfin, ton ex, ça reste à voir, ajouté-je en buvant une grande gorgée de punch.

– Et arrête de boire cette merde ! Tu es en train de faire n'importe quoi ! ajoute-t-il en m'arrachant le verre des mains.

– Tout va bien, Ambre ? ose Nicolas qui n'avait pas bougé.

– De quoi tu te mêles, toi ? Tu te permets de draguer les copines des autres sous leur nez et en plus tu la ramènes ? Occupe-toi plutôt de tes affaires avant que je perde mon sang-froid !

– Difficile de savoir que c'est ta copine, sachant qu'elle est seule depuis que je suis arrivé, pendant que tu rigoles avec Charlotte !

Oh, mon Dieu ! Mais pourquoi a-t-il dit ça ? À voix haute en plus ! Je sens Fabio se raidir à côté de moi. Ça va mal finir. À peine ai-je le temps d'assimiler les paroles de Nicolas que Fabio lui envoie son poing en pleine figure, ce qui le fait basculer. En voulant éviter la chute, il s'accroche à mon tee-shirt et le déchire en grande partie. Le grabuge que crée leur dispute attire l'attention de tout le monde et voilà Baptiste qui se précipite sur Fabio pour l'éloigner afin de le calmer. Je me retrouve en soutien-gorge, dans un salon chargé de testostérone. Quand il est enfin maîtrisé, d'autres garçons ont déjà éloigné Nicolas. Lorsque Fabio découvre ma tenue, son regard devient glacial, tout comme le ton de sa voix.

– Putain, Ambre, va te mettre quelque chose sur le dos parce que je ne vais pas pouvoir garder mon calme bien longtemps si tu restes comme ça devant eux !

Ses paroles me font aussi peur qu'elles réchauffent mon bas-ventre. J'ai envie de l'embrasser et de lui arracher ses vêtements.

Ohhhhhhhhhhh stop. T'es barge, ou quoi ? L'alcool ne te réussit pas du tout, ma vieille.

Je m'apprête à aller me revêtir mais c'est sans compter sur Charlotte qui vient mettre son grain de sel.

– Fabio ? Tu n'as rien ? Regarde-moi.

Non, il n'a rien, alors arrête de le toucher, pétasse !

Baptiste entraîne Fabio dans le jardin pour qu'il se calme et retrouve ses esprits. Il sort sans même me regarder. La vipère en profite pour venir planter lentement ses crocs dans mon esprit encore affolé.

– Depuis que tu es là, tu ne lui attires que des problèmes ! Tu n'as rien à faire dans sa vie ! Tout ce que tu vas lui apporter c'est qu'il se fasse virer de l'équipe ! Quand est-ce que tu vas le comprendre ? Même sa mère ne t'apprécie pas. D'ailleurs nous avons passé une très bonne soirée au restaurant, sans toi. J'ai pu le retrouver ! Enfin ! Alors barre-toi, avec ta tenue de poufiasse ! Sors de sa vie !

Les effets de l'alcool commençant à retomber, ses mots me touchent plus qu'ils ne le devraient. Je n'ai rien à répondre. Elle a raison. Cela fait deux fois qu'il se bat à cause de moi. Je ne veux pas être un frein dans sa vie. Dans la vie de personne, d'ailleurs. Je vais faire ce que je fais de mieux. Retrouver ma solitude et mon piano. Je récupère ma veste et mon sac, et je sors rejoindre l'arrêt de bus le plus proche.

Je sors mon téléphone portable et remarque qu'il est bientôt vingt-trois heures. Heureusement, les bus passent jusqu'à minuit et demi.

Je me rends soudain compte que j'ai oublié de prévenir ma cousine de mon départ, et je ne veux pas qu'elle s'inquiète. Je lui envoie un SMS pour l'avertir, et elle me répond immédiatement un smiley triste. Mais le garçon pour qui elle craque est là ce soir. Alors je ne la dérange pas plus longtemps et la laisse profiter de sa soirée.

Et puis, j'ai besoin du flash de mon téléphone pour m'éclairer, car la route est vraiment sombre. J'ai l'impression d'être dans un mauvais film d'horreur. Surtout le soir d'Halloween. Je remarque qu'il n'y a aucun trottoir et mes pieds commencent sincèrement à être douloureux.

Je resserre mon emprise sur la batte au cas où.

Au cas où quoi ? Très drôle. Il faudrait déjà la tenir à l'endroit !

J'aperçois enfin, à environ cinq cents mètres, l'arrêt avec le bus stoppé, qui attend probablement la bonne heure pour partir. Ouf, sauvée ! Malheureusement, je perçois au loin la silhouette du chauffeur s'insérer dans le véhicule et au bout de quelques secondes, j'entends le moteur vrombir.

Non, non, non, non, non !

Je ne veux pas le rater. Le soir, il ne passe que toutes les trente minutes et il est hors de question de patienter dehors dans cette tenue. C'est beaucoup trop risqué. Alors je retire mes talons et me mets à courir comme une dératée, dans une obscurité presque totale, faute de lampadaires. Seuls les phares arrière du bus me guident.

Alors que je ne suis plus très loin, le bruit continu d'un klaxon et des lumières aveuglantes apparaissent sur ma gauche. Je me sens prise au piège comme une biche sur un chemin de montagne, et il est malheureusement trop tard pour éviter le choc imminent entre mon corps et cette voiture qui s'approche à toute allure.

La collision est telle que j'entends un énorme bris de verre, probablement le pare-brise. Je me sens projetée dans les airs pour finir par rouler sur plusieurs mètres. L'air me manque et je ne parviens plus à bouger. Je sens un liquide chaud couler sur mon visage, et le bruit d'un crissement de pneus m'indique que la voiture qui vient de me renverser a quitté les lieux.

Les lâches.

J'essaie de crier à l'aide ou de remuer mon bras pour que l'on me voie mais je n'y parviens pas. La douleur et la peur sont telles que je voudrais que tout s'arrête.

Mes pensées voyagent soudain vers Fabio et son sourire. Puis, c'est le visage de ma mère, qui a tellement donné pour mon bonheur, qui envahit mes pensées. Je songe à mon père que je n'ai pas vu depuis des mois. À mes mains si douées pour le piano.

Les secondes s'écoulent lentement et j'ai tellement mal. Pour la première fois depuis longtemps, la solitude devient ennemie.

Je murmure pour moi-même : « Respire, ça va aller. Les secours vont arriver. » Je tente de ne pas penser au goût du sang dans ma bouche et à mon souffle qui se raccourcit à chaque bouffée d'air. Je sens que je perds peu à peu le fil, et les dernières choses que j'entends sont le bruit lointain d'une sirène et la voix d'un homme :

– Ça va aller, mademoiselle ! Accrochez-vous, les pompiers sont en route !

Après avoir lutté, je sens que je perds connaissance. Je me laisse glisser vers le noir le plus total.

20

Fabio

Alors que je suis dans le jardin d'Éva, essayant tant bien que mal de faire redescendre la pression, je me rends compte à quel point cette fille me rend fou. J'ai l'impression qu'elle s'est incrustée en moi. Je n'arrive plus à réfléchir correctement quand elle est dans les parages. Ne pas avoir de ses nouvelles ces deux derniers jours était un calvaire.

Avant d'arriver à cette fête, l'appréhension s'était mêlée à la hâte. Elle me manquait, j'avais besoin de la voir. Mais quand je l'ai découverte dans ce costume qui en dévoilait trop à mon goût, je voulais la cacher. Pour que personne ne se rende compte de la présence de ce trésor. Cette beauté naturelle et enchanteresse. Elle fait naître un tel désir en moi que tous les yeux qui se posent sur son corps majestueux me rendent fou de jalousie. Elle ne se rend même pas compte à quel point je meurs d'envie d'embrasser chaque recoin de sa peau. J'ai dû aller voir tous les mecs de cette putain de soirée pour les prévenir qu'il ne fallait ni la regarder ni l'approcher. On a beau s'être disputés et s'ignorer, elle est ma princesse et je suis à elle tout entier depuis ce jour où mon ballon a atterri sur elle.

Mais Nicolas aime les défis. Il veut jouer au coq et montrer que je ne l'impressionne pas. Cet enfoiré a osé poser ses doigts avides sur elle trop de fois depuis la rentrée. Mais celle-ci était celle de trop. Baptiste a bien fait de me sortir du salon, parce que j'aurais été incontrôlable. Il me connaît bien. Nous sommes arrivés au centre la même année. Il a vu à quel point la mort de mon frère m'a profondément changé. La colère et la culpabilité qui cohabitent dans mon cœur sont comme deux bombes à retardement, et Ambre a le pouvoir de me calmer autant que de me faire vriller.

– Putain, Fabio, tu ne l'as pas raté ! Bon, j'avoue qu'il le mérite un peu, cet abruti. Sérieux, mec, qu'est-ce qui te prend? T'es une boule de nerfs depuis deux jours! Même le coach l'a remarqué, affirme Baptiste.

Il a raison, je me suis pris la tête avec la moitié de mon équipe. Même si je suis capitaine et que mes gars me craignent un minimum, je ne peux pas me permettre de me les mettre à dos. Je me suis excusé, ce matin à l'entraînement pour mon comportement. Le fait de savoir que j'allais la voir ce soir m'a apaisé, et j'ai pris conscience que j'étais allé trop loin avec certains. Heureusement, personne n'est rancunier et ils me connaissent assez maintenant.

Lorsque l'on retourne dans le salon, la première chose que je fais est de la chercher dans la pièce. Mais je ne l'aperçois pas. Ce qui me rassure au premier abord, c'est que Nicolas est là, assis sur le canapé, sans elle, pendant que la plupart des invités sont à la fenêtre. Nous les rejoignons avec Baptiste.

– Qu'est-ce qui se passe? demande Baptiste à Éva qui est au premier plan.

– Je ne sais pas mais c'est le deuxième camion de pompiers qui passe…

Au même moment, une voiture de la gendarmerie les suit, gyrophare allumé. Ce doit être assez important pour mobiliser trois véhicules, et pas très loin d'ici vu que l'on entend le bruit des sirènes en fond.

Je quitte l'attroupement et retourne dans le salon. Je reprends ma quête mais ne la vois toujours pas. Je sais qu'elle est censée dormir ici ce soir. Peut-être est-elle allée se changer dans la chambre?

Toutefois, je ne vais pas me mettre à arpenter toutes les pièces de la maison. J'ai déjà fait assez de dégâts pour ce soir. Je reviens donc sur mes pas.

– Léona, où est Ambre? demandé-je quelque peu autoritaire.

– Elle a préféré rentrer chez elle après ce qu'il s'est… euh… passé, tu vois…

– Comment ça, rentrer chez elle? Mais comment? Avec qui?

– Elle est allée prendre le bus. Il y a un arrêt à environ un kilomètre, explique Léona.

– Quoi? Non mais, tu plaisantes, j'espère? Tu l'as laissée partir seule, à moitié habillée, en pleine nuit, alcoolisée et à pied? Mais tu es débile ou quoi?

Elle écarquille les yeux, se rendant compte de son erreur.

– Mais... euh... tu te calmes tout de suite! Je... je... ne suis pas Nico, moi! Ambre est assez grande pour prendre ses décisions!

– Ses décisions? Mais tu as bien vu l'état dans lequel elle était. Non mais, bordel de merde, comment as-tu pu la laisser partir comme ça?

– Elle est partie parce que ta Charlotte et toi l'avez encore une fois humiliée devant tout le monde, crache-t-elle.

Je fonce sur Charlotte, les yeux probablement remplis de haine. Elle sait. Elle sent. Elle est allée trop loin.

– Qu'est-ce que tu lui as dit, Charlotte?

Elle reste silencieuse.

– Réponds-moi! crié-je.

– Simplement la vérité! Qu'elle ferait mieux de se barrer d'ici et de sortir de ta vie pour arrêter de t'attirer des problèmes! hurle-t-elle.

Je balance le premier truc qui me vient dans les mains de toutes mes forces, attirant l'attention de tout le monde.

– Tu as de la chance d'être une fille! Crois-moi! Ne t'avise plus jamais de lui adresser la parole ou tu le regretteras! C'est une promesse!

Il faut que je sorte d'ici et que je la retrouve avant de tout massacrer. Je déteste la savoir seule et sûrement triste. Qui plus est, dehors dans cette tenue, aux yeux de tous. Je cours vers la porte d'entrée, Léona sur les talons, dans le but de rejoindre l'arrêt de bus.

Je sors mon téléphone pour essayer de l'appeler mais, au bout de quatre sonneries, je tombe sur son répondeur.

Putain, Ambre, décroche, je t'en supplie.

À mesure que nous avançons vers notre objectif, nous

apercevons les pompiers qui s'activent, et les gendarmes qui discutent avec un homme.

Je m'avance pour rejoindre l'arrêt mais l'un d'eux me barre la route.

– Vous ne pouvez pas passer, jeune homme ! Il y a eu un accident, nous sommes en train de sécuriser le périmètre, explique-t-il.

– Je dois rejoindre ma petite amie, elle doit être à l'arrêt de bus là-bas.

– Il n'y a plus personne à l'arrêt. Nous avons fait évacuer le bus il y a quelques minutes.

J'observe les alentours, et je me rends compte qu'il y a des marques de freinage sur plusieurs mètres ainsi que des éclats de verre. L'accident a dû être vraiment violent. Je vois une chaussure à talon, seule, et un sac à main. Je tourne la tête sur la gauche et plusieurs pompiers s'affolent autour du blessé.

– Allez, jeunes gens, rentrez chez vous !

Au moment où je rebrousse chemin, une voix dans le talkie-walkie du gendarme me fait tendre l'oreille.

« Il s'agit d'une jeune fille d'environ 18 ans. Il va falloir faire intervenir le SMUR, car elle est toujours inconsciente et ses constantes sont extrêmement faibles. Elle perd beaucoup de sang et l'une de ses jambes semble fracturée. »

« Le SMUR est en route, ils seront là dans quelques minutes. Avez-vous son identité ? »

« Non, aucune identité. Nous avons trouvé un sac à main avec un téléphone et quelques billets, c'est tout. Le téléphone est verrouillé, impossible de joindre quelqu'un de sa famille. »

« Bien reçu. »

Je commence à marcher et essaie encore de l'appeler.

Décroche, Ambre, s'il te plaît.

Alors que dans mon oreille la première tonalité retentit, j'entends la sonnerie d'un portable derrière moi. J'essaie de me convaincre qu'il s'agit d'une simple coïncidence et j'attends que ma princesse me réponde. Malheureusement, le « allô » qui résonne au bout du fil vient à la fois du combiné mais aussi de quelques mètres de moi. Je me retourne et le regard ahuri du gendarme croise le mien.

Le puzzle se reconstitue subitement. La chaussure à talon, la jeune fille d'environ 18 ans, l'arrêt de bus vide.

Non. C'est impossible. Ça ne peut pas être elle.

Je cours, poussé par l'adrénaline, bousculant le gendarme qui essaie de me retenir, et me dirige vers le corps inerte allongé au sol. Plus j'avance et plus je reconnais le short bicolore qui m'a rendu fou ce soir, ses jambes exquises, sous ce collant résille, à présent ensanglantées et pliées d'une manière non naturelle. Son soutien-gorge noir à dentelle, que Nicolas a dévoilé aux yeux de tous, et son magnifique visage, que le sang recouvre en partie. Je me fraie violemment un chemin entre les pompiers, qui m'ordonnent de ne pas la toucher, et lui prends la main.

– Non ! Non ! Non ! Ne me laisse pas, je t'en supplie ! T'as pas le droit ! Sauvez-la, putain ! Faites quelque chose, je vous en supplie ! Ambre, mon cœur, je suis là, ça va aller, je te le promets ! Accroche-toi, je suis là, je ne te laisse plus, je te le jure !

De nouvelles sirènes affluent, mêlées aux sanglots de Léona, qui vient de prendre conscience que c'est le corps de sa cousine qui gît par terre. Elle est sous le choc, aucun mot ne sort de sa bouche.

Le gendarme s'approche d'elle et lui demande si elle connaît la victime. Elle parvient difficilement à téléphoner à la mère d'Ambre. Lui indiquant ce qui s'est passé avant de s'effondrer. L'officier prend le téléphone et semble tenter de calmer les affolements.

Les médecins du SMUR affluent et la manipulent sans même prendre conscience de ma présence. Le visage inquiet de certains me transperce l'estomac. Une boule grossit à l'intérieur de moi et j'ai de plus en plus de mal à respirer. Ils se parlent entre eux, dans des termes que je ne comprends pas pendant qu'ils transfèrent son corps sur un brancard. Ma main toujours dans la sienne.

– Elle est en arrêt cardiaque, il faut la choquer ! Sortez les défibrillateurs ! Il va falloir lâcher sa main, mon garçon !

À contrecœur, j'abandonne ses longs doigts fins qui ont redonné vie à mon âme le jour où elle a posé sa main dans la mienne, sur cette plage. Les secondes se transforment en minutes. Il la choque une fois, mais rien. Puis, une deuxième fois.

– Accroche-toi, Ambre, je t'en supplie, murmuré-je. Je suis là, ça va aller.

Au troisième choc, le médecin annonce que le cœur est reparti. Je souffle de soulagement.

– Vous êtes de la famille, jeune homme? demande le médecin.

– Je suis son petit ami. Est-ce qu'elle... Est-ce qu'elle va s'en sortir?

– Je ne peux rien vous affirmer mais il faut qu'on la transporte d'urgence à l'hôpital pour mettre toutes les chances de son côté. Il va falloir nous faire confiance.

– Non, je... je veux rester près d'elle.

– Vous n'êtes pas de la famille. Je suis vraiment désolé, vous ne pouvez pas.

– Non, c'est hors de question que je la laisse seule! Elle était seule à cause de mes conneries! Elle n'aurait jamais dû partir de la fête. Je ne suis qu'un abruti, je vous en prie, laissez-moi rester près d'elle!

– Allez, mon garçon, tu ne peux pas... Ils vont bien s'occuper d'elle. Lâche sa main, me conseille le gendarme. Tu pourras la rejoindre directement à l'hôpital. Vous, mademoiselle, vous pouvez monter!

Il faut que je garde mon calme, plutôt que de me faire embarquer et ne pas pouvoir la rejoindre à l'hôpital.

La porte du camion du SMUR se ferme et l'ambulance part en trombe. Je me précipite chez Éva et demande à un des gars véhiculés de m'amener d'urgence à l'hôpital. Personne ne bronche et c'est Victor, un mec de mon équipe, qui se lève et propose de m'y conduire.

Au bout d'une vingtaine de minutes, je franchis la porte des urgences en courant et je reconnais au loin les visages en larmes de Léona et de sa grand-mère.

Non, je vous en supplie, mon Dieu. Tout est ma faute. Ne l'abandonnez pas. Je ne peux pas la perdre. Je vous en prie. Épargnez-la; si je la perds, autant mourir ici, maintenant. Je ne pourrais jamais affronter un deuxième décès. La souffrance finirait le travail et m'achèverait.

Soudain mes jambes n'avancent plus et je m'effondre à terre. Je prie silencieusement, des larmes poignant dans les yeux, pour qu'elle s'en sorte et me sourie de nouveau.

21

Fabio

Mes mains tremblent de plus en plus violemment et ma vision se trouble. J'ai l'impression que le temps s'est arrêté. Cette tristesse sur leur visage, ces regards dans le vide. Tout cela ne présage rien de bon. Je me ressaisis et me dirige vers les deux femmes qui font les cent pas dans la salle d'attente des urgences. Je prends Léona à partie pour en savoir plus.

– Où est-elle? Est-ce qu'elle est seule? m'affolé-je.

– On ne sait pas grand-chose. Ils l'ont transportée au bloc. Fabio, je m'en veux tellement, tout est ma faute, je n'aurais jamais dû la laisser partir, tu avais raison, confie Léona, la voix remplie de larmes.

Je préfère ne pas lui répondre plutôt que de dire des choses que je ne pense pas ou que je regretterais. Ma seule priorité, c'est Ambre.

Sa grand-mère est assise, les yeux fermés et les paumes de main ouvertes, murmurant des choses dans sa langue natale. Je me rends soudain compte qu'elle prie. La peur m'arrache les tripes, je ne parviens plus à penser normalement. Il faut que je fasse quelque chose. Alors je décide de joindre mes prières aux siennes. Je m'assieds près d'elle, enlève ma chaîne si symbolique pour moi, la serre entre mes mains jointes et je prie le ciel de protéger la fille aux yeux verts qui a su refaire battre mon cœur si endeuillé et affecté, un cœur que je pensais froid et dur comme la pierre.

Mon Dieu, mon grand frère, je vous en prie, protégez-la, faites qu'elle s'en sorte. Il y a tellement de choses que je ne lui ai pas encore dites et que nous n'avons pas encore faites. Ça ne peut pas s'arrêter comme ça.

Soudain, je sens une main me caresser l'épaule comme pour me rassurer, me réconforter. J'ouvre les yeux et croise ceux de

Yama. Son regard est chargé d'angoisse et de peur. Tout comme le mien.

– Ça va aller, mon fils… *Inch'Allah*…

Je ne sais même pas quoi répondre alors je me contente de lui sourire. Je ne veux tout simplement pas envisager que ça ne puisse pas aller. Je m'apprête à me rendre à l'accueil pour essayer d'avoir des informations, quand je reconnais la mère d'Ambre, qui s'avance vers Léona et Yama. Elle serre ses bras contre elle pour s'empêcher de s'effondrer. La femme près d'elle, probablement la mère de Léona, encercle ses épaules. Elle semble désemparée, effondrée et terriblement perdue. Les aiguilles de la peur reprennent leur travail à l'intérieur de moi et je suffoque. Je me précipite vers elles pour avoir des informations.

– Comment va-t-elle? Est-ce qu'elle… est-ce qu'elle va s'en sortir? hésité-je.

– Qui est ce garçon? demande la mère de Léona.

– C'est Fabio. Le petit copain d'Ambre, répond sa fille.

Nadia n'a toujours pas dit un mot, ni fixé son regard sur personne. Son attitude m'effraie de plus en plus. Sa sœur prend la parole:

– Ambre est au bloc opératoire. Le choc a provoqué un traumatisme crânien et une plaie à la tête. Elle a une fracture du tibia et plusieurs côtes fêlées. La violence de l'accident a provoqué un arrêt cardiaque mais son état est apparemment stabilisé. Elle est en train de se faire opérer de la jambe. Ils doivent également vérifier qu'elle ne souffre pas d'une hémorragie interne. Les médecins nous ont dit qu'elle avait eu beaucoup de chance. Malheureusement, la voiture qui l'a renversée a pris la fuite et…

– Pourquoi était-elle seule? la coupe Nadia, s'adressant à moi.

– Je suis désolé, j'ai couru à sa recherche dès que j'ai su qu'elle était partie et…

– Elle n'a pas quitté cette fête pour rien. Ça faisait deux jours qu'elle restait enfermée dans sa chambre! Qu'est-ce que tu lui as fait? m'accuse-t-elle.

– Tata, il n'y est pour rien. Il n'était même pas là quand elle a décidé de partir. C'est moi ! C'est ma faute ! Je ne l'ai pas retenue, explique Léona en reniflant.

Nadia ne répond pas. Elle se contente de s'asseoir et d'éclater en sanglots. Quant à moi, la culpabilité m'assaille peu à peu. Je n'y suis pas allé de main morte avec elle ce soir et je m'en veux à m'en faire saigner le cœur. Pourtant, là n'était pas mon intention. Mais j'ai réagi comme un con car la voir se faire draguer par cet abruti m'a fait complètement vriller. Pourvu qu'il ne lui arrive rien, car je ne pourrai jamais m'en remettre.

Je repense soudainement aux mots du médecin et je réalise à présent qu'Ambre est une battante. Son état est stable. Je sens un peu de poids quitter mes épaules et j'ai l'impression de respirer légèrement mieux. Je remercie silencieusement les médecins et peut-être même les puissances supérieures qui lui sont venues en aide et ose une question.

– Quand pourrons-nous la voir ?

– Tu ferais mieux de rentrer chez toi, rétorque Nadia.

– Sauf votre respect, je vais rester ici jusqu'à être sûr qu'elle va bien, jusqu'à l'avoir vue de mes propres yeux, même si je dois attendre des jours…

Elle dépose les armes, elle sait que je mesure chaque mot et il me semble que Yama l'a dissuadée de s'en prendre à moi par un simple regard.

***

Les heures passent et nous n'avons toujours aucune nouvelle d'Ambre. Je m'aperçois soudain que je n'ai pas prévenu le centre que je ne rentrerai pas ce soir. Michel risque de s'inquiéter. C'est lui qui veille à ce qu'on respecte les couvre-feux et qu'on aille bien. Il est plus de deux heures du matin quand je saisis mon portable pour l'appeler. Je remarque alors un SMS de Baptiste, reçu il y a deux heures.

[Éva m'a prévenu pour l'accident.
Je suis désolé, mec.
Je m'occupe de prévenir
Michel que tu ne rentreras pas ce soir.
Tiens-moi au courant dès qu'elle va mieux.
À demain, mon frère.]

Je réponds rapidement et guette de nouveau la porte des urgences. Toute la famille d'Ambre semble s'être endormie, sauf Nadia, qui semble dans le même état que moi. Je n'ose pas parler, je veux juste voir Ambre.

Si elle savait comme je l'aime. Même si je ne lui ai pas dit et qu'elle ne l'a pas entendu de ma bouche, chaque cellule de mon corps est totalement amoureuse de cette brune aux yeux émeraude. Je suis simplement trop terrifié à l'idée de prononcer ces mots. Terrifié à l'idée de laisser mon cœur dénué de barrières. Pourtant, je le sens renaître à chaque seconde passée près d'elle. Il bat plus fort, plus vite, s'affolant lorsqu'elle pose ses doigts longs et délicats sur moi. Je croyais pourtant ne plus jamais ressentir quoi que ce soit ailleurs que sur un terrain. L'endroit où je me sens plus proche que jamais de mon frère, de sa mémoire. Puis, elle est arrivée et a tout balayé en attrapant ma main tendue devant elle. J'ai alors eu, au fond de moi, l'espoir d'aller de l'avant. À ses côtés.

J'ai tellement besoin de la voir. Je clique sur l'icône bleue de mon téléphone et regarde pour la énième fois son profil. Il y a très peu de photos d'elle. Mais assez pour me mettre du baume au cœur. Elle est tellement belle, tellement faite pour moi. Elle est passionnée, généreuse, intelligente et drôle à sa manière. Elle ne se rend même pas compte de l'emprise terrassante qu'elle a sur moi. Chaque fois que l'on se touche, que l'on s'embrasse, j'ai l'impression d'imploser d'un bonheur innommable. Elle fait naître autant d'amour que de désir. Je ne peux pas imaginer ne plus effleurer ses lèvres, sa nuque, l'orée de sa magnifique poitrine. Ne plus l'entendre chercher son souffle quand je prends possession de sa bouche comme un drogué en manque. Je veux pouvoir l'enlacer encore, la posséder encore et un jour, si je suis assez chanceux, lui faire l'amour voluptueusement et passionnément. Comme un ange déchu en plein repenti, reprenant goût à la vie sur terre, dans ses bras, près d'elle, en elle.

Le battant des portes interrompt mes songes et un médecin se dirige vers Nadia. Je me lève et vais à leur rencontre pour écouter ce qu'il va dire.

– Madame Nombria, l'opération de votre fille s'est bien passée. Nous avons remis les fragments osseux dans leur position initiale et inséré une tige métallique au centre de l'os, sur toute sa longueur. Cela lui permettra de reprendre appui rapidement sur la jambe et de retrouver plus vite une mobilité. Elle devra tout de même éviter de poser le pied par terre pendant quelques semaines. Par ailleurs, aucune hémorragie interne n'a été détectée. Nous lui avons suturé le crâne, cela a nécessité huit points. Elle a plusieurs plaies sur les jambes, qu'il faudra surveiller. Elle est sous assistance respiratoire à cause des deux côtes fêlées mais nous lui retirerons le tout à son réveil si sa respiration n'est pas trop douloureuse. Quoi qu'il en soit, elle est en salle de réveil pour le moment. Vous ne pourrez la voir que dans quelques heures. Je vous conseille de rentrer chez vous et de dormir un peu. Son état est stable, mais nous la garderons au minimum une semaine à l'hôpital. Elle a eu beaucoup de chance, mais son cœur est encore fragile. Je reviens vous voir vers neuf heures, quand elle sera réveillée, pour faire le point. Au revoir, mesdames. Jeune homme.

Je me sens pris d'une violente nausée et je cours vers la sortie pour qu'on ne me voie pas expulser tout ce que j'ai gardé en moi depuis que je l'ai découverte inanimée. J'ai eu tellement peur ! Mon estomac se vide de toute cette angoisse après avoir entendu le chirurgien prononcer les mots libérateurs « état stable » et « à son réveil ».

Alors que je suis devant l'entrée des urgences, reprenant mon souffle, les quatre femmes qui partagent mon soulagement passent près de moi et Yama s'arrête pour me prendre dans ses bras. Je sens une larme perler sur ma joue. Elle prend mon visage entre ses mains et me fixe avec une infinie douceur.

– Tout va bien, mon fils. Elle est très forte, chuchote Yama. À demain, rentre te reposer.

Puis elles s'en vont dans un silence paisible mais rempli d'inquiétude. Il est hors de question que je quitte cet hôpital sans l'avoir vue. Je retourne aux urgences, je passe par les toilettes pour me rincer le visage, encore maquillé, et me rafraîchir. Puis je m'installe dans la salle d'attente et patiente le temps qu'il faudra.

***

Une femme en blouse blanche se dirige vers moi, l'air inquiet.

– Vous êtes un proche de Mlle Bellino ?

– Oui, que se passe-t-il ? Quelque chose ne va pas ?

– Suivez-moi, s'il vous plaît.

Je m'exécute et la suis à travers différents couloirs pour atterrir devant la porte d'un bureau. Probablement celui d'un médecin.

– Installez-vous, jeune homme, propose le chirurgien.

– Je peux enfin la voir ?

– Malheureusement, je suis dans le regret de vous informer que, malgré l'acharnement de mon équipe et l'utilisation des défibrillateurs, nous n'avons pas réussi à réanimer son cœur, qui s'est arrêté une fois de retour dans sa chambre.

– Docteur, je… je ne comprends pas… Qu'est-ce que vous êtes en train de me dire ?

– Mlle Bellino est décédée à 3 h 16, je suis désolé. L'opération s'est pourtant bien passée mais s…

– Non, non, non, elle n'est pas morte. Vous avez dit que son état était stable, j'étais là. Alors arrêtez vos conneries et donnez-moi le numéro de sa chambre sur-le-champ !

– Mon garçon, calme-toi, je suis dés…

– Taisez-vous ! Ne dites pas un mot de plus, c'est impossible, elle ne peut pas, non, elle était… Tout à l'heure, vous avez dit à sa famille que tout allait bien… Vous avez dit qu'elle allait se réveiller… Donnez-moi le numéro de sa chambre, je ne le répéterai pas, je vous préviens…

– Mon garçon… Je comprends ta peine mais…

– Vous ne comprenez rien du tout !

Là, comme si mon corps ne m'appartenait plus, je me vois renverser son bureau et jeter tout ce qui me passe sous la main contre les murs et le sol. Je ne veux pas y croire, je ne veux pas l'envisager un seul instant. Elle ne peut pas être… Je ne peux même pas prononcer ce mot. Je sens plusieurs personnes essayer de me maîtriser. Mais comment maîtriser un ouragan à la force de ses mains ? L'abattement m'envahit et je me laisse tomber au sol.

À quoi bon ?

À quoi bon continuer si ce n'est pour perdre un à un les êtres les plus chers à mon cœur, à mon âme ? Je me rends, j'abandonne et je les laisse faire ce qu'ils veulent de moi. On m'aide à me relever et on me dirige je ne sais où.

Je n'en ai plus rien à faire.

Autant en finir.

Mon regard se dirige vers l'une des chambres dont la porte est ouverte et j'aperçois ce short bicolore, et une main inanimée qui dépasse du lit. Un froid glacial envahit chaque millimètre de ma chair. Je peine à respirer et réussis à m'extraire difficilement des bras qui me maintiennent debout, pour me précipiter près d'elle. Elle est seule, son sourire a disparu et ses yeux verts se terrent derrière ses paupières sans vie. La douleur s'empare de moi comme mille poignards aiguisés. Je cherche mon souffle et tout devient trouble autour de moi. Je m'effondre, je suis à terre, une fois de plus. Mais cette fois-ci, je ne me relèverai pas. Je ne veux pas, je ne veux plus, je n'en ai plus la force. Alors je ferme les yeux et prie pour qu'elle m'amène au paradis.

Une main agite mon épaule et une voix résonne au loin, me sommant de me réveiller.

Lorsque je m'extirpe de mon cauchemar, l'air me manque et je reconnais le chirurgien, perplexe, devant ce réveil agité. Il me faut quelques secondes pour réaliser que tout ceci n'était qu'un mauvais rêve et retrouver mon calme.

– Tu es encore là, mon garçon? demande-t-il surpris.

– Comment va-t-elle, docteur? Est-ce qu'elle est réveillée? Est-ce que je peux la voir? Je ferai attention, je vous le promets, mais laissez-moi la voir, je vous en supplie!

– Eh bien… J'aime ta détermination! Mais un peu moins ton costume. (Il sourit.) On vient de la transférer dans sa chambre. Mais elle subit encore les effets de l'anesthésie, elle s'est probablement rendormie. Si c'est le cas, ne la réveille pas. Chambre 12.

– Merci, docteur! Merci beaucoup!

Je cours sans même m'en rendre compte. Je sens la fin du supplice et je me précipite vers les portes, cherchant le bon numéro. Au bout de quelques minutes, me voilà au bon endroit. J'entre à pas de velours, je ne veux surtout pas la réveiller.

Elle est là.

Endormie.

Les derniers rayons de lune éclairent légèrement la chambre. Sa jambe gauche est un peu surélevée, elle a un masque sur le visage et plusieurs tuyaux partent de l'intérieur de son coude.

Cette vision m'arrache les entrailles. Le seul bruit dans la pièce est le bip régulier des machines autour d'elle. Je remarque les points de suture sur son crâne qui a été légèrement rasé par endroits, ainsi que les égratignures sur son visage et ses bras. Je m'approche délicatement d'elle et dépose un baiser sur son front. Puis je redescends vers son cou, saisis précieusement une de ses mains et lui murmure:

– Je t'aime tellement, Ambre. Si tu savais. Si tu pouvais seulement sentir les battements de mon cœur quand tu es là. Pardonne-moi de ne pas te l'avoir dit quand j'en ai eu l'occasion. Pardonne-moi de t'avoir laissée partir et d'avoir laissé ma fierté et la peur t'éloigner de moi. Je t'en prie, pardonne-moi. Je t'aime, mon amour, ma princesse. Je ne te laisserai plus jamais, je te le promets. Je me rends compte à quel point j'ai été bête de brider mes sentiments pour toi. J'avais tellement peur… Peur qu'en prononçant ces trois mots tu m'échappes et que je te perde comme j'ai perdu mon frère. L'amour fait tellement mal quand il s'en va. J'ai passé ces derniers mois à me convaincre que mon cœur était mort avec Enzo et que plus jamais je ne laisserais quiconque y entrer. Puis, tu as fait irruption dans ma vie comme un ouragan et tu as balayé mes convictions. J'ai croisé le vert de tes yeux et j'ai senti une des barrières que j'avais érigées s'effondrer derrière ton regard. Puis une autre quand je t'ai aperçue pour la première fois dans les tribunes. Une troisième quand je me suis retrouvé seul, dans ce laser game, assez près de toi pour sentir que tu portais le parfum que je t'avais offert. Et enfin, tu as anéanti la dernière quand tu m'as laissé t'embrasser et me perdre sur chaque millimètre de tes lèvres. Ne m'abandonne pas, je t'en supplie. Ne nous abandonne pas. Ne laisse pas mon cœur orphelin encore une fois et je promets de faire de toi la reine de mon royaume et de t'aimer comme personne ne le pourra jamais.

Je rapproche au plus près du lit la chaise qui se trouve à quelques centimètres derrière moi. Puis après m'être assis, je pose mon visage près du sien, sur le matelas, et j'emmêle délicatement ses doigts aux miens. Pour la première fois depuis notre dispute, j'ai l'impression de respirer de nouveau.

22

Fabio

Je n'ai pas pu fermer l'œil un seul instant. Je l'ai regardée dormir jusqu'à ce que les premiers rayons de soleil laissent apparaître les reflets chocolat dans ses cheveux et les grains de beauté logés dans son cou. J'ai pu voir ses paupières trembler plusieurs fois et entendre le rythme de sa respiration changer. Une infirmière est passée deux fois depuis mon arrivée. Elle n'a fait aucune remarque quant à ma présence mais s'est contentée de me fixer dubitativement. Sûrement à cause des restes du maquillage d'Halloween que je n'ai pas réussi à retirer complètement.

Il est huit heures quand je sens une légère pression sur ma main. Ses doigts se resserrent sur les miens et son visage pivote vers l'endroit où je suis assis. Enfin, ses yeux s'ouvrent très lentement et son regard vert d'eau se fixe au mien. Je sens un mélange de soulagement et d'angoisse l'envahir.

Elle observe tout autour d'elle et son buste se soulève de plus en plus frénétiquement.

Je peux entendre, au bruit des machines et aux chiffres qui s'affichent, que son rythme cardiaque s'accélère. Elle est en train de paniquer.

Tout en caressant sa main du bout de mon pouce, je me penche vers son front pour y déposer un baiser.

– Tout va bien, Ambre. Je suis là, tu n'as rien à craindre. Respire calmement, ça va aller. (Une fois son cœur apaisé et son regard ancré au mien, je me livre.) Je t'aime, mon amour. Ne me laisse plus jamais.

Même si j'essaie de le cacher, je suis totalement effrayé. Je vois dans sa manière de bouger et de respirer que la douleur s'empare d'elle. Elle fronce les sourcils et écarquille ses grands yeux inquiets. Je ne supporte pas de la voir souffrir. J'appuie sur la manette située près de son lit et perds vite patience.

– Une infirmière, s'il vous plaît, vite ! crié-je.

Au bout de quelques secondes, ma requête est entendue, et une femme en blouse blanche entre dans la chambre. Elle vérifie l'écran et la poche reliée au bras d'Ambre. Elle lui parle d'une voix douce et rassurante, lui demandant si elle a mal, et Ambre parvient à bouger son avant-bras pour lui montrer sa jambe, ses côtes et son masque. Ce simple geste semble lui infliger de la douleur. L'infirmière lui en explique la cause et lui promet de revenir avec de la morphine pour atténuer son mal. Elle ajoute qu'Ambre devra garder le masque jusqu'à la visite du docteur.

Après le départ de l'infirmière, Ambre tourne son visage vers moi.

– Comment peut-on être aussi belle même sur un lit d'hôpital ? Alors quoi ? Il va falloir que j'en colle une à tous les hommes qui franchiront cette porte ?

Elle esquisse un rire mais s'arrête, puis gémit de douleur en montrant son buste et son ventre.

– Pardon, bébé. Tu ne dois pas rire, ça te fait mal aux côtes. (Je lui caresse la joue et elle ferme un instant les yeux.) Je suis vraiment désolé pour mon comportement à la fête. Je ne suis qu'un con. Un con qui t'aime tellement…

Ses pommettes se relèvent légèrement, ce qui veut dire qu'elle sourit. Mais soudain son regard se charge d'inquiétude. Elle semble réfléchir et se laisser aller dans ses pensées. Je ne veux pas qu'elle me repousse encore. Alors je m'empare de sa main tremblante, l'embrasse des dizaines et des dizaines de fois jusqu'à ce que l'infirmière revienne et m'oblige à me décaler. Elle est suivie de près par Yama et Nadia.

Malgré les œillades quelque peu dissuasives de cette dernière et la nuit blanche qui vient de s'écouler, il est hors de question que je quitte l'hôpital.

Une fois l'infirmière partie, les deux femmes se rapprochent de l'autre moitié de mon cœur et la couvrent de tendresse et d'amour, comme je l'ai fait depuis que j'ai passé le seuil de cette porte.

Je m'éloigne pour leur laisser un peu d'intimité. Comme si mon corps reprenait vie doucement, je sens la faim et la soif m'assiéger.

– Je vais aller voir si je trouve quelque chose à boire ou à manger, avez-vous besoin de quoi que ce soit? demandé-je aux deux femmes.

Elles font non de la tête et je lance un dernier regard vers Ambre avant de quitter la chambre.

Mon téléphone étant bientôt déchargé, j'en profite pour téléphoner à Michel et le prévenir que je rentrerai ce soir. J'écris également à Baptiste pour lui donner des nouvelles et le remercier. Avant de retourner près d'elle, il faut que je m'isole. Je m'enferme donc dans les toilettes de l'hôpital, retire ma chaîne si précieuse, et pense à mon frère.

Je crois, non, je suis persuadé, que de là-haut il me protège. Alors je le remercie de veiller sur moi, sur elle. C'est un geste que je fais tous les jours et qui apaise un peu ma peine affligeante mais ravive malheureusement ma culpabilité intarissable.

Lorsque je regagne la chambre, le médecin est en train de discuter avec Ambre. Il lui expose tout ce que je sais déjà. Je constate qu'elle a ôté son masque et ma seule hâte est d'entendre de nouveau sa douce voix. Lorsqu'elle remarque ma présence, elle n'écoute plus un traître mot de ce que lui dit le docteur, et son sourire ravive les battements de mon cœur. Son visage et son regard rempli d'inquiétude sont un appel à me rapprocher d'elle et à la rassurer. C'est comme si nous étions seuls, dans une bulle, et que la moindre distance pouvait la faire éclater.

Je saisis sa main et caresse son front du bout des doigts. Elle se détend et se remet à écouter les prescriptions et les recommandations.

– Comment tu te sens? la questionné-je.

– J'ai l'impression de m'être fait renverser par une voiture, répond-elle en riant. Aïe, arrête de me faire rire, ça fait mal.

– Ça ne me fait pas rire, Ambre, rétorque sa mère. Tu aurais pu mourir! Tu ne te rends pas compte!

– Je sais, maman. Crois-moi, les douleurs sont bel et bien là pour me le rappeler…

– Tu veux que je rappelle l'infirmière? enchaîne-t-elle. Peut-être qu'elle peut augmenter les doses?

– Non, ça va, maman!

– J'ai prévenu ton père, il a pris la route ce matin.

– Non, maman, je ne veux pas le voir! Tu n'aurais pas dû l'appeler!

Elle serre fort ma main comme pour se donner du courage.

– C'est ton père, Ambre. C'est normal qu'il sache. Bon, nous devons apporter des papiers à l'accueil pour ton hospitalisation.

Nous n'avons jamais vraiment parlé de son père. Ce qui est sûr, c'est qu'au vu de sa réaction, ce n'est pas une bonne chose qu'il vienne. Je n'ose pas l'inquiéter davantage avec ça, alors je décide de changer de sujet.

– Ta respiration n'est pas trop douloureuse?

– Si un peu, mais le pire, c'est ma jambe. Je n'ose même pas regarder.

– Même avec une jambe bionique et charcutée, tu restes la plus belle. (Elle sourit.) Est-ce que tu veux bien me pardonner mon comportement et mes paroles? Je te jure que jamais plus je ne laisserai qui que ce soit te faire douter de moi et de mon amour. Je m'en veux tellement, si tu savais. J'aurais dû refuser d'aller manger avec eux et te prendre dans mes bras hier soir. Au lieu de ça, tu… tu es partie et je n'ai pas réussi à te protéger. T'avoir vue allongée par terre, je… j'ai senti mon cœur s'arrêter. Je te jure que si je retrouve ceux qui ont fait ça, je ne sais pas ce que je serais capable de faire… Je t'aime, Ambre. Je ne veux plus jamais avoir ce sentiment de t'avoir perdue.

Elle pose sa main sur ma joue et essuie la larme qui a coulé sans même que je m'en rende compte. Puis elle attrape ma nuque et me rapproche d'elle pour déposer sur mes lèvres un léger baiser. Tout d'un coup, c'est comme si je reprenais vie à son contact et que je pouvais respirer de nouveau.

– Tu es conscient que tu as un maquillage immonde sur le visage, n'est-ce pas? se moque-t-elle.

– Finalement, je préférais quand tu étais sous l'effet de l'anesthésie.

Sa bouche forme un grand O et elle se met à rire, puis à avoir mal.

– Mais arrête de me faire rire, bon sang ! dit-elle en m'envoyant une tape dans le bras.

Je retrouve enfin la fille aux yeux verts qui s'est emparée de mon âme et tient mon cœur entre ses mains.

23

Fabio

La morphine semble avoir fait effet car Ambre s'est rapidement assoupie.

Nadia et Yama sont revenues. Toutes deux paraissent très soucieuses. Elles n'ont pas dû fermer l'œil de la nuit, tout comme moi. Chacune sur une chaise, tout près du lit, elles oscillent entre discussion et somnolence.

Mes paupières sont de plus en plus lourdes mais ma conscience lutte pour rester éveillée.

C'est le bruit fracassant de la porte qui me sort du demi-sommeil dans lequel j'avais plongé. Le temps que je reprenne mes esprits, la colère d'une voix masculine me met debout en moins d'une seconde.

Je remarque un homme, d'une cinquantaine d'années, légèrement plus petit que moi. Un crâne dégarni, des yeux d'un bleu perçant et une corpulence trapue. Il semble hors de lui et je comprends rapidement les craintes d'Ambre. Voilà celui qu'elle redoutait.

Son père.

Maintenant debout et attentif, j'entends les propos derrière son énervement.

– Voilà ce qui arrive alors que ça fait à peine deux mois que tu as pris MA fille pour l'emmener loin de là où est sa place ! crie-t-il. Elle aurait dû rester avec moi, chez elle, à Nice ! Mais non, il a fallu que tu la traînes avec toi dans tes conneries ! Regarde où elle est maintenant ! On aurait pu la perdre !

Yama est à deux doigts de bondir de sa chaise pendant que Nadia essaie de le canaliser.

– Calme-toi, Gianni ! C'est arrivé et il n'y a rien qu'on puisse faire de plus ! Les médecins se sont parfaitement occupés d'elle et dans quelques jours elle pourra rentrer et commencer la rééducation !

– Elle ne commencera rien du tout ! Dès qu'elle pourra sortir, elle rentre avec moi. Que tu le veuilles ou non !

– C'est hors de question ! Tu serais incapable de t'occuper seul d'elle ! Regarde où nous en sommes par ta faute !

– Ne confonds pas tout ! C'est avec toi que j'ai des problèmes, pas avec ma fille !

– Tu penses que de m'avoir fracturé le bras en me poussant dans les escaliers sous ses yeux ne lui a pas posé de problème ? Tu es toujours à côté de la plaque à ce que je vois ! Tu ne penses qu'à ton shit et tes maîtresses !

Face à ces mots, Gianni change de couleur ; la haine est en train de se diluer dans ses veines. Je le vois serrer les poings et commencer à s'avancer vers Nadia.

C'est le moment que je choisis pour faire barrage entre ce père furieux et cette mère désemparée. S'il n'avait pas encore remarqué ma présence, c'est maintenant le cas.

– Monsieur, sauf votre respect, nous sommes dans un hôpital et tout le monde a eu une nuit difficile. Je pense qu'il serait préférable de se calmer, tenté-je.

– Écoute-moi bien, espèce de petit con. Je ne sais pas qui tu es mais tu ferais mieux de te mêler de tes affaires avant que…

– Papa ?

Nous tournons tous la tête vers Ambre. Elle semble décontenancée par la scène qui se joue sous ses yeux. Elle cherche des réponses chez chacun de nous. Son père décide finalement de laisser tomber le conflit et se dirige vers sa fille.

– Ma princesse ! Comment tu te sens ? demande-t-il.

– Mieux que jamais à vrai dire. (Tous deux rient.) Je pensais faire quelques jongles pour me dégourdir les jambes. Mais bon, même dans cet état, je suis sûre de battre n'importe qui.

Elle se tourne vers moi, me fait un clin d'œil, rit et gémit de douleur.

– Essaie de rester tranquille, conseille son père. J'ai eu vraiment très peur, je suis venu dès que j'ai su. Ça me rend malade de savoir que je ne peux pas être là s'il t'arrive quelque chose. Tu n'as rien à faire ici ! Ta vie est à Nice !

– Papa, s'il te plaît, on en a déjà parlé…

– Je sais ! Mais c'était avant que tu échappes de justesse à la mort ! Ton cœur s'est arrêté et je n'étais pas là, putain ! Ni hier ni à ton réveil ! Tu ne resteras pas une semaine de plus ici ! Dès que tu peux sortir de l'hôpital, je te ramène à la maison !

– Mais papa, je ne veux pas ! Ma vie est ici maintenant !

– C'est hors de question ! Tu rentres à Nice, un point c'est tout !

– Papa, non ! hurle-t-elle, la voix mêlée de tristesse et de douleur. Maman !

– Allez, Benthi, calme-toi !

Je sens cette situation fragile dériver de nouveau, et j'ai peur que ça ne dégénère.

– Laisse-la ! Tu vois bien qu'elle veut rester ici ! rétorque Nadia.

– Ferme-la, je te préviens ! Je t'ai laissée l'emmener une fois car je pensais qu'à son âge elle était en mesure de faire le bon choix et voilà où on est !

– Tu n'es vraiment qu'un pauvre connard ! Même aujourd'hui, tu trouves le moyen de la faire encore souffrir ! crache Nadia.

C'est à ce moment précis que tout dérape. Il se tourne vers elle et la pousse. Je suis assez près pour l'empêcher de chuter, mais déjà il revient à la charge.

– Papa ! Arrête !

Il est stoppé en plein élan par un homme assez grand, de type méditerranéen, qui ressemble étrangement à Nadia. Il le prend par le buste et parvient à le faire sortir de la chambre, suivi par un autre homme. Je les suis instinctivement.

Gianni essaie de se débattre quelques instants mais finit par lâcher prise.

– C'est ma fille, putain, Farès ! Tu es papa, tu devrais comprendre !

– C'est justement parce que ta fille est aussi ma nièce que je me retiens de te refaire le portrait pour ce que tu leur as fait ! Surtout à ma sœur, espèce d'enfoiré. Si j'étais arrivé avant, je ne t'aurais pas laissé passer les portes de cet hôpital ! Alors maintenant que tu es là, tu as intérêt à te calmer ! Je te conseille d'aller prendre l'air et de revenir quand tu auras repris tes esprits !

Ils continuent d'échanger nerveusement, mais les pleurs derrière moi guident mes pas jusqu'à la chambre. Je découvre les trois femmes enlacées et en larmes. Je croise le regard d'Ambre et j'espère lui faire comprendre que je préfère les laisser seules. Je vais aller me dégourdir les jambes et essayer d'assimiler tout ce que je viens d'apprendre.

Les parents d'Ambre ont divorcé pour des raisons claires. Drogue, infidélités, violences. Elle ne me parle jamais de son père et je comprends soudain pourquoi.

Le voir faire du mal à sa mère, se détruire et faire voler en éclats une vie de famille, voilà ce par quoi elle est passée.

Malgré ça, elle a essayé de se montrer gentille et de rire avec lui. Et il a répondu par de la violence envers sa mère. Certes, l'accident et l'état de sa fille le chamboulent. Mais cela ne lui donne pas le droit de réagir comme ça et de la ramener de force dans une ville où elle n'a visiblement pas envie d'être. J'espère qu'il va se calmer et oublier sa vendetta pour se concentrer sur la santé d'Ambre.

Une fois de retour, j'entre doucement dans la chambre. Elle est entourée de sa mère, de Yama et de Farès. Lorsque son oncle pose les yeux sur moi, je ne sais pas si je dois fuir ou sourire. Alors je choisis la seconde option. Yama s'adresse à lui en arabe et il me scrute une deuxième fois puis prend la parole.

– Apparemment, je dois te remercier d'avoir été là pour ces dames.

– Je n'ai rien fait de spécial, il n'y a vraiment pas de quoi !

– Merci, Fabio, murmure Nadia. Je m'excuse pour hier soir pour euh… enfin tu sais… m'en être prise à toi.

– Si tu as droit aux excuses de la plus chiante et désagréable de mes sœurs, c'est que tu es vraiment spécial ! (Nadia le frappe derrière la tête.) Ben quoi ?

Nos rires sont accompagnés d'un gémissement de douleur.

– Arrêtez de me faire rire, je vous en supplie !

Je me rends compte qu'il est déjà dix-huit heures quand l'infirmière nous prévient que les visites se terminent dans trente minutes.

Gianni n'est pas revenu. J'ai entendu Farès dire qu'il logeait dans un hôtel pas très loin d'ici, et qu'il repasserait le lendemain.

J'ai essayé de ne pas trop la faire rire et de lui changer les idées. J'ai pris le numéro de téléphone de sa chambre et lui ai promis de l'appeler dès que j'arriverais au centre, et de venir la voir chaque fois que je pouvais jusqu'à la reprise du lycée dans quelques jours.

– Ne me refais plus jamais une peur pareille. Mon cœur ne s'en remettrait pas. Je t'aime, tu sais. Je t'aime tellement.

– Si j'avais su que ça me vaudrait une déclaration, je me serais fait renverser avant.

– Ha, ha ! Très drôle !

– Redis-le !

– Je t'aime, Robocop !

– Robocop ? Attends un peu que je puisse me lever et te faire regretter cette vanne totalement nulle !

– Tu mettras un peu d'huile d'abord ! Histoire de pas rouiller, bébé ! (Elle tente de croiser les bras pour montrer qu'elle boude mais elle gémit de douleur.) Doucement, princesse.

– J'aurais dû dire à Farès que t'étais un mec de mon lycée qui me harcelait !

Je repense soudain à Farès et à ses bras qui pourraient me broyer en moins de deux.

– Non, mais je disais Robocop pour tester tes connaissances cinématographiques ! Voir si on avait les mêmes goûts ! C'est mon film préféré !

– Ah bon ? Et il parle de quoi ?

– Oh là là ! Mais il est déjà l'heure. Il faut vraiment que j'y aille avant d'énerver les infirmières.

Je dépose un tendre baiser sur ses lèvres.

– Non, attends ! Redis-le…

– Je t'aime, Ambre.

– Je t'aime, Fabio.

24

Ambre

Je me retrouve seule dans la chambre et je ferme les yeux quelques instants pour repenser à tous les événements qui se sont passés en vingt-quatre heures à peine.

D'abord ce chauffard qui m'a renversée et s'est lâchement enfui, me laissant à l'agonie, à terre, la douleur tétanisant jusqu'à ma gorge et m'empêchant de crier à l'aide. Je n'ai jamais eu si peur de toute ma vie. La dernière image dont je me souviens, c'est le mirage du visage de Fabio, ses beaux yeux noisette. Puis le trou noir, le vide.

Je me rappelle avoir été réveillée par une main prenant la mienne et cette voix…

Sa voix.

Je l'entendais mais ne parvenais pas à ouvrir les yeux. Probablement à cause de l'anesthésie. Lorsque ses mots se sont peu à peu déversés, je ne sais même pas comment mon cœur a pu rester accroché à ma poitrine. Je n'ai jamais rien entendu de semblable, de si beau. Il m'aime. Fabio m'aime.

« Je promets de faire de toi la reine de mon royaume et de t'aimer comme personne ne le pourra jamais. »

Comment une déclaration aussi magnifique peut-elle m'être destinée ?

J'ai maudit le produit qui coulait dans mes veines de m'empêcher d'ouvrir les yeux et de lui sauter dans les bras. Depuis notre premier baiser, j'ai rêvé qu'il m'aime, qu'on s'aime. C'est le cas à présent. Je ne laisserai rien ni personne se mettre entre nous. Sa mère, Charlotte et sa passion n'auront jamais raison de la certitude que je suis à lui tout entière.

À mon réveil, la douleur dans ma jambe était telle que je pensais m'évanouir. Mais il était là, il était mon ancre et je repassais ses mots dans ma tête pour me donner de la force.

Je suis interrompue par une infirmière qui m'apporte le plateau-repas.

– Bonsoir, jeune fille. Je suis Fabienne, c'est moi l'infirmière de garde, ce soir. Comment te sens-tu ?

– Ma jambe me lance à certains moments, et mes côtes sont douloureuses.

– C'est normal, ma belle ! Tu as eu beaucoup de chance, tu sais ! Je repasserai dans une heure pour t'administrer de l'antidouleur directement dans la perfusion. Cela te permettra de passer une bonne nuit. En attendant, il faut que tu manges !

– Merci beaucoup, madame...

– À tout à l'heure, ma belle. Si tu as besoin de quoi que ce soit, appuie sur la télécommande et me voilà !

Une fois seule, je reprends le cours de mes pensées. Cette fois-ci, c'est mon père qui s'empare de ces dernières.

Il allait s'en prendre à elle.

Devant moi.

Encore.

Je ne le comprends plus. Il n'a plus rien à voir avec l'homme auprès duquel j'ai grandi. La peur n'excuse rien. Si Fabio n'avait pas été là, je ne sais pas ce qu'il aurait pu faire à ma mère, et cette idée me blesse profondément. Je ne rentrerai pas à Nice avec lui. Encore moins après ce qui s'est passé aujourd'hui.

Pour autant, il reste mon père et j'ai vu dans ses yeux son amour. J'ai vu qu'il était terrorisé de ce qui m'est arrivé. Il s'est précipité à mon chevet dès qu'il a su.

J'ai besoin de le retrouver. De revoir celui avec qui j'avais des fous rires devant des vidéos de chute. Celui qui me faisait réviser mes cours d'histoire car il est passionné par cette matière. Celui qui, sur le chemin de ses matchs, me vissait sa casquette d'entraîneur. Celui qui me demandait de chanter pour lui chaque fois qu'il rentrait du travail.

Ce père-là est l'essence même de l'amour paternel et de la bienveillance. Je sais qu'il est encore là, quelque part, où le cannabis n'est pas invité.

Le téléphone de ma chambre sonne et je me précipite pour y répondre en pensant que c'est Fabio.

– Allô !

– Ambre ? C'est papa... (Un silence s'installe.) Tu es là ?

– Oui...

– Comment tu te sens ?

– J'ai des douleurs un peu partout mais je ne vais pas me plaindre...

Encore un silence.

– Écoute, ma fille, je suis désolé. Je me suis emporté, je n'aurais pas dû... C'est dur de ne plus te voir tous les jours. Si tu savais comme tu me manques. La maison est tellement triste sans toi, sans l'écho de ton piano qui résonne sur les murs. Ça m'a anéanti d'apprendre ce qui t'est arrivé alors que j'étais à des centaines de kilomètres de toi, impuissant. Tu t'en rends compte, si tu... si tu... Je ne m'en serais jamais remis. Je t'aime tellement...

Il me semble entendre des sanglots qu'il essaie d'étouffer.

– Papa, tu veux bien venir me voir demain matin ? Je ferai en sorte que l'on ne soit que tous les deux.

– C'est d'accord, ma princesse. Mange et repose-toi. À demain, je t'aime.

– À demain, papa...

Une fois que je raccroche, j'ouvre les vannes et laisse les larmes couler. Toutes celles que j'ai retenues ces derniers mois. Celles de l'abandon d'une famille unie, celles de la tristesse d'être éloignée de mon foyer, celles de la douleur de les voir se déchirer devant moi, celles de l'impuissance de les sauver, celles de la dure réalité que rien n'est éternel, celles du manque de la présence de mon père dans mon quotidien.

Je laisse tomber chaque barrière qui me protégeait de la peine. Je sens mon cœur s'apaiser, comme si je le délestais d'un fardeau trop lourd à porter.

***

Je ne me suis même pas rendu compte qu'à force de pleurer, je m'étais endormie. Le soleil traverse les persiennes de ma chambre et m'indique qu'un nouveau jour s'est levé. Je suis assaillie par une douleur fulgurante dans la jambe et les côtes. Je sonne immédiatement et Fabienne arrive au bout de quelques secondes.

– Eh bien, en voilà une qui a bien dormi !

– J'ai très mal, madame, haleté-je. Vraiment mal !

– Je vais chercher la morphine ! En attendant, regarde, je t'ai laissé un petit mot près du téléphone. Un jeune homme très inquiet t'a appelée plusieurs fois hier soir, et m'a fait promettre de te donner ce message dès ton réveil !

Je regarde le petit meuble où est posé le téléphone et saisis le Post-it.

De la part de Fabio : je passerai te voir demain vers treize heures. Je t'aime, Robocop. Ne mords personne en attendant.

Note à moi-même : parler à Farès du surnom que Fabio m'a donné.

Je souris et la douleur s'éteint légèrement. Je l'aime malgré ses blagues douteuses et je m'impatiente déjà de le retrouver. L'infirmière entre de nouveau.

– Vu ton sourire, je suppose que tu as trouvé la note. L'amour est très efficace à ce que je vois. Ce garçon est dingue de toi, ma chérie. Il a appelé douze fois, j'ai eu du mal à le convaincre de te laisser dormir et j'ai négocié le mot à la place. (Sa confidence me fait chaud au cœur.) Bon, évite de me mordre, quand même ! Sinon, pas de morphine !

Nous rions toutes les deux et elle revient avec mon petit déjeuner. Je meurs de faim et il me faut des forces avant l'arrivée de mon père.

***

J'essaie tant bien que mal de trouver quelque chose à regarder à la télévision, autre que les émissions de téléachat, quand mon père passe la porte. Il n'est pas à l'aise et il doit appréhender autant que moi ce tête-à-tête.

– Entre, papa, je t'attendais !

– Comment vas-tu aujourd'hui ? Ta jambe est toujours douloureuse ?

– Oui, mais l'infirmière vient de me donner ce qu'il faut.

– Tant mieux.

Silence.

– Tu as passé une bonne nuit ? lui demandé-je.

– À vrai dire, pas trop... Je m'en veux terriblement pour hier, pour tout. J'ai essayé d'appeler ta mère pour m'excuser mais elle refuse de me répondre et je la comprends.

– Laisse-lui du temps, papa. Ce qui est arrivé hier a ravivé beaucoup de choses.

– Je m'en veux tellement. Je te demande pardon, ma fille. Pardon de t'avoir mise dans une telle situation, tu es la première à avoir payé pour mes erreurs. J'aurais dû te protéger et j'ai manqué à mon devoir de père, de mari. Toute ma vie j'ai fait en sorte de vous rendre heureuses, je te le jure. Ce qui s'est passé ce soir-là n'aurait jamais dû arriver, et même si c'était un accident, la culpabilité me ronge profondément. J'aurais dû vous laisser partir et assumer mes conneries. Mais quand je l'ai vue t'emmener, j'ai senti ma poitrine s'ouvrir et mon cœur saigner. Tu es tout pour moi, Ambre. Et ce depuis ta naissance. Tu as donné un sens à ma vie le jour où j'ai saisi tes petits doigts dans ma main. Ce jour-là, j'ai su que je passerais chaque seconde de mon existence à t'aimer, te protéger et éclairer ton chemin. Malheureusement, je ne suis qu'un être humain et j'ai fait l'erreur de me détourner de mon mariage et de blesser ma femme. L'amour entre nous s'est évaporé un peu chaque jour, et je n'ai pas affronté la triste réalité que je ne la rendais plus heureuse comme je le devais. Au lieu d'essayer de sauver mon mariage et notre famille, j'ai fait les mauvais choix et je le regrette amèrement. Je l'ai compris aujourd'hui. Mais sache que peu importe ce qu'il se passe entre ta mère et moi, mon amour pour toi est incommensurable et tu pourras toujours compter sur ton vieux papa que tu aies 17 ou 40 ans. (Il pose son pouce sur ma joue pour y essuyer les larmes qui ont coulé, et je prends sa main dans la mienne.) Je t'aime, ma fille, plus que tout au monde. Alors encore une fois, je vous demande pardon à toi et maman pour tout ce qu'il s'est passé.

– Je t'aime, papa. Je suis sûre que maman te pardonnera quand elle sera prête. Elle a un grand cœur, tu sais…

– C'est tout ce que j'espère…

Après un long silence, il reprend.

– Et le jeune homme qui était là hier, c'est ton petit copain?

Je suis probablement rouge carmin.

– Oui… Il s'appelle Fabio, nous sommes dans la même classe.

– Bien, tu lui diras également que je suis désolé pour hier mais que je serais capable de bien pire s'il te fait du mal.

Nous nous sourions et un poids vient de quitter la pièce. L'atmosphère est plus légère et l'oxygène plus pur. Nous venons de nous débarrasser d'un fardeau qui ne faisait que nous éloigner l'un de l'autre. Je retrouve mon papa. Dans toute sa grandeur. Et quand il quitte la chambre deux heures plus tard, je sais que je trouverai la force de lui pardonner et d'aller de l'avant. Il a commis une grosse erreur, qui a fait énormément de mal autour de lui, mais il demande aujourd'hui le pardon et reconnaît ses échecs.

25

Ambre

Nous sommes aujourd'hui le 18 janvier.

Plus de trois mois ont passé depuis mon accident. Les premières semaines ont été difficiles. Les douleurs étaient très intenses et je réagissais plutôt mal à la morphine. À cause de mes côtes, je n'ai pas pu utiliser de béquilles pendant trois semaines. Je me déplaçais donc en fauteuil roulant. Cela m'a fait prendre conscience d'énormément de choses et j'ai décidé d'être bénévole dans une association pour les personnes à mobilité réduite dès que mon état le permettrait. La rééducation est toujours en cours et je ne manque aucun rendez-vous. Je peux maintenant poser le pied à terre et cela me soulage.

Mon père est venu me rendre visite trois fois depuis notre discussion à l'hôpital. Il loge toujours dans un petit hôtel près de chez nous et je lui ai promis de venir à Nice pour les vacances d'avril. J'ai bien entamé mon chemin vers le pardon, tout comme ma mère. Il fait énormément d'efforts et il ne m'a plus jamais demandé de revenir vivre à Nice. Il prend souvent des nouvelles de maman.

Sana m'a appelée tous les jours, plusieurs fois, pour être sûre que je me soigne correctement et que je me rétablisse. Elle m'a rendu une visite surprise pendant les vacances de Noël, et est restée plusieurs jours chez nous. Cela m'a fait énormément de bien. Je lui ai présenté Fabio, et le courant est tout de suite passé entre eux.

Avant mon accident, ma mère était déjà très inquiète pour moi, mais ce côté de sa personnalité s'est décuplé. Elle m'appelle maintenant une dizaine de fois par jour et me répète chaque matin de regarder à droite et à gauche avant de traverser. Je me fais la promesse que le jour où je serai maman, même si ce n'est pas demain la veille, je veillerai sur mon enfant comme elle veille sur moi.

Quant à Fabio, que dire?

Sa carrière a nettement évolué ces dernières semaines. Depuis deux mois, il a été appelé en équipe première de Bordeaux. Il joue maintenant en Ligue 1. Il est passé de remplaçant, entrant seulement quelques minutes avant la fin, à titulaire indiscutable. Je l'ai regardé plusieurs fois à la télévision et je dois dire que cela est assez impressionnant. Au vu du nombre de buts qu'il a inscrits, il est régulièrement interviewé. La plus grande nouvelle dans tout cela, c'est que le sélectionneur de l'équipe de France espoirs suit sa carrière de près, et a contacté le président pour l'informer qu'il était très intéressé par lui. Il devrait donc être convoqué avec les Bleuets très prochainement. C'est formidable, je suis tellement heureuse pour lui. Il est en train de réaliser son rêve et je suis près de lui pour le partager.

Malgré tout cet engouement sportif et médiatique, il a passé ces derniers mois à s'occuper de moi chaque fois qu'il le pouvait. C'est lui qui poussait mon fauteuil roulant au lycée, qui portait mes affaires, qui me rapportait les cours que j'avais ratés dès qu'il en avait l'occasion.

Aussi souvent qu'il le peut, il vient à mes rendez-vous chez le kinésithérapeute. Il pose toujours des milliers de questions aux soignants qui s'occupent de mon suivi.

Il me dit qu'il m'aime chaque matin à son réveil et chaque soir avant de me dire bonne nuit. Il est rempli d'attentions et de petits cadeaux. En somme, il est parfait et il est à moi. Je l'aime encore plus qu'il n'y a d'amour sur terre.

Cet accident nous aura permis de nous aimer indéniablement. Malgré mes blessures, nous avons passé énormément de temps à nous embrasser et découvrir mutuellement nos corps. Toujours dans ma chambre et toujours dans la limite du raisonnable. Yama et ma mère autorisaient la venue de Fabio à l'unique condition de laisser la porte ouverte. Ces deux dernières nous laissaient rarement seuls, pensant éviter que les choses ne dérapent. Mais cela ne faisait que multiplier le désir entre nous. Jamais mon corps n'a eu autant envie d'être possédé par le sien. C'en devenait douloureux. Je sais, pour l'avoir senti plusieurs fois, qu'il en meurt d'envie autant que moi.

Aujourd'hui, c'est son anniversaire. Il a 18 ans. Il n'est pas au courant mais, avec la complicité de Baptiste et Éva, nous lui avons organisé une fête surprise. Nous avons tout préparé ce matin et j'espère que ça lui fera plaisir.

J'ai tellement hâte que je n'ai pas remarqué que je me dirigeais vers la porte d'entrée sans chaussures.

Toujours aussi cruche, à ce que je vois.

J'ai omis de préciser qu'il m'a fait promettre de ne pas lui organiser de soirée et de seulement dîner en tête à tête. Heureusement pour moi, j'ai croisé les doigts dans mon dos.

Depuis minuit, je lui ai envoyé un texto toutes les heures pour lui souhaiter un joyeux anniversaire, et il est quatorze heures. S'il est agacé, il ne le montre pas. Il se contente de ne plus me répondre depuis ce matin. Quel rabat-joie ! Je lui ai donné rendez-vous ce soir dans son restaurant préféré : le Lume. C'est un établissement qui sert de la cuisine italienne. J'ai rendez-vous avec le patron cet après-midi pour déposer mon clavier. La soirée chez Éva ne sera pas son seul cadeau, il y en aura beaucoup d'autres. Il n'est pas au bout de ses surprises. Je veux que cette soirée soit parfaite.

Une fois chez moi, je me douche et prépare mon corps à toute éventualité. Je mets de la crème hydratante senteur noix de coco, me lisse les cheveux et enfile les nouveaux sous-vêtements que j'ai achetés ce matin. Ils sont noirs et en dentelle. La transparence suggérée en fait un accessoire terriblement sexy. Je passe une robe fourreau rouge, légèrement décolletée et des derbies noirs. J'opte pour un maquillage léger sur les yeux et j'applique un gloss rouge mat sur mes lèvres.

Je me dirige vers le salon et, à voir les yeux écarquillés de ma grand-mère et de ma mère, je ne suis plus tout à fait sûre de mes choix vestimentaires.

– Waouh ! s'exclame ma mère. Tu es tout simplement magnifique, ma chérie !

– Youyouyou ! fait Yama. Benthi, tu es tellement belle !

– Vous êtes sûres ? Je suis stressée !

– Allez, mets ta veste et arrête de dire des bêtises ! assène ma mère. Allons-y avant que tu sois en retard !

– Je t'aime, Yama, à demain !

– *N'babeck*, Benthi.

Je suis censée dormir chez Éva ce soir, avec ma cousine. Mais la vérité c'est que j'ai pris une chambre d'hôtel car je veux être seule avec lui, je veux dormir près de lui et lui dire à quel point je l'aime.

Je suis en avance au restaurant, je l'attends devant et en profite pour relire les messages d'anniversaire que je lui ai envoyés toutes les heures, et je ris toute seule. Lorsque je relève les yeux, il est devant moi. Les premiers mots qui me viennent en tête lorsque je le découvre sont : « Comment peut-on être aussi beau ? »

Il porte une veste cintrée noire, un jean gris et des chaussures noires en daim. Il a coiffé ses cheveux en arrière. Nom de Dieu, mais il sort d'une couverture de *Vogue* ou quoi ?

Nous nous dévorons littéralement des yeux et aucun de nous deux n'a bougé ou dit quelque chose. Il ramène sa main vers sa bouche et se passe l'index sur la lèvre inférieure. Je pense faire un malaise d'ici quelques secondes s'il n'arrête pas ça tout de suite. Il rompt le silence.

– Ambre… Tu es… tu es sensationnelle !

Il me saisit par la taille et dépose un baiser sur mes lèvres. Je passe mes bras autour de son cou.

– Et toi, tu es parfait, mon amour ! Je t'aime ! Joyeux anniversaire !

Il se penche vers mon oreille et murmure.

– Si tu me dis encore une fois « joyeux anniversaire », je te bâillonne.

Il me mordille le cou et je sens des frissons naître un peu partout sur mon corps.

Nous entrons main dans la main dans le restaurant et nous installons pour dîner. Trois jeunes femmes installées à une table lorgnent indécemment sur Fabio et gloussent comme des dindes. Je leur lance un regard qui en dit long. Sa beauté, son charisme et peut-être sa nouvelle notoriété attirent indéniablement les individus de sexe opposé, ce qui a le mérite de me faire douter de moi. Il doit le sentir car il attrape ma main pour y déposer un baiser, et me répète à quel point il me trouve belle. Je souris intérieurement.

Pendant le repas, Fabio me raconte des souvenirs d'enfance. Il me parle de ses anciens anniversaires, quand son frère était encore en vie. Je sens que cette conversation réveille une peine qu'il cherche à dissimuler au quotidien. Un vide laissé à l'intérieur de lui qu'il cherche à oublier. Il baisse les yeux, ne voulant pas que je m'aperçoive de sa tristesse.

– Mon amour, regarde-moi. (Je caresse sa joue.) Ne te cache jamais de moi… Jamais. Parle-moi de lui… S'il te plaît.

– Je… Il… Enzo était mon modèle. Nous avions quatre ans de différence. Nous étions très proches. Il m'emmenait partout avec lui et ses copains. Il m'a appris tellement de choses : faire du vélo, lacer mes chaussures, dribbler des deux pieds, imiter la signature de ma mère… Il m'aidait pour les devoirs et couvrait mes bêtises. J'ai demandé à mes parents de m'inscrire au football car il en faisait et que je voulais jouer avec lui. Je m'entraînais tellement, qu'à l'âge de 10 ans, mes entraîneurs parlaient déjà d'agent, de centre de formation, etc. Mes parents se sont mis à suivre mon évolution de près et mon frère a commencé à avoir de mauvaises fréquentations. C'est là que la descente aux enfers a débuté. D'abord les sorties, la cigarette, puis l'alcool, les gardes à vue, la drogue. Les bêtises étaient de plus en plus importantes. Parfois, nous restions sans nouvelles de lui pendant des jours. Il est vite devenu accro à ces merdes, et sa seule obsession était de s'en procurer. Comme mes parents ne lui donnaient plus d'argent, il le cherchait là où il pouvait et parfois auprès de mauvaises personnes. (Il serre plus fort ma main.) L'année dernière, il m'a appelé quelques semaines avant mon anniversaire et m'a demandé de lui envoyer de l'argent car il en devait beaucoup à des types peu fréquentables. Il semblait si effrayé que je n'ai pas hésité un seul instant et je lui ai fait un virement. Il est mort quelques jours plus tard. D'une overdose. (Cette fois, c'est moi qui serre sa main et je ne peux retenir mes larmes de couler.) Lorsque j'ai appris la nouvelle, j'étais tellement en colère contre lui que j'ai tout cassé dans ma chambre. Je n'arrivais plus à contrôler mes gestes et mes pensées. Ils étaient cinq sur moi à essayer de me maîtriser. Quand j'ai fini par lâcher prise, la culpabilité m'a assailli et ne m'a jamais quitté depuis. Mon père a été dévasté et je crois que ma mère a davantage souffert du qu'en-dira-t-on que de la perte de son enfant. Encore aujourd'hui, j'en veux à mon grand frère de m'avoir abandonné. J'avais encore besoin de lui… mais il n'est plus là…

Un silence s'installe et je sais que ce que je m'apprête à dire doit lui montrer à quel point je le soutiens.

– Mon amour, tu dois lui pardonner et te pardonner. Le pardon est la plus grande forme d'amour qui soit. Pardonner, c'est dire au revoir à la colère et laisser s'enfuir la douleur avec elle. C'est accepter les erreurs du passé pour trouver le chemin de l'avenir. Ton frère a laissé son empreinte sur toi. Ne serait-ce que par votre passion commune, qui t'a amené ici, aujourd'hui. Il a fait les mauvais choix au mauvais moment. Pour autant, ça ne fait pas de lui une mauvaise personne. Je le vois, dans la manière que tu as de parler de lui, qu'Enzo était quelqu'un de bien. Aujourd'hui, il n'est plus là physiquement, mais il est partout autour de toi, j'en suis persuadée…

– Tu es un ange sur terre. Tu le sais, ça? Tu es entrée dans ma vie grâce à un foutu ballon, à un moment où je perdais espoir et tu m'as redonné l'envie de déplacer des montagnes. Jamais je ne te laisserai me filer entre les doigts, j'espère que tu en es consciente…

– Tu n'es pas au bout de tes surprises, mon amour…

Je me lève et me dirige vers mon clavier. Il m'observe, dubitatif, et son regard en dit long sur l'attirance sexuelle entre nous. Je n'ai pas hésité longtemps avant de me décider sur la chanson que je m'apprête à lui interpréter ce soir. Une seule mélodie reflète ce que je ressens actuellement. Qu'il est mon tout, mon évidence.

Que certaines personnes courent après la gloire, la beauté et la célébrité, quand moi je ne rêve que d'une chose : plonger dans ses beaux yeux dorés chaque jour de ma vie et pour l'éternité. Alors, je le fixe, lui souris, allume le micro et déclare :

– Mesdames et messieurs, bonsoir. Je m'appelle Ambre, je me permets de vous déranger quelques instants. Aujourd'hui est un jour très spécial. C'est l'anniversaire du mec super canon assis à la table juste là. Il fête sa majorité. (Les clients du restaurant crient et sifflent.) Oui, mon amour, c'est un moment un petit peu gênant, désolée !

Il sourit nerveusement, pose ses coudes sur la table et joint ses mains devant sa bouche.

– Vous allez sûrement penser que ce que je vais dire est niais mais, tant pis, je vais le dire quand même. Ce jeune homme est l'homme de ma vie ! La raison pour laquelle mon cœur bat plus vite et plus fort que jamais ! Je l'aime inconditionnellement. Il est le tout dont j'ai besoin pour me sentir vivante et je me battrai chaque jour pour le rendre heureux, parce que si je ne l'avais pas dans ma vie, rien n'aurait plus aucun sens, aucun goût. Alors, Fabio Giordano, je t'aime jusqu'à la fin de l'Univers et bien au-delà. Cette chanson est pour toi...

Je pose délicatement les doigts sur mon clavier et entame « If I Ain't Got You » d'Alicia Keys. Les paroles parlent pour moi, il n'y a rien d'autre à ajouter. Si je n'avais pas Fabio près de moi, strictement rien n'aurait de saveur. Il est l'inaltérable et l'indubitable bonheur de mon existence. Le tout et son contraire. Ma force et ma faiblesse. Ma joie et ma tristesse. Mes sourires et mes tourments. Ma blessure et son unique guérison. Je chérirai chaque minute passée auprès de lui car il est la pièce du puzzle qui manquait à mon être pour me sentir entière. Certains diront que je suis trop jeune et que je ne connais encore rien à l'amour. Ils auront peut-être raison. Ou peut-être pas. À vrai dire, cela n'a aucune importance. Surtout quand il me regarde comme il est en train de le faire. Comme si j'étais la réponse à toutes ses questions. Comme si mon corps était né pour le sien. Comme si nous étions seuls dans cette pièce. Cet amour nous appartient, quoi qu'ils en disent. Personne ne pourra jamais voler la magie de ce moment. La fin du monde peut sonner, cela m'importe peu. J'ai trouvé ce pour quoi je suis là. Et il est devant moi, les yeux scintillants d'émotion.

Quand le refrain arrive, c'est maintenant à mon tour d'être inondée de sentiments indicibles. J'ai peur de me réveiller. Peur que tout ceci ne soit qu'un mirage créé par mon esprit. J'appuie plus vigoureusement sur les touches de mon piano pour me redonner contenance mais je ne quitte pas un seul instant son regard. Il me donne la force et me renvoie au centuple chaque mot qui s'échappe de mes lèvres. Sans en comprendre la raison, je sens une larme ruisseler sur ma joue et finir sa course sur ma main.

Ressent-il à quel point je meurs d'amour pour lui? À quel point mon âme lui appartient? En a-t-il seulement conscience? À jamais et pour toujours, mon être tout entier est à lui.

À la fin de la chanson, les clients du restaurant se lèvent et applaudissent. J'entends même des «t'en as de la chance, mon gars!» et des «j'en connais un qui va passer une bonne soirée!»

À cet instant, tout est trouble, seul son visage apparaît distinctement. Il quitte la table et nous avançons l'un vers l'autre. Il passe ses mains derrière ma tête et prend possession de mes lèvres avidement. Il me serre tellement fort… comme si je pouvais lui échapper. Je réponds à son étreinte éperdument. Ce sont les huées de la salle qui nous ramènent à la raison. Je souris contre ses lèvres et il me dépose de nombreux petits baisers sur le visage tout en répétant qu'il m'aime. Je suis intimement persuadée que ce moment restera le meilleur de toute mon existence et je n'ai jamais été aussi sûre de moi quant à mon avenir près de lui. Peu importe où, peu importe comment. Je suis unie à lui de toutes les façons qui soient. Je mime un merci et il me guide vers notre table.

– Je t'aime, ma princesse! Merci pour ce moment, merci pour tout! Tu me rends tellement heureux! Ne me laisse jamais…

– Jamais…

26

Ambre

Nous mangeons notre repas, mains unies et regards soudés. Il ne se doute pas un seul instant que la soirée ne fait que commencer.

Lorsque nous quittons le Lume, il est vingt-deux heures. Victor, un de ses coéquipiers, doit nous récupérer en voiture et nous amener chez Éva. Il faut maintenant que je réussisse à convaincre Fabio de me laisser lui bander les yeux. Je sors le foulard noir que j'ai piqué à ma grand-mère et lui fais mon plus beau sourire.

– Tu me fais confiance, Fabio ?

– Absolument. Mais quand tu souris comme ça, tu me fais carrément flipper !

– Je vais te bander les yeux !

– C'est une proposition cochonne… ?

Je lui mets une tape sur la tête.

– Tourne-toi et tiens-toi tranquille !

– OK, chef !

C'est beaucoup plus facile que je ne le pensais. Il n'a montré aucun comportement réfractaire. Je le guide jusqu'à la voiture mais oublie malencontreusement de lui dire de se baisser pour pénétrer dans le véhicule.

– Aïe, putain ! Ambre, à l'instant où j'enlèverai ce truc sur mes yeux, tu vas me le payer !

– Mais je t'ai dit de te baisser ! Tu ne m'écoutes pas ou quoi ?

– Tu ne m'as rien dit, menteuse !

– Bien sûr que si ! Mais t'étais encore trop occupé à me reluquer !

– J'ai les yeux bandés, idiote !

Je pouffe silencieusement et je sens qu'il stresse quand le véhicule démarre. J'envoie un SMS à Éva pour la prévenir de notre arrivée. Je n'en reviens toujours pas qu'elle ait accepté de nous laisser fêter l'anniversaire de Fabio chez elle. Nous nous sommes énormément rapprochées depuis mon accident. Elle est venue me rendre visite presque tous les jours à l'hôpital, puis à la maison pour me changer les idées. Toujours accompagnée de Léona, Cyril et Noëly. Nous sommes inséparables depuis.

Une fois devant la maison, je le guide pour éviter qu'il ne se cogne encore. Nous montons les marches du perron sans heurts et entrons dans la maison. Nous sommes accueillis par un « SURPRIIIIIIIISE » et des « JOYEUX ANNIVERSAIRE ». Fabio retire son bandeau et découvre les invités. Presque tous les joueurs de son équipe sont là, ainsi que quelques filles du lycée, dont ma cousine et Noëly. Ses parents arrivent seulement le lendemain.

Il me saisit la taille, me tire brusquement vers lui, m'embrasse dans le cou et me dit merci. Il est ensuite kidnappé par ses coéquipiers qui lui font faire toutes sortes d'activités pour célébrer sa majorité. Lorsqu'il souffle les bougies, tout le monde lève une coupe de champagne et trinque à sa santé. Nous nous autorisons seulement un verre chacun. Fabio lève sa flûte et entame un petit discours.

– Bon, les gars ! Je ne suis pas très doué en causerie mais je tiens à tous vous remercier pour cette fête et pour votre présence ! Je suis très touché ! Et, bien évidemment, Ambre, merci à toi, princesse. Pour ça et tout le reste. Je t'aime !

– Coin, coin ! Joyeux anniversaire, petit canard ! crie Baptiste.

Tout le monde rit.

– Je suis le plus heureux des canards ! lui répond Fabio.

Deux heures plus tard, je préviens ma cousine et Éva que nous allons partir. Je veux être seule avec lui. Elles savent qu'elles doivent me couvrir. Mais Fabio ne sait rien. Il est convaincu de dormir au centre. Il n'envisage pas une seconde que, quelques jours auparavant, j'ai demandé à Baptiste de soudoyer son coach pour qu'il puisse passer la nuit ailleurs et que ce dernier a accepté. Il ne se doute pas que son meilleur ami a préparé son sac pour la nuit et qu'il la passera à mes côtés. Je le rejoins dans le salon et lui murmure à l'oreille :

– J'ai une dernière surprise pour toi... Tu me suis?

– Jusqu'au bout du monde, princesse...

Une fois dehors, je lui repasse le bandeau sur les yeux et il ne dit rien. Nous montons de nouveau avec Victor, qui nous dépose devant l'hôtel Mercure. Je fais descendre Fabio et il me suit sans dire un mot. Je remercie son ami et nous avançons vers l'entrée. Je l'installe à l'accueil et le prie de ne pas bouger. Il obéit sans ciller. Je récupère la carte de notre chambre et prends conscience de ce que je m'apprête à faire ce soir.

Lorsque j'ouvre la porte, je découvre une pièce aux couleurs chaudes. Le lit est collé à un mur de briques dont s'échappe de la lumière. Un lampadaire avec un pied en bois, une cheminée factice et un tapis à poils longs confèrent une atmosphère chaleureuse et propice à l'amour.

Je dépose mon manteau sur le fauteuil et me retourne pour l'observer. Il n'a pas dit un mot. Je m'approche de lui et prends ses mains dans les miennes. Je le sens se détendre et dépose un tendre baiser sur ses poings serrés.

C'est maintenant le moment de lui redonner la vue. Je lui retire le bout de tissu en lui souhaitant un joyeux anniversaire. Lorsque ses yeux dorés sont enfin libres, il scanne la pièce, dubitatif, et sourit allègrement.

– Tu es à moi pour toute la nuit, Fabio...

Je m'approche timidement de lui et fais glisser sa veste le long de ses épaules. Il ne bouge pas et me fixe intensément. Je déboutonne un à un les boutons de sa chemise et la lui retire délicatement. Je détaille chaque centimètre de sa peau et mes doigts ne peuvent s'empêcher de caresser la colombe tatouée sur son épaule. J'ai l'impression de le découvrir pour la première fois. Mes doigts continuent leur chemin sur ses pectoraux, puis ses abdominaux contractés, et je remarque que son torse se soulève de plus en plus rapidement. Sa respiration s'accélère. Lorsque nos yeux se croisent, le désir me consume lentement. Il passe son pouce sur ma lèvre inférieure et rapproche son visage du mien. J'attends qu'il soit au plus près et fais barrage avec mon index. Je recule de quelques pas, me débarrasse de mes chaussures, lui tourne le dos et l'invite à descendre la fermeture de ma robe. Il s'avance et décale tous mes cheveux sur une de mes épaules. Sa bouche fond dans mon cou et déjà les frissons me gagnent. Je pense qu'il va poursuivre ses assauts sur le creux de ma nuque mais il rompt le silence chargé de désir :

– C'est ce que tu veux, bébé ? Tu en es sûre ?

– Je n'ai jamais été aussi sûre de toute ma vie. Je t'aime. Enlève-la, s'il te plaît…

Il descend minutieusement la fermeture tout en effleurant mon dos du revers de ses doigts. La chaleur envahit l'intérieur de mes cuisses, que je suis obligée de contracter pour apaiser le tourbillon de sensations qui s'abat sur moi. Je laisse ma robe finir sa course sur le sol et me retourne vers lui. Dans quelques minutes, il découvrira une autre preuve de l'amour que je lui porte.

– Tu es tellement belle…

– Embrasse-moi, Fabio !

Il s'avance, nos bustes se touchent et un incendie se propage sur ma peau. Puis nos bouches se rencontrent à leur tour. Elles entament une valse passionnée. Mes pieds quittent soudain le sol quand il me soulève, et mes jambes enserrent instinctivement son corps. Il marche vers le lit et me dépose, comme si j'étais faite de cristal. Il se redresse et retire sensuellement son jean.

Il est maintenant face à moi, en caleçon. Si mon intimité est déjà prête à l'accueillir, je peux affirmer qu'il en est de même pour lui. Il rejoint le lit et vient s'installer entre mes jambes. Nos visages sont tout près et il déplace une mèche de cheveux, seul rempart entre nos lèvres.

– Je t'aime, Ambre. Je te jure que je vais passer ma vie à te rendre heureuse.

***

Fabio

Je crois rêver. Cette image ne peut être vraie. Elle est là, sous moi, à moi, prête à me faire le plus beau cadeau qui soit. Me laisser être son premier.

J'ai imaginé ce moment tellement de fois… Jusqu'à en perdre le sommeil. Je devinais son corps à travers ses vêtements. Ce soir, je peux attester que la réalité est loin du fantasme. Ambre est tout simplement magnifique. Chaque courbe de son corps me donne le tournis. J'ai peur de faire un geste maladroit, ou de lui faire mal. Pourtant, je sens que lui faire l'amour devient vital. Je veux la posséder de toutes les manières qui soient. L'aimer de toutes les façons possibles.

Cet ensemble en dentelle noire est le dernier obstacle à l'union de nos corps. Mais je veux continuer à l'admirer avant de l'enlever.

Je m'approche d'elle et l'embrasse comme si ma vie en dépendait. Elle me répond en miroir. Notre baiser devient plus profond et j'appuie mon intimité impatiente contre la sienne. Je suis à deux doigts d'imploser mais je veux lui faire l'amour, la sentir autour de moi. Je dépose des dizaines de baisers dans son cou et ma main caresse langoureusement sa poitrine. D'abord sur le tissu, puis en dessous.

Ses gémissements ont raison de moi. Je ne vais pas pouvoir tenir longtemps si elle continue ainsi. Son audace m'a agréablement surpris lorsqu'elle a retiré ma chemise et qu'elle m'a invité à lui ôter sa robe. Alors je me délecte et déglutis péniblement quand elle retire son soutien-gorge.

Ce que je découvre me laisse sans voix. Je cligne plusieurs fois des yeux pour être sûr de ne pas halluciner. Je passe mon pouce sur le tatouage qu'elle arbore en dessous de son sein gauche. La lettre « F » orne maintenant son corps. Je la regarde, stupéfait, et elle sourit.

Si l'amour ne m'avait pas déjà pris en otage, ce serait maintenant chose faite. Nous n'avons pas besoin de parler, nos yeux le font à notre place. Mon pouls s'accélère et mon envie d'elle est maintenant décuplée.

J'embrasse d'abord son tatouage plusieurs fois, pour être sûr qu'il est réel puis je dirige ma bouche vers les deux monts de sa féminité afin de la goûter. Elle se cambre et tire sur mes cheveux à chaque coup de langue sur ses seins. Je laisse ma main se faire un chemin vers son dessous et glisse mes doigts sous l'élastique.

Elle m'autorise à continuer en soulevant impatiemment son bassin. Le plaisir que lui procurent mes caresses intimes la transcende et sa respiration est de plus en plus saccadée. Elle semble au bord du précipice et elle est en train de m'entraîner avec elle. Mes doigts continuent à jouer avec son point sensible le plus secret et mes lèvres entourent toujours le sommet de sa poitrine. Je descends ma main et guide l'un de mes doigts à l'intérieur d'elle. Elle geint plus intensément, alors je laisse un deuxième doigt enrichir sa délectation. Lorsqu'elle s'approche du point de non-retour, je retire le dernier vêtement entre nous.

Elle me désigne son sac à main.

Je réalise alors qu'elle a tout prévu et récupère donc le petit sachet en plastique. Je me libère de mon caleçon et enfile le préservatif. Je regagne le lit et me place entre ses jambes. Elle ne sait pas à quel point je suis stressé, à quel point je pense à son bien-être et à la peur de la douleur qu'elle pourrait ressentir. Elle encercle mon visage de ses mains et m'embrasse passionnément.

– Fais-moi l'amour, Fabio.

Ces cinq mots mc font perdre la tête. Je passe mes bras sous ses épaules et ancre mon corps au sien. Elle m'enlace avec ses jambes pour me rapprocher davantage d'elle. Je suis devant son intimité, sentant l'infime partie qui m'empêche d'être entièrement en elle. Elle se presse avidement contre moi. Il faut qu'elle cesse d'être aussi impatiente car ma jouissance n'est plus très loin. Je la regarde fixement et commence à entrer légèrement en elle. Je sais qu'elle est prête, je l'ai sentie sous mes doigts. Je force doucement et elle bloque sa respiration.

– Je t'aime, princesse. Dis-moi si je te fais mal et j'arrête sur-le-champ.

– Non, ne t'arrête pas, continue…

Le dernier obstacle à notre symbiose cède doucement et je la pénètre de plus en plus profondément. Une certaine appréhension me gagne, mais ses caresses et ses baisers m'autorisent à continuer. J'entame un lent va-et-vient et j'ondule mon bassin au rythme de sa respiration. Elle est de moins en moins serrée à chaque mouvement, et nous commençons à harmoniser notre plaisir. Nos bouches s'emprisonnent et nos cœurs battent à l'unisson.

– J'ai tellement rêvé de ce moment, Ambre, c'est au-delà de tout ce que j'avais imaginé ! soufflé-je.

Elle ne répond pas mais ses suppliques parlent pour elle. Je donne davantage d'intensité à mes assauts et je suis sur le point de jouir. Nos respirations s'accélèrent, ses gémissements se font plus forts et son corps est pris d'infimes secousses qui ont raison de moi. L'extase s'empare de mon être et je m'enfouis en elle une dernière fois avant de libérer ma jouissance et de geindre d'un plaisir divin. Je m'allonge sur elle, haletant et à bout de souffle.

Nous avons fait l'amour. Je lui ai fait l'amour. Jamais je ne pourrai être aussi heureux qu'à ce moment précis. D'autant plus quand j'aperçois de nouveau l'initiale de mon prénom. Je suis son premier, celui dont elle se souviendra toujours, et elle est mon tout. Jamais je ne cesserai de l'aimer.

– Je t'aime, Ambre.

– Je t'aime, Fabio.

27

Ambre

Il n'y a aucun mot assez fort pour exprimer ce que je ressens. Y a-t-il un sentiment au-delà de l'amour ? Car là, tout de suite, c'est beaucoup plus fort que ça.

Ce soir, je me suis dévêtue devant lui, laissant ma timidité et mon inexpérience derrière moi, pour être cette fille sûre d'elle et de sa décision de lui offrir sa virginité.

J'ai remarqué sa stupéfaction quand je lui ai pour ainsi dire ordonné d'enlever ma robe. Puis, l'intensité au fond de ses prunelles dorées quand j'ai mis ma poitrine à nu, ainsi que le petit tatouage qui pare maintenant le haut de mes côtes. Cette marque éternelle représente la démesure de l'amour que je lui porte. Personne n'est au courant de ce dessin, je l'ai fait secrètement il y a quelques jours. Cela peut sembler dingue et irréfléchi, et pourtant je n'ai jamais été aussi sûre de moi.

Nous restons imbriqués quelques minutes. Sa respiration s'est ralentie et je lui caresse les cheveux. Même si certains ressentis n'étaient pas usuels et quelque peu douloureux, ce moment restera à jamais gravé dans ma mémoire comme l'un des plus merveilleux. Ses paroles, ses gestes, sa douceur, sa prévenance… Tout était parfait. Il se retire doucement et je me sens vide tout à coup. Je ne veux pas qu'il s'éloigne, je le veux tout près.

– Où vas-tu ? demandé-je.

– Prendre une douche, mon cœur. D'ailleurs, tu vas venir avec moi ! Je t'ai dit que je ne te laissais plus…

Il me sort du lit et me porte telle une jeune mariée devant passer la porte de la chambre dans les bras de son mari. Il me pose sur la mosaïque de la douche italienne. Pendant que nous nous savonnons, je vois qu'il ne quitte pas mon tatouage du regard et je remarque l'étincelle dans ses yeux.

– Quand est-ce que tu l'as fait ?

– La semaine dernière…

– Je ne sais pas quoi dire… Ça me touche énormément, bébé…

– Ah mais, attends ! C'est pas ce que tu crois… Le « F », ce n'est pas pour Fabio…

Je vois la gêne s'emparer de lui.

– Ah, je pensais que…

Je reste sérieuse de longues secondes puis j'éclate de rire.

– Si tu voyais ta tête…

– Je rêve ou tu es en train de te moquer de moi ?

Il s'approche dangereusement et commence à saisir mes côtes, point le plus chatouilleux de tout mon corps. J'essaie de me débattre mais il a beaucoup plus de force que moi.

– Dis pardon et j'arrête, Ambre !

– Jamais ! haleté-je entre deux crises de rire.

– Bon ben, tu l'auras voulu !

Il appuie de plus belle.

Je réussis à m'extirper de la douche, trempée, mais il ne lâche pas le morceau et se met à me courir après. Bien évidemment, l'eau, le carrelage et mes deux pieds gauches ne font pas bon ménage et je finis ma course directement par terre et nue. J'essaie de cacher ma nudité pendant que Fabio se moque ouvertement de ma chute et viens me rejoindre au sol. Il s'allonge sur moi.

– Ne te cache jamais de moi… Maintenant, j'attends tes excuses, Ambre… (Je l'embrasse et remue légèrement mon bassin.) Ne triche pas, tu ne m'auras pas comme ça… J'attends un « Pardon, Fabio, le "F" est effectivement pour toi car tu es l'homme le plus fabuleux sur terre. »

Je me love contre lui, et l'embrasse fougueusement cette fois-ci. J'enlace mes jambes autour de lui pour atténuer la distance entre nous. Il approfondit le baiser et très vite, ce qui n'était qu'un jeu innocent, se transforme en éruption de tentation charnelle et de concupiscence. Je stoppe un instant le baiser, prends son visage entre mes mains et le force à ancrer son regard dans le mien.

– J'ai fait ce « F » pour toi, mon amour. Pour t'avoir sur ma peau et près de mon cœur pour l'éternité. Pour penser à toi chaque fois que tu ne seras pas près de moi. Pour me rappeler combien je t'aime et combien tu as changé ma vie.

– Je t'aime tellement… Et là, tout de suite, j'ai encore très envie de toi mais… je ne voudrais pas que tu aies mal…

Pour répondre à son inquiétude, je prends possession de sa bouche. Nos lèvres s'étreignent de nouveau et je sens son envie grandir. Il saisit un préservatif dans mon sac, juste à côté de nous. Nous refaisons l'amour à même le sol. L'union de nos corps est d'une telle exaltation que j'ai l'impression que mes yeux se révulsent. Il y a tellement d'amour entre nous, de passion, que j'en ai le souffle coupé.

Après avoir repris une douche, nous allons nous coucher. Nous nous apprêtons à passer notre première nuit ensemble, dans les bras l'un de l'autre. Nous nous emboîtons parfaitement et je sens le sommeil me gagner peu à peu. J'ai seulement le temps de lui souhaiter un dernier « joyeux anniversaire » et de l'entendre me remercier.

***

Lorsque je me réveille, je remarque qu'il est toujours endormi. Je l'observe un instant. Les traits de son visage ont l'air paisibles et il donne même l'impression de sourire. Je me sens différente ce matin. J'ai l'impression d'avoir passé un cap dans ma vie de jeune femme.

Rien n'aurait pu être plus parfait. J'essaie de photographier ce moment dans ma mémoire, pour ne jamais l'oublier.

Je me lève et me dirige vers la salle de bains. J'observe mon reflet dans le miroir. J'y vois une fille heureuse, épanouie et chanceuse. Je souris et remercie la vie de me permettre de me sentir aussi bien. J'observe mon tatouage et mesure à quel point cet amour est fou et irrationnel. Je secoue la tête quand son visage apparaît dans le miroir. Il s'approche, décale mes cheveux sur l'une de mes épaules et m'embrasse tendrement dans le cou.

– Comment va ma princesse ? A-t-elle bien dormi ?
– J'ai passé une très bonne nuit… Et toi ?
– Bof… Je ne savais pas que tu ronflais comme une locomotive !
– Quoi ? Mais non ! Je ne ronfle pas, n'importe quoi !
– Va dire ça à ceux de la chambre d'à côté qui sont venus toquer en pleine nuit à cause du bruit !
– Pff… Je ne te crois pas !
– C'est pas grave, bébé ! Je t'aime quand même, tu sais !
Il se met à rire et je fais semblant d'aller bouder sur le lit. Il lui faut moins d'une minute pour venir vers moi et, dès qu'il est assez près, je lui balance un oreiller sur la tête de toutes mes forces.
– Et bim, dans ta face, Monsieur « je fais des blagues nulles de bon matin ».
Il me fixe, l'air impassible.
– Qu'est-ce que tu viens de faire là ?
Il contourne le lit et avance vers moi.
– Je viens de te remettre les idées en place…
Je dis ça tout en me mettant debout sur le lit.
– Viens me le dire en face pour voir !
Je saisis le deuxième oreiller…
– Ne t'approche pas ou je n'hésiterai pas une seconde à te refaire le po…
Je n'ai pas le temps de finir ma phrase qu'il monte sur le lit, saisit mes genoux et me fait chavirer en arrière. Bon, très sincèrement, je pense que ma dignité vient de me souhaiter bonne chance et de se faire la malle. Je n'ai pas le temps de réaliser ce qu'il vient de se passer qu'il est sur moi, bloquant mon corps avec ses jambes et tenant mes bras au-dessus de ma tête avec seulement une main. J'ai beau gigoter dans tous les sens, le seul résultat que j'obtiens est qu'il met plus de force et de poids pour me maintenir immobile.
Tu es faite comme un rat ! se moque ma conscience.
– Alors, bébé ? Je te repose la question. Qu'est-ce que tu viens de faire avec ces coussins ?
De sa main libre, il appuie dans le creux de ma clavicule.

– Moi ? Rien, je faisais un peu de ménage, c'est tout !

– Ah et le « Bim, dans ta face » c'était pour qui alors ?

Il appuie un peu plus.

– Pas pour toiiiiiiiiiiiiiii ! hurlé-je.

– Oh, bébé, tu me mens ? À moi ? Tutututututut ! (Il continue de me chatouiller et je continue de crier.) Allez, excuse-toi et je te laisse aller t'habiller pour le petit déjeuner !

– Pardonnnnnnnnn ! Pardonnnnnnnn ! Arrête, s'il te plaît !

– Non, tu peux mieux faire, j'en suis sûr !

– Pardon, mon cœur ! Je t'aime !

– Ah, on y est presque ! Encore un petit effort !

– Pardon, l'amour de ma vie, tu es le meilleur petit copain de l'Univers et le plus sexy aussi et désolée d'avoir ronflé cette nuit.

– Ah ben voilà, c'était pas si difficile ! Allez, va t'habiller maintenant, je meurs de faim !

Il me libère et je me dirige vers la salle de bains.

– Pff, je me vengerai, marmonné-je.

– Quoi ? Tu as dit quelque chose ?

– Non, non…

Après cet intermède de chamailleries, nous descendons et nous installons pour prendre le petit déjeuner. Nous reparlons de la soirée de son anniversaire. Il n'en revient toujours pas. J'avoue que nous nous sommes tous surpassés pour lui offrir une belle surprise. D'ailleurs, c'est le moment de lui donner mon dernier cadeau. Il s'agit d'un bracelet en argent, sur lequel est gravé « Je serai partout là où tu es ».

Cette phrase signifie tellement pour moi. Lorsqu'il découvre son présent, il semble ému. Je lui passe autour du poignet et il m'embrasse fougueusement et passionnément.

– Je suis vraiment trop gâté. J'ai l'impression de vivre un rêve. Merci, bébé. Pour tout.

– On n'a pas tous les jours 18 ans…

Nous sommes interrompus par la sonnerie de son téléphone. Il dit qu'il doit répondre car c'est le président de son club. J'entends seulement des bribes de conversation mais les yeux de Fabio sont remplis d'étoiles. Il s'agit probablement d'une bonne nouvelle. Au bout de quelques minutes, il raccroche et se mord la lèvre inférieure.

– Bébé, ça y est, c'est officiel. Mon président vient de m'annoncer que le sélectionneur l'a appelé pour me convoquer pour les deux prochains matchs amicaux de l'équipe de France espoirs qui auront lieu le 21 mars contre les Allemands et le 25 mars contre la Suisse. Je pars donc plusieurs jours en Allemagne, avant de revenir en France et je m'entraînerai tous les jours avec eux. Je n'en reviens pas. J'en ai tellement rêvé…

– C'est génial, mon cœur, ça ne m'étonne pas. Je t'ai dit que tu ferais de grandes choses. Je suis tellement fière de toi ! Et tellement heureuse !

– Tu es mon ange gardien, bébé !

– Tu ne dois ta réussite qu'à ton talent et ton travail, Fabio !

– J'ai tellement hâte d'annoncer la nouvelle à mon père ! Il ne va pas y croire !

Nous passons le reste du petit déjeuner à discuter des Bleuets. Il m'explique le fonctionnement de cette équipe nationale. Elle rassemble les meilleurs joueurs français de moins de 21 ans. Lorsque les joueurs sont appelés par le sélectionneur, ils sont libérés de leur club respectif pour une à deux semaines. Ils font également les mêmes compétitions que l'équipe de France A. Je suis assez impressionnée par toutes ces informations. Fabio fait donc partie des vingt-trois meilleurs jeunes joueurs de France.

C'est un tournant dans sa vie, dans sa carrière. Je suis tellement fière de lui. Je partage son bonheur et je suis aussi heureuse que lui. Les portes s'ouvrent et son rêve prend vie.

28

Ambre

Nous descendons de notre petit nuage tout doucement. Ma jambe est un peu douloureuse aujourd'hui. Entre la chute d'hier soir et notre petite querelle de ce matin, mon tibia me rappelle qu'il est encore fragile.

Après avoir flâné dans le centre-ville de Bordeaux, nous devons rejoindre ses parents pour le déjeuner.

Cela ne m'enchante guère. Je n'ai eu qu'une seule occasion de revoir Caroline depuis mon accident, et son comportement à mon égard n'a pas changé.

Bien au contraire.

Elle redouble d'efforts pour supporter ma présence et feint de se montrer agréable. Mais dès qu'il n'y a plus aucun spectateur, son regard froid me cisaille les entrailles. Je ne parviens toujours pas à comprendre la haine qu'elle nourrit à mon intention.

Lorsque nous franchissons les portes du restaurant, nous sommes accueillis par Selena, qui se précipite dans les bras de son frère. Elle nous guide ensuite jusqu'à notre table.

La majorité, ça se fête. Cela va sans dire. C'est donc une dizaine de personnes qui sont installées autour des parents de Fabio. Parmi elles, la chevelure blonde que je redoute tant apparaît. Fabio m'a prévenue. Son agent étant aussi le père de Charlotte et un ami de la famille, il allait être présent avec sa fille chérie. C'est d'ailleurs lui qui s'avance vers nous à présent.

– Ah! Mon poulain aux jambes d'or! Joyeux anniversaire! J'espère que tu n'as pas trop donné dans l'excès hier soir.

– Non, rassure-toi, Christian! J'ai été on ne peut plus raisonnable!

– Tant mieux! Tu es en train de battre de nombreux records, mon petit! Il faut que ça continue! (Il regarde derrière Fabio et m'aperçoit.) Tu dois être la fameuse Ambre!

– En personne, monsieur. Enchantée.

Je lâche ma béquille pour lui serrer la main.

Fabio se dirige vers ses parents et Giovanni l'étreint chaleureusement avant de venir me faire la bise. Quant à Caroline, elle embrasse son fils et me fait un signe de tête. Les hostilités sont lancées.

Après que nous avons salué tout le monde, sa mère lui fait signe de s'installer à côté d'eux, où elle n'a gardé qu'une place. Je me retrouve donc assise à côté de Christian et, ironie du sort, en face de Charlotte.

Malgré les supplications de Fabio, que je parviens à déceler dans son regard, je décide de rester à cette place. Je ne veux pas me faire remarquer alors que le déjeuner n'a pas encore débuté.

Lorsque les entrées sont déposées, Fabio se lève et décide de faire un petit discours improvisé, dans lequel il remercie tout le monde d'être là.

– Et surtout, merci à toi, mon amour ! Grâce à toi j'ai passé l'un des plus beaux anniversaires de ma vie. Je t'aime. Une pensée pour toi, mon frère...

Tout le monde l'applaudit et son père le serre dans ses bras. Je les regarde, touchée par ce geste, et tombe sur le regard glacial que Caroline m'adresse. Je détourne immédiatement le mien et me concentre sur Fabio, qui a repris la parole.

– J'ai aussi une grande nouvelle à vous annoncer. J'ai été sélectionné en équipe de France espoirs pour les deux prochains matchs amicaux au mois de mars.

Son agent le félicite, ses parents sont fous de joie et Charlotte me dévisage, envieuse. Je dirais même qu'elle me toise. Comme si elle ne comprenait pas qu'il m'ait choisie à sa place.

Le déjeuner poursuit son cours, et la discussion tourne principalement autour de la grande nouvelle du jour. Mes voisins de table ne m'adressant pas la parole, j'ai quelques difficultés à entrer dans les échanges. Je me tiens donc à l'écart. Alors que Charlotte vient de quitter la table, Christian se penche vers moi et entame une tirade presque chuchotée.

– Écoute-moi bien, ma petite… En tant qu'agent, ma priorité est d'offrir la meilleure carrière possible à mes protégés. Fabio est un joueur de grand talent, comme on en voit une fois toutes les décennies. Un bel avenir s'offre à lui. Il y a déjà plusieurs clubs étrangers qui voudraient l'accueillir. Mais pour qu'il réalise son rêve, il doit être concentré. Je ne tiens pas à ce que votre amourette soit un frein à ce qui l'attend. Nous savons tous les deux que votre histoire n'est que temporaire. J'espère donc que tu sauras rester à ta place le moment venu, et que tu ne seras pas un obstacle à sa réussite. Je pense que tu es assez intelligente pour faire les bons choix. J'espère que les choses sont claires.

Je déglutis péniblement et demeure estomaquée sous le coup de ses mots. Je ne m'attendais pas du tout à ça. Je n'ai pas le temps de répondre qu'il va s'installer près de Fabio en attendant l'arrivée des plats. Et alors que je suis encore abasourdie par cet échange, Charlotte réapparaît devant moi, s'assied et me fait signe de m'approcher d'elle.

– Je tiens à te prévenir, car je me bats toujours à la loyale. Sache que je ferai tout pour le récupérer. Peu importe le temps que ça prendra. Non mais, regarde-toi et regarde-moi ! Il me reviendra, sois-en certaine !

Note à moi-même : reposer délicatement le couteau à viande.

Je ne réponds pas à ses invectives et m'excuse pour me rendre aux toilettes. En voyant Charlotte et son père, l'expression « les chiens ne font pas des chats » prend terriblement tout son sens. Je m'isole dans une cabine pour reprendre mes esprits et me donner contenance. Lorsque j'en sors, je me trouve nez à nez avec Caroline. J'en fais tomber ma béquille sous le coup de la surprise. Je me penche pour la ramasser mais elle pose son pied dessus.

– J'espère que tu as conscience que ta présence ici n'est toujours pas plus acceptable qu'auparavant. Néanmoins, mon fils ne semble pas vouloir écouter mes conseils à ton sujet. J'ai même l'impression que plus je le pousse à te quitter, plus il s'accroche à toi. Il tient sa témérité de son grand frère. Ce n'est pas la meilleure qualité qu'il lui ait laissée. Soit. Je vais donc cesser cette stratégie et me fier au temps. Toutefois, si j'apprends que ses projets ne prennent pas la bonne direction par ta faute, je ferai de ta vie un enfer, sois-en certaine.

Sur cette déclaration de guerre tranchante, elle ramasse ma béquille, me la tend et entre dans une cabine. Troisième choc en si peu de temps. Pourquoi pensent-ils que je puisse être un obstacle dans l'avenir de Fabio ? Je ne souhaite que son accomplissement. S'il doit partir à l'étranger pour ses projets, nous aviserons sur le moment. J'avoue ne jamais m'être questionnée à ce sujet. Si nous nous aimons, nous trouverons des solutions, non ?

Fabio m'a déjà parlé de son envie de jouer en Angleterre ou en Espagne lorsqu'il quitterait Bordeaux. Mais pour l'instant, nous n'avons jamais évoqué ce qu'il se passerait si cela arrivait. Je concède avoir volontairement banni le sujet de mon esprit car l'inconnu me tétanise. Pourtant, j'en arrive à me questionner aujourd'hui. Après tout, j'aurai bientôt 18 ans et je ne sais toujours pas ce que je veux faire après l'obtention du bac.

S'il devait partir, est-ce qu'il me demanderait de le suivre ? Serais-je capable de quitter ma mère et ma grand-mère, pour vivre à des milliers de kilomètres ? J'éprouve soudain une fusion d'angoisse et de stress quand je pense à l'avenir. D'autant plus quand je réalise que je ne suis pas la bienvenue.

Note à moi-même : remettre le masque de l'impassibilité.

Je réfléchis soudain à cette semaine qui vient de passer. Je n'ai pas vu Fabio. Du tout.

Du fait de sa nouvelle notoriété et du rythme effréné de la Ligue 1, il a dû arrêter le lycée pour suivre des cours particuliers directement au centre, afin de se conformer aux attentes sportives. Il ne s'entraîne désormais qu'une fois par jour, enchaîne avec ses cours, les soins, et ses déplacements sont plus nombreux qu'auparavant.

Pourquoi je doute soudain ? Il faut que je me ressaisisse et que je reste impassible face à leurs dires. C'est à nous de vivre notre histoire. Je me répète ce mantra plusieurs fois avant de rejoindre une nouvelle fois la table, réjouie de croiser le doré de ses yeux, mais malheureusement tiraillée par la crainte du tendre inconnu qu'est l'avenir.

Le repas se termine dans un silence parfait de mon côté. Je me contente de sourire béatement et de hocher la tête de temps en temps. L'inquiétude lancinante s'est immiscée en moi et me lacère sournoisement l'estomac.

Quand nous quittons l'établissement, je salue tous les invités, et Fabio me prend à part quelques instants.

– Quelque chose ne va pas, Ambre? Je t'ai trouvée très fermée aujourd'hui…

– Non ça va, un peu fatiguée par cette nuit trop courte…

– Je comprends. Je suis moi aussi très fatigué, mais tu aurais pu faire un petit effort et te montrer plus éloquente…

– En étant loin de toi, c'était un peu difficile de parler à des inconnus…

– Tu n'es pourtant pas timide habituellement, il me semble…

– C'est vrai mais face à ton ex, et à côté de ton ancien beau-père, qui est aussi ton agent, j'étais quelque peu mal à l'aise.

– Tu as passé la moitié du repas les yeux dans ton assiette, et ce n'est pas passé inaperçu…

– Comment ça?

– Ben, Christian et ma mère m'en ont fait la remarque…

Tu m'étonnes.

– Fabio, on ne va pas se disputer après la soirée que l'on vient de passer, si?

– Non, ce n'est pas ce que je veux… C'est juste que… J'aimerais que tu fasses des efforts quand ma mère est là. Même si je sais que ce n'est pas l'entente idyllique entre vous.

– C'est le moins que l'on puisse dire…

– Elle reste ma mère, Ambre…

Un silence plane quelques secondes.

– Bon, je vais rentrer. On s'appelle ce soir.

Je préfère partir plutôt que de me disputer avec lui et faire un scandale en déballant toutes les insanités reçues aujourd'hui. Ça, je ne peux pas. Sa famille a déjà été déchirée par la perte d'Enzo. Je ne veux pas l'éloigner des siens en créant des tensions. Alors pour lui, je me tais.

Je tourne les talons et la béquille, et me dirige vers la voiture de ma mère, garée quelques rues plus loin. Fabio m'arrête en pleine course.

– Attends, bébé. Encore merci pour ce super anniversaire. Je t'aime. S'il te plaît, ne sois pas fâchée…

Il m'embrasse hâtivement sur les lèvres et dépose un tendre baiser sur mon front. Je me détourne et reprends mon itinéraire avec un goût amer dans la bouche. Un nuage brumeux encercle mes pensées vagabondes et, quand je pénètre l'habitacle de la voiture, même la voix de ma mère ne parvient pas à me sortir de ma torpeur.

Caroline a réussi, encore une fois, à s'insinuer dans notre couple. Elle est parvenue à faire retomber l'euphorie que je ressentais depuis hier soir. Depuis que nous avions fait l'amour. Deux fois.

La bulle d'amour qui nous protégeait vient de voler en éclats sous ses coups d'aiguille. Tout le monde y va de son grain de sel entre nous. Même ma conscience commence à engendrer de sérieuses appréhensions quant à l'avenir de notre couple.

Alors que nous avions pris un tournant majeur en unissant nos corps, un virage à trois cent soixante degrés attaque à présent mes certitudes. La réalité de la situation vient mordre mes convictions et une question hantera probablement mes futures nuits tourmentées.

Qu'adviendra-t-il de nous quand il quittera Bordeaux?

– Tout va bien, ma puce? Tu sembles ailleurs…

– Je suis fatiguée, maman.

– Fatiguée, à ton âge? Tu penses me faire avaler ça?

Elle me connaît tellement bien…

– C'est juste que… Je me pose des questions sur l'avenir.

– Quel genre de questions?

– Premièrement, je ne sais toujours pas ce que je veux faire après le bac.

– Ma puce, avec les notes que tu as, tu peux faire à peu près tout ce que tu souhaites… Mais je comprends tes craintes, il est difficile de déterminer ce qui nous plaît vraiment à ton âge. Tu trouveras, j'en suis certaine… Et le deuxièmement, alors?

– C'est au sujet de Fabio…
– Dois-je en informer tonton Farès? dit-elle sur le ton de l'humour.
– Non, ce n'est pas nécessaire, maman… C'est juste que… Tout est en train de décoller pour lui! Aujourd'hui, son président lui a annoncé qu'il était convoqué en équipe de France espoirs et je sais qu'il quittera Bordeaux s'il en a l'occasion. J'ai l'impression qu'il va m'échapper peu à peu et ça me fait peur, maman…
– Ma puce, arrête de stresser pour quelque chose qui n'est pas encore arrivé. Vis au présent et tu verras bien ce qu'il adviendra. Ce garçon t'aime, c'est une évidence! Il te rend heureuse?
– Oui…
– Alors cesse de douter!
– Ce n'est pas aussi simple, malheureusement.
– Allez, viens là, ma puce!
Elle me prend dans ses bras.
– Je t'aime!
– Moi aussi, maman.
Lorsque nous arrivons à la maison, je téléphone à Sana pour lui raconter la soirée, notre première et deuxième fois, et le repas au restaurant. Je crois que cela fait beaucoup d'informations à digérer…
– Bon ben, je vois que la belle-mère est toujours aussi désagréable! Et que je ne croise jamais cette Charlotte, parce qu'elle va voir de quel bois je me chauffe celle-là! Ambre, s'il te plaît, concentre-toi sur le positif, sur vous deux!
– Il finira par partir, Sana, et je ne sais même pas s'il a prévu une place pour moi dans son avenir!
– Hé, arrête de pleurer et de tirer des plans sur la comète! Vis, bon sang! Bon… j'ai une bonne nouvelle à t'annoncer! J'ai réussi à négocier avec mes parents et je viendrai te voir pendant les vacances de février!
– Je suis trop heureuse! Ça va être long de patienter jusque-là…
Une fois la conversation terminée, je m'applique à mes devoirs pour essayer de rattraper mon retard. Même s'il est difficile de

me concentrer, je viens à bout de ma composition de géographie et de la révision du bac blanc d'économie.

Il fait déjà nuit quand je sors la tête de mon travail. Je n'ai pas de nouvelles de Fabio. Il a déjà dû rentrer au centre. Je vais attendre qu'il m'appelle.

Je passe à la douche avant d'aller manger. Puis je regagne ma chambre et mon lit. Pour patienter, j'ouvre Facebook et navigue d'une page à l'autre. La tentation est trop forte pour ne pas dériver sur celle de Charlotte. Elle qui adore étaler sa vie aux yeux de tous a sûrement posté des photos du déjeuner.

Effectivement, je ne me trompe pas. Elle s'est prise en photo dans le miroir des sanitaires, dans une position assez peu naturelle et très suggestive.

Mais ce n'est pas seulement ce que je découvre. À dix-sept heures, elle a posté une photo de ce qui semble être son salon, où l'on voit ses parents, ainsi que Giovanni, Caroline et Fabio. Une chaleur désagréable envahit ma poitrine et mon palpitant s'affole.

Christian et Fabio sont en pleine discussion, et tout le monde a une tasse à la main.

Pourquoi cette vision me fait-elle mal?

Je n'ai pas le temps de réfléchir plus longtemps car je reçois un appel de Fabio. Je décide dans un premier temps de ne pas évoquer ma découverte.

– Allô?

– Bonsoir, princesse. Je viens à peine de m'allonger, je suis exténué. Je voudrais tellement que tu dormes encore avec moi… Du coup, pour me consoler, je regarde ton bracelet et je me dis que c'est un peu le cas…

– Au moins, lui ne ronfle pas, dis-je sur le ton de la plaisanterie.

– C'est vrai! Je n'en reviens toujours pas de ce week-end fabuleux! Encore mille mercis, bébé…

– De rien! Tu as fait quoi, finalement, après le restaurant?

J'essaie de faire comme si c'était une question banale.

– Oh ben, rien de spécial. Nous nous sommes baladés avec mes parents et ma sœur…

Donc, il me ment!

– Ah bon et où ça?

– Dans le centre-ville et sur les quais…

– Donc tu as un jumeau maléfique qui vit à Bordeaux? Et d'après le Facebook de Charlotte, il était avec tes parents chez elle…

Un silence.

– Ambre, c'est pas du tout ce que tu crois, c'est j…

– Je ne crois rien… Je constate simplement que tu me mens et je ne comprends pas pourquoi!

– Ses parents nous ont invités à prendre un café, pour discuter de mon contrat et j'avais peur que ça ne te contrarie après le fabuleux week-end qu'on vient de passer…

– Donc tu préfères me mentir?

– Ce n'est pas ça, mais je ne voulais pas que tu te fasses de fausses idées sur Charlotte et moi. Christian gère tout ce qui concerne ma carrière et il voulait me parler des futurs choix qui s'offraient à moi. Rien de plus, je te le jure! assure-t-il.

– Tu aurais simplement pu me le dire! Je déteste les mensonges! Tu le sais, pourtant!

– Je suis désolé. Je n'aurais pas dû mentir, c'est vrai. Mais il faut que tu saches que le foot est ma priorité, et que Christian est de loin le meilleur agent que j'ai eu. Il a des contacts avec des clubs qui dépassent tous mes rêves de gamin.

– Ne t'inquiète surtout pas! Je ne compte pas être un frein pour toi!

– Ce n'est pas ce que j'ai dit, Ambre…

Nouveau silence.

– Je te laisse, je vais dormir.

– Ne m'en veux pas…

– Bonne nuit, Fabio!

Je raccroche avant de lui laisser le temps de répondre et je laisse les craintes obscures reprendre possession de mes pensées.

Note à moi-même: éviter le cyber-espionnage à l'avenir.

29

Ambre

Le réveil a un goût amer. La nuit a été courte. J'ai ressassé la journée d'hier encore et encore sans parvenir à apaiser mes questionnements. Je déteste me disputer avec lui. Je hais encore plus le fait qu'il m'ait menti. Il m'a écrit après que j'ai raccroché. Un «je t'aime» qui n'a pas suffi à enrayer mes doutes. Il faut vraiment que je lâche prise et fasse confiance au destin.

Les heures passent péniblement et j'ai du mal à garder le cap en cours. Même les anecdotes de Noëly ne parviennent pas à me sortir Fabio de la tête. Mes interrogations annihilent mes pensées les plus simples.

Contre toute attente, Baptiste demande à me parler avant la reprise de l'après-midi.

– Ambre, franchement, la fête d'anniversaire que tu as organisée à Fabio était démente. Cela faisait longtemps que je ne l'avais pas vu aussi heureux. J'ai appris aussi pour l'équipe de France espoirs. Je crois que tu es un peu son porte-bonheur.

– Je suis très heureuse pour lui. Il le mérite.

– Il m'a parlé de ce qu'il s'est passé hier soir. Je ne veux pas me mêler de ce qui ne me regarde pas, mais sache qu'il t'aime comme un fou. Je n'ai d'ailleurs jamais vu un couple aussi amoureux que vous deux. Ça saute aux yeux…

– Je ne doute pas de son amour… Simplement, j'aurais aimé qu'il soit honnête.

– Il a été maladroit, je te l'accorde. J'espère que tu ne lui en voudras pas trop longtemps. Quand il est fâché avec toi, je suis un peu son punching-ball! (Il rit de cette confidence.) Alors ne lui en veux pas, songe à mon bien-être!

– Je tâcherai d'y penser!

– Merci, Robocop! (Je lui pince le triceps.) Aïeuh!

– Tu l'as bien cherché !

– C'est vrai ! Une dernière chose… Je sais que vous ne vous voyez que très peu en ce moment, mais dès qu'il aura l'appartement, ce sera plus facile, tu verras…

– Je l'espère…

Cette conversation a eu le mérite d'adoucir ma conscience. Je me sens quelque peu apaisée. Notre différend ne l'a pas laissé de marbre, au point qu'il s'est confié à son meilleur ami. Je déteste qu'il me manque autant, même quand je suis en colère contre lui. Je décide donc de lui envoyer un SMS, sachant pertinemment qu'il ne le lira que plus tard.

[Promets-moi de ne plus
jamais me mentir,
je ne le supporterai pas…]

Pendant la pause de l'après-midi, je me retrouve seule quelques instants. C'est le moment que choisit Nicolas pour venir vers moi. Nous ne nous sommes pas parlé depuis la fameuse soirée d'Halloween et, depuis mon retour au lycée, Fabio s'est montré très dissuasif envers une quelconque tentative de sa part. Je n'ai rien contre lui, mais j'ai préféré garder mes distances pour éviter le moindre problème.

– Salut, Ambre…

– Salut…

– Je profite du fait que tu sois seule pour venir aux nouvelles ! Comment va ta jambe ?

– Mieux, merci. Je suis toujours en rééducation.

– Tu es toujours aussi jolie, en tout cas ! J'espère que maintenant qu'il n'est plus au lycée, nous aurons plus souvent l'occasion de nous parler.

– Je ne crois pas que ce soit une bonne idée, je préfère que l'on continue de garder nos distances…

– Les cartes sont entre tes mains, ma jolie…

La voix de Baptiste résonne dans mon dos.

– Y a un problème, Ambre ?

– Non, aucun ! lui répond Nicolas.

Un silence gênant s'installe et les deux garçons se toisent.

– Bon ben, je vous laisse, bye.

Une fois que Nicolas s'est éloigné, je me tourne vers Baptiste.

– Il ne faisait rien de mal. Il prenait simplement de mes nouvelles.

– Je connais ses intentions ! Je l'ai entendu parler avec ses potes ! Il n'est ni discret ni malin ! Maintenant que Fabio n'est plus là pour veiller au grain, je prends la relève !

Je ne peux m'empêcher de rire face à cette situation cocasse. Les garçons peuvent être aussi étranges que les filles. La solidarité masculine existe donc. Je lui souris.

– Je suis contente que Fabio ait un ami comme toi. Ne te fais aucun souci pour Nicolas. Je l'ai remis gentiment à sa place.

Quand la journée de cours se termine, je ne traîne pas. Les épreuves du bac blanc ont lieu la semaine prochaine et je me dois d'être prête. Je m'enferme donc dans ma chambre pendant près de deux heures pour réviser. Je m'arrête parfois pour vérifier mon téléphone et découvrir que, malheureusement, je n'ai aucune nouvelle de lui.

Ce n'est qu'en sortant de la douche que j'entends mon téléphone sonner. Je me précipite dans ma chambre, laissant ma fierté au placard et manquant de glisser sur le carrelage, pour répondre à son appel.

– Allô ?

– Ma princesse, c'est tellement bon de t'entendre. Je te promets de ne plus jamais te cacher les choses...

– Tu as plutôt intérêt... Comment s'est passée ta journée pour que tu ne trouves pas une minute pour me répondre ?

– Désolé, bébé. Après l'entraînement, j'ai dû aller en soin, puis après le repas j'ai directement enchaîné avec les cours. J'ai voulu t'appeler mais le président m'a convoqué pour me parler des Bleuets et nous avons contacté leur coach ensemble.

Il me raconte la teneur de sa conversation avec l'entraîneur. Il parle à une vitesse telle que j'ai l'impression qu'il va manquer d'air. De sa voix émanent le bonheur et la plénitude pendant qu'à l'autre bout du fil, mes joues s'étirent de l'entendre si comblé.

– Ça me manque de ne plus venir au lycée et de ne plus te voir tous les jours… J'ai hâte de vivre seul et d'avoir plus de libertés. Crois-moi que je vais te kidnapper et que tu étudieras de la maison !

– J'ai hâte aussi…

– Quand j'aurai les clés et que tu passeras la nuit avec moi, je ne te laisserai pas dormir… Je te ferai l'amour jusqu'à être totalement dépourvu de la moindre force. (Je déglutis et une chaleur familière s'élève à la naissance de mes cuisses.) Alors je te conseille de profiter des quelques jours qu'il te reste pour faire le plein d'énergie. Deux soirs que je me repasse en mémoire notre nuit d'amour. Je n'ai jamais rien vécu d'aussi fabuleux… Je t'aime, bébé.

– Je t'aime, Fabio… Bonne nuit.

– Bonne nuit, fais de beaux rêves. Vivement que je puisse me réveiller à côté de toi.

Même si j'ai essayé d'être un minimum distante, je suis carrément nulle dans l'art de lui faire la tête. Surtout quand il évoque la prochaine fois que nos corps s'uniront. Je perds tout contrôle. Je vais me coucher, l'esprit rempli de sa peau nue sur la mienne.

***

Les deux semaines suivantes passent rapidement. Entre les révisions, le bac blanc, son match à l'extérieur et nos emplois du temps respectifs, je n'ai pu le voir qu'un dimanche pour une parenthèse enchantée. Nous sommes allés sur le pont du jardin. Celui où je lui ai dit « je t'aime » pour la première fois. Puis nous nous sommes baladés main dans la main.

Aujourd'hui, il dispute un match à domicile, auquel je vais assister avec les filles et Cyril. Il m'a demandé de l'attendre à la fin car il a une surprise pour moi. Ma curiosité a été piquée au vif.

– Vous êtes sûrs que vous n'êtes au courant de rien ? demandé-je.

– Non ! Pour la dixième fois, non ! commence Cyril. Détends-toi la raie, chérie ! Si t'es trop stressée, je veux bien passer la soirée avec lui à ta place ! D'ailleurs, tu ne nous as jamais dit s'il avait un gros pé...

– Tais-toi, bon sang ! crie Éva. Je ne veux surtout pas imaginer Fabio à poil ! Baptiste me tuerait !

– Oh ça va, la sainte-nitouche ! À d'autres ! Alors, Ambre ?

– Oui, dis-nous ! insiste Noëly.

– Disons que comme il est mon premier je n'ai pas vraiment de quoi comparer !

Je vois ma cousine rougir.

– Ben, essaie de nous montrer avec tes mains, chérie !

Éva, Noëly et Cyril se rapprochent de moi et Léona s'enfonce dans son siège. Je tente de mimer la taille avec mes mains en essayant d'être le plus discrète possible. Lorsque je leur signifie que je pense avoir fini, un grand O se forme sur chacun de leur visage.

– OH ! MY ! GOD ! J'espère que tu avais gardé ton fauteuil roulant, chérie ! Parce que ça a dû être difficile de marcher après ça !

Éva entame un fou rire sans nom et Léona la suit timidement.

– Vous êtes vraiment pas possibles tous les trois !

– Chérie, ne le laisse pas filer ! Sinon crois-moi que je me chargerai de lui !

Le match commence et le nombre de supporters présents ce soir est très impressionnant. Je pense qu'il me serait impossible de faire quoi que ce soit devant autant de monde.

Pourtant, quand j'observe Fabio, il est concentré et déterminé. Il est à sa place. D'ailleurs, il offre le but de la victoire à Bordeaux à quelques minutes de la fin et fait le même signe que chaque fois, son index dirigé vers le ciel.

Lorsque les trois coups de sifflet signalant la fin du match retentissent, mes amis me quittent et j'attends Fabio à l'endroit qu'il m'a indiqué ce matin. Quand je vois son visage à travers la vitre de la voiture qu'il m'a décrite, je m'avance et il me somme de monter. Je m'exécute et salue le conducteur, qui n'est autre qu'un joueur de son équipe.

Au bout de quelques minutes, il me demande de fermer les yeux et me fait sortir délicatement du véhicule. Les rôles s'inversent. Après avoir pris un ascenseur à l'aveugle, j'entends des clés déverrouiller une porte et j'avance à pas feutrés, guidée par ses mains sur mes hanches.

– Tu peux ouvrir les yeux, bébé !

Je découvre alors un magnifique appartement, très peu meublé, avec une cuisine ouverte sur ma droite, séparée du salon par un bar. Dans le joli séjour trône un canapé trois places gris anthracite avec un écran de télévision plutôt grand et une table basse blanche laquée. Fabio me prend par la main pour continuer la visite vers une petite salle de bains assez récente. Et enfin, le clou du spectacle, la chambre. Un grand lit deux places, avec une tête de lit en bois et une housse de couette bleu marine, est disposé au milieu de la pièce. Il est encadré par deux tables de chevet assorties au lit.

– Bienvenue chez moi, princesse ! C'est un deux-pièces entièrement meublé. J'ai eu les clés ce matin. Mais ce n'est pas tout. (Fabio me tend une boîte en velours noir.) C'est pour toi, Ambre ! Ouvre-la !

J'obéis et découvre une clé avec un porte-clés, où il est écrit « Tu es partout là où je suis ». J'ancre mon regard dans le sien et je sens l'émotion me gagner.

– Ambre, je veux que tu te sentes chez toi dans cet appart ! Chaque fois que tu le pourras et que tu le voudras, je veux te retrouver ici…

Je réponds à sa phrase en l'embrassant éperdument et impatiemment. J'avale mes larmes tout en prenant avidement possession de ses lèvres. Il me rend mon baiser violemment et s'agrippe à mes cheveux détachés. Je sens ma partie la plus secrète palpiter entre mes cuisses. Je retire ma veste et mes vêtements à la hâte et Fabio en fait de même.

– J'ai terriblement envie de toi, mon cœur, haleté-je.

– Et moi donc. Ton corps nu n'a pas quitté mon esprit depuis notre nuit à l'hôtel.

Lorsqu'il ne me reste plus que mon soutien-gorge et mon shorty, il fait un pas en arrière et détaille chaque parcelle de ma peau.

– Laisse-moi te regarder, tu es tellement magnifique…

Le prenant de court, je dégrafe mon haut et le laisse glisser le long de mes épaules. Il déglutit mais ne s'approche pas. Je procède de la même manière avec le bas et recule pour m'allonger sur le lit. Je prends appui sur mes coudes et le supplie de me rejoindre avec mon index. Il avance frénétiquement tout en abandonnant son caleçon. J'écarte les jambes pour le laisser s'y placer délicieusement. Je sens son ardeur contre mes cuisses et cette sensation attise violemment la flamme de mon désir. Je saisis sa nuque et l'attire à moi pour brûler ses lèvres de mon envie dévorante. Il quitte ma bouche pour s'emparer de l'un de mes seins, caressant l'autre du bout de ses doigts, ce qui a pour conséquence de m'arracher un gémissement de plaisir intense. Je relève légèrement la tête pour observer ses assauts charnels et je remarque qu'il descend sa main vers mon intimité. Lorsque la chaleur de ses doigts écarte délicatement ma chair, je crois défaillir. De son pouce, il entame une danse langoureuse et circulaire avec l'éminence la plus sensible de mon corps. Je sens mes jambes s'agiter à chaque contact. Je commence à chercher ma respiration lorsqu'il cesse ses caresses délicates pour diriger ses doigts légèrement plus bas. Il regagne mes lèvres en un baiser dévorant et je sens qu'il s'invite à l'intérieur de moi. Je geins dans sa bouche.

– Ça te plaît, bébé ?

Je gémis en guise de réponse, et il accélère légèrement ses mouvements, tout en continuant de m'embrasser, puis je le sens insérer un deuxième doigt et donner plus de rythme encore. Le volume de mon exaltation augmente. Tout comme la passion de son baiser.

– Bébé, je ne vais pas tenir longtemps, j'ai tellement attendu ça. J'ai très envie de te faire l'amour…

– J'en ai très envie moi aussi.

Il se lève, sort un préservatif de la table de chevet et l'enfile hâtivement. Il revient sur moi, écarte l'une de mes jambes avec son genou et passe ses bras sous mes épaules. Son bassin se rapproche du mien et la pénétration se fait progressivement. Il émet un râle grave à chaque avancée, ses lèvres près des miennes, son souffle sur la peau de mon visage. Il commence un lent va-et-vient qui devient plus affirmé et plus animal à chaque mouvement. Il me serre fort contre lui et me demande si tout va bien, si je n'ai pas mal. Même si les sensations ne me sont pas encore totalement familières, force est de constater que ma délectation est à son paroxysme. Je l'incite à continuer et il ne se fait pas prier, donnant plus de dynamisme aux pénétrations. Je pense que les tremblements de mes jambes, la chaleur qui implose en bas de mon ventre et la révulsion de mes yeux sont les signes évidents que je suis en plein orgasme. Fabio donne un dernier et brusque coup de reins, signifiant qu'il est dans le même état que moi. Le son rauque de sa voix quand il jouit finit de m'achever.

Je le laisse peser de tout son poids sur moi pendant que je dépose de minuscules baisers sur son front tout en caressant ses cheveux.

– C'était tellement intense, ma princesse ! Je t'aime…

– Je t'aime, Fabio…

– Allons nous doucher et manger quelque chose. J'ai tout prévu pour que notre première nuit ici soit parfaite.

Et il n'a pas menti. Avec la complicité d'Éva, il a récupéré un sac d'affaires de rechange et ma mère pense que je dors chez mon amie. Il m'a même acheté une brosse à dents.

Il a commandé le dîner chez un traiteur et nous avons mangé en nous dévorant des yeux. Une fois au lit, nous avons refait l'amour.

J'ai l'impression que je ne pourrai jamais me lasser de son corps à l'intérieur du mien. La fusion est tellement harmonieuse et parfaite. C'est comme si nous étions nés pour être ensemble.

***

J'ai passé une nuit extrêmement paisible à ses côtés. Le retour à la réalité va être difficile. Tant bien que mal, j'ouvre les yeux, et je le sens s'approcher de moi et m'attirer avidement contre lui. Il presse son érection contre mes fesses et je sens que ce câlin matinal va vite dériver vers une activité beaucoup moins innocente.

À peine cette pensée émise, sa main passe sous mon tee-shirt pour s'emparer de mon sein. Il murmure un « bonjour » sexuellement chargé et resserre son étreinte.

– J'ai envie de toi, bébé. Je peux ?

– Tu n'as pas besoin de demander, Fabio… Je suis à toi tout entière… Mon cœur et mon corps t'appartiennent.

Il pivote et j'entends le bruit du plastique se déchirer. Il revient vers moi et descend doucement mon short. Il glisse d'abord ses doigts sur mon intimité, vérifiant que je suis prête à l'accueillir. Ce qui est le cas depuis que j'ai senti son excitation sur moi. Il saisit mes hanches et me tire vers l'arrière, vers lui. Mon manque d'expérience me paralyse légèrement.

– Il va falloir que tu te cambres, bébé… Ensuite, tu me laisses faire…

Je m'exécute et je le sens guider son sexe vers le mien. Il s'insère doucement en moi. La pénétration est plus profonde que d'habitude mais aussi beaucoup plus excitante. Dès les premiers balancements de son bassin, j'atteins une zone de non-retour tellement la sensation est merveilleuse et hédonique. Je tente un regard vers lui et je vois des perles de sueur dégoulinant sur son front, pendant qu'il accentue ses mouvements tout en observant la rencontre de nos sexes. Cette vision achève mes sens et je laisse la jouissance s'emparer de moi, froissant les draps et m'agrippant au matelas tout en criant son prénom. Il me rejoint quasi instantanément. Cette nouvelle position m'a transportée vers des terres inconnues que j'espère revisiter bientôt. Fabio reste près de moi, en moi quelques minutes et j'oublie ses absences et nos malentendus des derniers jours sous la caresse de ses doigts sur mon bras.

Note à moi-même : pardon, mais le sexe, c'est trop bon.

30

Ambre

Nous avons passé notre dimanche enlacés, sur son canapé, à regarder des films, à nous chamailler et à jouer aux cartes, aux échecs et à d'autres jeux de société. Je peux affirmer que Fabio est un tricheur et que je suis une mauvaise perdante.

– Alors… (Il tapote son menton avec son index.) Ton douzième gage, c'est d'aller sonner chez les voisins pour leur demander des médicaments contre la gastro !

– Quoi ? Mais ça va pas ! Jamais de la vie ! Plutôt me raser la tête !

– Tu es sûre ? Parce que j'ai une tondeuse dans la salle de bains !

– Non, ni l'un ni l'autre ! De toute façon, tu as triché, ça ne compte pas !

– Bébé, un gage est un gage ! Donc je le répète, tu dois aller sonner à la porte à côté !

Il commence à se lever et ouvrir la porte…

– Non, je ne peux pas…

Il se met à m'imiter avec une voix nasillarde.

– « Je te jure, Fabio, je ferai tous les gages, donc on a le droit de donner celui qu'on veut. » Je savais que tu n'étais qu'une belle parleuse et que tu te dégonflerais… Pff.

Il a su appuyer sur le bon bouton. Je prends mon courage à deux mains, sors de l'appartement et toque à la porte voisine pour me prendre une honte mémorable. Je l'entends pouffer dans le salon et je promets qu'il va me le payer.

Je le défie sur tout ce qui est possible et imaginable mais je perds encore et toujours. J'ai dû tour à tour enfiler son maillot de foot tout en restant nue en dessous, appeler Baptiste en me faisant passer pour une admiratrice secrète et manger une cuillerée à soupe de moutarde. Mais quand j'entends son dernier gage, je pense m'évanouir.

– Je veux que tu me fasses l'amour…

Note à moi-même : continuer de respirer.

Je tourne ma tête vers lui et son regard gagne en intensité. Je le vois déglutir et laisser sa bouche entrouverte. Il se lève et se dirige vers la chambre où il récupère un préservatif. Il revient s'asseoir, prend mon poignet et m'attire vers lui, m'incitant à passer mes cuisses de chaque côté des siennes pour être à califourchon sur lui. Étant complètement nue sous son maillot, il faufile ses doigts en dessous et les passe sur mes seins, saisissant mes tétons entre son pouce et son index. Au bout de quelques minutes, il descend l'une de ses mains vers mon entrejambe. Il écarte mes replis les plus intimes pour y découvrir l'effet qu'il me procure. Lorsqu'il commence à me caresser, je ne peux me retenir de gémir tout en ancrant le doré de ses yeux aux miens. Je m'approche pour l'embrasser et il mord ma lèvre inférieure tout en continuant ses mouvements langoureux sur mon intimité. Mon souffle est de plus en plus saccadé. Il s'arrête, descend son short et je ne peux m'empêcher de rougir en voyant l'excitation que notre corps à corps lui procure. Il déplie le latex autour de son sexe, attrape mes fesses et me guide au-dessus de lui. Lorsque nous sommes parfaitement positionnés, il murmure :

– Descends doucement, bébé…

– D'accord…

J'obéis et je sens son pénis à l'entrée de mon vagin. Je me laisse glisser doucement et me remplir. Une fois que je suis totalement assise sur lui, nos bouches s'effleurant à peine, il passe son bras dans mon dos et je vois son buste se soulever de plus en plus rapidement.

– Oh, bébé, c'est… c'est… continue…

Je me sers de la force de mes cuisses pour remonter et redescendre. Le bruit de sa respiration se fait rauque et impatient.

– Oh putain, Ambre, c'est tellement bon… Comment… Comment tu te sens ?

– Je me sens bien, mon cœur…

Je poursuis mes ondulations et, malgré la brûlure que je ressens, je ne cesse de l'amener au point de non-retour, car je sens qu'il y est presque. Il agrippe l'une de mes fesses de plus en plus fort et resserre sa prise sur mes cheveux. Quand il lève plusieurs fois son bassin avant de s'arrêter définitivement, je comprends qu'il vient de jouir et ce constat me fait partir à mon tour. Nous restons l'un sur l'autre quelques minutes.

– C'était fantastique, ma princesse ! Je t'aime…

– Je t'aime…

Après cet intermède enchanté, il est difficile de nous séparer. Fabio essaie de me retenir et de me convaincre de rester une nuit de plus, mais il est l'heure de rentrer chez moi.

Sur le trajet du retour, je culpabilise d'avoir menti à ma mère sur l'endroit où je passais la nuit. J'ai décidé de lui dire la vérité en rentrant. Je n'aime pas les mensonges, ils n'apportent rien de bon.

Quand je franchis la porte d'entrée, Yama et ma mère sont en train de cuisiner. Je me lave les mains et apporte mon aide aux fourneaux. Nous épluchons, coupons et assaisonnons tout en chantant en arabe, sur les titres préférés de ma grand-mère.

Ce sont des moments simples, qui feront de beaux souvenirs quand le temps laissera la marque de son passage.

Quand il est l'heure d'aller se coucher, je rejoins ma mère dans sa chambre.

– Maman ? Ça va ? lui demandé-je tout en la rejoignant dans son lit.

– Et toi, ma fille ? Tu as passé une bonne nuit chez ton amie ?

– À propos de ça, je te demande pardon… Je n'ai pas dormi chez Éva hier soir. (Elle me regarde, surprise.) Fabio a eu un appartement. Du coup, c'est là-bas que j'ai passé la nuit… (Elle demeure silencieuse et semble déçue.) Dis quelque chose, maman… Je suis désolée.

– Écoute, Ambre… S'il y a bien une chose que je me suis efforcée de t'inculquer durant toutes ces années, c'est l'honnêteté. Cacher des choses n'apporte que tristesse et déception. Il vaut mieux une vérité qui blesse qu'un mensonge qui fait du bien, je te l'ai toujours dit.

– Je sais maman, pardon…

– Bon… Je suis contente que tu m'avoues la vérité… Pourquoi ne pas me l'avoir simplement demandé ?

– J'avais peur que tu ne veuilles pas me laisser dormir avec lui… Je ne le vois presque plus à cause du foot et il me manque !

– Ambre, tu auras 18 ans dans quelques mois… Je ne vais pas t'enfermer à double tour. J'ai confiance en toi, en ton jugement. Si tu me l'avais demandé, je t'aurais mise en garde, mais je n'aurais pas refusé ! Tu l'aimes, hein ?

– Plus que tout !

– Alors on va cadrer les choses. Cette année, tu passes le bac, c'est une année importante. Je sais que tu as de bons résultats et que tu travailles d'arrache-pied. Pour cela, je t'autorise à dormir une fois par semaine chez lui, UNE-SEULE-NUIT. En contrepartie, je veux que tu prennes la pilule. (Je pense être pourpre de honte.) Je ne suis pas née de la dernière pluie. Donc on va prendre rendez-vous chez un gynécologue et tu vas devenir une jeune fille responsable.

Je lui saute dans les bras.

– Merci, maman, je t'aime. Merci.

– Toutes ces conditions seront validées après avoir vu tes résultats au bac blanc…

– Aucun problème, je sais que j'ai tout réussi !

– Allez, va te coucher maintenant, avant que je change d'avis.

– Bonne nuit, maman !

Je rejoins ma chambre et m'empresse d'annoncer la nouvelle à Fabio. Il semble un peu déçu, mais c'est tout ce que nous avons et il va falloir s'en contenter et en profiter.

***

Plusieurs mois se sont écoulés depuis cette discussion avec ma mère. Les semaines se suivent et se ressemblent. Fabio est très pris par sa carrière. Ses matchs avec Bordeaux ont été salués par la presse. Le club fonde beaucoup d'espoir sur lui.

Il poursuit son chemin en Ligue 1 et effectue beaucoup de déplacements. Il devient de plus en plus difficile de se voir. Je me rends au stade à chaque match qu'il joue à domicile et nous regagnons notre bulle d'amour le temps d'un dimanche. Je dors chez lui le mardi soir lorsqu'il est absent le week-end.

Fabio est sous le feu des projecteurs, il réalise des interviews télévisées et se déplace dans toute la France; je le regarde également sur le petit écran chaque fois qu'il y passe.

Le temps du lycée est loin derrière nous, et cela devient de plus en plus ardu. Surtout quand Charlotte le suit partout, utilisant son père comme prétexte. Elle est présente à la quasi-totalité de ses déplacements. Les photos sur son compte Facebook ne font que me rappeler qu'elle sera une ombre au tableau, quoi qu'il advienne.

Il est actuellement en Allemagne, avec les Bleuets. Elle est avec eux, je le sais.

Il ne m'a pas donné de nouvelles de la journée ni n'a répondu à aucun de mes messages. Je bouillonne intérieurement.

Heureusement, avant que je n'aille dormir, il finit par me joindre.

Note à moi-même: faire comme si tout allait bien.

– Allô, princesse. Je suis désolé, c'était une journée de folie. Entre l'entraînement, les soins, la vidéo, les repas et les interviews, je n'ai pas arrêté une minute…

– Je comprends mais tu me manques, Fabio! C'est très dur…

– Je sais, bébé. Tu me manques aussi, crois-moi!

J'entends une voix de fille. Celle de Charlotte sans hésitation. Elle lui souhaite une bonne nuit.

– C'était quoi, ça, Fabio? Qu'est-ce qu'elle fout dans le même hôtel que toi?

– Je ne sais pas comment c'est possible, mais Christian et elle ont réussi à avoir une chambre au même endroit que l'équipe.

Je broie mon téléphone dans ma main et je sens la colère m'envahir.

– Quelle petite garce! Toujours dans les parages! Comment peut-elle te souhaiter une bonne nuit? Ne me dites pas que vous êtes dans la même chambre?

– Non, mais, n'importe quoi! Comment peux-tu dire ça? On en revient là? Encore? Je t'ai déjà dit que je ne peux pas l'empêcher de venir ! Je t'ai prouvé maintes et maintes fois que j'en avais rien à cirer d'elle et tu doutes encore ?

– Pourquoi je l'entends te dire bonne nuit, alors ? Explique-moi !

– Parce que je suis descendu dans le hall de l'hôtel te téléphoner pour être tranquille, et qu'elle est passée pour, probablement, regagner sa chambre.

– Je suis désolée… Mais tu me manques et moi je suis coincée à Bordeaux pendant qu'elle est près de toi ! Ça me rend dingue !

– Allez, bébé… Arrête de t'en faire ! J'ai hâte de te retrouver. Je veux que tu dormes avec moi quand je rentre ! J'aimerais tellement qu'on vive ensemble !

– Moi aussi, Fabio…

– Je dois te laisser, bébé. Allez, plus qu'une semaine ! Je t'aime fort. Bonne nuit, princesse.

– Bonne nuit, je t'aime.

« J'aimerais tellement qu'on vive ensemble. »

C'est la première fois qu'il évoque un projet aussi concret et je crois défaillir.

Du calme, ce ne sont que des mots.

C'est vrai, il faut que je garde la tête froide. Nous sommes encore loin de là.

Nous raccrochons et je me languis de le retrouver.

***

Samedi 12 avril, 00 h 01, le téléphone sonne. Les cordes vocales à moitié endormies, je décroche.

– Allô ?

– Joyeux anniversaire, ma sœur d'amour ! Dix-huit ans ! Ça y est ! Tu franchis un cap ! Allez, à demain ! Je t'aime ! Ne m'en veux pas de t'avoir réveillée, Johnny Halliday ! Bisousssss !

Sana raccroche sans me laisser le temps de répondre. Je referme les yeux en pensant à la soirée qui m'attend. Elle aura lieu chez Éva. Je suis sûre de ne pas m'ennuyer une seconde en repensant aux amis totalement loufoques qui m'entourent.

Fabio a un match ce soir et il nous rejoindra directement à la fin.

À mon réveil, ma mère et ma grand-mère m'accueillent avec un petit déjeuner digne des plus grands restaurants. Elles m'offrent plusieurs présents, dont une balade à cheval et un stage de piano. Je suis aux anges. Mon père m'a également envoyé un colis, que je viens d'ouvrir. Un ordinateur dernier cri pour mes futures études. J'ai décidé de faire une licence de psychologie et de venir en aide aux gens. Alors ce cadeau sera parfait pour tout le difficile labeur qui m'attend.

Je reçois un SMS :

[Joyeux anniversaire
à la plus belle fille
qu'il m'ait été donné de voir.
Mais aussi à la plus douce,
la plus attentionnée et la plus sexy.
À celle qui a croisé ma route
et redonné vie à mon cœur.
Je t'aime, bébé. Sois sage
en mon absence.]

Je souris et je suis définitivement impatiente d'être à ce soir. Ce sera inoubliable, j'en suis sûre.

Après un déjeuner en famille, très riche en émotions, je prépare mes affaires et prends la route de la maison d'Éva avec ma cousine.

Quand j'ouvre la porte, je découvre ma meilleure amie, Sana, les bras ouverts devant moi. J'ai un temps de latence pendant lequel je me questionne quant à la réalité de l'image que j'ai sous les yeux. Je cherche mes mots et me frotte le visage pour être sûre que je ne suis pas en train de rêver.

– Sana ? Qu'est-ce que tu fais là ?

– Tu croyais vraiment que j'allais te laisser fêter tes 18 ans sans moi, grognasse ! Ramène tes fesses par ici !

Je me rue dans ses bras et la serre de toutes mes forces. Mon Dieu, je l'aime tellement.

– Tu m'as manqué aussi, Ambre… Bon, c'est pas tout, mais on a un ravalement de façade à faire. Tu dois être la fille la plus canon, ce soir ! Je ne voudrais pas te faire de l'ombre !

Nous passons la fin d'après-midi à tout préparer, à parler jusqu'à en avoir la bouche sèche. Ma meilleure amie m'a tellement manqué que je ne peux m'empêcher de verser une larme en la regardant.

– Oh non, non, non, Ambre ! Tu fais chier ! Je t'ai fait un maquillage dément et tu vas tout gâcher !

– C'est que tu m'as tellement manqué… (Je renifle lamentablement.) Je suis tellement heureuse que tu sois là !

– Alors arrête de pleurer, bon sang !

Les premiers invités arrivent, mais je n'attends que lui. Il arrivera tard, je le sais. Alors je profite de ma soirée. Je bois une coupe de champagne tout en observant Sana faire l'unanimité auprès de tout le monde, et ça ne m'étonne pas.

Je l'attire au milieu de la piste et nous commençons à danser. Très vite, les autres nous rejoignent et la soirée bat son plein. J'ai mon téléphone dans la main, attendant son appel.

L'un des gars présents ce soir m'informe que le match est fini depuis vingt minutes, et que Bordeaux a gagné. Je suis heureuse. Je vais avoir droit à un amoureux de très, très bonne humeur ce soir…

Les minutes passent quand enfin son nom s'affiche sur l'écran. Je m'éloigne pour lui épargner le bruit de la musique.

– Hey, bébé ! Tout va bien ?

– Pas assez, dépêche-toi de venir !

– Écoute, le président fait un pot pour fêter notre victoire et notre deuxième place. Je fais acte de présence et j'arrive, OK ?

Je regarde l'heure sur mon téléphone.

– Mais, Fabio, il est presque vingt-trois heures…

– Je sais, bébé. Je fais vite, promis… Je serai là avant que tu puisses dire ouf ! Je t'aime.

Bon, relativise, Ambre, il va arriver.

Je reprends la soirée où je l'ai laissée et je me ressers un verre par la même occasion. Je danse, je ris, je m'amuse. Du moins, j'essaie.

Une heure et demie plus tard, toujours pas de Fabio et aucune nouvelle. Cela semble devenir une habitude. Je commence à bouillir, je l'appelle mais il m'envoie sur messagerie. C'est une blague ou quoi ? Je reçois un SMS dans la foulée.

[Ambre, je suis désolé,
je ne vais pas tarder,
le pot s'éternise
et mon président ne me laisse pas partir,
tout comme Christian.]

Je ne me donne pas la peine de répondre et saisis un troisième verre. L'alcool me rend plus légère et plus directe aussi. J'attire Sana avec moi dans le jardin.

– Quelle heure est-il, Sana ?

– Quoi ? Tu ne sais plus lire maintenant ? Il est 1 h 10.

– Exactement, et est-ce que tu vois mon mec quelque part ? (Je mime des jumelles.) Bah non ! Parce que ce gros con préfère passer la soirée avec son foot et son agent !

Ça fait tilt. Agent = Charlotte.

– Oh nom de Dieu, je suis sûre que cette pétasse de Charlotte est avec lui. Sana ! Va sur Facebook et tape Charlotte Bartoleni. Dépêche !

– Oh, tu te calmes, l'alcoolo ! Répète un peu !

– Charlotte Bartoleni !

Dans le mille. Bien évidemment qu'elle est là-bas. Avec lui. Sur les photos et les vidéos, il a le sourire aux lèvres, il est dans son élément. Pendant que moi, je l'attends patiemment. Quelle idiote je peux faire ! L'importance qu'il accorde à notre couple est en train de s'effriter un peu plus chaque jour. Il me relaie au dernier plan, comme un vulgaire objet, quand moi je dévoue corps et âme à notre relation. Jusqu'à ce tatouage sur ma peau.

Je pensais qu'il ferait un effort pour mon anniversaire, qu'il serait là, près de moi. Mais non, encore une fois, son absence se fait ressentir.

Je retourne vers la cuisine, capture une coupe. Je bois pour annihiler mes pensées et la colère qui gronde en moi.

Une heure et demie plus tard, c'en est trop, je décide de lui envoyer un message.

[2 h 40 et tu n'es toujours pas là.
Ce n'est même pas la peine
de te pointer à la fête. Rentre chez toi,
et ramène ta Charlotte avec toi !
Je n'attendais que toi ce soir…
Mais à croire que je ne suis rien
de plus qu'un passe-temps !
Je trouverai bien un autre mec
avec qui finir la soirée !
Ne t'en fais pas pour moi !]

Note à moi-même : bouton de la jalousie activé !

31

Ambre

Bien évidemment, le bouton de la jalousie est celui qui fonctionne le mieux. Preuve en est, huit appels en absence ont suivi le SMS que je lui ai envoyé. Mais qu'il aille au diable.

L'alcool me monte à la tête, mes idées s'embuent et j'ai besoin de m'allonger. Je retrouve tant bien que mal Sana, qui me guide vers la chambre d'Éva. Elle ferme la porte et nous accorde un moment en tête à tête.

– Ambre, qu'est-ce qui se passe?

– Il n'est pas venu, Sana! C'est mon anniversaire et il ne s'est pas donné la peine d'être là! Oh putain, j'ai la tête qui tourne!

– Mais pourquoi il n'est pas là?

– Le foot, son président, son agent! Toujours la même chose! Je comprends tout ça, je suis même patiente. Mais là, c'est trop. On se voit de moins en moins, pareil pour les appels et les SMS. Il est happé par son rêve et on dirait qu'il me laisse sur le bas-côté de la route. Tu vois, je pensais que ce soir il aurait fait l'effort de vite débarquer et de passer la soirée avec moi. Mais non… Et dire que je me suis fait tatouer pour lui, mais quelle conne je suis!

– S'il se pointe, je lui refais le portrait, je te jure!

– Sana, j'ai la tête qui tourne!

– Ferme les yeux, dors! Tout le monde est en train de partir de toute façon…

Des larmes roulent sur mes joues et le sommeil ne me gagne en un rien de temps. Mes rêves sont remplis de néant et de ruines.

***

J'entends des voix mais je ne parviens pas à discerner si elles sont bien réelles.

– Elle dort, je t'ai dit ! Rentre chez toi !

– Non, je la ramène à la maison ! Laisse-moi passer, Sana !

– C'est trop tard ! C'est avant, qu'il fallait venir ! Comment tu peux oser te pointer à trois heures du mat' comme une fleur alors qu'elle t'a attendu toute la soirée ?

– Mêle-toi de tes affaires, OK ? Ambre, bébé, réveille-toi ! (Je sens une caresse sur mon front, puis un doux baiser toujours au même endroit.) Allez viens, on rentre !

J'ouvre doucement les yeux et je perçois la détresse au fond de ses prunelles aux reflets d'or.

– Fabio ?

– Oui, bébé, je suis désolé ! Pardonne-moi pour ce soir… Allez viens, on rentre ! (Il glisse l'un de ses bras sous mes genoux et l'autre sous ma nuque pour me soulever.) Je te ramène à la maison.

Sa voix tremble, et la soirée me revient en mémoire. Son absence, son silence… Je ne veux pas !

– Repose-moi, Fabio, je ne rentrerai pas avec toi !

– Si ! Tu rentres avec moi, comme c'était prévu. (Son ton est presque agressif.) Je suis désolé de ne pas être venu avant, mais je suis là maintenant. Bébé, s'il te plaît, ne me laisse pas.

– C'est trop tard ! Je n'en ai plus envie !

– Ambre, je ne pouvais pas partir comme ça de la soirée ! C'est trop important pour moi. Tu le savais, je te l'ai toujours dit ! Le foot sera ma priorité, quoi qu'il arrive !

– Et moi, je suis quoi, dans tout ça ? Une potiche qui attend sagement ?

– Je t'aime, bébé, je sais que c'est difficile, mais j'ai besoin de toi !

– Moi, j'avais besoin de toi ce soir mais tu n'étais pas là… Repose-moi s'il te plaît ! Je vais dormir ici ce soir.

– C'est hors de question ! Je ne te laisserai pas, tu m'entends ! Tu rentres avec moi !

– Je ne veux pas, c'est trop tard…

Il s'avance vers la porte sans tenir compte de ce que je lui demande, mon corps toujours dans ses bras. Mais Sana fait bloc.

– Elle t'a dit de la poser, Fabio !

– Laisse-nous passer, Sana ! Je t'assure que tu ne veux pas me voir énervé !

Je retrouve un élan d'énergie et m'extrais de son étreinte.

– Fabio, je ne rentrerai pas avec toi. Il vaut mieux que tu partes maintenant…

– Tu es sûre de toi ?

Je hoche la tête. Il me regarde, tourne les talons et envoie un violent coup de poing dans la porte de la chambre, y laissant un énorme trou, avant de partir sans un regard en arrière. Sana avance vers moi et me prend dans ses bras. Je m'effondre, dépourvue de force et de faux-semblants.

Je ne suis plus sûre de réussir à supporter tout ça. Je l'aime, c'est évident.

Mais comment nourrir notre amour et construire notre avenir si l'on ne se voit jamais ?

Cela me paraît difficile voire impossible. Et ce n'est que le début. Encore une fois, il m'a répété que le foot sera sa priorité avant tout. Avant nous. Cette constatation fait mal à en crever. Comme si des centaines de poignards avaient élu domicile dans ma poitrine.

Je passe une nuit difficile, revivant la détresse dans sa voix et dans ses mots. J'en viens à culpabiliser de lui avoir fait de la peine. J'ai dû aller vomir, probablement à cause de l'alcool et de la contrariété, qui ne font pas bon ménage.

J'émerge difficilement. Il est plus de dix heures sur mon téléphone et Sana dort à poings fermés. Je descends vers la cuisine à pas de velours, pour ne réveiller personne. Les filles ont déjà commencé à ranger le salon, qui est presque propre. La faim tiraille mon estomac. J'ouvre un placard qui se trouve à ma hauteur et, quand je le referme, je crois avoir une crise cardiaque en découvrant Fabio à côté de moi. Il a des cernes violacés sous les yeux et regarde vers le sol, gêné.

– Tu m'as foutu une de ces trouilles ! m'exclamé-je.

– Je suis désolé… Je… J'ai dormi sur le canapé en attendant que tu te réveilles. Est-ce qu'on peut aller prendre le petit déjeuner quelque part et discuter ?

– Discuter de quoi, Fabio?

– S'il te plaît, bébé! Tu ne peux pas nous laisser comme ça!

– Je n'ai rien fait à part patienter gentiment que tu daignes arriver!

– Allons en parler tous les deux, rien que toi et moi... S'il te plaît!

J'admets qu'il m'a blessée mais nous devons nous comporter en adultes et communiquer.

– D'accord. Je prends une douche, je préviens les filles et j'arrive.

Fabio ayant eu son permis quelques semaines plus tôt, nous montons en voiture, direction une petite boulangerie. Le silence est pesant, je fuis son regard et laisse mes yeux dériver sur le paysage qui défile. Il pose sa main sur la mienne mais je la retire instinctivement. La tension augmente d'un cran. Je peux sentir qu'il me fixe, attendant que je me retourne, mais je suis beaucoup trop en colère contre lui.

Lorsque nous arrivons, il me tient la porte et commande pour nous deux. Il secoue sa jambe, signe d'un stress important.

Je ne parlerai pas.

C'est à lui de rompre le silence.

Je vois qu'il cherche ses mots, qu'il veut se donner une contenance. Il prononce ses premières paroles une fois que la serveuse a déposé notre commande.

– Ambre, je ne sais pas par où commencer. Je suis désolé d'avoir raté ton anniversaire. Mais le prési...

– Tu comptes mettre ton absence sur le dos des autres? Tu n'étais pas là alors que c'était un moment important pour moi!

– Je suis désolé, je m'en veux! Mais je ne pouvais pas faire autrement...

– On a toujours le choix, Fabio! T'aurais simplement pu t'excuser et me rejoindre! Au lieu de ça, tu m'as laissée pour fêter une place dans un classement!

– Ils ne me lâchaient pas et voulaient parler de l'avenir. Je ne me voyais pas les planter là. Bébé, j'ai toujours été honnête avec toi sur le fait que rien ni personne ne me dévierait de mon objectif…

Les poignards se déchaînent dans ma poitrine.

– En quoi je te dévie de ton objectif? Explique-moi! Je te soutiens chaque jour, je suis présente à chaque match, je te répète aussi souvent que possible à quel point je suis fière de toi. Je voulais que tu sois là pour moi, qu'on fête ma majorité ensemble, que l'on rentre ensemble! Au lieu de ça, tu n'es jamais venu, tu as ignoré mes appels! Je te trouve vraiment injuste!

Je me lève et quitte la table. Je ne peux plus entendre ses mots. Ils me font mal. Je ne suis pas sa priorité et je ne le serai peut-être jamais. Je l'entends courir derrière moi et il me saisit le poignet. Je fixe sa main et romps le contact subitement avant de reprendre mes pas vers la voiture.

– Où tu vas? Ambre, putain, on ne va pas rester comme ça!

– Ramène-moi chez Éva, s'il te plaît.

Il prend mon visage en coupe et se rapproche. Je le laisse faire car je n'ai plus la force de me battre contre lui. La déception grignote mon énergie et les larmes menacent de couler.

– Bébé, je suis désolé…

– Moi aussi, Fabio…

Mon visage est toujours entre ses mains et il se rapproche pour m'embrasser mais j'esquive ses lèvres et détourne le visage. C'est trop facile.

– Ambre, tu me fais quoi, là? Tu es sérieuse?

– Ramène-moi! Si tu ne veux pas, j'y retourne en bus.

– Putain!

Il donne un coup de pied dans un container tout près, le faisant basculer et attirant l'attention des passants. Je fais quelques pas vers l'arrêt.

– Ambre, monte dans la voiture! hurle-t-il.

– Non, ça va aller. Je n'aime pas quand tu es énervé, je préfère prendre le bus.

– Je t'ai dit de monter dans cette putain de voiture!

J'obtempère en serrant les dents. Le silence oppressant est de nouveau notre compagnon de route.

Alors que nous sommes arrivés à destination, il cherche mon regard et j'ai terriblement envie de le prendre dans mes bras, de l'embrasser mais je ne peux pas. Il doit comprendre qu'il m'a fait du mal, comprendre ce que cela fait de paraître inexistant aux yeux de la personne qu'on aime. Je quitte le véhicule sans un mot et monte les marches rapidement. Il fait claquer la portière et m'interpelle.

– Donc on va rester comme ça ?

– C'est toi qui nous as mis dans cette situation. Je t'aime, Fabio, plus que tout. Je te soutiens depuis le début. Mais hier soir tu m'as blessée, je ne peux pas effacer cette douleur en un claquement de doigts. Je suis désolée ! Je refuse d'être une option dans ta vie quand toi tu es tout mon monde.

Je claque la porte et l'entends démarrer en trombe. Cela peut ressembler à une rupture mais dans mon esprit ce n'est pas le cas. Du moins, je l'espère. Je voudrais qu'il comprenne que son comportement d'hier soir n'est pas excusable.

Les filles sont dans le salon, en plein papotage.

– T'es déjà là, toi ? demande Sana.

– Oui…

– Hier soir, il était désarçonné ! Il m'a demandé s'il pouvait dormir ici, j'ai accepté. J'espérais qu'il trouverait les mots ce matin, dit Éva.

– Il s'est excusé, mais il répète encore et encore qu'il ne laissera rien ni personne se mettre en travers de sa réussite ! Ça me fait mal…

– Bon, on va arrêter de se morfondre car j'ai mon avion ce soir et il me reste quelques heures pour profiter de toi, ma sœur ! Alors, on met Fabio sur la touche et on s'éclate, OK ?

Qu'est-ce que je ferais sans elle ? Sana a toujours su me réconforter.

Nous passons le reste de la journée entre filles. Malgré les rires, il est là, dans ma tête, sur ma peau, et je voudrais qu'il soit tout près et qu'il me prenne dans ses bras pour balayer mes doutes.

Note à moi-même : chercher comment guérir quand la personne qui possède le remède est aussi celle qui est responsable de la douleur ?

***

Quand nous déposons Sana à l'aéroport, j'ai l'impression de laisser s'envoler une part de moi. Pour me consoler, elle m'a annoncé avoir postulé dans les facultés de Bordeaux. Si elle est acceptée, avec l'accord de ses parents, elle vivrait en résidence universitaire. Elle veut voir du pays et vivre sa vie loin de ses frères trop protecteurs.

Je remarque mon sac de cours sur le siège arrière, ainsi qu'un cabas avec des vêtements. Bizarre. Je questionne ma mère.

– Qu'est-ce que fait mon sac dans la voiture, maman ?

– Tu le sauras bien assez tôt…

Lorsque je reconnais l'immeuble de Fabio, je manque d'air. Je ne comprends pas.

– Écoute, ma chérie, Sana m'a dit que tu es restée cette nuit avec elle chez Éva. Elle m'a suppliée de t'autoriser à dormir chez Fabio ce soir. Exceptionnellement, je dis bien exceptionnellement, j'accepte que tu découches une veille d'école, mais ne me le fais pas regretter en étant en retard demain.

Je ne peux pas lui dire que je me suis disputée avec lui, elle ne comprendrait pas. Je suis coincée et sous le choc de ce cadeau que ma mère me fait. Je me demande pourquoi Sana est intervenue alors qu'elle est au courant de notre altercation.

– Merci, maman, je t'aime. Tu es la meilleure de toutes les mamans.

Elle reprend la route et je téléphone à Sana. Évidemment, elle est dans l'avion, et donc sur messagerie. Je tremble comme une feuille à chaque pas qui me rapproche de la porte. Je toque une fois, mais rien. Une deuxième fois, toujours rien. J'utilise ma clé et franchis le seuil.

Je découvre un chemin de bougies conduisant vers la cuisine. Sur le bar, la table est dressée, un bouquet de roses rouges ornant le centre, et je découvre un mot sur l'une des assiettes.

Je suis vraiment désolé, bébé.
Si tu acceptes de dîner avec moi ce soir,
claque des doigts et j'apparaîtrai…

Même en colère, il réussit à me faire rire. J'attends quelques secondes, histoire de le torturer et je finis par claquer des doigts.

Il apparaît dans l'embrasure de la porte qui mène à la chambre. Il est élégant, vêtu d'une chemise blanche, sur un jean brut, et de bottines en daim noir. Il agite une feuille au-dessus de sa tête, tel un drapeau blanc. Je me retiens de rire.

Un peu de fierté, ne sois pas si cruche.

Il approche lentement, ses yeux brillent et il ressemble à un enfant qui a fait une énorme bêtise et essaie de se faire pardonner sans trop savoir comment s'y prendre.

Il sort son téléphone et semble écrire un SMS. Quand il finit, mon téléphone sonne. Il me fait signe de le prendre.

[Ma princesse, j'ai merdé.
J'en suis conscient.
Hier soir, j'ai fait le mauvais choix
et je le regrette amèrement.
Je déteste te faire du mal
et voir de la tristesse dans tes yeux.
Je m'en veux énormément.
Je ne suis pas parfait,
malheureusement, mais ce qui est sûr,
c'est que je t'aime comme un fou
et je te demande pardon.
Tu n'es pas une option dans ma vie.
Tu es ma moitié, mon tout.
Pardonne-moi de t'avoir fait
penser le contraire…
Maintenant, je dois t'offrir ton cadeau.
Alors si tu as fini de lire,
claque des doigts encore une fois.]

Je relève la tête, sous le coup de l'émotion de ces mots. Je lui souris et claque des doigts.

Il sort une petite boîte de sa poche et la pose dans le creux de ma main. Je la déballe, telle l'impatiente que je suis et découvre une jolie bague en argent, en forme d'œil avec un petit diamant bleu turquoise en guise de pupille. Je l'enfile sur mon index, près des deux autres bagues que je porte déjà.

Il reprend son téléphone et, quelques secondes plus tard, le mien sonne de nouveau.

[Ce présent pour te dire
que quoi qu'il arrive
et où que nous soyons,
je ne verrai que toi...]

J'avale péniblement ma salive pour éviter de verser une larme. Je suis touchée par son cadeau mais une part de moi est toujours en colère.

– Merci, elle est très jolie, murmuré-je.

– Pas autant que toi...

J'émets un léger gloussement. La phrase à deux balles. Mais il est touchant dans sa manière d'essayer de se rattraper.

– J'espère que tu as faim ! J'ai préparé le dîner !

– Je meurs de faim !

– Alors à table !

Les premières minutes défilent dans un mutisme absolu. Chaque fois que nos regards se croisent, il me sourit timidement.

– C'est délicieux, Fabio.

– Merci. Sana m'a dit que les pâtes au saumon étaient ton plat préféré ! Je ne la remercierai jamais assez d'avoir réussi à convaincre ta mère de te laisser passer la soirée avec moi. Bon, j'ai dû batailler et essuyer quelques obscénités avant d'obtenir son aide mais ça en valait la peine !

– J'apprécie tout cela, Fabio... Vraiment...

– Mais ?

– Mais je t'en veux pour hier soir. Je n'attendais que toi, pendant que tu t'amusais de ton côté. Qui plus est en présence de Charlotte ! Je commence à avoir de sérieux doutes quant à mes capacités à accepter tout ça…

Il se lève et se place devant moi.

– Bébé ! Regarde-moi ! Je suis vraiment, vraiment désolé. Je sais que ce ne sont que des mots mais je vais tout faire pour te montrer que ce n'était qu'une erreur. Pardonne-moi, s'il te plaît… Je t'aime, bébé ! Je t'aime tellement !

Je sens à quel point il est sincère, à quel point il s'en veut. Je perçois dans ses yeux la détresse qu'il ressent face à l'éventualité que je ne puisse pas passer au-dessus de cela et accepter ses excuses. Mais je vais les accepter. Sans aucune hésitation.

Pourquoi ?

Parce que je l'aime incommensurablement, déraisonnablement et au-delà de tous les mots qui existent déjà.

De mon pouce, j'effleure sa joue et colle mon front au sien. J'attrape sa nuque, rapproche mes lèvres des siennes et l'embrasse subtilement. Il n'en faut pas plus pour éveiller le feu du désir entre nous et notre baiser s'approfondit outrageusement. Ses mains voyagent avidement sur mon corps avant qu'elles ne me soulèvent pour m'amener vers la chambre et m'allonger sur son lit. Depuis que je prends la pilule et que nous faisons l'amour sans préservatif, nous sommes beaucoup plus impatients et insatiables, tellement la sensation de nos chairs l'une contre l'autre est exquise.

Il dépose une multitude de baisers sur mon visage puis mon cou, et murmure des « je t'aime » et des « pardonne-moi » à en perdre haleine.

Je le fais taire en reprenant insatiablement sa bouche. Il me déshabille délicatement jusqu'à dévoiler ma nudité. Ses lèvres entament un chemin vers mes cuisses, les frissons me gagnent. Lorsqu'il empoigne mes jambes et les écarte, je devine ce qu'il s'apprête à faire et c'est une première pour moi. La gêne m'envahit et je n'ose pas regarder. Il écarte mes lèvres, et la pointe de sa langue m'investit sans aucun ménagement. Un cri de plaisir s'échappe sournoisement de ma bouche que je barricade avec mes mains. Mais le délice continue et je gémis violemment sans pouvoir m'arrêter ni contrôler les tremblements saccadés de mes jambes. Fabio semble se délecter de l'état de transe dans lequel il me met, car il continue inlassablement ses assauts. Je ne peux me retenir d'attraper ses cheveux, ce qui ne le freine pas, bien au contraire.

C'est quand je suis au bord du gouffre qu'il s'arrête, retire son pantalon et sa chemise pour me pénétrer brusquement, ce qui m'arrache un cri.

C'est la première fois qu'il me fait l'amour de cette manière. Ses coups de reins sont secs, vifs et rapides. Son visage est dans le creux de mon épaule et j'entends des gémissements qui s'apparentent à du soulagement mêlé à de la peur.

À travers sa manière de me faire l'amour, j'entends sa demande de pardon, sa peur de me perdre, sa détresse. Lorsque la jouissance me gagne, il me rejoint et capture mes lèvres avec voracité. Je saisis son visage en coupe et je remarque que ses joues sont humides.

Est-ce qu'il a pleuré ? Ou mon imagination me joue-t-elle des tours ? La seule chose dont je suis présentement sûre est mon besoin de le rassurer.

– Je te pardonne, Fabio…

Il expire de soulagement et me serre de toutes ses forces.

– Je t'aime, bébé…

Je ne sais pas combien de temps ce sentiment durera mais je veux en profiter pour n'avoir aucun regret.

32

Ambre
Deux mois et demi plus tard

Ces deux derniers mois sont passés à une allure folle. La vie a repris ses droits, et je passe aujourd'hui ma dernière épreuve du bac. Un oral d'espagnol. J'ai hâte que cela se termine. Je n'ai jamais été aussi stressée de toute ma vie. Si je l'obtiens, je suis censée faire une licence de psychologie à Bordeaux.

Étant donné le temps passé à réviser, je pense m'être bien débrouillée. En tout cas, je l'espère, j'ai sacrifié beaucoup de temps avec mon beau footballeur pour réussir.

Fabio a passé les mêmes épreuves que moi, mais lui a déjà fini. Il est aujourd'hui en Angleterre, pour effectuer des tests physiques et des examens de santé. C'est pour ainsi dire officiel : il jouera sous les couleurs d'Arsenal dès le début de la prochaine saison. Il a déjà trouvé son appartement et le contrat doit être signé avant la fin de la journée. Il a déménagé toutes ses affaires la semaine dernière et dit au revoir à ses coéquipiers du club, non sans peine.

Je mentirais si je disais que cela m'enchante. Nous allons être séparés par une mer et plus de mille kilomètres. Il ne m'a pas proposé de le suivre. Peut-être cette option n'est-elle pas envisageable pour lui. Pourtant, s'il le faisait, je crois que je dirais oui. Parce que je suis intimement convaincue qu'il est l'homme de ma vie, et que ma place est à ses côtés. Alors je le suivrais, ferais mes études là-bas et m'adapterais à une vie loin de ma famille, pour lui.

Mais je préfère taire cette éventualité car j'ai bien peur que cela n'arrive pas. Il reprend l'entraînement dans moins d'une semaine et n'a toujours rien évoqué quant à notre avenir.

Demain matin, je prends le train direction Rennes pour passer quelques jours avec lui, dans sa maison familiale, avant le grand départ. Je ne suis pas très sereine face à l'inconnu qui m'attend. J'ai un mauvais pressentiment qui me donne la nausée.

Je passe la soirée avec Yama et ma mère. Une soirée sans angoisse, sans nuit blanche à la clé.

Fini le bac. Fini les révisions nocturnes.

Quand j'observe les deux femmes les plus importantes de ma vie, je me demande comment je pourrais vivre loin d'elles.

Ne plus les voir chaque matin à mon réveil, ne plus observer ma grand-mère prier sur son tapis, ne plus surprendre ma mère en plein play-back sur des chansons de Céline Dion, et ne plus cuisiner ensemble seraient extrêmement difficiles.

Mon cœur s'affole et les doutes m'assaillent.

Du calme, ma grande, pour l'instant ton chéri ne t'a rien demandé.

Je chasse de mes pensées toutes ces idées, et je profite du moment présent. Je trouve ma mère très épanouie ces derniers temps. Elle est légère, souriante et solaire. Elle passe plus de temps dans la salle de bains et me demande souvent conseil sur les tenues qu'elle porte. Mon petit doigt me dit qu'il y a un homme derrière tout ça et j'avoue que cette nouvelle me réjouit. Ma mère mérite d'être heureuse et d'avoir un homme bon dans sa vie.

Ma grand-mère est un peu fatiguée en ce moment… Mais je l'amène toujours marcher chaque soir. C'est un peu notre moment à nous. Mon arabe est de plus en plus fluide, alors nous avons des discussions sans fin sur mon grand-père et leur vie en France. Lorsqu'elle parle de lui, je peux voir l'étincelle dans ses yeux, mais aussi le manque. Il y a d'ailleurs énormément de photos de lui dans sa chambre. Je ne l'ai pas connu, mais, à travers Yama, j'ai l'impression qu'il est là, près de moi, qu'il me protège. Ils ont traversé énormément d'épreuves ensemble, et la vie les a séparés bien trop tôt à mon goût.

Je vais me coucher, en m'accrochant à cette idée que l'amour, s'il est sincère et pur, peut traverser toutes les épreuves et toutes les tempêtes, et rester debout.

Ma mère toque à ma porte et me rejoint sur mon lit.

– Prête pour Rennes, ma chérie?
– Oui, j'ai hâte! Merci, maman, de me laisser y aller...
– Ambre, tu n'es plus une enfant. Puis tu as payé ton billet toute seule en plus. Tu es une jeune femme, maintenant. Tu es assez grande pour prendre tes propres décisions! Comment ça s'est passé pour Fabio en Angleterre?
– Ça y est, son contrat est signé pour trois ans. Il a récupéré les clés de son appartement. Il avait l'air aux anges!
– Et pour vous deux? Vous en avez discuté?
– Non. Pas encore... Je pense qu'il attendait de signer et de me voir ce week-end.
– Et toi? Qu'est-ce que tu veux?
– Je veux être avec lui, maman! Mais je ne me vois pas vivre loin de toi et de Yama...
– Ambre, tu entres dans le monde des adultes et tu construis ta vie. Tu dois donc penser à ce que toi tu veux. Même si ma petite fille me manquera terriblement, on ne fait pas des enfants pour soi, mais pour qu'ils s'épanouissent et trouvent leur voie! Alors quoi que tu choisisses, je serai là, ma puce...
– Merci, maman! Je t'aime... Tu sais toujours trouver les mots qu'il faut...
– C'est fait pour ça, les mamans!
Elle sourit et essuie la larme au coin de son œil. Nous nous serrons fort pendant de longues secondes, puis nous nous souhaitons bonne nuit. Le train part très tôt demain matin, nous devons dormir un peu.

***

Pendant les quatre heures de trajet, je m'impatiente, triturant mes doigts et ma bague dans tous les sens, me languissant de le retrouver.
Une fois arrivée, je patiente devant la gare, guettant sa voiture.
Après une heure d'attente, il apparaît enfin et je monte dans sa voiture, silencieuse.

J'ai les nerfs quelque peu à vif qu'il se permette d'être en retard pour nos retrouvailles tant attendues.

– Désolé, bébé, je n'avais plus de batterie en rentrant d'Angleterre hier soir, et ma mère a oublié de me réveiller.

Ça commence bien.

– Le contraire m'aurait étonnée !

– Ne dis pas ça ! On ne va pas commencer à se prendre la tête ! Elle est allée faire les courses pour pouvoir t'accueillir convenablement ! Ton voyage s'est bien passé ?

– Oui, ça va, j'avais hâte de te retrouver…

– Moi aussi, bébé… On va vraiment profiter de nos quelques jours de vacances ensemble, je te le promets !

– Raconte-moi ! Comment c'était Londres et le club d'Arsenal ?

– C'était la folie ! J'avais l'impression d'avoir 4 ans et d'être à Disneyland. J'ai rencontré tout le staff, j'ai visité les structures et j'ai vu mon nom sur mon futur maillot. Hier soir, il y a eu une conférence de presse après la signature, et des supporters m'ont même demandé des autographes. Le football en Angleterre, c'est vraiment quelque chose. Je n'en reviens pas. J'ai hâte que tu puisses voir l'appartement qu'ils m'ont trouvé ! (Il arrête la voiture sur le bas-côté et me regarde intensément.) Ambre, je veux que tu viennes t'installer avec moi en Angleterre ! Je sais qu'on est jeunes et que ce n'est pas raisonnable. Mais je ne me vois pas vivre là-bas sans toi… Tu n'auras rien à payer, bébé. Le salaire qu'ils vont me verser est démesuré. Tu as juste à te renseigner pour faire les études de psychologie que tu souhaites tant et c'est réglé. Tu t'imagines ? Notre chez-nous, notre cocon ! Plus jamais séparés ! Qu'est-ce que t'en dis ? Tu veux vivre avec moi, Ambre Bellino ?

Je ne sais pas si tout cela est bien réel ou si mon ouïe me joue des tours. À en croire le regard transperçant qu'il me lance, il semble réellement me proposer d'emménager avec lui. Ma respiration s'affole et j'ai l'impression que l'air n'arrive plus à affluer jusqu'à mes poumons. J'agrippe la portière et descends la vitre pour mieux ventiler. Je me retourne vers lui et ses yeux finissent de m'achever. Comment peut-on aimer quelqu'un si fort ? Mon cœur cogne contre ma poitrine et je sais à présent que jamais il ne cessera de battre pour lui.

– Tu es sérieux?

– Je n'ai jamais été aussi sérieux de toute ma vie! (Je demeure silencieuse.) Bébé? Dis quelque chose? Ambre?

– Oui, murmuré-je.

– Quoi?

– Oui, Fabio! Oui, je veux vivre avec toi!

– C'est vrai?

– Oui, mais à une seule condition!

– Je t'écoute.

– Que tu passes l'aspirateur tout nu!

– Quelle obsédée! Si ce n'est que ça, je peux même vivre à poil si tu le souhaites!

Je voudrais que l'on me pince pour être sûre que ce moment est bien réel. Mon cœur est en train de twerker, ma conscience fait la liste des «pour et contre» et mon estomac est au sommet des montagnes russes. J'avais peur qu'il ne veuille pas de moi, mais j'ai eu faux sur toute la ligne. Nos envies sont réciproques et j'ai la sensation de vivre un rêve éveillé. Les papillons déferlent en moi et l'euphorie me gagne peu à peu. Je me sens complète, grâce à lui.

Quand nous arrivons chez ses parents, je suis subjuguée par la beauté de sa maison. Leur villa en pierre surplombe un immense jardin fleuri dans lequel se trouve une magnifique piscine. Il y a plusieurs voitures garées devant chez eux, il doit y avoir du monde à l'intérieur. Il porte mon sac de voyage et m'ouvre le chemin.

Nous arrivons directement dans le salon, où trois canapés sont disposés en forme de U, les couleurs sont assez chaleureuses et une belle cheminée fait face aux assises. Lorsque je pose mes yeux sur les invités, je crois tomber des nues en découvrant la chevelure blonde de son ex, et je lâche instinctivement la main de Fabio, qui se retourne pour tenter de me rassurer par un simple regard. Ce qui ne marche pas vraiment. C'est Giovanni qui nous accueille.

– Ah, les deux tourtereaux, nous vous attendions pour l'apéritif!

– Nous sommes là, papa!

– Ambre, tu es ravissante, comme toujours!

– Merci beaucoup, Giovanni...

– Mais de rien, ma jolie! Allez, venez vous installer!

Fabio reprend ma main, nous saluons tout le monde et il m'installe près de lui sur l'un des canapés. Caroline arrive à ce moment-là, un plat dans chaque main, et me lance un regard m'indiquant que je ne suis pas la bienvenue. Le ton est donné. Je constate qu'elle ne s'est toujours pas faite à notre histoire.

– Mon chéri, tu es déjà là? Bonjour, Ambre!

– Bonjour, Caroline, votre maison est magnifique.

– Merci. Fabio!? J'ai proposé à Christian, Paula et Charlotte de passer quelques jours avec nous et ils ont accepté. Ils sont arrivés juste avant vous. Justement, Charlotte était en train de nous dire qu'elle va intégrer la London School of Business and Finance. C'est super, non? Vous serez voisins!

C'est un cauchemar, ce n'est pas possible. Mais pourquoi met-elle un point d'honneur à s'acharner sur moi? C'est quoi, son putain de problème? Et Charlotte? Elle n'a plus aucune fierté pour demeurer toujours dans nos pattes alors qu'il ne veut plus d'elle. Jusqu'à faire ses études en Angleterre! Ces deux-là font vraiment la paire.

Note à moi-même: inspirer, expirer, inspirer, expirer.

Je ne décroche pratiquement aucun mot pendant le repas. Entre Charlotte qui raconte à quel point son dossier était excellent pour avoir été acceptée dans cette école de commerce international, et le départ imminent de Fabio en Angleterre, je ne sais pas vraiment quoi dire. Ce dernier nous apprend que le coach des Bleus l'a contacté et qu'il compte sur lui au mois de septembre, pour les qualifications au championnat d'Europe. Christian applaudit cette déclaration. Je crois voir des billets de banque étinceler au fond de ses pupilles.

Le champagne coule à flots devant toutes ces bonnes nouvelles et je décide de boire une coupe pour m'apaiser. Puis une deuxième.

Je ne dois pas me laisser abattre par les remarques de ces deux sorcières. Il veut vivre avec moi, il m'aime. J'en suis sûre à présent. L'avenir s'offre à nous, il faut que je m'y accroche comme un marin en pleine tempête qui s'accrocherait à l'espoir de rentrer sain et sauf à la maison.

Fabio est mon espoir.

Nous passons l'après-midi tous ensemble au bord de la piscine. Malgré les regards appuyés de sa mère, il est très tactile et très démonstratif avec moi, ce qui ne lui ressemble pas. Mais je me laisse faire, histoire de faire enrager le dragon qui me sert de belle-mère.

***

Fabio

– J'espère que tu es en forme, princesse, parce que je compte bien t'empêcher de dormir toute la nuit, crois-moi...

Elle glousse, sûrement l'effet du champagne.

– Tu me le promets ?

– Oui, bébé, promis. (Ses doigts caressent ma jambe et remontent à l'intérieur jusqu'à mes testi...) Bébé, qu'est-ce que tu fais ? Arrête, ça va pas...

– Tu fais le malin à me chauffer ! Donc je te rends la monnaie de ta pièce.

J'aime quand elle est d'humeur taquine, et elle appuie ses caresses.

– Arrête, on pourrait nous voir !

Je retire sa main.

– Ce n'est que partie remise... Promis ! Ce soir, je compte expérimenter de nouvelles choses sur toi...

Elle a beau avoir enlevé sa main, ses mots me font encore plus d'effet. L'alcool la désinhibe et la rend mutine. Je ne vais pas m'en plaindre. J'aime la voir heureuse, épanouie. Exactement comme quand je lui ai annoncé que je voulais qu'elle vive avec moi.

Son visage s'est illuminé et elle semblait surprise. Cela me paraissait tellement évident pourtant. Je ne veux pas vivre sans elle. Malgré mes erreurs, mes absences et le football, je la veux près de moi, je veux faire ma vie avec elle.

En Angleterre, nous pourrons enfin construire notre nid d'amour, ensemble, comme des adultes. Loin de ma mère qui nous rend la vie dure, mais encore trop près de cette conne de Charlotte. Elle n'a vraiment pas compris le message. Si Christian n'était pas mon agent, et s'il ne m'avait pas décroché le contrat de mes rêves, il y a bien longtemps que j'aurais mis les choses au clair avec elle.

Ma mère ne voit pas d'un bon œil ma relation avec Ambre. Elle a peur qu'elle ne fasse partie des filles attirées par l'argent. Et moi, j'ai peur de perdre ma mère. Alors, je suis tiraillé car, même si notre relation n'est pas parfaite, ma famille a déjà trop souffert pour que je coupe les ponts. Elle a tellement sacrifié pour ma carrière et moi. Donc je serre les dents en attendant que l'Angleterre me libère. *Nous* libère.

À la fin du dîner, nous souhaitons une bonne nuit à tout le monde et j'espère que les remarques froides de ma mère ne vont pas gâcher notre nuit ensemble, la première depuis des semaines.

– Bébé, je sais que ma mère n'est pas tendre, mais on s'en fout, OK? C'est toi et moi! Et bientôt, on aura notre chez-nous! Je t'aime…

Ambre sourit et m'embrasse vigoureusement. Il n'en faut pas plus pour activer tous mes sens. Je me lève, verrouille la porte de la chambre et, quand je me retourne, elle est déjà en train de se déshabiller. Je n'ai pas le temps de rejoindre le lit qu'elle se lève et me retire mes vêtements d'une manière outrageusement sensuelle. Je la laisse faire et me délecte de son comportement coquin. Lorsqu'elle s'agenouille, je crois mourir d'une crise cardiaque.

– Mon cœur, tu te rappelles quand je t'ai dit que je voulais expérimenter de nouvelles choses? (Je déglutis.) Nous y voilà.

Elle baisse mon jogging et m'invite à le retirer complètement. Elle saisit mon sexe dans sa main et commence par des mouvements doux, qui s'accélèrent à mesure qu'elle remarque le plaisir qu'ils me procurent. Je ne peux pas la regarder, au risque de jouir sur-le-champ. Alors je ferme les yeux et savoure l'instant présent. Sans crier gare, je sens l'humidité de sa langue caresser le bout de mon pénis et je respire difficilement. D'autant plus quand ses lèvres l'encerclent complètement et qu'elle entame un lent va-et-vient. La chaleur de sa bouche m'achève doucement et je gémis sans retenue. Je tente un regard vers elle et cette vision est tout simplement irréelle. Plus je geins, et plus elle accélère. Elle essaie de prendre mon intimité de plus en plus profondément et je suis obligé de m'agripper à la chaise de mon bureau pour me maintenir debout.

Je la force à se relever pour éviter de jouir dans sa bouche. Elle m'abandonne et s'installe à quatre pattes sur mes draps. C'est la soirée des nouvelles expériences.

– Fais-moi l'amour, Fabio !

Je la rejoins sur le lit, me positionne derrière elle, saisis ses hanches et la pénètre délicatement. J'ondule mon bassin au rythme de sa respiration. L'excitation est à son comble et, au bout de quelques mouvements, je jouis en elle, rempli d'un bien-être divin. Elle me suit et nous finissons dans les bras l'un de l'autre. Envahis d'amour et de bonheur.

***

Ambre

Notre nuit a été exceptionnelle. Mais sa peau n'a pas réussi à chasser totalement mes craintes. Pour moi, la famille est extrêmement importante. Je suis convaincue de ne pas être la bienvenue dans la sienne et cela me brise le cœur.

Sa mère se donne tant de mal à me montrer son mépris. Dans ses gestes, dans ses mots, dans cette manie incessante d'inviter

Charlotte chaque fois que je suis là. Elle me hait, sans raison concrète, simplement car elle a des a priori sur mes origines qui la forcent à croire que je ne suis là que par profit, et que je ne suis pas assez bien pour son fils.

Elle a réussi à faire fuir l'excitation que je ressentais face à notre futur emménagement, semant le doute dans mes pensées. Mon âme se morfond face à ce rejet douloureux.

Seul Fabio peut apaiser ce mal.

Alors, je le cherche dans le lit pour un câlin matinal mais il n'est pas là. Je m'habille rapidement et me rends à la cuisine. Je descends les escaliers, et j'entends une bribe de discussion. Je reconnais la voix de Fabio et de sa mère.

– Je t'interdis de vivre avec elle. Vous êtes trop jeunes, c'est du grand n'importe quoi ! Quand ton père va l'apprendre, il sera déçu ! Tu as tant de choses à vivre plutôt que de t'enticher d'une fille comme elle ! Si tu la choisis, ne m'adresse plus jamais la parole.

– Mais qu'est-ce que tu lui reproches, à la fin ? Pourquoi tu t'acharnes contre elle ? C'est quoi, ton problème, maman ?

– Mon problème, c'est que tu as choisi une fille qui vit dans les quartiers malfamés de Bordeaux, dans une famille de musulmans, probablement des terroristes, qu'en sais-je ?

– Mais putain, maman ! Tu t'entends parler ? Je l'aime et j'en ai rien à foutre de tes préjugés à la con !

– Ne me parle pas sur ce ton, Fabio ! Ton frère ne m'a jamais écoutée, et regarde comment ça s'est terminé ! (Elle se met à pleurer.) Je refuse ! Tu m'entends ! J'ai déjà perdu un fils, c'est hors de question que cela arrive de nouveau !

– Comment peux-tu oser parler d'Enzo ? Je te défends d'évoquer sa mort pour m'éloigner de celle que j'aime !

– Enzo s'est détourné de cette famille, tout comme toi en te mettant avec une fille comme elle !

– Tu n'as pas le droit de dire ça ! Je donnerai tout ce que j'ai pour faire revenir mon frère !

Sa voix se brise.

– Fabio, suis mes conseils, bon sang ! Ce n'est pas une fille pour toi ! Il te faut quelqu'un comme Charlotte !

– Oui, une petite chrétienne bourgeoise, plus conforme à tes attentes ! Sauf que c'est ma vie, maman !

– Tu n'as aucun avenir avec elle ! Je te préviens Fabio, ce sera elle ou nous !

– Tu serais prête à me perdre car mon choix amoureux ne te convient pas ? Tu es donc comme tous ces connards de racistes qui font des amalgames ?

– Ce ne sont pas des amalgames ! C'est dans ce genre de famille que tu veux être ? Je me suis renseignée sur eux. Entre une grand-mère voilée et des oncles qui ont fait de la prison ! C'est hors de question ! Ton père et moi avons trop sacrifié pour toi ! Jamais je n'accepterai votre relation, tu m'entends ? Jamais ! Fais ton choix ! C'est elle ou nous !

– Comment tu peux me demander ça ?

C'est le moment que je choisis pour regagner la chambre, préparer mes affaires et me tirer d'ici. Je refuse d'être celle qui déchirera une famille.

La mienne est déjà partie en lambeaux et c'est hors de question qu'une autre soit meurtrie car je n'ai ni les bonnes origines ni la famille convoitée.

C'en est trop.

La coupe est pleine.

Elle a gagné.

Je rends les armes. Elle est allée jusqu'à évoquer la mort de son fils pour l'atteindre profondément.

J'ai déjà traversé énormément d'épreuves, m'accrochant à cet amour, comme à un phare dans la nuit noire. J'ai accepté ses absences, pardonné ses erreurs et encaissé les coups bas de sa mère. Mais là, c'est au-dessus de mes forces.

Je vais faire ce choix à la place de Fabio car je sais qu'il est capable de l'envoyer au diable. Néanmoins, tôt ou tard, il le regrettera et m'en voudra. Je refuse que cela arrive. Je refuse de le détourner de celle qui l'a élevé et qui a vu ses premiers pas. Celle qui l'a accompagné à ses matchs et s'est occupée de lui quand il était malade. Elle est sa mère, et on n'en a qu'une. C'est un lien invisible mais indéfectible.

Adieu la vie en Angleterre, adieu à notre amour si pur et si sincère. Je garderai en mémoire toutes ces premières fois vécues à ses côtés. Tous nos fous rires et nos taquineries. Notre complicité à toute épreuve. Ce tatouage pour me rappeler à quel point il a marqué ma vie.

La porte s'ouvre et je vois à quel point il est bouleversé et abattu par ce que vient de lui dire sa mère. Il remarque que je suis en train de préparer mon sac. Il va falloir que je sois dure, que je paraisse sûre de moi, car il ne l'acceptera pas, j'en suis certaine.

– Qu'est-ce que tu fais, Ambre ?

– Je rentre chez moi, Fabio ! J'ai réfléchi, je ne suis pas prête à vivre avec toi, c'est trop tôt, nous sommes trop jeunes. Cette vie n'est pas faite pour moi. Je n'y arriverai pas. Entre Charlotte, ta mère et le foot, je ne peux pas. Je ne peux plus. Je suis désolée. J'ai beau t'aimer, ça ne suffit pas. Je croyais être assez forte pour tout ça, mais ce n'est pas le cas ! C'est fini, Fabio !

– Non, non, non, non ! C'est hors de question ; tu reposes ce sac et t'arrêtes de dire des conneries !

Il sort les affaires que j'ai mises dans mon sac mais je les remets dedans.

– Fabio, s'il te plaît, ne rends pas les choses plus difficiles ! J'ai tout entendu et ta mère a raison...

– Bébé, arrête maintenant, pose ce sac immédiatement ! Je te choisis, toi ! Rien à foutre du reste !

– Fabio, je suis désolée mais je ne veux pas que tu me choisisses...

– Qu'est-ce que tu attends de moi? C'est toi que je veux, peu importent les conséquences ! Je t'aime, bébé, tu ne peux pas me laisser alors que tout décolle pour moi, pour nous !

– Je suis désolée ! Je ne peux plus ! Ce sera toujours comme ça ! Ça ne changera jamais et je n'en ai plus la force.

Je me dirige vers la porte.

– Ambre, si tu quittes cette chambre, ne reviens plus jamais ! Ce sera terminé ! Je te préviens !

Je le regarde fixement, mémorise son beau visage et sa fossette qui me plaît tant. Je photographie une dernière fois le doré de ses yeux avant de tourner les talons pour me diriger vers les escaliers. Un bruit fracassant résonne derrière moi, un bruit de casse et de colère.

C'est un déchirement sans nom, mon cœur s'émiette, mes jambes sont prêtes à se dérober sous mon poids et ma vision se trouble. J'ai l'impression d'arracher une partie de moi-même et de la laisser derrière moi. Des milliers de lames me transpercent l'estomac et la bile me monte à la gorge. Je ne dis au revoir à personne ; à quoi bon ? Je me dirige vers le portail et je vomis toute la peine, tout le chagrin et toutes les méchancetés entendues aujourd'hui. Je marche quelques mètres et je m'effondre, des litres de larmes se déversant sur mon visage. Je suis prise d'une crise de tremblements et je parviens difficilement à respirer.

Je me relève tant bien que mal et je cherche désespérément à regagner la gare par tous les moyens qui soient. Je veux être loin d'ici, loin de tout ce mal qui m'assaille.

33

Ambre

Après de nombreuses péripéties, j'ai réussi à rentrer chez moi. J'ai dû prendre le bus pour me rendre à la gare et changer mon billet. Durant tout le trajet, de violents sanglots m'ont secouée. J'ai tourné ma bague dans tous les sens, espérant y voir le doré de ses yeux.

Si j'avais su qu'aimer pouvait engendrer de telles souffrances, je lui aurais renvoyé son ballon en pleine tête.

J'ai l'étrange impression qu'un orage gronde à l'intérieur de moi et qu'une violente tempête ravage l'entièreté de mon être. Je voudrais être forte et accepter cette décision, mais mon cœur n'est pas d'accord.

Certains voyageurs m'observent avec insistance, une lueur de pitié et d'empathie au fond du regard, mais personne ne m'approche et c'est tant mieux.

J'ai prévenu ma mère de mon retour précipité, sans lui donner d'explications. Je la retrouve à la sortie de la gare de Bordeaux, marquée de cernes et hésitante dans mes pas. Elle sort de la voiture en trombe et me rejoint pour m'aider à avancer.

Ce n'est qu'une fois que nous sommes installées dans le véhicule que je m'effondre pitoyablement, essayant de parler entre deux crises de larmes.

Ma mère semble très inquiète, elle tente de me calmer comme elle peut, en me serrant fort contre elle, mais en vain. Le château que nous a construit Fabio s'écroule lamentablement et misérablement. Le roi et la reine ont perdu la bataille et les ruines se désagrègent pour laisser place à un vide immense.

À la fin de mon récit, ma mère ne prononce aucun mot durant quelques minutes, sous le choc de toutes les informations à assimiler.

– Ça me chagrine énormément pour vous deux, Ambre… Vous aviez l'air tellement amoureux ! Malheureusement, parfois, l'amour ne suffit pas. Beaucoup d'éléments ont joué contre vous. Son ex-petite copine, le foot et sa mère. D'ailleurs, elle ne doit pas être bien futée pour tenir un tel discours. C'est une décision difficile que tu as prise… Mais c'est probablement la bonne. Je te connais bien, ma fille, et je sais à quel point tu es blessée et à quel point ce genre de personnes te répugne ! Tu trouveras quelqu'un dont la famille t'acceptera et partagera tes valeurs !

– J'ai tellement mal, maman !

– Tu as le cœur brisé, Ambre, mais la douleur passera… Crois-moi. Mon premier amour s'appelait Alain. Il était tellement beau ! Je revois encore le bleu de ses yeux m'hypnotiser. Puis, il a déménagé et mis un terme à notre histoire. Je ne pensais plus jamais ressentir quoi que ce soit pour un homme tellement la souffrance m'étreignait. Et un jour j'ai rencontré ton père, et mon cœur s'est emballé de nouveau ! Puis je t'ai eue et la vie n'a plus jamais été la même. Avec le temps, toutes les peines s'apaisent et l'espoir revêt de nouveaux traits.

L'entendre parler d'elle et de mon père me réchauffe le cœur. Ils se sont aimés, c'est indéniable. Pourtant, ils ont fini par se séparer eux aussi.

Je ne veux aimer personne d'autre que Fabio, c'est impossible. Il est irremplaçable. Je me replonge dans un mutisme absolu jusqu'à notre arrivée à la maison.

J'embrasse ma grand-mère et cours vers ma chambre pour m'effondrer dans mes draps et pleurer toutes les larmes de mon corps.

Une fois calmée, je décide d'appeler Sana et de vider mon sac.

– Mon Dieu, mais quelle connasse ! Je suis tellement choquée ! Je te comprends, au fond… Ces derniers mois ont déjà été très difficiles. Tu as beaucoup pardonné et été très patiente. Je pense que c'était la goutte de trop. Tu t'imagines supporter toute ta vie une belle-mère qui te déteste et dénigre les tiens. Qui te dit ouvertement qu'elle préfère l'ex de son fils ! Tu as pris la bonne décision, ma sœur… Je serai là pour toi ! N'en doute pas !

Nous raccrochons et, même si mon choix leur paraît évident, je ne ressens aucun soulagement. À vrai dire, je ne ressens rien. J'ai laissé mon cœur à Rennes, dans cette chambre, et j'essaie de survivre à cette perte.

***

Voilà trois semaines que tout est fini. J'ai eu mon bac, avec mention « très bien ». Je m'en contrefiche. Plus rien n'a d'importance. Je n'ai eu aucune nouvelle de lui… Mais il m'avait prévenue : « Si tu sors de cette chambre, c'est terminé… » Je mentirais si je disais que je n'ai pas eu envie de l'appeler ou de lui écrire. Mais à quoi bon ? Sa carrière internationale est bien engagée et cela ne changerait rien à ce que sa mère pense de moi.

En attendant, je fais toujours dans le cyber-espionnage et j'ai découvert qu'il passait du bon temps avec Charlotte dans les rues de Londres. Si j'étais déjà au plus bas, ces photos m'ont plongée dans un désespoir infini.

Comment sortir la tête de l'eau quand je préférerais me noyer ? Comment oublier quelqu'un qui est marqué à l'encre noire sur ma peau ? Comment aller de l'avant quand les souvenirs me rappellent à quel point il fait partie de moi ?

La douleur morale est tellement plus dévastatrice que la douleur physique. Elle s'insinue par les pores les plus invisibles pour s'installer confortablement et rappeler inlassablement sa présence.

Trois semaines que je ne sors pas de ma chambre, sauf pour les balades quotidiennes avec Yama, et pour me doucher et manger un peu.

Je suis dans mon lit quand cette dernière me rejoint et s'assied près de moi.

– Benthi, comment tu te sens ?

– Un peu mieux, Yama…

– Tu sais, Ambre, quand j'ai rencontré ton grand-père, j'avais seulement 18 ans et lui 24. Sa famille vivait dans le village voisin et nos noces étaient arrangées. J'avais tellement peur de quitter ma maison. Je ne me sentais absolument pas prête. Le jour de notre rencontre, il a senti mes craintes et mes appréhensions. Alors il a pris ma main et m'a juré de tout faire pour me rendre heureuse. (Elle saisit mes doigts.) Puis il a souri et j'ai su que je pourrais compter sur lui. Nous avons eu cinq merveilleux enfants. Il avait tenu sa promesse, j'étais heureuse grâce à lui. Il travaillait énormément, dans un pays qui n'était pas le nôtre et qui nous avait accueillis à bras ouverts pour nous offrir une belle vie. Quand les médecins nous ont annoncé sa maladie, c'est moi qui lui ai pris la main et qui lui ai juré d'être là. Puis un jour, il est parti... (L'émotion transparaît dans sa voix.) Depuis vingt ans, pas un jour ne passe sans qu'il me manque profondément... Mais je sais que je le retrouverai, quand mon heure viendra. Alors, Benthi, il faut que tu comprennes que lorsque deux personnes sont faites pour être ensemble, elles se retrouvent tôt ou tard, ici ou ailleurs.

– Merci, Yama, *N'habeck*... J'aurais aimé connaître pépé, tu sais...

– Tu l'aurais adoré, j'en suis sûre. Je vais me coucher, je suis fatiguée. Garde espoir, Ambre ! Tôt ou tard, le soleil revient... Bonne nuit, Benthi, *N'habeck*.

L'histoire de ma grand-mère m'a redonné l'espoir qui me manquait cruellement. Je m'accroche à l'idée que si deux âmes sont destinées l'une à l'autre, un jour, la vie les réunit.

***

Je suis réveillée par des cris.

– Ambre ! Ambre ! Dépêche-toi ! Appelle les pompiers !

Ma mère hurle et sanglote.

– Qu'est-ce qui se passe, maman ? m'écrié-je.

– C'est Yama, elle ne respire plus, vite appelle le 18 !

Je m'exécute, essayant tant bien que mal d'expliquer la situation sans m'effondrer. L'interlocutrice me prévient que les pompiers seront là dans moins de cinq minutes. Je me précipite dans la chambre de ma grand-mère et la scène à laquelle j'assiste me coupe les jambes. Ma mère est en train d'essayer de la réveiller mais elle ne bouge pas. Elle lui prodigue les premiers gestes de secours mais ses bras restent ballants et ses yeux clos.

– Ambre, putain, ne reste pas là, aide-moi !

Je m'approche et m'assieds près d'elle. J'essaie de lui faire un massage cardiaque, en imitant ceux que j'ai déjà vus à la télévision mais rien ne se passe et mon cœur s'émiette en un milliard de lambeaux. Je m'empare de ses mains et, quand je sens la froideur de ses doigts, je déglutis et mon souffle se coupe quelques secondes.

– Yama ! (Je la secoue.) Yama ! Réveille-toi, c'est l'heure de la prière ! (Je la secoue plus fort.) Allez, Yama, s'il te plaît, debout !

Ma mère s'écroule derrière moi, la fatalité nous éclate au visage. Ma grand-mère est partie. C'est fini, tout est fini. Elle a rejoint celui qu'elle aime tant, et nous a laissées seules.

C'est de cette manière qu'un matin son cœur s'est arrêté, emportant une partie du mien et de celui de ma mère. Nous privant de temps pour lui répéter à quel point elle était formidable. À quel point sa présence illuminait notre quotidien. À quel point la vie sans elle est impossible. Nous ôtant le privilège de lui répéter ô combien elle était une mère et une grand-mère formidable.

Comment peut-on dire adieu et accepter l'irréversibilité de la mort ? Comment envisager qu'il n'y aura plus jamais de balades quotidiennes ? De câlins matinaux ? Comment imaginer ne plus entendre sa voix chantant de magnifiques mélodies dans sa langue natale ?

Les pompiers sonnent à la porte et le médecin du SAMU constate le décès. Mes jambes cèdent et je tombe, genoux à terre. C'est un flot de tristesse qui s'abat dans notre demeure. Ma mère me prend dans ses bras et mes sanglots s'accentuent. Je crie, je hurle mon refus d'accepter son décès. Je ne veux pas, c'est trop tôt. Pourquoi ? Elle était le pilier de cette famille, le soleil de la maison. Je pense à ma mère et à ses frères et sœurs, qui sont maintenant orphelins, sans parents, et la peine s'accentue.

Les heures suivantes défilent et je suis cloîtrée dans le silence, dans un état de sidération sans précédent. Je n'ai jamais affronté la mort et ce matin, elle s'est invitée chez nous sans prévenir pour prendre l'être le plus aimant qu'il m'ait été donné de rencontrer. Encore hier, elle essuyait mes larmes et berçait mon cœur, et aujourd'hui je dois lui dire au revoir pour toujours. Je refuse d'y croire ! C'est impossible ! Pourtant ils ont emmené son corps pour qu'il puisse être préparé selon les traditions musulmanes.

***

Son enterrement a lieu en Algérie. Nous avons pris l'avion tous ensemble. J'informe ma mère que mon père m'a promis d'être présent et cette idée me réchauffe le cœur.

Ma grand-mère est enterrée sous les yeux de ses cinq enfants et de tous ses petits-enfants, plus unis que jamais. Nous lui adressons un dernier adieu et elle rejoint son grand amour, mon grand-père, pour l'éternité.

Nous passons quatre jours dans notre famille algérienne. Elle est très nombreuse et très aimante. Avec Léona, nous nous promettons d'y revenir rapidement. Mon père m'a énormément soutenue, il m'a consolée et a versé lui aussi quelques larmes. Il avait beaucoup de respect pour ma grand-mère, et son décès l'a profondément touché.

De retour en France, je me rends immédiatement dans la chambre de Yama, et les larmes coulent sans prévenir. Je prends place sur son lit et ma mère me rejoint, la gorge nouée, et passe son bras par-dessus mon épaule. Nous remarquons qu'un papillon est dans la chambre. Volant et virevoltant dans les airs. Il finit par se poser sur l'un des cadres d'une photo de mes grands-parents lorsqu'ils étaient plus jeunes. Nous sourions et je décide d'y voir un signe. Le signe qu'ils se sont retrouvés là-haut et qu'ils peuvent s'aimer de nouveau.

34

Ambre

Nous sommes le 19 octobre.

Cela fait trois mois aujourd'hui que Yama est partie. Son absence a fait naître un manque terrible. Souvent, je regarde la porte en espérant la voir rentrer, son foulard fleuri sur la tête. Mais malheureusement, cela n'arrivera plus.

Son décès a soudé notre famille. Nous perpétuons sa mémoire, et ma mère a imposé que nous mangions tous ensemble tous les vendredis.

Avec ma cousine Léona, nous avons décidé de nous faire tatouer le prénom de Yama en arabe sur la nuque. Elle sera dans mon cœur, dans ma mémoire et sur ma peau pour toujours. Victor Hugo a dit « Tu n'es plus là où tu étais mais tu es partout là où je suis » au sujet de la perte de sa fille. Je me répète cette phrase tous les jours et cela m'aide à avancer. Je me dis qu'une partie d'elle vit à travers moi.

J'ai passé une semaine à Nice avec mon père. Il a rencontré une femme. Elle s'appelle Gisèle. Je n'ai pas vraiment eu le temps de la connaître mais il a l'air de tenir à elle, alors cela me suffit. Il essaie de se racheter une conduite auprès de moi et je dois bien admettre que cela fonctionne.

Sana a emménagé à Bordeaux. Elle est le soleil de ma vie. Elle rend chaque jour meilleur, et elle dort souvent à la maison. Nous avons repris les cours. Nous sommes toutes les deux en faculté de psychologie. Les enseignements sont vraiment très intéressants. Notamment ceux de psychopathologie, où nous étudions les maladies et leurs symptômes.

Éva et Baptiste sont toujours ensemble. Ils m'ont énormément soutenue durant ce deuil que je continue de traverser. Baptiste a signé à Lorient, en Ligue 2 et elle l'a suivi.

Noëly et Cyril font tout ce qui est en leur pouvoir pour me changer les idées. Ils sont tous les deux en école de journalisme. Cela leur va comme un gant.

Quant à *lui*… Silence radio… Pas un mot, pas une syllabe. Rien. Ne serait-ce que pour me présenter ses condoléances. Je sais qu'il est au courant. Ma cousine a su par Éva que Baptiste l'en avait informé. Il est passé à autre chose et il n'y a rien que je puisse faire à part me morfondre.

Pourtant, il m'arrive parfois de suivre ses matchs à la télévision. Tout le monde ne parle que de lui et de tous les records qu'il a déjà battus malgré son jeune âge. Ce qui rend encore plus difficile le fait de tourner la page. Charlotte poste de nombreuses photos où il apparaît. J'évite soigneusement de visiter son profil car chaque découverte arrache une partie de mon âme et torture mon cœur brisé.

Régulièrement, j'observe ma bague en espérant qu'il pense à moi autant que je pense à lui.

Chaque fois que je me retrouve nue face à un miroir, le « F » tatoué sur ma peau me rappelle à quel point il s'est introduit dans chaque cellule de mon être.

Pourtant, je veux l'oublier et passer à autre chose. C'est en partie pour cette raison que j'ai accepté de sortir ce soir. Une soirée étudiante à la boîte de nuit The Base.

Nous nous préparons chez Noëly et j'avoue être de plus en plus sceptique quant à cette idée.

– Allez, Ambre, c'est sympa, tu verras ! Ça fait un bail qu'on n'a pas fait de soirée entre nous ! s'exclame Noëly. Puis tu es la seule à avoir le permis ! Donc tu es obligée de venir !

– Oh oui ! Alors enfile-moi cette robe et ces talons et arrête de faire ta rabat-joie ! Cyril nous attend devant dans trente minutes ! enchaîne Sana. Léona, tu veux bien me filer ton rouge à lèvres *nude*, s'il te plaît ?

***

Des dizaines d'étudiants font la queue devant la boîte. La musique transperce les murs. Nous patientons une vingtaine de minutes avant de pénétrer dans l'établissement. Cyril m'entraîne immédiatement sur la piste, sur « Get Busy » de Sean Paul.

– C'est ma chanson ! crie-t-il, bras en l'air, de la manière la plus clichée qui soit.

Le voir si heureux et détendu m'oblige à l'imiter. Alors je le suis et danse en rythme sur le thème de la soirée : un répertoire musical cent pour cent américain. Les voix de Chris Brown, Beyoncé et Rihanna imprègnent mes mouvements et je laisse tomber les barrières. J'attire malgré moi quelques garçons qui me collent un peu trop à mon goût. Je parviens à tous les éconduire sans encombre.

Avoir dépensé autant d'énergie m'a donné soif. Je vais au bar et commande une boisson. Pendant que je patiente, une voix familière m'extirpe de mes pensées.

– Est-ce que je suis en train de faire le plus merveilleux des rêves ou est-ce que tu es réelle ?

Je tourne la tête et découvre un visage familier aux traits harmonieux. Il est élégant, comme toujours. Il porte un tee-shirt noir *oversize* sur un jean brut. Ses cheveux blonds ont légèrement poussé et le côté rebelle de sa coupe lui confère une attitude de mannequin. Bizarrement, je suis agréablement surprise de le voir.

– Nicolas !

– Alors, non ! Je ne rêve pas ! Je suis content de te voir ! Je n'aurais jamais pensé te croiser dans ce genre de soirée !

– Eh oui, les choses changent, comme tu peux le constater !

– Je ne vais pas m'en plaindre ! Je suis ravi de te voir... Alors, quelle branche as-tu choisie ?

– La psychologie ! Et toi ?

– Le droit ! Et ton Fabio, toujours le foot ?

– Je... Enfin, lui et moi... C'est fini...

– Ah, je ne savais pas, désolé...

– Pas de soucis, c'est la vie, malheureusement !

– Il est complètement fou de t'avoir laissée partir ! Si j'étais avec une fille comme toi, je m'assurerais de te garder près de moi *ad vitam æternam*...

Note à moi-même: ne plus jamais rougir devant aucun homme.

– Laisse-moi t'offrir un verre, Ambre ! Pour trinquer à nos retrouvailles !

– Bon d'accord ! Mais un seul !

– Tout ce que tu voudras, ma jolie !

Nous poursuivons notre discussion et, pendant quelques secondes, j'ai la vague sensation de ne plus penser à Fabio. Nicolas est beau garçon et il sait jouer avec les mots. Ses yeux sont d'un bleu hypnotisant, avec un soupçon de doré.

Il n'y a rien de doré dans ses yeux, pauvre idiote, arrête de le voir partout ! T'es ridicule ! Il ne veut plus de toi.

Je descends mon verre d'une traite pendant qu'il me parle de ses études et des vacances qu'il a passées au Mexique avec ses parents. Il finit par m'inviter à danser. J'ai d'abord envie de refuser, mais ma conscience me rappelle que je suis jeune et libre. Alors j'accepte, sous les regards stupéfaits de mes amis. Mes gestes sont d'abord timides mais Nicolas rapproche ses hanches des miennes, sans pour autant dépasser les limites du raisonnable. Il me fait des imitations de Jean-Marc Généreux – juré de *Danse avec les stars* – dans l'oreille, ce qui a le mérite de me faire mourir de rire et de me dérider. Je crois que je passe vraiment une bonne soirée.

Il est trois heures du matin quand nous sortons tous de la boîte, Nicolas derrière nous. Il demande à me parler et je prie les filles et Cyril de commencer à avancer sans moi. Il rétrécit la distance entre nous et le stress me gagne. Il passe une mèche de cheveux derrière mon oreille, et je me laisse faire tout en fermant les yeux. Mes lèvres s'étirent car j'ai réellement passé une bonne soirée à ses côtés.

– Tu es tellement belle ! Encore plus quand tu souris ! Je suis très heureux de t'avoir vue ce soir...

Il approche son visage du mien et je panique. Mais ses mots, l'alcool et l'envie irrépressible d'oublier celui qui hante mes nuits guident mes actes, et mes lèvres font le reste du chemin vers les siennes. D'abord de manière innocente. Mais quand je sens l'humidité de sa langue se présenter sur ma bouche, je lui rends son baiser et me laisse aller, espérant chasser Fabio de mes pensées et enterrer le souvenir de son visage. Pourtant, j'ai la violente impression de le trahir, de le tromper.

C'est absurde.

Soit.

Mais il ne peut en être autrement. Alors je mets un terme à ce rapprochement. Sans évoquer ce qui traverse mon esprit.

Il semble surpris mais ne fait aucune remarque. Il réajuste ma veste sur mes épaules et me serre contre lui. Son souffle chaud caresse le haut de mon crâne et j'aimerais me sentir bien dans ses bras. Et oublier ceux qui m'ont si souvent enlacée amoureusement. Mais rien n'y fait, il est là, en moi.

– Merci, Nicolas, pour cette soirée…

– Merci à toi, ma jolie ! J'espère te revoir très vite !

Il part de son côté et toute ma petite troupe m'attend impatiemment. Je sens que je vais avoir droit à un interrogatoire musclé. C'est d'ailleurs Cyril qui commence l'enquête.

– Tu nous expliques, c'était quoi, ce bain de langues ? Ça y est ? Tu as enfin dit adieu au célibat ?

– Depuis le temps que Nico attendait ça ! Tu te rends compte que tu as réalisé un de ses rêves les plus fous ? lance ma cousine tout en mimant un baiser avec un arbre de la rue.

– Vous êtes incorrigibles tous les deux ! C'était juste un baiser ! Pas de quoi en faire tout un plat !

C'est du moins ce que j'espérais. Pourtant, lorsque je me couche ce soir-là, la culpabilité vient me tenir compagnie. Je n'irai pas jusqu'à dire que je regrette ce baiser mais cela ne me ressemble pas. Je me connais assez pour savoir que je l'ai fait pour les mauvaises raisons. Pourtant, Nicolas a réussi à éclipser Fabio de mes songes quelques instants. Ce soir, le sommeil me nargue et ma conscience se moque ouvertement de moi. Puis, comme chaque nuit avant de rejoindre les bras de Morphée, je visite le profil de Fabio et de Charlotte, pour me souvenir que lui est bel et bien passé à autre chose.

***

Voilà une semaine que la soirée étudiante est passée. Nicolas et moi avons souvent discuté sur Facebook. D'ailleurs, nous devons nous retrouver demain soir, tous ensemble, à une autre soirée organisée par le bureau des étudiants en droit.

Aujourd'hui, j'ai rendez-vous avec le chirurgien qui a opéré ma jambe. L'accident a eu lieu il y a bientôt un an, et il doit normalement retirer la tige métallique logée dans mon tibia. Je pianote tranquillement sur mon téléphone quand la secrétaire vient me chercher pour me conduire dans son bureau.

– Mademoiselle Bellino, installez-vous, je vous prie.

– Bonjour, docteur.

– Alors, comment va cette jambe?

– Très bien. À vrai dire, je n'ai presque plus aucune douleur.

– C'est une bonne nouvelle. Je vous explique comment cela va se dérouler. D'abord, vous allez faire une radio pour vérifier que l'os s'est bien consolidé. Si c'est le cas, nous vous opérerons la semaine prochaine comme prévu. Laissez-moi jeter un coup d'œil à votre bilan sanguin. Le laboratoire me l'a envoyé ce matin.

Il ouvre l'enveloppe et déplie la feuille. J'observe son bureau et la maquette d'une jambe posée devant moi. Je relève les yeux vers le chirurgien, dont le visage a légèrement changé de couleur. Il tourne et retourne plusieurs fois la feuille et je commence à angoisser. Son comportement ne présage rien de bon. Mon Dieu. Mon cœur s'affole et les mots parviennent difficilement à sortir de ma bouche.

– Docteur?

– Mademoiselle Bellino, votre taux d'HCG est vraiment très élevé!

– Qu'est-ce que ça signifie? Est-ce que c'est grave?

– Cela signifie que vous êtes enceinte ! Et probablement de plusieurs semaines !

Je ris nerveusement.

– Quoi ? Enceinte ? C'est impossible ! Je prends la pilule et j'ai mes règles tous les mois !

– Les analyses ne se trompent pas. L'hormone bêta HCG est produite par l'embryon dans un premier temps, puis par le placenta. Au vu de votre taux, je peux affirmer que vous êtes bel et bien enceinte. C'est très rare, mais cela peut arriver même en étant sous pilule ! L'avez-vous prise tous les jours et à la même heure ?

– Oui, docteur ! Tous les jours à vingt heures précises. Je n'ai eu aucun rapport depuis des mois. Vraiment ! Il doit y avoir une erreur, ce ne sont pas mes analyses. Vérifiez le nom en haut, s'il vous plaît. Je ne peux pas être enceinte !

– Écoutez, mademoiselle Bellino, calmez-vous. Je vais contacter immédiatement le service de gynécologie et mon confrère va réaliser une échographie afin de corroborer les résultats du bilan et vérifier le stade de votre grossesse.

À cet instant, mon monde s'écroule. Je cherche ma respiration et j'ai le sentiment d'avoir la tête sous l'eau. J'entends au loin la voix du médecin qui explique la situation à son collègue au téléphone. Puis, remarquant mon état de sidération, il demande à sa secrétaire de m'accompagner jusqu'au service obstétrique.

Mes jambes avancent de manière autonome et je ne parviens pas à répondre aux questions qu'elle me pose.

Je pose ma main sur mon ventre et imagine un petit être à l'intérieur. Un mélange de Fabio et de moi. Oh, mon Dieu ! Si je suis enceinte, c'est lui, le père de ce bébé !

La dernière fois que nous avons fait l'amour, c'était il y a quatre mois. Peut-être est-il encore possible de se faire avorter ? Mais est-ce que c'est ce que je veux ? Ou est-ce que je veux devenir maman à 18 ans à peine ? Comment pourrais-je m'occuper d'un bébé ? Avec mes études et les partiels ? Seule ? Sans papa ? Et que dirait Fabio ? Peut-être pensera-t-il que je l'ai piégé ? Est-ce qu'il serait heureux ? Est-ce qu'il ne voudra pas ne rien savoir de tout cela ?

S'il s'avère que les analyses sont justes, comment vais-je l'annoncer à mes parents ? Ils seront tellement choqués et effondrés. Avoir une fille de 18 ans, célibataire, étudiante et enceinte, ce n'est pas vraiment ce qu'un parent peut espérer.

Ça y est, je cède à la panique. D'autant plus quand je repense à l'alcool ingurgité il y a à peine quelques jours. Je me sens mal tout à coup. Le bébé est-il en bonne santé ? L'ai-je mis en danger ? Tant de questions sans réponses m'assaillent et je respire péniblement.

– Mademoiselle Bellino ? Mademoiselle ?

– Oui, pardon... Oui, c'est moi !

– Suivez-moi, c'est à vous pour l'échographie.

Le gynécologue m'installe et me demande de retirer mon pull. Il me regarde fixement, me juge. Il doit sûrement me considérer comme une adolescente inconsciente qui n'est pas capable de prendre correctement une putain de pilule.

Il applique un gel froid sur mon ventre et commence l'examen. Je regarde l'écran et je crois tomber des nues.

On peut voir distinctement l'image d'un bébé, avec une tête, deux bras et deux jambes. Un bébé très énergique, qui gigote dans tous les sens. Mon visage s'inonde de larmes. Je suis prise dans un tourbillon émotionnel sans vraiment comprendre la teneur de mes sentiments.

Joie ? Peur ? Tristesse ? Angoisse ? Cela fait beaucoup à digérer.

Le gynécologue m'informe qu'il prend les mesures pour estimer la date de conception. Après plusieurs minutes, il m'annonce que j'en suis à plus de six mois de grossesse, que ce bébé est en bonne santé et qu'il ne présente aucune malformation.

Six mois ! Je suis enceinte de six putains de mois. Je calcule rapidement dans ma tête pour réaliser que c'est arrivé au mois d'avril. Soudainement, ça me revient en mémoire. Le lendemain de mon anniversaire, quand ma mère m'a déposée chez Fabio. Ma plaquette était finie et la nouvelle était restée chez moi. Je ne l'ai oubliée qu'une seule fois. Cela a suffi pour bouleverser mon destin. Un bruit régulier coupe le fil de ma réflexion.

– Vous entendez ? Ce sont les battements de son cœur.

Je suis abasourdie et mes sanglots s'intensifient. Six mois qu'un bébé se développe en moi sans que je m'en rende compte. Quel genre de fille je suis ? C'est quoi, mon putain de problème ? Mon ventre est pratiquement plat et j'ai eu mes règles, bordel ! Je suis totalement perdue…

– Mademoiselle Bellino, vous avez fait un déni partiel de grossesse. Aucun symptôme, aucune prise de poids. Dans votre cas, le bébé se positionne contre la colonne vertébrale, en position debout, d'où le fait de ne pas voir votre ventre s'arrondir.

– Mais comment est-ce possible, docteur ?

– Le déni de grossesse reste entouré de mystères. Souvent, il peut y avoir déni à cause d'une souffrance profonde, qui est un obstacle à la prise de conscience, ou bien des traumatismes plus anciens. C'est difficile à dire…

Entre ma rupture avec Fabio et le décès de ma grand-mère, la souffrance ne m'a pas épargnée ces derniers mois. Je ne parviens toujours pas à prendre conscience qu'un bébé de six mois est en train de se développer dans mon ventre. Je suis sa mère et je n'en avais pas la moindre idée. Je m'en veux tellement, je me hais de n'avoir rien vu, rien senti.

– Est-ce que vous voulez connaître le sexe ?

Je remue la tête pour acquiescer. Il reprend la sonde.

– Eh bien, c'est un garçon. Vous voyez ça ? (Il pointe l'écran.) C'est son pénis.

Un petit garçon. Un mini Fabio. Oh, mon Dieu, Fabio. Comment vais-je lui annoncer ?

« Hé, salut, Fabio, quoi de neuf depuis que je t'ai quitté ? Au fait, on va avoir un bébé, un petit mec. Allez, bon match et embrasse ta mère ! À plus ! »

Le gynécologue doit probablement remarquer mon état de panique.

– Écoutez, mademoiselle Bellino, je vais vous donner toutes

les démarches à suivre pour déclarer votre grossesse. Vous devrez ensuite rencontrer une sage-femme qui vous proposera de participer à des groupes de préparation à l'accouchement et vous donnera toutes les informations nécessaires pour finir votre grossesse dans de bonnes conditions. On se revoit dans un mois et demi pour l'échographie du dernier trimestre. Je vous donne également la carte d'un psychologue de l'hôpital. Je suppose à quel point cette annonce est un choc et vous ressentirez peut-être le besoin d'en parler.

Je crois qu'il ne mesure pas à quel point cette nouvelle est un bouleversement sans précédent. Moi ? Maman ? Je ne me sens pas prête, je ne peux pas. Quel genre de mère ne saurait même pas qu'elle est enceinte ? Cela prouve déjà à quel point je serai incapable de m'occuper de ce bébé.

Après être retournée dans le bureau du chirurgien, qui m'annonce donc que l'opération est reportée, je quitte l'hôpital, chancelante.

***

Je ne sais même pas comment j'ai réussi à rentrer chez moi. Je fixe le mur du salon depuis plus d'une heure maintenant. Je répète dans ma tête la manière dont je vais annoncer la nouvelle à ma mère. Mais lorsque j'entends la porte d'entrée s'ouvrir, le stress m'envahit.

– Bonsoir, ma puce, désolée de rentrer si tard, on a eu pas mal de boulot aujourd'hui et il manquait une des filles. Je suis exténuée. Alors, ce rendez-vous avec le chirurgien ? (Elle pose son regard sur moi et je fonds en larmes.) Ambre, qu'est-ce qui se passe ? Tu m'inquiètes !

Je lui tends la pochette de l'échographie car mon discours s'est enfui avec mon courage. Lorsqu'elle découvre les images, elle se laisse tomber sur le canapé et encercle son visage de ses mains.

– Ambre, qu'est-ce que ça veut dire ?

Je sanglote et j'ai du mal à respirer.

– Je suis désolée, maman ! Je suis vraiment désolée ! Je ne voulais pas, je te jure. Je ne l'ai oubliée qu'une fois ! Qu'une seule putain de fois ! Pardonne-moi, je t'en supplie !

– Hé, du calme, respire ! Tu… Tu es enceinte ? Depuis quand ?

– Six mois…

– Six mois ! hurle-t-elle. Mais comment c'est possible ? C'est une plaisanterie ?

– J'ai fait un déni partiel de grossesse, maman. Je te jure, je ne voulais pas ! Je suis désolée !

Ma mère se lève et fait les cent pas devant moi, pendant que des litres de larmes s'échappent de mes yeux.

– Je te faisais confiance, Ambre ! Je t'ai laissée dormir avec lui, je t'ai fait prescrire la pilule et tu trouves le moyen de tomber enceinte. Tu n'as que 18 ans ! Tu as la vie devant toi ! Tu commences à peine tes études ! C'est… C'est… C'est tellement décevant ! Comment as-tu pu être aussi irresponsable ? Tu as pensé à ton avenir ? Mon Dieu, je ne préfère même pas imaginer la réaction de ton père. Il vaut mieux que j'aille me coucher avant de dire des choses qui dépasseraient ma pensée !

– Maman ! S'il te plaît ! J'ai besoin de toi !

Elle gagne sa chambre et claque la porte. Je pleure des torrents de perles salées. J'en veux à ce bébé de mettre ma vie sens dessus dessous, je m'en veux d'avoir été assez conne pour oublier une pilule, j'en veux à Fabio dans les bras duquel je ne peux me précipiter pour qu'il me réconforte. Il faut que j'éteigne mon cerveau, mon cœur et mon esprit. Je décide d'aller dans mon lit en espérant trouver le sommeil et des réponses.

35

Ambre

J'ouvre les yeux et je prends conscience que toute la journée d'hier n'était pas un mauvais rêve. Je baisse le regard vers mon ventre et je remarque qu'il s'est arrondi. Énormément même.

Les témoignages que j'ai lus cette nuit sur Internet étaient donc avérés. Après l'annonce d'un déni de grossesse et la prise de conscience, le bébé reprend une position normale et les rondeurs s'éveillent comme par magie. Je pose ma main au-dessus de mon nombril, encore sous le choc de tout ce qu'il m'arrive. Le déni de grossesse touche une à trois grossesses sur mille et je fais partie de cette minuscule probabilité.

Je réalise une nouvelle fois que je suis enceinte d'un petit garçon. Une fusion de Fabio et de moi. Des centaines de scénarios défilent dans ma tête. Des scénarios où je lui apprends la nouvelle. Dans chacun d'entre eux, le dénouement n'est pas vraiment heureux.

Il pourrait tout aussi bien croire que je lui cachais pour ne pas avorter, que l'enfant n'est pas de lui, que ce bébé entacherait sa carrière au sommet. Il pourrait également refuser de l'entendre et continuer sa vie comme si de rien n'était. Je n'ai pas encore trouvé de quelle manière, mais il est évident que je vais devoir lui révéler sa paternité.

Mon regard se dirige vers mon ventre et les battements de mon cœur s'accélèrent. Dans ma quête nocturne, j'ai lu dans certains articles qu'il fallait parler à son bébé. Aussi souvent que possible. Alors je me lance. Je mime de taper à une porte.

– Toc, toc, toc ! Y a quelqu'un ?

Rien ne se passe.

– Hé, ho ! Debout là-dedans !

Toujours rien, j'ai peur… Pourquoi ne bouge-t-il pas ?

– Coucou, bébé, c'est ta maman!

Je sens que ça remue à l'intérieur. Même si cette sensation est étrangement nouvelle, mon petit cœur fond avant de se remplir instantanément d'un amour infini. Mon bébé. Mon tout-petit. Au vu des mouvements énergiques qu'il me prodigue, je sens déjà qu'il tiendra de son père.

– Hey! Salut, toi...

Je caresse ma peau.

– Tu as fini de jouer à cache-cache alors?

Mon ventre se déforme sous ses coups. Il semble réagir à ma voix. Je me mets à pleurer silencieusement.

– Tu as une maman lamentable, tu sais ça? Six mois que tu es là-dedans et je n'ai rien vu.

Il s'agite de plus en plus vigoureusement et j'oscille entre rire et sanglots.

– On reprend du début, bébé. Je suis ta maman. Je m'appelle Ambre. Et tu as un papa aussi. Il s'appelle Fabio. Bon, les choses sont assez... compliquées entre nous. Mais rien à voir avec toi, je te rassure.

Est-ce que je suis vraiment en train de m'adresser à un fœtus? Apparemment oui, et le plus étonnant, c'est que cette discussion me réchauffe le cœur. Il continue de se mouvoir.

– Tu as beaucoup d'énergie, bébé! Tu dois sûrement tenir ça de ton père... Bon, il est 7 h 30, je te propose d'aller prendre le petit déjeuner, c'est OK pour toi?

Les coups s'affirment et je pouffe.

– Tu es gourmand également. Bon, ben, j'ai le regret de t'annoncer que tu tiens ce défaut de moi, bébé...

Je ne vais pas pouvoir l'appeler «bébé» pour toujours. Il va falloir lui trouver un prénom.

Je sors de ma chambre, envahie par une angoisse lancinante. J'espère que ma mère n'est pas encore partie travailler. Je ne supporte pas de la décevoir ou d'être fâchée avec elle. Il faut vraiment que l'on communique et que l'on parle de la suite. J'ai besoin de ma maman et de ses conseils miraculeux. Je marque un temps d'arrêt pour calmer mon cœur prêt à s'échapper de ma poitrine et bébé bouge de plus belle. Je crois que j'ai un allié de taille.

Elle est assise sur le canapé, dans le même état que moi la veille. Elle ne m'entend pas arriver. Je m'assieds à côté d'elle et entremêle mes doigts aux siens. Elle prend conscience de ma présence et pose le regard sur mon ventre. Ses yeux s'arrondissent de stupéfaction. Eh oui, tout ceci est bien réel.

– Maman, parle-moi, s'il te plaît…

– Que veux-tu que je te dise, Ambre? Que je suis chamboulée, choquée, embarrassée par cette situation? Parce que c'est beaucoup plus puissant que ça! Je ne trouve pas de mots assez forts pour exprimer ce que je ressens… Ma fille de 18 ans! Enceinte et célibataire! Tu as été une enfant et une adolescente exemplaire. Tu n'as jamais fait de vagues! Toujours d'excellentes notes! Un avenir beaucoup plus brillant que le mien s'offrait à toi! Au lieu de ça, tu vas être maman alors que tu n'as pas encore vraiment vécu tes propres expériences! Je me sens horriblement coupable! J'aurais dû t'interdire de découcher, j'aurais dû être davantage derrière toi! J'ai failli à mon rôle de mère!

– Maman, ne dis pas ça! Tu es la meilleure mère que n'importe quel enfant rêverait d'avoir! Je suis désolée… La seule responsable ici, c'est moi!

– Tu ne te rends pas compte du chamboulement qu'un bébé provoque dans une vie. Beaucoup plus déroutant qu'un tsunami! Parce que tu vas devoir élever ce bébé! C'est ce que tu as l'intention de faire, non? Assumer tout cela et en parler à Fabio? Car c'est lui, le père, n'est-ce pas?

– Oui, c'est lui… (Un coup vif de bébé me surprend.) Aïe!

– Qu'est-ce qui se passe? Tout va bien?

– Oui, seulement le bébé qui tape!

– Il… Elle… Tu… Tu le sens bouger?

– C'est «il»… Eh oui, depuis ce matin, il remue beaucoup!

– C'est un garçon?

– Oui…

Elle pose sa main sur mon ventre et, au moment où elle le sent, elle me fixe et les vannes s'ouvrent pour déverser l'angoisse accumulée depuis hier soir. Elle me serre dans ses bras.

– Du calme ! Ce qui est fait est fait ! Ça va être difficile mais ça va aller, ma fille ! Un petit garçon… Il va falloir l'annoncer à Fabio et à ton père. Ce ne sera pas une mince affaire mais tu dois le faire. Aujourd'hui. Tu vas rester à la maison exceptionnellement et les appeler, ainsi que les membres de notre famille. Un déni de grossesse… Je pensais qu'on ne voyait ce genre de chose qu'à la télé !

Sa main est toujours sur mon ventre et bébé s'est calmé. Elle sourit légèrement et me quitte pour aller travailler. Un poids vient de s'enfuir de mes épaules. Malgré le choc, j'ai le soutien tant escompté de ma mère. Cela n'a pas de prix. Je savais que je pourrais toujours compter sur elle. Elle est la plus belle personne sur cette terre. Prévenante, aimante, altruiste et toujours de bons conseils. J'espère être un jour la moitié d'elle pour mon fils.

Mon fils ?

Seigneur, je vais avoir un fils. Je poursuis la prise de conscience de mon nouveau statut de future maman.

Je passe les deux heures suivantes au téléphone. Mon père a très mal pris la nouvelle. Il m'a dit que j'étais complètement inconsciente et que je gâchais ma vie. Il a fini par me raccrocher au nez, abasourdi par cette annonce.

Mes oncles et mes tantes ont été tout aussi consternés par cette grossesse. J'ai dû leur expliquer tour à tour ce qu'était un déni partiel. Ils ont beaucoup de mal à croire que je ne me sois rendu compte de rien. Je partage leur stupéfaction.

Après avoir tout avoué à Sana, elle débarque chez moi pour vérifier mes propos. En découvrant mon nouveau corps, elle hoquette de surprise. Elle finit par poser délicatement les mains sur mon ventre. Bébé se met à bouger et un sourire illumine le visage de ma meilleure amie.

– Coucou, p'tit mec ! C'est ta tata préférée ! Bon, j'ai deux ou trois choses à te dire ! Premièrement, ne nous fais plus jamais de surprises comme ça ! Tu veux nous tuer ou quoi ? Deuxièmement, je sais que ta mère stresse beaucoup mais ne lui en veux pas, elle est beaucoup plus cool en vrai. Et troisièmement, je t'aime déjà ! Attends de sortir, je vais te bouffer !

Comme depuis maintenant vingt-quatre heures, je suis une madeleine, l'émotion m'envahit et je pleure. Encore. Sana me prend dans ses bras et tente de me rassurer.

– Bon, est-ce que tu l'as dit à Fabio ?

– Non, pas encore… J'angoisse à mort ! Comment vais-je lui avouer ? « Salut, Fabio, ça va depuis le temps ? Oh ben, je t'appelais juste pour te dire que tu allais être papa d'un petit garçon dans trois mois. » Je n'y arriverai jamais.

– Bon, du calme. Tu peux simplement lui expliquer la situation. Ni plus ni moins. Il doit savoir !

– Je sais.

– Allez, appelle-le. Je reste près de toi !

Je saisis mon téléphone, et compose son numéro. Il ne décroche pas. J'essaie une deuxième fois, puis une troisième et une quinzième fois, mais rien.

Ses mots me reviennent en tête : « Si tu quittes cette chambre, ne reviens jamais. » C'est évident qu'il ne veut pas me répondre.

Je finis par lui laisser un message où je le prie de me rappeler. J'essaie de faire transparaître l'urgence de la situation dans ma voix.

Plusieurs heures passent, ma mère est rentrée et Sana est restée avec nous. Toujours pas de nouvelles de Fabio.

Ma mère me dit d'être patiente, mais ce n'est pas une qualité première chez moi.

***

Cela fait une semaine que j'essaie de le joindre. Il ne m'a jamais rappelée. Je l'ai pourtant recontacté plusieurs fois, mais rien. J'ai donc fini par tout avouer. Il sait. Je lui ai écrit un long SMS dans lequel je lui expliquais toute la situation, avec des photos des échographies et des papiers de l'hôpital à l'appui. J'ai finalement obtenu une réponse, qui a fini d'enterrer le peu d'espoir que je chérissais.

[Bonjour, Ambre.
Je viens de lire ton message.
À vrai dire, je ne sais quoi
te répondre. Je suis tout simplement
choqué. C'est très perturbant pour moi.
Je vais être franc avec toi.
Avoir un enfant ne fait absolument
pas partie de mes projets.
On n'a que 18 ans, putain !
Et avec ma carrière
qui vient de décoller, c'est impossible !
Je ne suis définitivement
pas prêt à être père.
Tu as pris la bonne décision
en mettant un terme à cette histoire.
Je suis aujourd'hui passé
à autre chose et j'ai tourné la page !
C'est pour cette raison
que j'ai ignoré tes appels. Je te demande
de ne plus me contacter, s'il te plaît.
Je te promets de t'aider financièrement,
tous les mois, afin que
vous ne manquiez de rien !
Mais n'attends rien d'autre de moi.
Ma vie est ailleurs maintenant. Fabio]

Ce message m'a anéantie.

Pense-t-il que, moi, je sois prête à être mère ? C'est loin d'être le cas !

Monsieur « je joue à Arsenal et je passe à la télé » croit peut-être qu'une simple jeune fille comme moi avait prévu d'avoir un enfant à 18 ans, et seulement trois mois pour digérer la nouvelle et s'y préparer?

Avec ma mère, nous avons longuement discuté et j'ai pris la décision de me rendre en Angleterre pour le confronter à cette grossesse inopportune. Et s'il ne veut toujours rien savoir, alors j'élèverai bébé toute seule. Après tout, d'autres femmes l'ont fait avant moi.

***

Deux semaines plus tard, nous sommes dans l'Eurostar, et le stress monte. Heureusement que Sana est avec moi et qu'elle me rassure. Je n'aurais pas réussi sans elle.

Une fois arrivées, nous prenons la direction du stade où il s'entraîne. Nous nous sommes bien renseignées et je vais l'attendre à la sortie des joueurs.

Sana s'installe dans un petit café pendant que je patiente, près d'un groupe de supporters. Après vingt minutes à me ronger les ongles, à rassurer bébé et à lire les actualités Google, je vois la foule s'agiter, signe que les joueurs sont en train de sortir.

Je me mets sur la pointe des pieds, guettant son visage parmi l'effectif qui salue les fans. Je suis trop petite, alors je décide de reculer pour avoir une meilleure vue, je suis donc moins visible, mais c'est moi qui irai vers lui quand je le verrai.

Au bout de quelques minutes, je crois manquer d'air en apercevant son visage d'ange. Mes pieds sont cloués au sol et je suis spectatrice de sa beauté et de son charisme. Les supporters l'entourent et cherchent à attirer son attention. Il fait des photos avec chacun d'entre eux et prend même le temps de discuter.

Les sentiments que j'avais dissimulés jusqu'alors reprennent vie dans mon cœur, comme s'ils avaient seulement sommeillé durant tout ce temps. Je porte son enfant, le fruit de l'amour démesuré que je lui voue. J'ai la sensation d'être en apesanteur et que, tel un aimant, mon être est attiré par lui.

N'oublie pas qu'il t'a formellement dit qu'il ne voulait ni de toi ni de ce bébé.

C'est exact.

Peut-être va-t-il me rejeter ou m'envoyer au diable. Qu'en sais-je? Quatre mois que je ne l'ai ni vu ni entendu.

Je suis à une centaine de mètres de lui quand une voiture s'arrête à sa hauteur.

Au volant, une femme brune. Elle est tout simplement magnifique.

Il pénètre dans le véhicule et ils s'embrassent. Un baiser qui n'a rien d'innocent.

La réalité me rattrape et me laisse à terre. Mon âme se cisaille et se brise devant cette vision cauchemardesque. Il a refait sa vie. Il est avec une autre. Une fille à laquelle il doit tenir pour qu'il prenne la décision d'afficher sa relation et de rejeter en bloc cette grossesse.

Leur Mercedes démarre en trombe et je me tiens à un poteau pour éviter de m'effondrer au sol, littéralement. Je cherche mon souffle et pose ma main sur mon ventre pour rassurer bébé. Mais je n'y arrive pas. J'en suis incapable. Car là, tout de suite, je voudrais être n'importe où sauf ici.

Comment survivre à ça? Soudain, je ne sais plus comment respirer. Je suffoque et une horrible toux m'assaille. Un passant s'arrête, percevant mon mal-être. Il me parle en anglais, me demandant si tout va bien. Je lui indique que mon amie est dans le café plus loin et il court la chercher.

Sana déboule et m'aide à me relever. Elle tient mes cheveux pendant que je vide mon estomac du déjeuner avalé dans le train.

– Respire, Ambre. Bordel! Tu me fais peur! (Je m'étouffe de plus belle.) Allez, calme-toi, putain! Qu'est-ce qui s'est passé pour que tu sois dans cet état? Explique-moi!

Le même passant revient avec une bouteille d'eau et je peine à retrouver ma respiration.

Pense au bébé, il n'a rien demandé! hurle ma conscience. Mon Dieu, le bébé!

Inspire, expire, inspire, expire.

Je narre toute la scène à Sana et je ne sais combien d'insultes elle profère.

Je caresse mon ventre et murmure des mots doux et rassurants à bébé.

Je dois me rendre à l'évidence. Fabio a refait sa vie. Il a tourné la page et savoure son rêve. Voilà pourquoi il ne veut rien savoir de ce bébé. Il ne nous veut pas dans sa vie.

Alors, je prends la première décision pour son avenir, pour mon fils. Je l'élèverai seule et je ferai de lui un homme, un vrai. Qui assumera tous ses choix et ne sera pas un lâche. Pas comme son père.

– Maman est là, bébé. Ça va aller. On rentre à la maison.

De retour à Bordeaux, j'explique à ma mère comment tout s'est déroulé et il me semble voir de la fumée sortir de ses oreilles. Je lui fais promettre, après de multiples arguments et contre-arguments, de laisser Fabio hors de nos vies. Il assumera financièrement et cela est déjà le strict minimum connaissant ma situation. Elle respecte ma décision bien que nous ne soyons pas d'accord.

Je vais d'ailleurs couper les ponts avec les deux personnes qui me ramènent à lui : Éva et Baptiste. Nos liens s'étaient déjà étiolés du fait de la distance mais je ne vais rien faire pour arranger cela. Bien au contraire. Une nouvelle vie commence et je dois avant tout penser à bébé.

Note à moi-même : trouver un prénom pour mon fils.

36

Ambre

J'ai du mal à sortir du lit ce matin. J'ai l'impression d'être une baleine et qu'une grue est nécessaire pour m'aider à me lever. Le terme de ma grossesse est dépassé de deux jours. Si cela me déplaît fortement, il semblerait qu'il en soit de même pour bébé, qui est en plein combat de boxe avec mes organes vitaux.

– Dis donc, bébé ! On se calme ! Moi aussi je voudrais que tu sortes de là ! C'est quand tu veux, d'ailleurs !

Je ne lui ai toujours pas trouvé de prénom. Cela désespère ma mère, Sana et Léona, qui ne cessent de me proposer des idées. Mais rien ne me convient et je perds espoir. Je ne vais plus en cours depuis deux semaines, car il me paraît quelque peu angoissant de risquer d'accoucher dans un amphithéâtre.

Heureusement, ma meilleure amie me transmet tous les cours pour que je ne perde pas le fil.

J'ai décidé d'hiberner toute la journée en compagnie de mon moral à zéro et d'un paquet de chips à la moutarde. Une de ces envies loufoques de femme enceinte. Je fais défiler dans mes écouteurs des musiques toutes plus déprimantes les unes que les autres.

Pourquoi ?

C'est l'anniversaire de Fabio aujourd'hui. Alors des souvenirs heureux se sont invités dans ma mémoire sans autorisation. Mon tatouage, notre première fois, nos chamailleries, son sourire angélique, ses yeux noisette, ses pectoraux saillants, ses abdominaux, ses baisers passionnés et…

Bon, c'est bon, on a compris, je crois !

Bref, ce manque lancinant que je pensais provisoire a pris ses aises et s'est installé au creux de ma poitrine. Et aujourd'hui plus que n'importe quel jour, il s'agite et me rappelle à quel point je suis vide sans lui.

J'étais intimement convaincue qu'il chercherait à me contacter. Que peut-être il lui fallait un peu de temps pour digérer la nouvelle. Mais il faut croire que j'avais tort.

Bien évidemment, j'ai rompu ma promesse et continué le cyber-espionnage. Charlotte a posté une photo de lui avec un long message d'anniversaire, où elle énumère à quel point il est parfait. Il a répondu par un smiley qui a les yeux en cœur.

J'ai également fait des recherches sur la fameuse brune de la voiture. Elle est modèle photo en Angleterre pour de nombreuses marques de vêtements et de lingerie. Ses yeux sont verts. Quant à son visage et son corps, ils semblent dessinés par la main divine.

Je cherche un adjectif qui pourrait la qualifier et le premier qui me vient à l'esprit, c'est *waouh* !

Pff, ce n'est même pas un adjectif.

Le pire, c'est qu'elle s'appelle Mila. Même son prénom est sexy. Je trouve sur son profil quelques images de Fabio et d'elle, avec le hashtag #CoupleGoals. Autrement dit « couple idéal ». Ces découvertes me font tellement de mal.

Pourtant, je continue de visionner un bon nombre de ses photos, professionnelles, cette fois. Puis j'observe mon ventre, sur le point d'exploser, et j'ai instinctivement envie de tout casser dans ma chambre. Mais ça, c'était avant de me remémorer que mettre mes chaussures était déjà une activité trop épuisante.

Note à moi-même : jeter mon téléphone par la fenêtre.

J'ai eu des contractions cette nuit, comme depuis quelques jours. Elles sont légèrement douloureuses mais ce ne sera pas pour tout de suite. Hier, le gynécologue a dit que mon col était toujours fermé. Si rien ne se passe dans les cinq jours à venir, l'accouchement sera déclenché. D'ici là, je dois me rendre à l'hôpital tous les deux jours pour vérifier que bébé va bien.

Je m'apprête à changer de position dans mon lit, ce qui n'est pas une mince affaire, quand Sana s'invite dans ma chambre.

– Salut, Bouboule ! (Elle s'approche et embrasse mon ventre.) Coucou, le plus beau mec de la planète ! C'est tata ! Et comment ça va ? Tu t'éclates dans le ventre du cachalot qui te sert de mère ?

– Je te déteste !

– Eh ben ! En voilà une qui est encore de mauvaise humeur ! Tu portes la vie en toi et tu trouves le moyen de râler !

– J'espère que tu seras enceinte de jumeaux et que tu auras des nausées pendant neuf mois !

– Moi aussi je t'aime, Ambre ! Allez, lève-toi ! Je t'emmène au cinéma ! À pied !

– Sans moi !

– Bon, écoute-moi bien ! Tu vas lever tes fesses et te préparer ! Le gynécologue a dit qu'il fallait que tu bouges pour stimuler ton col ! Alors, en avant ! Je vais t'aider !

– Je t'ai dit non ! Je suis grosse, moche et épuisée ! (Elle kidnappe mon paquet de chips.) Rends-moi ça tout de suite !

– Je te le rendrai quand tu sortiras de ton pieu ! Allez, ma sœur ! Pour me faire plaisir ! Quand bébé naîtra, tu seras très occupée et on aura moins de temps à nous ! Alors profitons-en !

– OK... Mais va falloir que tu m'aides à me lever et à mettre mes chaussures ! Et je te préviens, c'est moi qui choisis le film !

– Vendu !

***

Nous arrivons devant le cinéma après quarante-cinq minutes de marche. Sana m'a promis qu'on prendrait le bus au retour. Elle est complètement malade.

L'avantage d'être enceinte, parce qu'il fallait bien qu'il y en ait au moins un, c'est d'outrepasser l'attente interminable de la file. Je suis donc prioritaire pour aller m'installer dans la salle où aura lieu la projection.

– Attends, j'ai envie de faire pipi ! chuchoté-je.

– Mon Dieu, mais tu devrais porter des couches, ma pauvre !

– C'est pas ma faute si bébé fait du trampoline sur ma vessie !

– Il a bon dos, bébé !

Après avoir pris du pop-corn, nous nous installons dans la salle de cinéma pour aller voir *Cinquante Nuances de Grey*. J'espère que Christian va me faire assez d'effet pour stimuler le col de mon utérus. En tout cas, cette marche aura eu le mérite de me provoquer quelques contractions. Mais rien de bien alarmant.

Alors que les sièges commencent à se remplir, ma tortionnaire de meilleure amie attrape mon bras et s'enfonce dans son siège. Je l'observe, ahurie.

– Je peux savoir ce qui te prend, Sana ?

– Chut ! Putain, ne prononce pas mon prénom !

Elle se positionne à quatre pattes entre les assises et les dossiers et me tire vers elle. Elle me somme de regarder les personnes qui viennent d'entrer. Je lui obéis et remarque Loïc, un mec de notre promotion, qui est en train d'aller s'installer avec deux amis à lui.

Sana en pince sévèrement pour ce grand blond athlétique. À tel point qu'elle passe énormément de temps à se préparer chaque matin. Elle m'envoie d'ailleurs un nombre incalculable de photos afin que je lui donne mon avis sur ses tenues et ses coiffures. Je pense donc que qualifier cela de béguin est un euphémisme.

– On se barre d'ici ! chuchote-t-elle.

– Quoi !? Mais ça va pas ! Détends-toi ! Il ne t'a même pas vue !

– Justement ! Et il n'y a aucun risque que ça arrive car on ne reste pas ! Nan mais, regarde-moi ! Pas maquillée, à peine coiffée et en jogging ! Allez, suis-moi ! Dépêche-toi, Bouboule !

Elle se déplace tel un animal et je ne peux m'empêcher de rire à gorge déployée. J'ai presque envie de filmer la scène mais j'ai du mal à respirer tellement la situation est cocasse. Elle se retourne et me menace en mimant le geste de l'égorgement. Cette fille n'est vraiment pas toute seule dans sa tête et je l'en aime d'autant plus.

Une fois qu'elle a pris la direction de la sortie, je me lève à mon tour, super déçue de ne pas pouvoir assister à la séance, et je la rejoins.

En la voyant s'essuyer les genoux, je repars dans un fou rire irrépressible. Elle a l'air à bout de souffle et se remet doucement de ses émotions.

– C'était moins une, Ambre ! Je te jure que s'il m'avait vue, je t'aurais tuée !

– Dit la fille qui m'a forcée à aller au cinéma…

– Répond la fille qui veut voir des films sur un mec qui aime fouetter les femmes ! Pathétique !

– Bon et on fait quoi, maintenant ?

– On sort de ce cinéma !

Je ris de plus belle et ressens une sensation bizarre entre les cuisses. Les yeux de Sana descendent vers mes jambes avant de s'ouvrir en grand.

– Ambre, ne me dis pas que tu t'es pissée dessus à force de te marrer ?

Au vu de la quantité de liquide présente sur mon pantalon, je doute fort que cela soit de l'urine. Je commence à angoisser quand je songe à ce que ça peut être. Mais le doute n'est plus possible et je crois que c'est le moment. Mon cœur bat à tout rompre et ma bouche devient sèche. Je sens mes jambes faiblir à mesure que je prends conscience que mon fils va enfin pointer le bout de son nez. Sana semble comprendre et la panique l'envahit.

– Oh putain, Ambre, dis-moi que tu t'es pissée dessus !

– Sana, je crois que je viens de perdre les eaux !

– Oh Bordel ! Les eaux ! Elle vient de perdre les eaux ! Ne panique pas ! Surtout, ne panique pas ! J'ai déjà vu pas mal d'épisodes de *Baby Boom* ! Ça va aller !

Elle se passe les mains dans les cheveux.

– Hey, salut, les filles ! Ça va ? lance Loïc.

Il manquait plus que lui pour que ma meilleure amie perde le peu de moyens qu'il lui reste. Le pire est à venir. Notamment quand des douleurs s'éveillent au creux de mes reins. Je tente de respirer pour focaliser mon attention sur autre chose que ce qui semble être une contraction mais le stress de ma meilleure amie s'infiltre doucement en moi.

– Non, ça va pas ! Elle vient de perdre les eaux ! Elle va accoucher là, dans ce cinéma ! Peut-être même que tu vas devoir couper le cordon, Loïc ! En plus, elle n'a toujours pas trouvé de prénom !

– Sana ! la coupé-je.

– Et puis qu'est-ce qui va se passer s'il y a du sang partout ! Je vais m'évanouir ! Je me sens mal ! Il me faut de l'eau !

– Sana ?

– En plus, on n'a rien préparé, on est à une heure à pied de chez elle ! Puis c'est pas moi le père, moi, j'ai ju...

– Sana ! Maintenant tu la fermes, tu appelles d'abord les pompiers et ensuite ma mère ! Et surtout, tu te calmes ! Parce que sinon je te jure que je t'arrache les yeux !

***

L'ambulance arrive au bout de quelques minutes. Ma mère nous rejoindra directement à l'hôpital avec la valise de naissance. Alors que les hommes en uniforme sont en train de m'installer, Sana est mutique. Quant à moi, je suis plutôt calme. Il n'y a que dans les films où les femmes paniquent lorsqu'elles perdent les eaux. Dans la vraie vie, il faut se rendre à la clinique dans les deux heures qui suivent.

Oui, j'ai assisté méticuleusement à tous les cours de préparation à la naissance, j'ai lu pas mal de livres sur l'accouchement et je suis inscrite à plusieurs forums de maternité. J'ai d'ailleurs pris la décision de refuser la péridurale. Des millions de femmes ont réussi sans. Alors pourquoi pas moi ?

À la clinique, la sage-femme me dirige vers une chambre où je peux me laver et me changer. Puis, elle m'installe et me pose le monitoring pendant qu'elle vérifie mon col.

– Votre col est en tout début de dilatation. Il est presque ouvert à un centimètre. Ce qui veut dire que le travail a commencé. On va donc vous garder, mademoiselle Bellino. Je vous ai posé le monitoring pour surveiller le cœur de votre bébé et la régularité de vos contractions. Alors, j'ai vu dans votre dossier que c'était un petit garçon ! Comment allez-vous l'appeler ?

Mon Dieu, j'ai honte.

– Je ne sais pas encore...

– Je suis sûre que dès que vous l'aurez dans vos bras, ce sera une évidence ! Je repasse dans une vingtaine de minutes ! Tout va bien se passer. S'il y a quoi que ce soit, n'hésitez pas !

Elle finit par nous laisser seules. Ma mère n'est pas encore arrivée. J'en profite pour essayer de détendre Sana.

– Bon ben, ça y est, ma sœur ! Tu vas être tata pour de vrai !

– Je n'en reviens pas ! Jusqu'à présent, je crois que je ne réalisais pas ! Pourtant, quand on voit ton énorme ventre, il n'y a aucun doute ! Mais tout cela devient réel !

– Eh oui… En plus, je va… Ouuuuuuuuuaaaaaaaaaaaaaaïïïï ! Oh putain de merde ! Ça fait un mal de chien ! Bordel de nom de Dieu !

– Quoi ? Qu'est-ce qui se passe ?

– Je viens d'avoir une contraction ! J'en ai eu hier soir et au cinéma mais elles étaient nettement moins douloureuses !

– Je veux bien te croire ! Maintenant, peux-tu lâcher ma main, s'il te plaît ? Je pense que j'ai perdu au moins un doigt !

Quand ma mère franchit la porte de la salle de travail, je ne peux m'empêcher de pleurer de soulagement. Je sais qu'avec elle à mes côtés, tout ira pour le mieux. Sana va en salle d'attente rejoindre ma tante Louisa et mes cousines. Elles attendent de voir bébé.

Trois heures passent et la douleur des contractions s'intensifie. Elles sont rapprochées et ont lieu toutes les trois minutes. Je n'ai jamais eu aussi mal de toute ma vie. Même ma fracture à la jambe me paraît nettement dérisoire. J'ai rangé toutes mes belles idées au placard et demandé finalement la péridurale car, c'est maintenant que je suis dilatée à trois centimètres, qu'elle peut être posée.

À peine les effets de l'anesthésie se propagent-ils que je m'endors quelques minutes. Soulagée d'avoir un peu de répit.

L'attente semble interminable et le stress monte. Je voudrais tellement que Fabio soit là, qu'il puisse voir naître son fils, le prendre dans ses bras. J'aurais aimé qu'il me tienne la main et me soutienne dans ce moment qui ne se reproduira jamais. Je n'ai toujours pas trouvé de prénom et ce constat me plonge davantage dans l'angoisse. D'autant plus quand je découvre que bébé va naître le même jour que son père. C'est une plaisanterie, giflez-moi ! J'ai l'impression que l'univers entier refuse que je l'oublie.

– Maman, comment je vais faire sans Fabio ? Mon fils vient au monde sans papa alors qu'il n'a rien demandé ! J'ai peur de ne pas y arriver toute seule !

– Hey, ma puce, tu n'es pas seule ! Je suis là ! Toute la famille est là ! Il ne manquera de rien ! Il aura tout l'amour dont un enfant a besoin pour grandir ! Alors, arrête de geindre et prépare-toi au plus beau jour de ta vie, ma puce !

Les heures passent et ma mère tente de me rassurer sur l'avenir qui nous attend.

La sage-femme revient, regarde entre mes jambes et déclare qu'on voit la tête. Elle m'annonce que le gynécologue arrivera dans quelques minutes et que je pourrai enfin commencer à pousser.

Des milliers de flash-back se bousculent dans ma tête. Ce ballon à Lacanau, le laser game, le lycée, son appartement, son anniversaire et ce soir-là, où notre fils a été conçu au creux de mon ventre. Je peux le faire, pour mon bébé, pour ce petit être, preuve vivante que deux personnes se sont aimées irrationnellement.

– Mademoiselle Bellino, c'est à vous maintenant ! Il va falloir pousser ! Comme vous l'avez appris à vos cours !

J'obéis et ma mère me soutient les épaules chaque fois que je pousse mon fils vers la lumière. J'ai terriblement peur tout à coup. Peur de ne pas être à la hauteur, peur de ne pas être une bonne mère, peur que mon fils m'en veuille un jour de n'avoir pas eu un papa présent le jour de sa naissance. Comment vais-je réussir à m'occuper de lui ? Est-ce qu'il m'aimera autant que je l'aime déjà ? Est-ce que je lui apporterai assez d'amour pour qu'il puisse grandir sereinement ? Toutes ces questions se mélangent dans mon esprit pendant que je continue de pousser. J'essaie de tenir longtemps, tout en gardant ma respiration.

– C'est bien, c'est super ! On poursuit de la même manière, c'est parti ! m'encourage la sage-femme.

Je suis épuisée et à bout de souffle. À tel point que le visage de Fabio se glisse dans mon esprit et me rappelle que je suis seule.

Des larmes s'insinuent au creux de mes paupières et mon cœur est si douloureux. Je tente de me reprendre et me focalise sur la voix rassurante de ma mère qui me galvanise.

Après trente-cinq minutes d'effort, le médecin annonce :

– Allez, Ambre, c'est le moment ! Une dernière poussée et vous pourrez prendre votre bébé dans vos bras.

Je m'exécute et, quelques secondes plus tard, le temps se fige quand il dépose mon fils sur mon ventre. Je l'enlace instinctivement tout en regardant ses minuscules doigts et ses petits pieds. Je me demande comment j'ai réussi à mettre au monde ce petit être qui commence à donner de la voix. Il est la chair de ma chair. Je le regarde et fonds immédiatement en larmes. Il crie, il s'agite et je le trouve simplement magnifique. Je réalise que je suis maman. À partir d'aujourd'hui, il a besoin de moi, il compte sur moi. À cet instant, je jure de l'aimer plus que ma propre vie et de le protéger envers et contre tout. Un tsunami d'amour s'empare de chaque millimètre de ma peau et je le serre fort contre moi pour faire la tétée de bienvenue, guidée par la sage-femme.

Plus rien ne compte, ce bébé est à présent ma priorité. Je me dois d'être à la hauteur pour lui, pour son avenir. Même seule, même si son père préfère ignorer son existence, je donnerai tout ce que j'ai pour faire de chaque seconde de sa vie une bulle de bonheur.

Je tourne la tête vers ma mère, qui est en pleurs. Elle m'embrasse et me caresse le front avant de prendre des dizaines et des dizaines de photos.

– Je suis fière de toi, ma fille ! Tu l'as fait ! Comme un chef ! Regarde-moi cette merveille ! Coucou, bébé ! C'est mamie ! Bienvenue dans ce monde, petit roi !

J'observe mon fils essayer tant bien que mal de se nourrir. Il a de jolis cheveux bruns et il tente d'ouvrir ses petits yeux. Il est magnifique.

Les visites s'enchaînent pendant les trois jours où nous séjournons à l'hôpital. Ma famille et même mon père viennent me voir tour à tour. Ma mère et Sana passent toutes les journées avec mon petit ange et moi. Je crois qu'elles ont peur de me laisser seule. Elles doivent remarquer que je guette inlassablement la porte, espérant qu'il la franchisse et prenne notre fils dans ses bras. C'est du moins ce que j'espérais quand je lui ai envoyé une photo de bébé quelques heures après sa naissance, suivi d'un message :

[Coucou, papa !
Apparemment le destin a décidé
de nous jouer des tours
jusqu'au bout ! Eh oui,
je suis né le même jour que toi !
Je suis un peu
ton cadeau en ce jour particulier !
Je pèse 3,250 kilos
et je mesure 51 centimètres.
Bon, maman ne m'a toujours pas
trouvé de prénom. Elle aimerait
avoir un peu d'aide de ta part !
D'ailleurs, je l'entendais
souvent prier le soir pour que tu viennes
me rencontrer ! J'espère que
son souhait sera exaucé.
En attendant, regarde comme
je suis beau.]

Trois jours que je lui ai écrit.

Aucune réponse.

Le chagrin s'empare de chaque parcelle de mon âme. Puis c'est la colère qui me gagne. Comment peut-il rester insensible à son propre enfant quand moi je mourrais pour lui ? Il n'est plus le Fabio que j'ai connu et je le hais pour ça. Pour rejeter ce petit être qui vient à peine de naître.

Je prends mon fils dans mes bras et le berce tout en lui chantant une jolie mélodie. Lorsqu'il ouvre les yeux, je fixe ses deux prunelles et lui murmure quelques mots.

– Maman est là, bébé ! Maintenant, c'est toi et moi ! On va y arriver, j'en suis sûre ! Je t'aime ! Tu es mon petit miracle ! Mon petit ange !

Et là, comme par enchantement, le déclic s'impose à moi. J'ai enfin trouvé le prénom que portera bébé.

37

Ambre
Quatre ans et demi plus tard

Malgré des centaines de nuits sans sommeil, des coliques et de nombreuses terreurs nocturnes, nous avons trouvé notre stabilité mère-fils.

J'ai déménagé dans un grand quatre-pièces. Je vis en colocation avec Sana et je dois dire que les jours se succèdent et ne se ressemblent pas.

Ma mère a laissé l'appartement de Yama à ma tante Louisa, pour emménager avec Élie, son chef de service, avec qui elle retrouve une deuxième jeunesse. Son rôle de grand-mère lui plaît infiniment.

Mon père et Gisèle se sont mariés l'année dernière. Mais je crois qu'ils traversent actuellement une crise. Il a fini par accepter la situation et c'est un grand-père très attentionné.

Le quotidien n'est pas toujours facile, mais je me bats chaque jour pour le bonheur de mon petit bout. J'ai validé ma première année de master de psychologie mais je n'ai pas été acceptée en deuxième année. J'ai donc décidé de préparer le concours de professeur des écoles de la maison.

À côté de ça, j'ai intégré une compagnie, les Gold Singers, en tant que chanteuse-pianiste et parfois même danseuse, pour avoir une rentrée d'argent. Ma vie me plaît telle qu'elle est.

Fabio n'a jamais essayé de nous contacter, de voir son fils. Il s'est contenté de nous envoyer un chèque tous les mois. Je mets la moitié de cette somme sur un livret pour son avenir. Quant à l'autre moitié, elle me permet de remplir le frigo, de l'habiller et de payer ses cours de judo.

Fabio poursuit son rêve, qui a pris une autre ampleur le soir où le sélectionneur de l'équipe de France a annoncé la liste des joueurs pour disputer la coupe du monde, et qu'il a prononcé son nom.

Même si je suis passée à autre chose, entendre «Fabio Giordano» ou le voir à la télévision me tord l'estomac. Alors, j'évite toutes ces situations.

S'il voyait comme son fils lui ressemble. Le même doré au fond des yeux, la même fossette sur la joue gauche quand il sourit...

Je l'observe dormir et tout prend un sens. Je dois le réveiller, car aujourd'hui c'est la rentrée. Il passe chez les moyens. Le temps défile beaucoup trop vite. J'ai l'impression qu'il a fait ses premiers pas la semaine dernière. Pourtant, c'est un petit garçon avec du caractère. Il a quatre ans et demi, mais sa réflexion sur la vie me laisse quelquefois mutique. Hier soir, quand j'ai fini de lui lire *Le Roi lion*, il demeurait dubitatif et m'a dit:

– Moi, je suis comme Simba. J'ai plus de papa, mais je suis quand même fort pour te protéger! Hein, maman?

Il m'a encore une fois surprise, et je l'ai serré fort en me promettant de le préserver de tout malheur. Il n'a pas de papa mais je ferai le travail pour deux. Je m'approche de son lit et l'embrasse tendrement.

– Enzo, mon poussin. C'est l'heure de se lever pour aller à l'école...

Je caresse son front.

– Mais, maman, j'veux pas y aller! C'est trop nul, l'école. J'veux les vacances, moi!

– Je sais, poussin... Mais rappelle-toi que tu dois sauver le monde! Et tous les super-héros vont à l'école!

– Même Pisderman?

– Eh oui, même Spiderman!

– C'est vrai?

– Bien sûr, voyons!

– Est-ce qu'il garde son costume?

– Ben non, poussin, sinon tout le monde le reconnaîtrait!

– Ah ouiii! Peut-être qu'il est dans ma classe, Pisderman?

– Chut! C'est un secret! Allez, viens prendre ton petit déjeuner!

J'ai choisi d'appeler mon fils Enzo.

Pourquoi ?

Car je sais à quel point Fabio tenait à son frère. À quel point sa perte l'a marqué. Mon fils ne connaît pas son père, mais c'est un peu l'héritage des Giordano que j'ai décidé de lui transmettre. Puis, j'adore ce prénom.

Sana est encore au lit, elle ne reprend les cours que la semaine prochaine. Contrairement à moi, elle a été acceptée en deuxième année de master. Je crois que Loïc a passé la nuit à la maison. Ils sont ensemble depuis quelques années mais, pour l'instant, c'est chacun chez soi.

Je dépose Enzo à l'école et la séparation est difficile, comme chaque fois. Mais je n'ai pas trop le temps de m'épancher car j'ai rendez-vous au centre-ville pour répéter avec la troupe. Le week-end prochain, nous nous produisons à Monaco pour le mariage d'un homme qui est, paraît-il, célèbre. Il a commandé un show avec un répertoire exclusivement américain et espagnol. Les futurs mariés ont vu des vidéos sur notre site et ils souhaitent que j'interprète une chanson d'Alicia Keys pour l'ouverture du bal. LA chanson. « If I Ain't Got You. »

Je débarque légèrement en retard, comme à mon habitude. Je suis accueillie devant la salle par Yoann, le chanteur-guitariste de la compagnie. Il est vraiment beau garçon. Des cheveux bruns, mi-longs et légèrement ondulés. Un mètre quatre-vingt-dix de muscles et des yeux bleu-vert. Il a tenté de me draguer plusieurs fois, mais pour l'instant je résiste.

Toutefois, je ne suis pas sûre d'y arriver encore longtemps. Il est carrément sexy et, quand il se met à chanter, je fonds au timbre rauque et fêlé de sa voix. Alors, quand on part en prestation, j'assiste au défilé de filles qui passent par sa chambre d'hôtel. J'aimerais avoir l'audace d'être à leur place et de me laisser aller pour une nuit. Mais j'en suis définitivement incapable.

Il lui arrive de venir à la maison pour répéter nos duos. Enzo l'adore et je crois que c'est réciproque. Parfois, il prend les petites mains de mon fils et essaie de lui apprendre quelques accords.

Quand j'assiste à ce genre de scène, je les observe et mon attirance pour Yoann s'attise. Nous jouons ensemble depuis presque deux ans alors il commence à me connaître. Il sait que je n'ai eu aucun homme depuis le père de mon fils, et que je consacre tout mon temps à mon rôle de mère.

Je n'ai jamais eu de relations depuis lui. Quelques flirts, tout au plus. Pourtant, par sa patience et son caractère, Yoann a réussi à dénouer mes appréhensions pour que je l'autorise à entrer dans ma vie et dans celle de mon fils. Mais pour l'instant, nous voguons entre une relation amicale et quelques ambiguïtés.

– Salut, Bella, encore en retard, hein…

Cette voix.

– Eh oui ! La ponctualité, ce n'est pas mon truc !

– Et une pizza, ce soir, chez toi, tous les trois, c'est ton truc ?

– Vendu ! Demain, c'est mercredi, alors pas d'école !

– Parfait !

Nous répétons jusqu'à dix-neuf heures. Le show va être grandiose. Je connais déjà presque toutes mes chansons mais je dois encore répéter quelques chorégraphies. Notamment celle de « Breathe » de Jax Jones, où je suis au centre.

C'est Sana qui a récupéré Enzo à l'école. Quand j'ouvre la porte, il court vers nous. Je lui tends les bras mais il ne se jette pas dans les miens.

– Yoyoooooooo !

– Hey, petit bonhomme ! Ça va ? Tu as encore grandi, dis donc ! Tu me dépasses presque !

– C'est parce que maman fait la soupe magique ! La même que tu mangeais toi aussi pour être grand et musclé !

– Musclé, hein…

Il se retourne et me sourit.

Note à moi-même : apprendre à mon fils à ne pas rapporter.

Nous passons la soirée tous les quatre devant la télé. Parfois, je surprends Yoann qui me dévore des yeux et j'en perds mes moyens. Mais il suffit d'un rien pour faire basculer mon équilibre si fragile. Comme Sana qui zappe et tombe sur un match amical de l'équipe de France où Fabio apparaît en gros plan dans mon petit écran.

Il n'en faut pas plus pour que j'avale de travers et m'étouffe avec un morceau de pizza. Nous sommes les deux seules à savoir que le numéro douze est aussi le père d'Enzo. Alors, ma meilleure amie éteint l'appareil, ce qui surprend Yoann.

Je triture ma bague, troublée et nostalgique.

Lorsque Yoann quitte la maison ce soir-là, il s'autorise un baiser sur ma main. Ce geste ne me laisse pas insensible.

– Merci pour la pizza, Bella ! C'est toujours un délice de passer une soirée avec toi et ton petit homme !

– C'est un plaisir pour nous aussi…

Je rougis probablement.

– Mais j'ai une faveur à te demander, Ambre. J'aimerais qu'on dîne en tête à tête vendredi soir, après la répétition ? Je sais que tu as déjà refusé plusieurs fois mais je t'ai dit que j…

– D'accord !

– Quoi ? J'ai bien entendu ? Tu peux répéter ?

– J'accepte de dîner avec toi !

– Tu m'en vois ravi ! Bonne nuit, Bella…

Il m'embrasse sur la joue et, pour la première fois depuis longtemps, je ressens quelque chose. Mon cœur bat légèrement plus vite et une chaleur soudaine s'empare de moi. Je retourne au salon et trouve Enzo sur les genoux de ma meilleure amie.

– Allez, mon poussin, au lit !

– Maman, je suis pas un poussin !

– Pardon ! Mon super-héros ! Va donc faire une bonne nuit pour pouvoir sauver la planète quand tu seras grand !

Après lui avoir lu son histoire favorite, je le couvre et m'apprête à sortir de sa chambre.

– Maman ?

– Oui ?

– J'aimerais bien que Yoann soit mon papa ! Il est gentil et fort !

Sa phrase me prend de court et je ne sais quoi dire alors je botte en touche. Quel courage !

– Dors, mon ange !

Une fois Enzo endormi, je rejoins Sana dans le salon et me pose sur le canapé avec elle.

– Yoann est canon ! Il te mate grave ! C'est indécent ! D'ailleurs tu devrais éviter de baver devant lui ! C'est moyen !

– N'importe quoi !

– Je ne sais pas ce que vous attendez tous les deux, mais faudrait envisager de passer la seconde à un moment donné !

– Je ne sais pas ! C'est un homme à femmes, Sana !

– Simplement parce qu'il n'a pas trouvé la bonne ! Mais la manière dont il te regarde…

– Je ne sais pas. Je verrai ce week-end. Il m'a invitée à dîner et j'ai accepté. J'ai envie de lâcher prise !

– Ah, c'est une super nouvelle ! Putain ! Enfin ! Au fait, désolée pour le match ! Je ne savais pas ! Il faudra lui dire un jour ! Enfin, leur dire !

– Je sais… Je ne suis pas encore prête !

***

Les répétitions se terminent et je file à la douche du studio avant notre dîner. Yoann en fait de même.

Quarante minutes plus tard, nous sommes assis à la table d'une brasserie. L'intérieur est très simple et chaleureux. Je ne suis pas franchement à l'aise. J'ai l'impression d'avoir 15 ans et de vivre mon premier rendez-vous. Quand le serveur arrive, je choisis une salade niçoise et Yoann un tartare de bœuf avec des frites.

– Et ajoutez deux coupes de champagne, s'il vous plaît ! Nous avons quelque chose à fêter !

– Ah bon ? demandé-je.

– Notre premier rendez-vous, Bella !

Je souris nerveusement et je bois ma coupe cul sec pour parvenir à me détendre. Son charisme et son regard m'impressionnent plus qu'il n'en faut. Alors j'en commande deux autres. Cette initiative semble lui plaire.

– Je suis content que tu aies enfin accepté de dîner avec moi! Je n'y croyais plus!

– Je ne voulais pas que ton agenda de tombeur ait une case blanche! C'est un simple geste altruiste!

– Alors, merci pour ton aide! Cela me touche!

Il rit, et son rire...

– Comment est-ce possible d'avoir un rire sexy? (Comment est-ce possible de dire ça à voix haute?) Enfin... Je veux dire... J'aime beaucoup ton rire!

– Eh bien, merci! Je crois que c'est la première fois qu'on me fait ce compliment! Je savais que tu étais différente! Je l'ai su la première fois que je t'ai vue, d'ailleurs! Quand tu m'as rembarré sévèrement!

– N'importe quoi! Cela ne me ressemble pas du tout!

– Oh que si! Si je me souviens bien, tes mots exacts étaient «Ne perds pas ton temps avec ton numéro à la Enrique Iglesias et contente-toi de jouer à la bonne tonalité!»

– Impossible!

– C'est ce qui m'a irrémédiablement attiré chez toi! Cette force de caractère que tu dégages! J'ai su que derrière ton sourire et ton piano se cachaient une carapace remplie de souffrances et un petit bout de femme forte et indépendante! Alors je me suis promis de ne pas me comporter avec toi comme avec les autres! D'ailleurs après ça j'ai rangé Enrique au placard!

Ses doigts effleurent le bout de ma main et, malgré la chaleur qui irradie de ce contact troublant, je la retire délicatement pour reprendre une gorgée de champagne. Il ne semble pas s'en formaliser et je l'en remercie intérieurement.

– Quand tu m'as présenté Enzo et que tu m'as laissé entrevoir un petit morceau de ton univers, j'ai compris pourquoi tu tenais les hommes à l'écart! Je suis très attaché à vous deux! Et tu me plais énormément! Je suis prêt à être patient car je sais qu'entre nous ça peut vraiment être spécial et unique!

Je repense aux mots de mon fils. «J'aimerais que Yoann soit mon papa.» Yoann a déjà posé son empreinte sur nous par sa patience et sa présence. J'ai vraiment envie de m'ouvrir de nouveau et de vivre une histoire d'amour. Je fais tourner ma bague autour de mon index. Ce présent qui est devenu avec les années une jauge émotionnelle, et dont j'ai tant de difficultés à me séparer.

– Tu me plais aussi, Yoann ! Je me sens bien quand tu es là ! Et crois-moi que je n'avais pas ressenti une forme d'apaisement depuis longtemps ! Enzo t'apprécie énormément également !

– Je l'adore aussi, ce petit prince !

– Puis, t'es pas trop mal physiquement non plus ! (Il étire ses lèvres en un magnifique sourire.) J'ai envie d'essayer, Yoann. Enfin, nous deux, tu vois... Je te demande simplement de me laisser aller à mon rythme ! Je n'ai fréquenté personne depuis plus de cinq ans !

– Tout ce que tu voudras, Bella !

Je le fixe et me rends compte qu'il est en train de fissurer peu à peu mon armure. Il me donne la volonté de reprendre ma vie amoureuse en main et de goûter de nouveau aux affres des sentiments et au tourbillon de la vie. La relation qu'il partage avec mon fils y est aussi pour beaucoup.

Je lui ai permis d'entrer là où aucun homme n'a jamais été invité. Dans notre bulle d'amour. J'ai toujours évité cela pour protéger Enzo d'un déchirement après une rupture ou un départ.

Alors j'ai sacrifié ma vie de femme pour lui offrir une stabilité émotionnelle, déjà fragile sans la présence d'un père. Je m'en suis plutôt bien tirée pour l'instant. Mais Enzo est en demande d'un repère masculin. Je le vois quand il passe du temps avec Élie, Loïc ou mon beau guitariste.

Alors je décide de taire mes peurs et de prendre le risque de laisser Yoann entrer un peu plus dans nos vies.

Lorsqu'il me raccompagne, je dépose un tendre baiser au coin de ses lèvres et je lui confie ma hâte de passer un week-end entier à Monaco avec lui.

Mais alors que je m'apprête à rentrer, je décide de prendre ma vie en main. Je fais demi-tour et le rattrape dans la rue. Il s'arrête, surpris, tout autant que moi.

Je passe la main dans ses cheveux et il ferme instinctivement les yeux. Alors j'approche mes lèvres des siennes et l'embrasse, d'abord avec retenue. Puis quand il m'enlace, je me laisse définitivement aller et nos langues s'apprivoisent dans une douce rencontre chargée d'impatience et de soulagement.

La partie de moi que j'avais éteinte se réveille doucement et j'ai l'impression de renaître de mes cendres.

38

Ambre

La semaine suivante passe très vite. Nous avons répété chaque jour et Yoann s'est montré attentionné et prévenant. Malgré les réserves que j'émets quant à son passé de séducteur invétéré, j'ai décidé de ne pas écouter ma conscience et de me laisser aller.

La rentrée s'est bien déroulée pour Enzo et il passe le week-end chez ma mère et Élie.

– Mamiiiiiiiiiiiiiiiieeeee !

Il lui saute dans les bras.

– Mon poussin !

– Je suis pas un poussin !

Nous rions toutes les deux.

– Ça va, maman ? demandé-je.

– Oui et toi, ma fille ? Tu es rayonnante ! Serait-ce un jeune homme qui est responsable de ce sourire ?

Je bouche les oreilles de mon fils.

– Mamannnnnn… Pas devant lui.

– Les grands, vous dites toujours des secrets ! C'est même pas juste !

Ma mère s'approche de lui et lui murmure quelque chose dans l'oreille. Mais à son âge, la notion de discrétion est encore un peu floue.

– Avec plein de Nutella et de chantilly, mamie ?

Je regarde sévèrement ma mère. Ils se tapent dans les mains, le regard complice. Je ne peux que fondre face à cette vision d'amour. Je les embrasse tous les deux très fort et rejoins la troupe à la gare. Quand Yoann m'aperçoit, ses yeux se teintent d'une lueur incandescente. Il m'embrasse et nous passons le trajet en train à discuter entre deux baisers langoureux.

***

Nous logeons dans un magnifique hôtel à Èze, près de Monaco. Ma chambre est voisine de celle de Yoann. J'espère pouvoir enfin sauter le pas et donner une nouvelle tournure à notre relation.

Après avoir déposé nos affaires, nous nous rendons au Meridien Beach Plaza, où aura lieu la soirée, pour faire les balances et les marquages de notre show. Apparemment, les futurs mariés sont là pour rencontrer notre manager et communiquer leurs dernières attentes. Mais nous ne les avons pas croisés.

La salle est immense. La scène est au milieu, devant toutes les tables. La terrasse mène directement à la plage. Le cadre est tout simplement idyllique.

Nous mangeons tous au Stars'n'bars, restaurant sur le port Hercule, avant de regagner notre hôtel. Yoann essaie de me convaincre de boire un dernier verre avec lui et les autres au bar de l'hôtel, mais ma voix a besoin de sommeil, tout comme moi. Je suis heureuse qu'il ne me bouscule pas en me proposant de dormir ensemble. Il a fait quelques allusions mais n'a pas insisté.

***

Le lendemain, nous avons rendez-vous à treize heures pour les dernières répétitions. Mon guitariste préféré est en forme et très attentionné. Il m'a préparé mon assiette et se montre très tactile.

Il sait y faire mon beau musicien. Je sens que je vais succomber avant la fin du week-end.

Il est déjà l'heure de se préparer. J'ouvre le bal sur un magnifique piano à queue, en vernis noir. Je porte une longue robe rose poudré, au tissu léger avec un décolleté plongeant.

Les invités arrivent au compte-gouttes et commencent à s'installer pour accueillir les amoureux.

Lorsque le DJ me fait signe, je m'avance vers mon instrument et remarque les mariés qui franchissent la porte. Je joue un air en attendant qu'ils rejoignent le centre de la piste, avant d'entamer l'intro de « If I Ain't Got You ». J'inspire un bon coup et j'oublie tout.

Durant quatre minutes, j'ai oscillé entre mélancolie et tristesse. Cette chanson me rappelle l'homme qui a bouleversé ma vie et s'est incrusté dans mon ADN. Je passe le doigt près de mon cœur en songeant au « F » gravé sur ma peau. Tatouage que je n'ai jamais réussi à faire reprendre et qui me rappelle à quel point cet amour était déraisonné.

Je finis par quitter la scène, bouleversée par les sensations qui s'amoncellent encore après tant d'années, et remarque Yoann qui m'attend, les yeux remplis d'étoiles. Je culpabilise alors de songer à ce passé encore si incrusté en moi.

– Waouh, Bella ! C'était magnifique. Bon, va te changer, je te rappelle qu'on a notre duo dans quinze minutes.

Je file dans les loges, et Julie, l'une des danseuses, m'aide à me changer. Je porte cette fois une longue robe en dentelle blanche, avec un body chair en dessous. Cette tenue est très sexy, d'autant plus que nous allons interpréter une chanson avec des paroles très suggestives, puisqu'il s'agit de « Love me Harder » de The Week-End et Ariana Grande.

Yoann entre en scène en premier, s'installe sur un tabouret. Je le rejoins, sous une volée de sifflets. Je reste debout, mon corps en vue. Notre manager ne cesse de nous répéter que pour vendre notre show, il faut envoyer de la poudre aux yeux au public.

Pendant notre duo, je lance des œillades séductrices à Yoann, qui ne semble pas indifférent. C'est décidé, ce soir, je mets les bouchées doubles, passant par la musique pour lui transmettre des messages subliminaux.

Nous quittons la scène pendant que le DJ remet une musique d'ambiance. Je m'apprête à rejoindre les autres, mais Michael, le directeur artistique, me retient.

– Ambre, reste, je vais avoir besoin de toi. Julie devait aller remettre le micro au témoin, car c'est l'heure des discours. Mais je ne la trouve nulle part. Tu vas apporter ton micro à la table d'honneur, au mec qui est assis juste à côté du marié. Sois jolie, souris et ne t'attarde pas !

Il me met le micro dans la main et m'envoie dans la fosse aux lions. Déambuler au milieu des invités dans cette tenue très dénudée n'est pas chose aisée. Allez, ma grande, on rentre le ventre, on serre les fesses et en avant.

J'avance, essayant de paraître beaucoup plus sûre de moi que je ne le suis réellement.

Lorsque j'approche de la table des mariés, je repère le témoin mais il est dos à moi, en pleine discussion. Je me mets donc entre lui et, probablement, sa femme, fais signe au DJ de couper la musique et ose l'interrompre.

– Excusez-moi, je crois que c'est à vous de prendre la parole.

Il se retourne et, pendant un instant, de minuscules secondes, mon cœur s'arrête de fonctionner. Un incendie se propage dans ma cage thoracique et je reste muette, la bouche légèrement ouverte.

Cinq ans, c'est long.

Très long.

Alors pourquoi son parfum m'est-il toujours si familier ? Pourquoi je n'arrive pas à quitter le doré de ses yeux pour retourner en backstage ? Pourquoi mon corps, totalement hypnotisé par le sien, refuse-t-il de bouger ?

Je te rappelle juste qu'il t'a clairement ignorée, ainsi que votre fils. Enfin je dis ça, je dis rien.

Son regard me transperce autant qu'il me brise. Il semble rempli d'indifférence et de colère. Pourtant, il ne rompt pas le contact visuel et les secondes défilent sans que je parvienne à me souvenir ce que je suis censée faire. C'est comme si plus rien n'existait, et que nous étions seuls en plein milieu d'une tempête tant les sensations me submergent et me chavirent.

C'est une voix féminine qui me ramène brutalement au moment présent.

– Ninou, c'est l'heure de ton speech ! murmure la femme à côté de lui.

Probablement *sa* femme.

Il me présente son bras et je dépose le micro dans sa main tendue. J'effleure malencontreusement ses doigts. Ce simple toucher me déchire et me renvoie aux torrents de souffrances traversés par sa faute. Il faut que je parte, sur-le-champ, avant d'y laisser une nouvelle fois des plumes.

Je quitte ses yeux et marche d'un pas déterminé vers les loges.

Je m'enferme dans les toilettes pour retrouver ma respiration et me remettre du chamboulement émotionnel qu'il vient de provoquer. J'entends sa voix, au loin. Des bribes de son discours où il parle de son ami. Je refuse de pleurer, je refuse de laisser sa présence m'atteindre.

Il vit sereinement, auprès de celle qui partage sa vie, quand moi j'élève Enzo, seule. Pendant, une nanoseconde, j'ai eu la sensation qu'il était dans le même état de choc que moi. J'ai cru voir de la rancœur et des tourments dans ses yeux. Ou peut-être a-t-il simplement peur que je n'évoque le fils qu'il a abandonné devant celle qui possède à présent son cœur? Mais c'est mal me connaître. Je me débrouille sans lui depuis bientôt cinq ans.

Je décide de me reprendre et d'aller me préparer pour la prochaine chanson. Il manquerait plus que je gâche le show. Tant qu'à le revoir, autant lui montrer la nouvelle Ambre. La jeune femme forte, déterminée et qui sait jouer de ses atouts féminins sur scène.

Lorsque l'intro de Jax Jones démarre, je me mets dans la peau d'une femme sexy, confiante et déterminée. Je porte une robe bustier beige sertie de diamants, se terminant par un tutu en plumes, avec des talons me conférant des jambes interminables. La chorégraphie est assez sensuelle, elle se réalise en partie sur des chaises et elle contient plusieurs portés.

Ce soir, je veux le torturer, même si je lui fais probablement autant d'effet qu'un yaourt nature. Je le cherche du regard et, quand j'ai toute son attention, je passe mes mains sur des endroits qu'il a goûtés autrefois. Des lieux où il a déposé ses lèvres charnues et ses doigts avides. J'en fais probablement des tonnes, mais cela m'est bien égal puisque ça fonctionne.

Je sens qu'il ne me quitte pas des yeux. Alors je continue mon petit jeu avec lui et d'autres hommes de la soirée, qui sifflent ma prestation non innocemment.

Quand la chanson se termine, les jeunes premiers hurlent des adjectifs assez plaisants à mon encontre et je vois Fabio quitter la table d'honneur.

Pourquoi ?

Cela m'importe peu.

Enfin, je crois.

39

Ambre

Je sors de scène complètement chamboulée par cette situation. Jamais je ne m'étais préparée à l'éventualité de le revoir. Encore moins dans de telles conditions, alors que je suis censée travailler et demeurer concentrée.

Je regagne ma loge, le regard dans le vide et le palpitant prêt à imploser. Yoann entre juste après moi.

– Waouh, Bella ! Tu étais époustouflante et tellement sexy ! Tu as hypnotisé la totalité du public ! Notamment l'auditoire masculin !

Il me prend dans ses bras et j'y décèle l'odeur de Fabio. Il m'embrasse ; ses lèvres ont le goût de mon premier amour. Je me défais de son étreinte et essaie de sauver les apparences.

– Du moment que ça t'a plu à toi, c'est l'essentiel, Yoann ! (*Menteuse.*) Je vais prendre un peu l'air avant la prochaine prestation !

– Reviens vite, Bella !

Il embrasse ma main.

Je me dirige vers la terrasse et saisis une coupe de champagne au passage. Il faut que je rassemble mes esprits avant de remonter sur scène. Je ne peux résolument plus le laisser m'atteindre de quelque manière qui soit. Il n'a jamais pris des nouvelles de son fils et ne l'a même pas reconnu. Il a ignoré des centaines d'appels et de messages.

Le temps des lamentations est derrière moi. Aujourd'hui, je suis une femme forte, épanouie et une maman comblée et dévouée.

Je me faufile par l'entrée des employés et m'installe sur la terrasse, les pieds dans le sable et mon verre à la main. Je me noie dans l'horizon infini et respire l'écume aux senteurs salées des vagues et le bruit de leurs passages éclair. Je tente d'harmoniser mes inspirations avec les pas de l'eau venant vers moi. J'imagine que la belle bleue s'empare de mes démons au moment où elle se retire pour regagner sa grandeur. J'ai l'impression qu'elle me purifie et me nettoie de ce passé qui m'a tant détruite.

Toutes ces fois où j'étais seule à affronter les insomnies quand Enzo faisait ses terreurs nocturnes. Celles où je passais des heures dans la salle d'attente des urgences à m'inquiéter du bien-être de mon petit ange. À affronter les regards suspicieux et dédaigneux des médecins qui devaient se demander à quel point j'étais une pauvre fille, sûrement trop bête pour avoir su utiliser un préservatif. Toutes ces fois où Enzo me questionnait sur son père et où je serrais fort ses draps dans mes mains pour ravaler mes larmes et masquer ma colère.

Je déteste qu'il réussisse à entrer dans mon esprit et y mettre un désordre sans nom après cinq ans passés à attendre un signe autre qu'un foutu chèque. Je dois me reprendre. Mon fils va bien, c'est un petit garçon exemplaire et adorable. Je ferai tout ce qui est en mon pouvoir pour qu'il ne manque jamais de rien. Quant à la présence d'un homme dans nos vies, Yoann est notre chance. Je dois m'accrocher à cette idée et laisser partir le reste. Avec l'ondulation des vagues.

Je caresse l'intérieur de mon poignet où la lettre « E » est tatouée, car ce geste a le pouvoir de m'apaiser.

C'est au moment où je commence à me laisser emporter par l'immensité de la mer que sa voix me ramène à la terre ferme.

– Tu aimes toujours autant le champagne à ce que je vois…

J'écarquille les yeux de surprise et pivote vers ma droite pour me rendre compte qu'il est installé derrière moi, probablement depuis tout le temps où je me perdais dans l'horizon. Je le fixe malgré moi, tentant en vain de retrouver une once de sérénité. Il lève son verre vers moi. Du champagne, également.

– Tchin ! À nos retrouvailles hasardeuses ! Quand tu m'as quitté, tu étais une artiste à la voix ensorceleuse et je te retrouve en chanteuse strip-teaseuse, un brin allumeuse ! C'est ce qu'on appelle un virage à trois cent soixante degrés. (Il rit de sa propre déclaration.) J'espère que ça plaît à ton guitariste ! Ça a l'air chaud entre vous ! En tout cas, je comprends maintenant ton penchant pour cet alcool ! Il a le mérite de détendre !

Pour ne pas lui montrer que sa remarque m'a blessée, je me lève afin de regagner l'intérieur. Je n'avais définitivement pas prévu la suite.

Il me suit et attrape mon poignet fermement. À tel point que je ne parviens pas à me dégager malgré toute ma bonne volonté. Je le dévisage et croise ce regard sulfureux qui a torturé mon sommeil pendant si longtemps. Il ne cille pas. Moi non plus. Un léger rictus se forme sur ses lèvres et ravive la rancœur que je lui voue. Je baisse la tête et tente de canaliser le volcan prêt à exploser d'une minute à l'autre. Mais il n'obtiendra rien de moi. Excepté mon accablante indifférence. Il semble pourtant vouloir en découdre.

– Ben alors, Ambre ! Tu n'as rien à dire après tout ce temps ?

Mes yeux fixent son étreinte pendant qu'il observe l'endroit où il me maintient pour y découvrir la première lettre du prénom de notre fils. Il me scrute de nouveau, les larmes de la colère scintillant au fond de ses prunelles dorées et me balance sèchement :

– Tiens, tiens… Après un *f*, maintenant un *e* ! Je suppose qu'avec tes nouveaux talents d'aguicheuse, tu as eu le temps de te faire tatouer tout l'alphabet en cinq ans !

Mon corps se met alors en mode automatique pour lui envoyer une majestueuse claque sonore qui l'oblige à libérer mon bras sous la violence du choc.

– Espèce de connard ! Comment oses-tu ? J'aurais honte à ta pl…

– Ninou ? Tout va bien ?

Je profite de l'effet de surprise de l'interruption de sa femme pour m'éclipser avant de faire un carnage, et de perdre ce travail qui me plaît tant.

Note à moi-même : travailler mon crochet du droit.

40

Ambre

Pendant le reste de la soirée, j'évite soigneusement de quitter les loges sauf pour monter sur scène. Je ne supporterais pas une nouvelle confrontation. Je le sens partout sur moi, j'ai l'impression de voir son visage chaque fois que je ferme les paupières. Nous nous sommes explorés du regard durant toutes mes prestations, sans que je réussisse à me défiler.

Même Yoann a remarqué que mon comportement était différent. Je semble ailleurs, comme si j'avais vu un revenant m'a-t-il dit.

S'il savait que l'homme que j'aimais plus que ma propre vie, le père de mon fils, était dans la salle… Mais il doit rester dans l'ignorance.

Note à moi-même: détourner son attention.

– J'ai quelque chose à te demander, Yoann…

– Tout ce que tu voudras, Bella!

– Je voudrais que nous passions la nuit ensemble… Dans ma chambre…

Il écarquille les yeux de surprise.

– Tu… Tu es sûre?

– Absolument certaine! J'en ai très envie!

Il s'avance vers moi pour me plaquer contre le mur et se met à caresser mon cou avec le bout de sa langue. Ce geste provoque une armée de frissons sur ma peau. Il prend ensuite ma bouche avidement, et se presse contre moi. Assez près pour que je sente l'excitation que crée cet instant charnel.

Il s'arrête, pose son front contre le mien, passe son index sur ma gorge pour le diriger entre mes deux seins. Nos respirations haletantes se mélangent dans une chaleur lubrique, et la pièce se charge de tension sexuelle.

– J'ai tellement hâte d'être à ce soir, Bella.

– Moi aussi…

Il le faut. J'ai besoin de passer à autre chose. Avec lui. Dans ses bras.

***

Fabio

Ce mariage est définitivement une torture. Ma raison me hurle de savourer la présence de ma fiancée, et mon cœur lui fait un doigt d'honneur tout en m'interdisant de détourner les yeux de cette brune aux yeux verts.

Heureusement pour moi, Marine fait la discussion à ma place. Je suis incapable d'aligner plus de deux phrases ce soir.

Romain m'invite à l'accompagner quelques minutes dehors. Je le soupçonne de vouloir me remercier pour mon discours mais il n'en fait rien.

– Bon, Fab, tu me dis ce qu'il se passe où je dois te tirer les vers du nez ?

– Quoi ? Qu'est-ce que tu racontes ?

– Tu crois me la faire à moi, mon pote ? Tu es blanc comme un linge depuis le début de la soirée, avec un regard de chien battu qui me donnerait presque envie de divorcer ! Tu es déprimant ! Mec, tu as seulement 23 ans ! Tu devrais être en train de t'éclater ! Alors, parle maintenant ! (J'hésite à lui avouer.) Dépêche-toi de cracher le morceau ou au prochain entraînement je ne te fais aucune passe !

– Espèce d'abruti !

– Je t'écoute, idiot !

– Bon. T'as gagné… Tu te souviens de la fille dont je te parlais souvent ? Ambre ?

– Celle qui vit à Bordeaux ?

– Oui, c'est ça…

– Eh ben ? Tu viens d'apprendre qu'en fait avant d'être avec toi c'était un homme ?

– T'es vraiment con! Tu sais ça?

– Bon, accouche! C'est pas comme si c'était mon mariage!

– C'est elle...

– Comment ça, c'est elle?

– Celle qui chante et joue du piano ce soir... C'est Ambre!

– Quoi? Tu vas me dire que cette créature divine s'est tapé un mec comme toi! Menteur, va! (Je le regarde gravement.) Donc tu ne plaisantes pas?

– Malheureusement non...

– Putain, je comprends mieux, mec. En plus, il semblerait qu'elle se tape le guitariste!

– Il semblerait effectivement...

– Ça te fait quoi de la revoir?

– Autant de bien que de mal pour être honnête! Je suis un peu perdu! Cinq ans que je ne l'avais pas revue...

– Je sais pas quoi te dire, Fab. Pour moi, le passé reste le passé. Mais quand je te vois comme ça, on dirait un mec qui n'a pas tourné la page! Je pense que tu devrais aller lui parler! Peut-être que tu réaliserais que cette fille est juste un vieux fantasme!

Alors je prends mon courage à deux mains, et lui raconte ce qu'il s'est passé sur la terrasse.

– Putain, mais pourquoi je suis toujours occupé quand il se passe des trucs intéressants? Fait chier! Bon ben, tu sais ce qu'il te reste à faire!

– Ben justement, non!

– Tu dois aller t'excuser! Depuis quand un homme insulte une femme? T'as déconné! Ce n'est pas sa faute si elle est canon et que tu n'as pas su la garder! En même temps, avec la tête que tu tires, je ne comprends pas ce qu'elle a pu te trouver!

– C'est bien parce que c'est ton mariage que je me retiens de te refaire le portrait!

– Mais oui! Moi aussi, je t'aime!

– Tu as raison! Je suis allé trop loin! Mais je ne vais pas pouvoir l'approcher ce soir. Entre Marine et le guitariste, je ne veux pas faire de vagues!

Je passe mes doigts sur mes tempes.

– J'ai une bonne nouvelle pour toi. Je sais dans quel hôtel elle passe la nuit ! Tu me donnes combien en échange ?

– Je t'épargne un œil au beurre noir !

– Pff ! Rabat-joie ! Ils sont au même hôtel que nous. Eh oui, c'est moi qui les loge !

– Merci, Romain ! (Je lui tapote l'épaule.) J'espère que Jessica mettra quelques années avant de se rendre compte que tu es un pauvre type !

Nous rions ensemble et l'effroyable tension logée dans mes épaules s'évacue doucement.

***

Il est plus de cinq heures du matin quand nous franchissons les portes du bâtiment. Voulant me couvrir, Romain affirme à nos compagnes que nous allons boire un dernier verre entre hommes.

Une fois les deux femmes éclipsées, il réussit à obtenir le numéro de chambre de celle à qui je m'apprête à demander pardon.

Quelle ironie du sort !

Elle m'a quitté sans un mot et je me suis laissé convaincre de lui présenter mes excuses.

Mais ce n'est pas la seule raison. J'ai énormément réfléchi durant cette soirée. Dans ses yeux, j'ai pu déceler de la colère. Peut-être même de la haine. Aurais-je dû lui rappeler que c'est elle qui a pris la décision de me quitter et de nous abandonner ? Devrais-je lui remettre les clés de mon cœur pour qu'elle constate les dégâts qu'elle y a causés ? Aurait-elle oublié que je l'ai choisie envers et contre tout mais qu'elle a tout de même pris la décision de partir ?

Même si j'ai refait ma vie, je ne peux plus continuer de nourrir ma rancœur et mes regrets à son égard.

Cela ne changera rien au passé ni à la souffrance.

Toutefois, si je parviens à me faire pardonner, alors je me promets de l'oublier pour de bon et de la laisser quitter mon esprit tourmenté. Il faut briser ce lien invisible qui est tissé entre nous. Je l'ai senti ce soir et je ne veux plus. Je dois me libérer de mon passé pour vivre mon avenir sereinement.

Je me retrouve devant sa porte. J'entends ma raison demander à mon cœur de se mettre en veilleuse. J'espère que ce dernier sera docile et que la voir ne ravivera pas les cendres du couple fabuleux que nous formions.

Je sais qu'il est tard. Ou tôt d'ailleurs. Mais je l'ai vue quitter la salle peu de temps avant nous. J'inspire un bon coup et toque à sa porte. Je patiente quelques secondes, qui paraissent des heures, et quand la porte s'ouvre, mon palpitant s'échappe de ma poitrine.

C'est lui.

Le guitariste.

Vêtu d'un simple caleçon.

Je tente de me rappeler comment respirer et j'essaie de me rassurer en me disant que Romain s'est trompé de numéro. Mais le peu d'espoir que je nourrissais meurt instantanément quand j'entends la voix d'Ambre briser le silence rempli de testostérone.

– Yo ? C'est le room service ? Je meurs de faim !

– Non, ma Bella. (Il me regarde fixement.) Il y a un problème ?

– Non, j'ai dû me tromper de chambre, désolé !

– Pas de soucis, mec.

Il referme la porte et mon corps est comme figé. S'imaginer les choses est un fait. Mais les affronter réellement est un déchirement monstrueux. Mes pieds sont comme aimantés au sol tapissé de ce couloir.

Il me faut quelques secondes avant de m'extraire de mon état léthargique et réaliser que je ne devrais pas ressentir cela pour elle. La colère, la jalousie, la possessivité et l'envie. Je me hais. Il faut que j'annihile mes pensées immédiatement. Avant de faire une connerie.

Je retourne au bar de l'hôtel et retrouve Romain.

– C'est bon ! Tu peux monter rejoindre ta femme ! Merci pour le service. Tu es un frère pour moi… (Le serveur s'approche.) Une coupe de champagne, s'il vous plaît.

– Ouh là ! Ça ne va pas, toi ! (Il fait signe au serveur d'apporter deux verres.) Bon, pour ton information, ma femme m'a dit de profiter de ma fin de soirée avec mon témoin car elle est épuisée… Mais que j'aurai droit à un réveil crapuleux !

– Épargne-moi les détails…

– Alors ? Elle a accepté tes excuses ou elle t'a dit que tu étais la pire erreur de sa vie ?

– Rien de tout ça. C'est le musicien qui a ouvert la porte à moitié à poil !

– Ah…

Je le regarde, ahuri.

– C'est tout ce que tu trouves à dire ? Ah ?

– Hé, du calme ! Je suis footballeur, pas psy, Fab !

Quand le serveur dépose les coupes devant nous, nous trinquons.

– À ton mariage, Romain !

– À ton ex, Fab !

***

Ambre

Quand Yoann a refermé la porte, il s'est tourné vers moi, et son regard incandescent a mis le feu à ma peau. Il est devant moi, en caleçon. Je viens de sortir de la douche avec un ensemble en dentelle assez sexy sans être vulgaire. Cela fait cinq ans que je n'ai pas fait l'amour avec un homme. Je n'y arrivais pas. Mais ce soir, il le faut.

Alors je l'incite à me rejoindre sur le lit, essayant de masquer mon angoisse face à la nouveauté et à la proximité de nos corps.

Yoann est beau et son corps est parfait. Quant à moi, je suis pétrifiée. Ma grossesse a laissé des vergetures sur mon ventre. Des marques qui me complexent énormément, même si j'ai réussi à retrouver un semblant de ligne.

Je suis également terrifiée par la réaction qu'il pourrait avoir en découvrant le « F » tatoué sur ma peau.

Lorsqu'il commence à m'embrasser, les questions dans ma tête cessent quelque peu. Je lui rends son baiser éperdument pour que les voix dans mon esprit s'éteignent et me ramènent à l'homme au-dessus de moi.

Je saisis son visage pour le rapprocher davantage de mes lèvres. Puis je guide mes doigts vers ses larges épaules et ses biceps musclés pendant que sa main droite s'invite vers le haut de mes cuisses pour descendre sensuellement. Je hoquette de plaisir en le sentant caresser mon intimité de haut en bas. Sa bouche se dirige dangereusement vers ma poitrine et j'enfonce mes doigts dans ses cheveux. Soudain, l'impensable se produit. Je veux retirer ma main de ses boucles brunes pour reprendre son visage en coupe mais l'une d'elles reste coincée dans ma bague, et lui arrache un petit cri de douleur.

LA BAGUE.

J'essaie tant bien que mal de dégager le nœud mais cela devient difficile et laborieux.

Le destin se moque ouvertement de moi. C'est évident. Pourtant, cela me fait paniquer. Quand je réussis à démêler le tout, je m'écarte de lui et constate que mes mains tremblent.

– Je suis désolée, Yoann. C'est… C'est la première fois que je vais aussi loin depuis des années. Je… J'ai besoin de prendre un verre. Ça n'a rien à voir avec toi. Je te le promets. Il faut que je parvienne à me détendre.

Il souffle de déception et dépose un baiser sur mon épaule.

– Je t'attendrai, Bella. Reviens vite !

Je mets un gilet par-dessus mon pyjama et enfile mes baskets à la hâte. Une fois seule dans le couloir, j'ôte ma bague férocement et la balance très loin, avant de me laisser glisser contre le mur. Je me tape la tête contre les genoux tellement je me sens bête. Quand je réalise que je viens de jeter ce bijou précieux, je me lève et cours comme une idiote pour le récupérer et le repasser à mon index.

Pauvre imbécile.

Je me rends au bar de l'hôtel, abattue, et aperçois Fabio et le marié en pleine discussion.

– Mais bordel de merde ! C'est une blague ! (Je regarde le ciel.) Non mais, sérieux ? Je ne sais pas vraiment qui est là-haut mais je crois que j'ai compris le message ! Alors, stop !

Je me faufile discrètement dans un coin retiré où ils ne m'aperçoivent pas, tandis que moi je peux les observer. Je commande deux coupes de champagne. Je bois la première d'une traite. J'entame doucement la deuxième quand trois hommes s'approchent de moi. Ils ont l'air assez éméchés et, vu l'heure, cela ne présage rien de bon. L'un d'eux me pointe du doigt avant de passer sa langue sur ses lèvres. Il est répugnant et je prie pour qu'ils déguerpissent. Mais ils poursuivent leur chemin vers ma table pour s'y asseoir sans que je les y invite. Je suis quelque peu mal à l'aise et je crains le pire.

Je finis rapidement mon deuxième verre et les salue. Mais l'un d'eux me retient par la main. J'ai un mauvais pressentiment.

– Ben alors, petit cul ? Tu nous quittes déjà ? On n'a même pas commencé encore ! Laisse-moi t'offrir un verre !

– C'est gentil, mais non merci… Au revoir, messieurs !

J'essaie de me dégager mais il ne veut pas me lâcher. En forçant légèrement, je renverse ma chaise dans un fracas monstre.

– Allez, un dernier verre ! Fais pas ta coincée !

– Elle t'a dit non, il me semble !

Je me tourne et me trouve nez à nez avec des yeux dorés où le tonnerre gronde ! L'homme le toise et se lève pour être à sa hauteur.

– Tiens ! Mais c'est le grand Fabio Giordano ! Alors ? Ça fait quoi d'être payé des millions pour courir après un ballon ?

– Tu ferais mieux de la fermer et de lâcher son bras !

– Sinon quoi ? Qu'est-ce que tu vas faire ? rétorque l'un des hommes.

Je m'adresse au sale type qui a toujours mon bras en otage.

– Tu ferais mieux de me lâcher avant que la sécurité n'arrive !

– Ouh ! Une vraie tigresse, celle-là !

Je sens Fabio se raidir près de moi mais l'abruti finit par libérer mon poignet.

– Laisse, Fabio… Il n'en vaut pas la peine !

Je dépose ma main sur son bras et ses yeux se figent sur l'endroit où je le touche avant de me fixer intensément.

– Allez, viens, on s'en va ! ajoute le marié.

– Ouais, c'est ça, tapette ! Barre-toi et prends ta pute !

Je n'ai pas le temps de l'arrêter qu'il envoie un coup de poing faisant chavirer l'homme qui venait de nous insulter.

L'un de ses amis riposte et pousse violemment Fabio.

En quelques secondes, la bagarre dégénère et je me retrouve au milieu sans savoir quoi faire.

Jusqu'à ce que l'un d'eux saisisse une chaise et qu'il s'apprête à l'envoyer sur Fabio. Je prends alors un verre et lui jette sur le visage.

Il se prépare à riposter quand la sécurité parvient à calmer la rixe. Romain maintient Fabio à distance. Il ressemble à un taureau prêt à charger.

Je remarque alors ses mains ensanglantées et je m'approche de lui pour les saisir, mais il rompt le contact aussitôt.

– Ne me touche pas ! Tu en as assez fait ! Voilà ce qui arrive à force de chauffer tout le monde ! Tu devrais retourner dans ta chambre avec ton mec au lieu de traîner à moitié habillée dans un bar.

La sécurité le prend pour l'éloigner des trois forcenés et je reste abasourdie sous le coup de ses mots. Il vient une nouvelle fois de me traiter d'allumeuse, après avoir pris ma défense et fracassé ces types !

Au fond de moi, quelque chose finit par se briser. Je regagne ma chambre et choisis de faire ce que je redoutais tant. C'est décidé. Il le faut. Je dois faire l'amour avec un autre homme et le sortir définitivement de ma peau.

41

Fabio

Le chef de la sécurité nous présente ses excuses de la part de l'hôtel pour les désagréments causés par les trois hommes.

Il nous assure qu'aucune plainte ne sera déposée et finit par nous saluer.

– Putain, Fab, si ça revient aux oreilles de Jessica ou Marine, on est morts ! Comment tu vas expliquer ça ? « Désolé, bébé, mon ex se faisait tripoter par un mec ; du coup, je lui ai pété le nez ! »

– Commence pas, Romain ! Je suis assez énervé comme ça ! Que je ne recroise pas ces trois connards parce que je terminerai ce que j'ai commencé !

—Tu te rends compte que c'est à cause d'elle que tu te mets dans cet état ?

– Ferme-la !

Je crispe les mâchoires et essaie de relâcher la pression mais je n'y parviens pas.

– Hé, Fab, faut te détendre !

Me détendre ?

Je me remémore leurs regards salaces et remplis de désir sur elle, et je ne peux définitivement pas retrouver mon calme. Elle est totalement inconsciente de l'effet qu'elle peut faire à la gent masculine.

D'après ce que j'ai pu discerner sous son gilet et son ensemble à dentelle, elle n'a plus le corps de l'adolescente que j'ai connue. Elle a des formes plus affirmées, plus féminines, et une attitude plus confiante. Tout cela la rend extrêmement attirante et désirable.

Quand je l'ai vue s'installer, seule, je me suis demandé ce qu'elle faisait ici, au lieu d'être avec son guitariste. Je me suis tour à tour réjoui, puis inquiété car sa présence ne reflétait rien de normal.

J'ai ensuite ri intérieurement quand j'ai remarqué qu'elle se pensait hors de mon champ de vision. Je me suis délecté de l'observer le plus discrètement possible via le reflet du miroir installé face à moi.

Puis, j'ai vu ces trois mufles s'installer à sa table et l'empêcher de s'en aller. Mes jambes sont parties avant moi et il fallait que j'intervienne.

Mais le verre que je venais de boire et le contact troublant d'Ambre sur ma peau ont fait vriller le volcan qui dormait en moi depuis plusieurs années. Je souhaitais autant la faire fuir que la supplier de me toucher encore. En cela, je me trouve pathétique et minable. Alors, j'ai réagi de manière à l'éloigner de moi. Elle est une menace au semblant d'équilibre que je viens de retrouver.

L'éruption de ma colère étant toujours proche quand nous entrons dans l'ascenseur, Romain semble chercher des solutions pour m'aider à retrouver la sérénité.

– Écoute, Fab. Je suis désolé mais je ne peux pas passer la nuit avec toi car j'en aime une autre ! Toutefois, je ne peux pas te laisser remonter dans cet état ! Je ne veux pas passer mon premier jour d'homme marié au commissariat pour couvrir tes jolies petites fesses ! Heureusement pour toi, j'ai gardé la carte de la chambre où nous nous sommes préparés avant la cérémonie ! (Il me la tend.) Va prendre une douche ! Vide le minibar ! Fais ce que tu veux ! Mais par pitié, ne t'en prends à personne !

– Mes jolies petites fesses ? Ça ne tourne vraiment pas rond chez toi ! Mais merci pour la chambre ! C'est une bonne idée…

– Ça sert à ça, les amis ! Ça sert aussi à dire à la femme de son meilleur pote que nous n'avons jamais été mêlés à aucune bagarre à cause d'une ex, et que cette chambre a été rendue en quittant l'hôtel cet après-midi ! Allez, bonne nuit, Fabio ! À demain ! Enfin, à plus tard !

– Romain ? (Il se retourne.) Merci pour tout ! Je suis vraiment fier d'avoir été ton témoin !

Il sourit et je quitte l'ascenseur pour me diriger vers la chambre.

Certaines affaires traînent encore. Nœud papillon, serviettes et chaussettes. Mais je me sens déjà plus calme face à ma solitude. Je n'aurais pas pu m'allonger près de Marine et faire comme si tout allait bien. Car ce n'est clairement pas le cas.

Cette soirée m'a ouvert les yeux sur beaucoup de choses. Romain a raison. Mes réactions face à Ambre prouvent que la page n'est pas tournée. J'aimerais comprendre pourquoi. Bon nombre de mes amis ont aussi eu un premier amour qui n'a pas duré. Pourtant, chacun est passé à autre chose, plus ou moins difficilement. Oubliant celles qui avaient fait battre leur cœur pour la première fois.

Alors pourquoi le mien refuse-t-il de me laisser ce privilège? Pourquoi pas un seul jour n'a laissé filer la nuit sans que son visage illumine mes pensées? Pourquoi mon sang a-t-il bouillonné quand le guitariste m'a ouvert la porte?

J'ouvre le minibar et saisis la petite bouteille de champagne présente. Je ne bois pour ainsi dire jamais. Mais ce soir, je sens que les bulles de cette boisson dissipent le tonnerre prêt à éclater.

Après quelques gorgées, je me sens plus léger, comme si mes défenses s'effritaient en même temps que l'alcool circule dans mes veines. Sans en saisir la raison, mon rire se mélange à des larmes d'amertume. Je décide de laisser mes émotions s'exprimer tout en me resservant un verre...

***

Ambre

Après avoir atterri devant ma porte, déterminée à sauter le pas, j'ai entendu une voix s'insinuer en moi, me persuadant que je courais à ma perte en prenant une telle décision sans être en pleine possession de mes moyens. J'ai tenté de la faire taire, marchant nerveusement dans le couloir tout en me répétant qu'il le fallait.

J'ai pourtant fini par rendre les armes et rebrousser chemin, direction le bar. Je suis faible. Il m'a rendue faible.

Quand je remarque que l'endroit est presque désert, un soulagement apaisant m'envahit. Le serveur me reconnaît et je lui commande la même chose.

J'admets qu'il est ridicule de boire pour éteindre les flammes dans mon esprit ravagé par la douleur de mon premier amour. Mais c'est la seule solution que j'ai trouvée. La seule à ma disposition avant de quitter cet hôtel et de reprendre ma vie, notre vie, sans lui.

Le barman semble soucieux face à ma solitude. Il tente de converser avec moi et bizarrement je lui déballe tout, la voix légèrement fébrile.

– Non mais, tu t'en rends compte ? Il n'a pas pris la peine de venir voir notre fils durant cinq ans ! Mais monsieur tabasse tranquillement un mec parce qu'il ne voulait pas me lâcher ! Bon allez, dis-moi maintenant, c'est quoi, votre problème à vous, les mecs ? Non parce que je n'arrive plus à suivre ! Il était avec sa femme ! Celle qui l'appelle Ninou ! Non mais, parlons de ce surnom d'ailleurs ! Ninou ? Qui surnomme son mec comme ça ? QUI ? Ah et puis je ne t'ai pas raconté son histoire avec l'alphabet ! Non parce que celle-là, j'ai failli rire, je te jure ! Donc il prend mon bras et…

– Madame, je pense q…

– Madame ? J'ai 23 ans et j'ai l'air d'une madame ? Oh, mon Dieu, je préfère encore que tu m'appelles Ninou !

– Mademoiselle, pardon ! Si vous voulez mon avis, je pense qu'il y a encore beaucoup d'amour entre vous !

– Oh, c'est pas vrai ! Non, mais non ! Je ne veux pas ! Non, je refuse, voilà ! C'est dit !

– Il est bientôt 6 h 30 du matin. Je vais devoir dresser les tables pour le petit déjeuner ! Vous devriez peut-être aller vous reposer un peu…

– Tu as probablement raison, Brian !

– Je m'appelle Florian…

– Enchantée, Florian ! Bon, tu seras mignon et tu mettras l'addition sur le compte de Fabio Giordano ! Voilà ! C'est lui qui paiera mes verres ! Bonne nuit et merci de m'avoir écoutée !

Je me lève difficilement de mon tabouret, salue mon compagnon de matinée et tourne les talons.

Je pénètre dans l'ascenseur et observe les chiffres. Je ne me rappelle même plus à quel étage se trouve ma chambre.

Il me semble que je suis légèrement pompette.

Telle une enfant, je décide d'appuyer sur tous les boutons, ce qui me fait mourir de rire. J'ai eu une soirée difficile.

L'ascenseur s'arrête à chaque étage et je décide que je descendrai lorsqu'il arrivera au cinquième.

Ce que je n'avais pas prévu, c'est qu'en arrivant au troisième étage, les portes s'ouvrent sur Fabio. Que fait-il ici et encore debout ? N'a-t-il pas une femme qui l'attend sagement ?

Je te rappelle juste que tu as également laissé un canon dans ton lit.

Je le détaille malgré moi. Ses cheveux sont plus longs qu'avant et en bataille. Il a desserré sa cravate et ouvert les premiers boutons de sa chemise. Les portes commencent à se refermer et il y pose sa main pour les retenir.

Je le regarde encore.

Sous sa chemise se dessinent les traits de ses pectoraux. Ses manches étant remontées, je remarque ses avant-bras contractés. Lorsqu'il se mord la lèvre inférieure, une chaleur accablante s'invite dans chaque cellule de ma peau, faisant accélérer le rythme de mes battements cardiaques. Mon corps est en alerte comme s'il était face à un danger imminent. Je l'entends rire de la manière la plus sexy qui soit.

Il entre dans l'ascenseur et je m'en extrais précipitamment. Je ne peux pas. Sa proximité pourrait avoir raison de moi. Alors je marche sans savoir où je vais. Espérant être au bon étage. J'observe les numéros de chambres autour de moi mais c'est comme chercher une aiguille dans une botte de foin. Les pas qui résonnent derrière moi me font comprendre qu'il m'a suivie.

Ne te retourne pas, ma grande.

– Je peux savoir où tu vas, Ambre ?

– Dans ma chambre ! Très loin de toi ! Par contre, si tu veux me suivre, c'est cinquante euros ! Mes services sont payants, comme pour toutes les traînées qui se respectent !

– Te suivre ? Tu n'es même pas au bon étage !

Il rit.

– Parce que toi tu sais peut-être où est ma chambre ?

– Oui, figure-toi !

– Pourquoi ? En plus d'être con, t'es aussi médium ?

Cette fois, c'est moi qui ris.

– Très drôle, l'alcoolique ! Pour tout te dire, je suis venu taper à ta porte pour m'excuser de mes paroles au mariage ! Mais c'est ton copain qui m'a ouvert, à moitié nu. Alors je suis parti…

Je stoppe mon avancée et, quand je me retourne pour lui faire face, je percute son torse, mon visage près de sa chemise ouverte. Son odeur emplit immédiatement mes narines et des frissons gagnent l'étendue de ma chair. Je recule d'un pas face à la réaction que ce contact provoque.

– T'excuser ? Pour m'humilier quelques minutes après ! Tu ne cesseras donc jamais de me surprendre, Fabio !

– Je l'espère bien… Tu me connais assez pour savoir que je n'ai jamais supporté qu'un autre mec que moi te touche !

Le haut de mes cuisses se contracte sous cet aveu et je déglutis péniblement.

– Tout comme je n'ai jamais aimé que tu exposes ton corps au vu de tous ces charognards !

Je ne réponds pas mais le trouble me gagne de plus en plus à mesure qu'il s'approche de moi. Il a bu, je le sens. Il est dans le même état que moi. Joueur, mutin, provocateur et détendu. Il m'oblige à effectuer quelques pas en arrière.

– Que fais-tu dans les couloirs toute seule ? Tu n'as pas ton copain à aller rejoindre ?

– Je te retourne la question ! Ta nana ne t'attend pas ?

Il baisse la tête et s'approche de mon oreille. Sa respiration est lente, profonde et chaude. Je crois défaillir lorsqu'il me murmure :

– Apparemment ni toi ni moi ne sommes pressés à l'idée de les rejoindre. Pour ma part, je suis très bien ici…

Ma respiration s'accélère quand son visage revient vers mes lèvres et qu'il saisit mon menton entre son pouce et son index pour m'obliger à le regarder. Des flammes ondulent au fond de ses prunelles enchanteresses et mon cœur joue les acrobates. Mes mains meurent d'envie de le toucher, de sentir de nouveau la douceur de sa peau. Mais je me retiens. Tout cela n'aurait aucun sens. Enfin, je crois…

– Je suis désolé, Ambre. Pour ce que je t'ai dit au mariage et pour ce que je t'ai dit au bar… Je ne le pensais pas… C'est juste que… Tu es encore plus belle que dans mes souvenirs et ça m'a rendu fou de ne p…

Sans crier gare, avec une traîtrise incommensurable, mes lèvres s'emparent des siennes et tout mon être cherche le contact avec sa chair. J'enserre son visage entre mes mains, et il lui faut moins d'une seconde pour me rendre mon baiser avec autant d'ardeur et de violence qu'un drogué en manque.

Il me plaque contre le mur derrière moi. Nos gestes sont brusques, impatients et ardents. Ses mains caressent avidement mes joues, mes épaules et mes hanches pendant que mes doigts glissent sous sa chemise. Je crois m'évanouir quand un son guttural s'échappe de sa gorge, me faisant réaliser à quel point notre attirance nous consume.

Le manque, l'alcool, l'euphorie, les vestiges de notre amour et mon désir dévorant pour lui s'emparent de moi, et j'avoue sans préambule :

– J'ai très envie de toi, Fabio…

Cette déclaration le prenant probablement au dépourvu, il appuie son baiser et me mord l'orée du cou. Il prend mon visage en coupe et m'observe intensément, avant d'enlacer nos doigts et de murmurer :

– Suis-moi…

Il me guide vers une chambre quelques pas plus loin, sort une carte et ouvre la porte hâtivement. Il m'entraîne à l'intérieur et reprend possession de ma bouche, frénétiquement, sans dire un mot, me pressant de tout son poids contre le battant de la porte. Je peine à respirer.

– J'ai eu envie de toi dès l'instant où je t'ai vue derrière ce piano ! Tu me rends complètement fou !

– Tais-toi et embrasse-moi !

Nos lèvres se mêlent de nouveau et je tente de défaire les boutons de sa chemise, l'impatience au bout de mes doigts tremblants. Il s'affaire à évincer ses chaussures et son pantalon, tout en continuant de capturer chaque millimètre de ma bouche. J'en fais de même avec mes baskets pendant que ses mains s'attaquent à ma poitrine déjà gonflée. Il saisit mes seins à pleine main, faisant rouler mes tétons durcis sous ses doigts, se rendant visiblement compte que je ne porte pas de soutien-gorge.

Je retire mon gilet nerveusement et remarque le renflement de son caleçon. Jamais je n'aurais pensé avoir un tel effet sur lui après tant d'années. Pourtant, la vérité est là, sous mon regard effaré.

Fabio attrape l'ourlet de mon haut en dentelle et le retire délicatement et non sans crainte. Je lève les bras pour l'aider à me débarrasser du tissu. Ses yeux longent mon ventre et s'arrêtent, totalement décontenancés, sous mon sein gauche pour fixer mon tatouage. Il passe subtilement son pouce dessus et me regarde de nouveau.

– Tu… Tu l'as toujours ? Je pensais que tu l'aurais… fait enlever…

L'émotion transperce sa voix rauque.

– Je n'ai jamais pu m'y résoudre… C'était simplement impossible…

Ce qu'il fait ensuite est inattendu. Il me prend dans ses bras, me serre avec une force déraisonnée et une expiration libératrice quitte ses lèvres. Il dépose des dizaines de baisers sur mon visage pour se diriger vers le « F », preuve indélébile et irréfutable de notre amour. Il embrasse la lettre avant de remonter vers la lisière de ma poitrine et de s'emparer de mon mamelon, tout en ôtant mon short et mon dessous d'une seule traite.

Il se redresse pour posséder mes lèvres. Ses longues mains se dirigent vers le bas de mon ventre. Il écarte mes ourlets intimes et caresse circulairement le point le plus sensible de mon corps. Ma gorge émet un son profond quand un plaisir incommensurable fauche chaque parcelle de ma peau. Fabio geint dans ma bouche et insère un doigt à l'intérieur tout en continuant ses mouvements circulaires sur le centre de mon délice. Je libère de l'espace entre mes jambes pour lui permettre d'y accéder pleinement.

J'ose prendre des initiatives et passe ma main par-dessus son caleçon, pour me délecter de son excitation débordante. Il émet un bruit rauque, puis se libère du dernier rempart à sa nudité pour emprisonner mes doigts et les enrouler entièrement autour de son membre dressé afin de le caresser vivement.

Nous donnons tous deux plus de vitesse et de confiance à nos mouvements, recherchant le paroxysme de notre redécouverte charnelle.

Il met un terme à nos caresses et me soulève pour me déposer sur les draps désordonnés du lit.

J'écarte mes cuisses afin qu'il puisse s'y réfugier et nous offrir une fusion totale et vitale.

Car c'est ce qu'il en est. Le sentir, le toucher et le désirer a redonné vie à chaque cellule de mon essence en perdition. Je voudrais le haïr, le repousser et mettre un terme à notre corps à corps. Mais j'en suis tout bonnement incapable car j'ai l'impression d'être de nouveau à ma place, dans ses bras, près de lui. Il est mon oasis dans ce désert vide et stérile qu'est mon âme. Je reprends vie dans le doré de ses yeux, et dans le lien indéfectible qui nous lie.

Ses bras s'invitent sous mes épaules et tout mon être tressaille dans un mélange d'excitation et de peur.

Je le sens hésitant, sur la réserve. Pourtant, je veux qu'il me possède pleinement et sans barrière. Car il n'y a aucun risque de mon côté depuis que je me suis fait poser un stérilet voilà un an.

Je devine son excitation à l'entrée de mon intimité mais il n'ose pas franchir les quelques millimètres qui nous séparent d'une union totale. Alors, je tente de déverrouiller ses craintes.

– Je n'ai eu personne depuis toi… La dernière fois que j'ai fait l'amour c'était avec toi, dans ta chambre, à Rennes… Et… il n'y a aucun risque que je tombe enceinte…

Il m'examine intensément, cherchant la faille dans la révélation que je viens de lui faire. Je ne cille pas et le contemple, éperdue.

Son visage glisse vers ma nuque et il expire violemment, désespérément. Comme s'il venait de briser les chaînes qui le maintenaient prisonnier. Puis sans que je m'y attende, il me pénètre brutalement, émettant un râle de détresse et d'apaisement, m'arrachant un cri de plaisir et d'émotion sans précédent.

Il encadre mon visage de ses longues mains et sa langue vient étreindre la mienne dans une valse passionnée et tourmentée à la fois. Nos regards s'aimantent et savourent ces retrouvailles inattendues et pourtant si évidentes. Nos corps ne font qu'un et son va-et-vient me remplit un peu plus à chaque mouvement. Je voudrais me fondre en lui et épouser chacune de ses courbes majestueuses.

Mes gémissements se mêlent aux siens pendant que des larmes déferlent sur mes joues. Je réalise à quel point j'aime cet homme malgré tout le mal qu'il m'a fait. Combien il me manque chaque jour ! Combien son odeur enivrante suffit à remplir le trou béant dans mon cœur !

Sa cadence devient plus brutale, plus animale et plus rapide. Je bascule peu à peu vers une jouissance terrassante. Je sais qu'il en est de même pour lui quand il effectue une dernière poussée dans un cri profond, et qu'il laisse peser le poids de son bien-être sur moi.

Nos cœurs battent à tout rompre à l'unisson. Je passe une main dans ses cheveux, tout en séchant mes larmes de l'autre. Aucun de nous ne parle ou n'exécute le moindre geste pendant quelques minutes.

Il finit par se retirer, déposant de doux baisers au creux de ma clavicule. Il se place derrière moi pour m'attirer à lui et sceller nos corps. Son souffle chaud près de ma nuque provoque une armée de frissons sur ma peau, pendant que son pouce effleure inlassablement mon tatouage.

Les yeux grands ouverts, je ne bouge pas. Le rythme de sa respiration apaise ma conscience, tourmentée par ce qui vient de se passer.

La tristesse et la culpabilité m'assaillent peu à peu. Je pense à Enzo, qui grandit chaque jour sans lui à ses côtés, à Yoann, qui m'a redonné l'espoir d'aller un jour de l'avant et que je viens de tromper, et à la nouvelle femme de Fabio, qui doit l'attendre sagement dans leur chambre.

Soudain, son contact me brûle et j'étouffe. Il me faut sortir de cette pièce.

Avant de quitter sa chaleur, je dois savoir. Mais je ne me retournerai pas. Je suis terrifiée par les réponses que je pourrais lire dans ses yeux. Alors je préfère le garder de dos et me décide à parler.

– Pourquoi, Fabio ? Pourquoi tu ne daignes pas faire partie de la vie de ton fils ? Si tu savais comment Enzo t'imagine… Il t'idéalise, tel un héros, pendant que toi… tu mènes ta petite vie avec ta nouvelle famille… C'est injuste ! Alors je veux savoir, comment peux-tu te regarder dans un miroir chaque jour et laisser un petit garçon grandir sans son papa ?

J'attends sa réponse, le cœur au bord des lèvres. Le seul bruit qui parvient à mes oreilles est la régularité de sa respiration. Je pivote vers lui et constate qu'il s'est endormi. Je l'observe et ne peux m'empêcher de caresser la fossette sur sa joue.

– Si seulement tu pouvais voir à quel point notre fils est merveilleux ! À quel point il te ressemble ! Tu ne pourrais plus vivre loin de lui, j'en suis certaine…

Je me lève délicatement du lit, me rhabille dans un silence désespéré et quitte mon passé. Je le regarde une dernière fois, avant de rassembler chaque pièce de mon cœur détraqué, et déserte cette chambre, témoin d'un amour éternel et indéfectible.

42

Ambre

Lorsque je me retrouve devant ma chambre, je repense à Yoann, qui a dû m'attendre durant plus de deux heures. Je panique soudain à l'idée qu'il soit réveillé et me demande des explications. Je l'ai laissé hier soir, à moitié nu et prêt à franchir une nouvelle étape dans notre histoire. Mon téléphone et mon courage sont restés avec lui, pendant que je m'abandonnais dans les bras de Fabio.

Comment pourrais-je le regarder en face ? Je me suis enfuie sous prétexte d'être terrifiée à l'idée de faire l'amour avec lui, pour me retrouver dans le lit de mon ex, à moitié ivre et totalement consentante, pour ne pas dire à l'initiative de ces ébats.

Mon Dieu, mais quel genre de femme suis-je ?

J'éprouve soudain un mélange de honte et de culpabilité…

Comment ai-je pu laisser libre cours à ce désir dévorant, oubliant mes valeurs et mes principes ?

Note à moi-même : ne plus boire de champagne. Jamais. Ou presque.

Je prends mon courage à deux mains et déverrouille la porte. Mon cœur accélère la cadence et ma bouche est de plus en plus sèche à chaque pas. La chambre est vide. Le soulagement est immédiat. Toutefois, je ne parviens pas à accepter l'idée de l'affronter au petit déjeuner et de devoir lui mentir au sujet de mon escapade nocturne. Je passe par la salle de bains pour prendre une douche rapide. Il faut que l'eau chaude chasse ma faute et mes faiblesses.

J'avais prévu de faire un détour par Nice pour voir mon père et y passer une nuit. Il faut croire que j'arriverai plus tôt que prévu car je ne peux pas rester un instant de plus dans cet hôtel.

Je ne suis prête à affronter aucun des deux hommes.

Je récupère mon sac et fais appel à un Uber, direction ma ville natale.

***

Après trente minutes de trajet, le chauffeur me dépose devant l'appartement de mon père, qu'il partage avec sa femme. Je suis déjà venue quelques fois leur rendre visite avec Enzo. Il ne sait pas que je débarque. C'est une surprise. J'espère que cela lui fera plaisir.

Je sonne à la porte et, au bout de quelques secondes, c'est mon oncle Giulian, le frère de mon père, qui m'ouvre. Je pense alors qu'il est là pour déjeuner aussi, car ils ont toujours été très proches tous les deux. Cependant, j'ai un mauvais pressentiment. Son regard est inquiet, il a des cernes importants sous les yeux et il ne semble pas vraiment enchanté de me voir. Du moins, ma présence paraît le surprendre plus que de mesure.

– Ambre ? Qu'est-ce que tu fais là ?

– Je chantais à Monaco alors je suis venue faire une surprise à papa. Je tombe mal ?

Il expire bruyamment, et je commence à m'inquiéter.

– Entre, ma chérie et assieds-toi. Je vais tout t'expliquer.

Il m'ouvre la porte et je découvre sa femme, ainsi que mes grands-parents dans le salon. Aucune trace de mon père ou de Gisèle. Tout cela ne me dit rien qui vaille. J'embrasse tout le monde et chacun a l'air très inquiet.

– Écoute, Ambre, il y a des choses que tu dois savoir sur papa. Je ne t'ai pas prévenue car je pensais que c'était un mauvais moment pour lui, comme il en a déjà eu. Mais je crois que c'est bien plus grave que ça…

– Comment ça, tonton ? Je l'ai eu au téléphone il y a quelques jours, il ne m'a rien dit, il allait très bien.

– Il essaie de donner le change mais la vérité est toute autre. Ambre, ton père s'est remis à fumer toutes ces merdes de drogues depuis des mois. Sauf que ça l'a rendu plus agressif qu'à l'accoutumée et il a même fait quelques mauvais délires ! Gisèle a fini par le quitter il y a quelques semaines de ça. Il lui faisait peur et elle ne savait plus quoi faire.

– Non, ce… ce n'est pas possible! Il m'a dit de venir leur rendre visite à la Toussaint et qu'ils avaient hâte de nous voir!

– Il t'a menti, Ambre! Elle a demandé le divorce… Il a dépensé tout l'argent qu'ils avaient mis de côté. Il a vidé tous les comptes et s'est endetté. Il reçoit des lettres de mise en demeure par dizaines. Il a été mis à pied car son chef de service l'a surpris en train de fumer du cannabis pendant son temps de travail. Ça fait des semaines que ça dure. Il est dans une très mauvaise passe et aucun d'entre nous n'arrive à le raisonner.

– Où est-il? Il faut que je le voie, que je lui parle! Il m'écoutera, j'en suis sûre!

– C'est bien là le problème! Il est en garde à vue depuis hier soir. Il a été arrêté en excès de vitesse et a frappé l'agent qui lui a demandé ses papiers. Il risque une peine de prison et une grosse amende. Ils ne veulent pas qu'on le voie. J'ai simplement réussi à savoir par un ami policier qu'il passera en jugement immédiat en fin de journée.

– Non, c'est impossible, tonton! Pas mon papa! Il a des défauts mais je ne reconnais pas l'homme que tu me décris!

– Je suis désolée, ma chérie! J'aurais aimé t'apprendre de meilleures nouvelles. (Il me prend dans ses bras.) Il a dormi à la maison la semaine dernière et je n'ai pas reconnu mon frère. Il fume toute la journée, dépense de l'argent qu'il n'a pas. Il a réussi à faire un crédit et s'acheter une voiture alors qu'il n'a plus rien. Je suis très inquiet pour mon grand frère mais je ne le lâcherai pas.

J'ai l'impression de dégringoler dans un néant infini. Comment imaginer que tout ce que je viens d'apprendre puisse être vrai?

Je dois m'asseoir avant de perdre pied.

– Je ne comprends pas, tonton! Pourquoi s'est-il remis à fumer?

– Tu connais ton père. Ce n'est pas un grand bavard. Son club a décidé de ne pas renouveler son contrat d'entraîneur. Cela a été un coup dur pour lui. Gisèle l'a convaincu de ne pas entraîner ailleurs pour qu'ils puissent passer plus de temps ensemble mais, avec son travail, elle était toujours en déplacement. Puis, elle le rabaissait sans cesse car elle gagne mieux sa vie que lui et qu'elle assume une grande partie de leurs dépenses. Alors, il a commencé à sortir plus souvent, à boire. Puis il a retouché à ces merdes et il refuse d'arrêter. J'ai essayé de le convaincre mais il fuit les discussions. Avant le coup de fil qu'il a passé du commissariat, j'étais sans nouvelle de lui depuis trois jours. Gisèle est partie chez sa famille à Marseille. Elle ne veut plus entendre parler de lui et la procédure de divorce est bien engagée.

– Pourquoi vous ne m'avez rien dit? C'est injuste! Je suis sa fille!

– On ne voulait pas te mêler à tout ça, ni toi ni Enzo. Mais là, c'est trop grave! J'ai appelé ta mère ce matin, elle comptait t'en informer dès que tu rentrerais à Bordeaux.

– Je veux le voir! Amène-moi au poste, tonton!

– J'y étais ce matin! On ne peut rien faire! Il faut attendre qu'il soit jugé!

Je décide d'appeler ma mère et je hoquette de tristesse au téléphone. Elle tente de me rassurer mais en vain. Un très mauvais pressentiment ne quitte pas ma poitrine. Je la préviens que je resterai quelques jours de plus dans le Sud. Elle me dit qu'elle s'occupera d'Enzo jusqu'à ce que je rentre, puis me passe mon fils. Sa voix me donne la force qu'il faut pour ne pas m'effondrer.

***

Fabio

J'émerge doucement et les dernières heures assiègent ma mémoire. Je me tourne brusquement dans le lit pour ne trouver qu'un drap froissé et une place vide. Je me lève pour vérifier si elle est dans la salle de bains mais rien. Ma tête me rappelle soudain mes excès d'alcool. Je n'ai pas l'habitude de boire et je ne me souviens même pas m'être endormi après lui avoir fait l'amour.

Mon Dieu, nous avons fait l'amour. Je n'en reviens toujours pas. Jamais je n'aurais pensé que cela arriverait de nouveau. Pourtant, je me rappelle la redécouverte de chaque fraction de sa peau, les frissons sur ses bras quand j'ai embrassé sa poitrine. Ce tatouage qui a failli m'abattre quand j'ai vu qu'il trônait toujours fièrement sur sa chair.

Quand elle m'a avoué timidement qu'elle n'avait couché avec personne depuis moi, mon cœur a implosé et un feu d'artifice s'est joué à l'intérieur de moi. J'ai d'abord cru qu'elle mentait, mais son regard ne trahissait pas. Elle disait la vérité. Égoïstement, j'étais tellement heureux et ému que je l'ai pénétrée ardemment sans aucune introduction, comme si je voulais la marquer et la posséder de nouveau.

Un détail, non sans importance, me percute soudainement. Nous ne nous sommes pas protégés ! J'ai joui en elle, sans aucune barrière. Je me suis laissé emporter par la magie du moment et le fait qu'elle ait un jour représenté mon tout. Ma respiration s'affole et je suis obligé de m'asseoir.

Puis je me remémore soudain qu'elle m'a affirmé qu'il n'y avait aucun risque. Je sais qu'Ambre est une fille sensée. Elle a toujours eu la tête sur les épaules. Jamais elle ne m'aurait laissé lui faire l'amour sans préservatif si la moindre incertitude existait. En cela, je crois fermement.

Je me retourne vers le lit pour contempler le reste de sa silhouette dessinée sur les draps. Elle a lâchement déserté, me laissant seul et dépourvu.

M'abandonner avec de nouveaux souvenirs de nous deux est une torture. Comment reprendre le cours normal des choses après cela ? Comment tenir la main de ma fiancée quand ma vision est envahie de vert émeraude ? Comment me délecter de sa peau quand j'y verrai des « F » à chaque recoin ? Une part de moi s'en veut terriblement d'avoir été infidèle, pourtant j'ai eu l'impression de revivre lorsque nos corps se sont ancrés l'un à l'autre. Je suis en plein doute quant à mes sentiments.

Il me faut à tout prix des réponses. J'ai besoin de savoir si cette nuit était le résultat de l'abus d'alcool et de la mélancolie, ou si le destin fait en sorte de nous aider à nous retrouver.

Je ne sais plus où j'en suis, je divague. Je suis fiancé, j'ai une gentille compagne qui m'attend sagement dans une chambre et qui m'aime.

Alors pourquoi, sans m'en rendre compte, suis-je devant la porte d'Ambre en train de toquer sauvagement ?

Personne n'ouvre.

Remet-elle déjà des distances entre nous ? A-t-elle des regrets ? S'est-elle réfugiée dans les bras de son musicien ?

Mon Dieu, je vais devenir fou si ce mec la touche. Je dois en avoir le cœur net. Je fais quelques pas et croise une femme de chambre.

– Bonjour, madame, j'ai besoin de vous, s'il vous plaît.

– Bonjour, monsieur ! C'est un plaisir de rencontrer un joueur de l'équipe de France en vrai ! Que puis-je faire pour vous aider ?

– Voilà, je suis tête en l'air et je me suis enfermé dehors. Vous pourriez m'ouvrir, je vous prie ?

– Évidemment, monsieur Giordano.

Elle s'exécute et j'entre dans la pièce hâtivement. Elle est vide. Aucune trace d'elle. Je passe ma main dans mes cheveux et réfléchis à la suite des événements. Il faut que je lui parle. Il le faut. Une idée me vient et je sais que Romain m'aidera à l'accomplir. Il ne peut rien me refuser.

Je ressors de la chambre et, au même moment, la porte voisine s'ouvre. Je patiente quelques instants, en espérant que ce soit elle. Malheureusement, non. C'est une femme, qui semble avoir passé la même fin de soirée que moi. Mais alors qu'elle s'apprête à partir, une voix masculine l'interpelle tout en ouvrant plus grand. Je le reconnais. C'est le guitariste, encore en caleçon. Il tend un sac à la jeune femme et elle l'embrasse goulûment. Quel enfoiré ! Il n'a pas perdu de temps avant d'aller voir ailleurs ! Si je n'étais pas aussi mal placé pour avoir trompé ma fiancée avec sa « copine », je lui referais probablement le portrait.

Je remonte dans ma chambre et mes méninges me triturent. Marine sort de la douche et je me prépare psychologiquement pour un interrogatoire musclé. Mais bizarrement, il n'en est rien.

Au contraire. Cela ravive ma culpabilité et j'ai envie de lui avouer ce que j'ai fait, de lui dire que je suis terriblement désolé et que je ne la mérite pas. Mais je n'y arrive pas. Elle semble tellement heureuse et je ne veux pas lui faire de mal et créer un scandale alors que les festivités du mariage ne sont pas encore terminées. Alors je décide de ne rien dire pour le moment et je me sens si misérable que je voudrais disparaître. D'autant plus quand je réalise que mon esprit est rempli d'une autre.

– Ça va, Ninou ? Jess m'a dit que Romain et toi vous aviez passé la matinée ensemble dans la chambre des mariés et que tu t'es endormi à cause du champagne. Il n'a pas voulu te réveiller, et moi non plus d'ailleurs. Je sais à quel point tu as déjà du mal à dormir alors j'ai préféré te laisser profiter…

Elle s'avance vers moi, passe ses bras autour de ma nuque et dépose un baiser langoureux sur mes lèvres. Je me laisse faire malgré moi et j'ai la douloureuse impression de me jouer d'elle.

– Maintenant que tu es là, on peut rattraper la nuit qu'on vient de perdre…

Elle laisse tomber sa serviette pour me dévoiler sa nudité et elle caresse vivement mon entrejambe. Je la repousse délicatement et ramène ses bras autour de ma nuque. Je ne pourrais pas aller sur ce terrain-là après la nuit que je viens de passer. C'est impossible.

– Je suis désolé mais je suis exténué, j'ai très peu dormi et j'ai vraiment besoin de prendre une douche.

– Bien. Je te suis alors ! Je vais bien te savonner, Ninou, crois-moi !

– Non, Marine… Vraiment, en plus nous sommes en retard pour le déjeuner ! Ce n'est que partie remise !

– Bon, d'accord ! Alors dépêche-toi ! Je voudrais que tu m'emmènes faire un tour à Monaco avant qu'on reparte !

Je suis pitoyable de lui mentir ainsi. Je pénètre dans la douche en espérant que l'eau chaude me nettoie de mes erreurs impardonnables et vide mon esprit des images qui me hantent depuis mon réveil.

***

Nous retrouvons Jess et Romain au restaurant de l'hôtel, avec d'autres invités. Principalement leur famille.

Je kidnappe le marié et lui raconte tout ce qu'il s'est passé après qu'il m'a laissé. Il passe par toutes les couleurs et j'ai peur qu'il ne fasse une syncope.

– Romain, dis quelque chose, bon sang!

– T'as déconné, Fabio! Putain, je t'ai dit «fais ce que tu veux mais ne t'en prends à personne»! Et toi, tu as remis le couvert avec ton ex, et sans capote en plus! Mais t'es vraiment inconscient, ma parole! Bordel, et si Marine l'apprend? Si Ambre débarque au déjeuner et te fait une scène!

– Ça ne risque pas! Quand je me suis réveillé, elle n'était plus là! Ni dans sa chambre! Elle s'est envolée…

– Tu es un si mauvais coup que ça, alors?

– Espèce de débile! J'ai besoin de toi!

– Fabio, pourquoi tu me mets toujours au milieu de tes histoires, putain?

– Romain, tu comprends pas! Pour mes 18 ans, elle s'était fait tatouer un «F», et cinq ans après elle l'a toujours! Elle n'a couché avec personne depuis moi! Je crois que c'est le destin!

– Écoute, pour le tatouage, je veux bien! Mais tu penses vraiment qu'en cinq ans, elle n'a jamais eu d'autre homme dans son lit? J'ai vraiment du mal à y croire!

– Elle ne m'a pas menti! J'en suis sûr! Je la connais par cœur et elle ne m'a jamais menti! Elle a horreur de ça! Jamais je ne lui aurais fait l'amour sans préservatif si j'avais eu le moindre doute! Maintenant, j'ai besoin de toi! Il faut que tu arrives à m'obtenir son numéro! Je dois la joindre! Je dois lui parler! Je ne peux pas reprendre ma vie comme si de rien n'était!

– Tu te rends compte de ce que tu me demandes, Fab? Même si je n'ai jamais vraiment apprécié Marine et que je pense qu'elle n'est pas avec toi pour les bonnes raisons, je ne sais pas si je peux faire ça!

– Romain ! Tu me connais, non ? Tu sais que je ne suis pas une mauvaise personne ! La vie nous offre parfois une seconde chance de comprendre et d'avoir des réponses ! Je te jure qu'il ne se passera plus rien tant que je serai avec Marine ! Mais grâce à toi, je peux saisir cette nouvelle occasion ! S'il te plaît, mon frère ! Aide-moi !

– Bon, tu as gagné ! Je vais voir ce que je peux faire ! Je suis censé rencontrer le directeur de sa troupe pour le règlement à quinze heures. J'aviserai sur le moment !

– Merci ! Je te revaudrai ça !

– Si jamais ça tourne mal, je veux être incinéré !

J'expire de soulagement et l'impatience m'envahit.

***

Ambre

J'ai passé l'après-midi à apprendre tout ce qu'il s'est passé ces derniers mois, m'effondrant un peu plus chaque fois.

Yoann m'a téléphoné et, lorsqu'il a perçu la détresse et l'impuissance dans ma voix, il a décidé de me rejoindre à Nice.

Il vient de franchir la porte et se précipite vers moi pour me serrer dans ses bras. Je m'en veux subitement d'avoir passé la nuit dans ceux de Fabio. Il m'embrasse le haut du crâne et passe délicatement sa main dans mes cheveux.

– Ça va aller, Bella, je suis là…

– J'ai peur, Yoann ! S'il va en prison, je… je ne sais pas ce que je vais faire ! Pendant que je vivais tranquillement à Bordeaux, il s'enfonçait un peu plus ! Je m'en veux tellement !

Mon oncle nous interrompt pour nous informer que nous devons aller récupérer mon père devant le palais de justice. Nous partons, Yoann près de moi, et ma famille plus inquiète que jamais.

Lorsque nous arrivons à destination, mon musicien se propose de garder nos affaires et de nous attendre dans la voiture.

J'aperçois mon père au loin. Son amaigrissement saute aux yeux et me fend le cœur. Son crâne est rasé de près et il porte des lunettes de vue dont un verre est cassé. Je me précipite vers lui et recherche son contact. Je relève la tête et remarque une colère foudroyante au fond de ses prunelles d'un bleu glacial. Son tee-shirt est déchiré en partie et du sang séché parsème son front. Cette vision m'abasourdit et je peine à avaler ma salive.

– Papa ! J'ai eu si peur ! Comment tu te sens ?

– Qu'est-ce que tu fais là, ma fille ? Où est Enzo ?

– Il est à Bordeaux avec maman ! Je chantais à Monaco et je suis venue te faire la surprise mais je suis tombée sur tonton !

– Alors ? Verdict ? demande mon oncle.

– Six mois de sursis, mille cinq cents euros d'amende et suspension de permis… Ces fils de pute m'ont allumé ! Ils m'ont traité comme un meurtrier ! Tout ça pour quelques grammes d'herbe et une gifle bien méritée !

– Tu t'entends parler, Gianni ? Reprends-toi, bon sang ! hurle mon grand-père.

– Si t'es venu pour faire la morale, tu peux la fermer et retourner dans tes montagnes ! J'ai cinquante piges alors c'est pas maintenant que tu vas me dire comment vivre ma vie !

– Hé, mon frère ! Calme-toi, d'accord… Ta fille est là, on va aller à la maison, on va se poser tranquillement et réfléchir à la suite !

– Je leur donnerai pas un rond à ces connards de flics ! Ils peuvent faire ce qu'ils veulent ! J'en ai rien à foutre ! De toute façon, je n'ai plus rien, alors ils peuvent attendre longtemps ! (Il me regarde.) Ma princesse, tu es toujours aussi belle ! Je suis déçu que tu ne sois pas avec mon petit-fils !

Je ne parviens pas à lui répondre. Je vois dans son comportement qu'il est une bombe à retardement. L'agressivité l'habite méticuleusement et elle est prête à exploser.

– Ce n'est que partie remise, papa ! Je reviendrai la semaine prochaine avec lui… C'est promis !

Nous passons la soirée chez mon oncle, et mon père m'inquiète énormément. Il est à fleur de peau, s'énerve à tout bout de champ.

Les insultes pleuvent et son discours est parfois incohérent. Il parle du bien et du mal, de Dieu et du diable, des complots qui règnent dans le monde actuel et dans la politique.

Je mesure soudain les grandes craintes de mon oncle et de mes grands-parents.

Mon père évoque également son projet de monter un business autour de « l'or vert ». Une herbe venue des pays orientaux, qui auraient des bienfaits sur la santé selon ses dires. Une herbe qui se fume et qui, dans certains pays, serait légale. Son souhait est de développer la même chose en France et donc d'entrer dans l'illégalité.

Nous sommes tous effarés par ses propos. Yoann me caresse la cuisse sous la table et je suis à deux doigts de m'écrouler.

Nous tentons de le raisonner, mais en vain. Il nous traite d'incultes et d'arriérés et finit par aller s'enfermer dans une des chambres.

Je suis estomaquée et sans voix. Comment mon père a-t-il pu en arriver là ?

Mon oncle nous amène dans une chambre et je m'effondre dans les bras de Yoann, déversant des torrents de perles salées.

***

Fabio
Quelques heures plus tôt

Romain a réussi à obtenir son numéro de téléphone.

Je prie intérieurement pour qu'elle me réponde. Si ce n'est pas le cas, alors je la rappellerai tous les jours s'il le faut. J'ai besoin de l'entendre. Besoin de savoir ce qu'elle ressent après cette nuit.

Mon esprit me joue-t-il des tours ou Ambre n'a-t-elle jamais réussi à passer à autre chose ? Pourquoi ces cinq années d'absence semblent s'être volatilisées aux recoins de ses lèvres quand elle m'a embrassé ?

Je dois la revoir, je dois savoir, je dois être sûr. J'ai attendu d'être seul pour l'appeler.

Malheureusement, c'est un homme qui décroche. Cette voix, je pense l'avoir reconnue. C'est celle du guitariste.

– Allô ?

– Bonjour, pourrais-je parler à Ambre, s'il vous plaît ?

– C'est de la part de ?

– Fabio, un ami…

– Elle est occupée pour le moment. Mais dès qu'elle a fini, je lui dis de vous rappeler.

– Merci.

– Au revoir.

Il raccroche et je broie mon téléphone au creux de ma main. Voilà où elle est allée se réfugier. Dans les bras de son musicien. Pendant que je cherche à la joindre par tous les moyens, elle a déjà retrouvé son nouvel amant.

Quel idiot, je fais ! Je songeais sérieusement à lui avouer que j'avais ressenti de nouveau notre connexion. Que cette nuit m'avait ouvert les yeux sur les sentiments qui s'étaient taris tant et tant de fois. J'ai même envisagé de lui proposer de nous revoir, pour discuter et nous prouver que rien n'a changé malgré les années.

Il faut croire que je me suis fourvoyé.

Elle a accouru auprès de lui sans attendre, sans se retourner.

Je la hais d'avoir soufflé sur les braises de ce qu'il restait de nous, pour me laisser seul encore une fois.

J'ai une fiancée qui m'attend et il est temps que je me concentre sur elle.

43

Ambre

Voilà trois jours que je suis à Nice. Yoann est parti le lendemain de notre arrivée.

Il avait des répétitions prévues et je ne voulais pas qu'il reste. Je ne veux pas le mêler à tout ça.

Cela fait trois jours que le sommeil n'a pas passé les portes de l'appartement de mon oncle.

Mon père ne dort pas. Ou très peu.

Ce soir, je l'entends parler seul, dans la chambre voisine. Il continue de fumer malgré ma présence, malgré mon soutien.

Il m'assure qu'il va très bien et que son état est dû au monde qui l'entoure et au mal qui est partout autour de nous. Il me parle encore du diable. Me racontant que ce dernier est fourbe et qu'il a envoyé des soldats sur terre pour nous détruire.

Il me montre des écrits dont il est très fier et j'essaie de cacher ma torpeur face au contenu qu'il me présente.

La prose est parfaite. Tout comme la syntaxe. Mais le fond est inquiétant et alarmant.

Je n'ose rien dire, car il débite des dizaines de mots sans s'arrêter et fait les cent pas dans sa chambre. J'essaie de temporiser, de le calmer mais c'est comme vouloir éteindre un incendie de forêt avec un verre d'essence.

– Vous ne comprenez rien, de toute façon ! Nous ne sommes que des pions, manipulés par les banques et les politiciens ! Ils sont habités par l'enfer et vous leur laissez les économies d'une vie. Pauvres idiots !

– Papa, tu devrais dormir un peu. Tu as l'air exténué. On en reparle demain, d'accord ? Je t'aime, papa.

– Tu m'aimes ? Personne ne m'aime ! Tu es partie loin, je ne te vois jamais. Même mes parents ne m'aiment pas ! Mon propre père a passé sa vie à me rabaisser ! Pas un seul encouragement, aucune tendresse. Jamais un « je t'aime ». (Il pleure et je le prends dans mes bras, bouleversée.) Je suis seul et je l'ai toujours été de toute façon.

– Papa, ne dis pas n'importe quoi. Bien sûr que je t'aime et Enzo aussi adore son papi. Tu ne seras jamais seul.

Il renifle, s'écarte de mes bras, essuie ses larmes, et sa tristesse se mélange à un rire angoissant.

– Mais avec l'argent que je vais me faire avec cette histoire d'or vert, vous allez m'aimer ! On sera riche et je t'offrirai le plus beau piano du monde.

– Même sans piano, sans argent, tu seras toujours mon papa que j'aime. Dors maintenant. Demain nous irons nous balader en ville, comme avant.

Je quitte la pièce et l'angoisse m'envahit de nouveau.

Il refuse de voir quelqu'un et dès que mon oncle ou moi montrons un peu d'insistance, son agressivité surgit. Nous sommes tous dépassés par les événements et nous agissons à tâtons et au feeling.

D'après les connaissances acquises pendant mes études et avec le peu de recul que j'ai sur la situation, j'associe ses réactions à sa consommation excessive de cannabis. Je prie pour qu'il n'y ait rien de psychopathologique dans son état, mais sa déconnexion de la réalité et l'incohérence régulière de ses propos disent le contraire.

Il est extrêmement difficile d'être objective et efficace quand il s'agit d'un proche. Je croise les doigts et espère le convaincre de consulter un psychiatre dans les prochains jours.

***

Il est deux heures du matin quand je suis réveillée par des cris perçants et des bruits de casse. Le grabuge est tonitruant et je pense d'abord rêver. Mais lorsque j'entends mon oncle hurler, je n'ai plus le moindre doute.

Je me précipite vers la chambre de mon père et il est en train de balancer des objets par la fenêtre en vociférant des insultes. Giulian essaie de le maîtriser mais il n'entend rien. Je le vois prendre un bocal dans lequel il crache pour ensuite le refermer. Il effectue cette manœuvre plusieurs fois et, au bout de quelques minutes, il nous le tend et annonce :

– Vous voyez ? Ça, c'est le diable. Il est là-dedans. Je veux qu'il y reste.

Et il reprend le même procédé plusieurs fois. Je pleure sans pouvoir m'arrêter face à l'homme qui se tient devant moi. Mon oncle me saisit par les épaules et m'oblige à le regarder.

– Ma chérie, on n'a pas le choix. Va dans le salon et appelle les pompiers. C'est trop dangereux. Il ne va vraiment pas bien.

Je m'exécute, mains tremblantes et voix chevrotante, expliquant la situation à mon interlocuteur.

Les pompiers arrivent quelques minutes plus tard. Ils entrent dans la pièce et tentent de raisonner mon père et de le convaincre de les suivre mais en vain. Les gros mots pleuvent et il les défie de l'empoigner de force.

Il est de plus en plus agité et de plus en plus violent. J'essaie de capter son attention mais son regard est vide et insaisissable. Mes mots glissent sur lui sans parvenir à l'atteindre.

Un des hommes en uniforme nous apprend que les gendarmes sont en route, prévenus par des voisins probablement effrayés par le carnage sonore qui se joue sous nos yeux.

– Papa, s'il te plaît. Calme-toi. Regarde-moi !

Ça toque à la porte et mon oncle va ouvrir. Quand mon père aperçoit les gendarmes, ses yeux se teintent de noir et il serre fortement les poings. Il nous regarde tour à tour et nous balance sèchement :

– Vous n'êtes que des traîtres, je vous déteste. Comment peux-tu me faire ça, mon frère ?

– Écoutez, monsieur, nous ne sommes pas là pour vous faire du mal, intervient le pompier. On veut simplement vous aider.

– Ferme ta gueule, toi !

– Monsieur, s'il vous plaît! poursuit le gendarme. Il va falloir se calmer et monter dans l'ambulance. Vous devez être examiné. Vous semblez ne pas aller bien…

– Et qu'est-ce que t'en sais, toi? Flic de mes deux. J'irai nulle part avec aucun de vous, bande d'enfoirés!

Il balance sa jambe sur l'un des pompiers, qui s'écrase par terre.

Ni une ni deux, les gendarmes l'encerclent et essaient de le maîtriser.

Mon père se débat férocement, à tel point qu'ils sont obligés d'être à quatre sur lui pour le contenir. Il rugit et s'agite comme une bête sauvage qui viendrait d'être capturée.

Je me rends compte que je hurle et pleure quand l'un des pompiers m'interpelle avec une voix ferme mais rassurante:

– Écoutez, mademoiselle. Vous voyez bien que votre père va mal et votre état ne va pas l'aider à s'apaiser. Respirez et calmez-vous. Nous allons le conduire au service psychiatrique de l'hôpital. Sur place, le médecin de garde lui administrera probablement des sédatifs. Il va falloir se préparer et le suivre à la clinique.

Je ne peux empêcher mes larmes de couler tant cette scène me prend aux tripes.

Jamais auparavant je ne m'étais sentie aussi démunie, aussi impuissante.

Je pensais pouvoir l'aider par ma simple présence et mon amour. Mais il a franchi une ligne au-delà de laquelle la raison n'est pas la bienvenue.

Mon oncle me prend dans ses bras et je me laisse totalement aller, les hurlements perçant peu à peu ma carapace.

***

Nous arrivons aux urgences psychiatriques peu après l'ambulance.

Avant de quitter son appartement, Giulian a discuté avec les gendarmes. Il n'y aura pas de poursuites car ils ont constaté que son agressivité était une réaction pathologique, mais si cela devait se reproduire, ils n'hésiteraient pas à l'embarquer.

Quand je remarque les patients déambuler dans le service, je suffoque en prenant conscience de là où se trouve mon papa.

Voilà où le mal-être et les excès l'ont conduit.

Il faut qu'il accepte de se faire soigner. Il le faut. Car je ne sais ce qu'il adviendrait de lui sans ça.

Je ne vais pas pouvoir rester indéfiniment éveillée la nuit pour l'empêcher de faire une connerie.

De plus, je vais devoir rentrer. Mon fils me manque terriblement. Nous n'avons jamais été séparés plus de deux jours. Il a besoin de moi, besoin de sa maman. Je sais qu'il est bien chez ma mère. Il profite d'un traitement princier. Mais rien ne remplace une maman.

Au bout de quelques heures, le médecin nous demande de le suivre.

Il nous pose des questions et nous lui racontons tous les événements de ces dernières semaines, même les plus embarrassants.

Elle nous demande également une anamnèse, qui revient à évoquer la vie de mon père depuis l'enfance jusqu'à aujourd'hui.

– Écoutez, d'après les éléments que vous me rapportez et ce qui a conduit M. Bellino dans notre service ce soir, il semblerait qu'il soit dans un épisode maniaque, l'une des phases d'un trouble bipolaire qui n'a peut-être jamais été diagnostiqué chez votre père. Malheureusement, des études récentes ont montré un lien probable entre la consommation régulière de cannabis et l'apparition de symptômes psychopathologiques. D'après ce que vous me décrivez, monsieur, votre frère a déjà eu ce type de comportement mais en moins exacerbé. Phase d'excitation, d'agressivité, d'insomnie et de conduites à risques, en alternance avec une phase d'anhédonie, d'isolement, d'état dépressif. C'est pour cela que je pencherais plutôt vers un trouble bipolaire…

Je tombe des nues. C'est vrai que mon père a parfois été colérique et à fleur de peau. De plus, avant de rencontrer Gisèle, il ne sortait que très peu et me répétait souvent qu'il se sentait inutile et sans but. Mais j'étais convaincue que cela était lié au contrecoup du divorce.

J'ai étudié le trouble bipolaire. Les traitements sont assez importants et souvent à long terme. Ils sont indispensables pour canaliser les différentes phases.

– Que va-t-il se passer maintenant pour mon père, docteur?

– Nous l'avons mis sous sédatifs pour qu'il dorme. Ensuite, il devra suivre un traitement à base de thymorégulateurs qui vont réguler son humeur, ainsi que des somnifères pour atténuer les insomnies. Je pense qu'une hospitalisation de quelques jours est nécessaire car, d'après vos dires, il refuse de se soigner ou de consulter. Mais pour cela, j'ai besoin que vous en fassiez la demande. Je vous laisse en discuter entre vous avant de prendre votre décision. Sachez que s'il refuse le traitement, il y a des risques que ce qui s'est passé ce soir se reproduise…

Nous quittons l'hôpital et, pendant tout le trajet, mon oncle et moi tentons de réfléchir à la meilleure décision à prendre pour mon père. Même si cela est à contrecœur, même si j'aimerais me réveiller et constater que tout ceci est un cauchemar, l'impuissance à laquelle nous faisons face nous éclate au visage. Nous avons essayé de l'aider, de le soutenir, de le raisonner. Mais les troubles psychiatriques ne se soignent pas seulement à coup de «je t'aime» et de tendresse. Une part médicale est indispensable. Il en va de son bien-être. Alors, nous choisissons d'accepter l'hospitalisation pour quelques jours.

Lorsque je me retrouve seule dans mon lit, des dizaines de souvenirs assiègent ma mémoire. Des souvenirs de mon père et moi, de nos fous rires, de notre complicité, de ses beaux yeux bleus perçants et de son rire si communicatif. Je l'aime tellement et le savoir dans cet état me brise en millions de morceaux.

Malgré ses défauts, il est un pilier dans ma vie. J'ai le sentiment douloureux de le perdre.

Je pense à Enzo, qui n'a pas eu la chance comme moi de construire des moments joyeux avec son papa. Qui ne pourra jamais dire «c'est mon papa qui m'a appris ça»…

***

Gianni

Voilà deux mois que je suis sorti de l'hôpital. J'ai eu d'autres moments compliqués. Un accident de voiture, quelques bagarres et des ennuis avec la justice. Aujourd'hui, je n'ai plus rien. Plus de femme, plus d'argent, plus d'amis, plus de buts…

Alors ma fille et mon frère m'ont convaincu d'aller m'installer chez mes parents le mois dernier, le temps que le traitement fasse effet.

J'ai vu le médecin il y a quelques jours ; il affirme que je suis maintenant dans la phase dépressive de ma maladie. Il ne sait rien de moi, de ce que je ressens. Je ne prends même pas mon traitement, à quoi bon ? Je n'ai plus rien qui m'attend dans cette vie.

Je reçois des lettres et des appels d'huissiers qui me demandent de rembourser mes dettes sous peine d'être saisi. Qu'ils prennent tout ce qu'ils désirent, car plus rien ne me tient à cœur. J'ai été dépossédé de tout ce que j'avais de plus cher. Mon âme, ma passion, mes envies et ma vie. Je ne suis plus rien. J'ai 50 ans et je vis aux crochets de mes parents.

Des parents qui ne m'ont jamais aimé.

Même au plus bas, ils trouvent encore le moyen de me rabaisser et de me renvoyer mon état en pleine figure. Que croient-ils ? Que je ne le sais pas déjà.

Je n'ai jamais été assez bien pour eux… Ni pour personne d'ailleurs. J'ai même réussi à perdre les plus belles choses qui me soient arrivées. Nadia et la magnifique fille qu'elle m'a donnée. Les seuls vrais moments de bonheur que j'ai connus étaient à leurs côtés.

Mais tout cela est loin aujourd'hui. Je ne ressens plus rien. Même le sommeil ne veut plus de moi. Je n'ai plus la force de parler, de sourire ou de faire semblant. Dans quel but ? Je suis diminué, inutile et incompris.

Ma fille et mon petit-fils sont venus me voir régulièrement. Enzo a grandi. Il a bientôt 5 ans. Il veut sans cesse monter sur mes épaules et aller faire de la trottinette. Il met de la vie dans la maison mais plus dans mon être.

Je suis mort à l'intérieur et même ses grands yeux noisette et sa petite fossette ne parviennent plus à éclairer la noirceur des idées qui gisent dans mon âme.

Ma fille est plus belle que jamais. Je suis tellement fier de la jeune femme qu'elle est devenue, même si je n'arrive pas à le lui dire. Elle semble si forte. Elle a toujours su se relever et aller de l'avant. C'est une battante. Un ange tombé des cieux. J'aurai au moins réussi une chose durant mon passage sur terre. Elle s'en sortira beaucoup mieux sans moi. Je n'en ai pas le moindre doute.

Je vois dans ses yeux l'inquiétude et les soucis que mon état lui crée. La même chose que dans ceux de mon frère.

Je ne le supporte plus, je n'y arrive plus. C'est trop difficile. Je dois me libérer de ce mal-être qui me ronge de l'intérieur et ne me quitte jamais. Il me poursuit jusque dans mes rêves.

Je n'ai plus la force, plus l'envie. Je veux mettre fin à toute cette souffrance que je ressens et que j'inflige aux autres sans même le vouloir.

J'ai visité des forums et j'ai pris une décision.

Personne ne me regrettera.

J'ai préparé une feuille blanche, mais quels derniers mots pourrais-je laisser derrière moi pour expliquer une telle décision?

Mes pensées sont vides, tout comme ma conscience.

La nuit est tombée, toutes les lumières sont éteintes.

C'est le moment.

J'embrasse une dernière fois le cadre sur ma table de chevet. Une photo de ma fille et moi quand elle avait une dizaine d'années. Elle me serrait fort et j'étais heureux. Je laisse toutes mes affaires sur le lit et récupère dans la grange de mes parents la corde et le couteau suisse que j'ai préparés plus tôt.

Certains penseront sûrement que je suis un lâche et que j'ai déposé trop facilement les armes. Mais je refuse de mener un quelconque combat, car je suis déjà à six pieds sous terre depuis un long moment.

Je me retourne une dernière fois vers la maison qui m'a vu grandir et je m'enfonce dans la forêt, vers la petite villa laissée à l'abandon depuis des années.

Ce n'est plus le moment de réfléchir. C'est le moment de dire adieu à la vie car ce soir je choisis la mort. Elle seule peut me libérer de ce mal et de ce supplice qu'est devenu mon quotidien.

Je gravis les quelques marches de l'échelle qui me séparent de ma délivrance et quitte ce monde auquel je n'appartiens plus depuis longtemps déjà...

44

Ambre

C'est fini. Tout est fini. Je suis en miettes à l'intérieur. Tout est brisé et meurtri. Je n'ai plus de papa. Il est parti. De son propre chef.

Mes grands-parents m'ont appelée plus tôt dans l'après-midi, affolés, pour me signaler que mon père était introuvable et qu'ils se faisaient énormément de soucis. J'ai pris la route quelques heures plus tard, avec ma mère, mon fils et Sana.

– On va où, maman ? En vacances ? s'époumonait Enzo.

– Nous allons voir papi, mon petit ange !

– Ouiiiiiii, trop bien ! Tu crois que je pourrai encore faire l'avion sur ses épaules, maman ?

– Bien sûr, mon poussin !

– Maiiiiiis ! Je suis pas un poussin ! Tu peux lui dire, marraine ?

– Ta mère se prend pour une poule ! Mais ne t'inquiète pas, si elle t'appelle encore comme ça, on lui fait l'attaque des chatouilles, OK ? a lancé Sana.

Malheureusement, sur le chemin, mon portable a sonné. C'était mon grand-père. Il venait de trouver mon père, pendu.

Tout mon monde s'est effondré, je ne parvenais plus à respirer ou à voir clair derrière mes larmes brûlantes. J'ai raccroché et je me suis bouché les oreilles.

Non, ce n'est pas vrai, c'est impossible, c'est un cauchemar. Pas lui, pas mon papa. J'ai simplement regardé ma mère qui conduisait, et ma meilleure amie dans le rétroviseur et elles ont compris. Mais il fallait que nous soyons fortes. Du moins, en apparence. Nous ne pouvions pas nous effondrer devant Enzo. Il nous fallait du temps.

– Pourquoi tu pleures, maman ?

– C'est rien, mon ange, juste mes yeux qui me piquent…

Je lui ai souri, essayant de me montrer rassurante.

Quand nous sommes arrivés devant la maison d'enfance de mon père deux heures plus tard, un grand nombre de personnes était réuni. Les gendarmes, les voisins, les pompiers...

Je ne voulais pas y croire, c'était impossible. Je me suis extirpée du véhicule et précipitée dans les bras de mon oncle qui était déjà là.

Sana a emmené Enzo faire de la trottinette pour qu'il n'assiste pas à cette scène qui tranchait l'âme.

Mes jambes ont cédé sous mon poids et une boule immense s'est logée dans ma gorge, m'empêchant de reprendre mon souffle correctement. Ma respiration s'est accélérée et les gens autour de moi devenaient des ombres, des silhouettes que je ne distinguais plus. On me parlait, me soulevait, me secouait pendant qu'un chagrin sans nom m'engloutissait entièrement.

Ma mère m'a alors serrée dans ses bras et j'ai déversé toutes les émotions tel un raz de marée que je ne parvenais plus à retenir. Elle me caressait les cheveux et me murmurait des mots rassurants. Pourtant, je ne ressentais rien. J'avais l'impression d'être une coquille vide, une enveloppe morte à l'intérieur.

Les mauvaises nouvelles vont vite dans un petit village et pendant plusieurs heures, les voisins, amis et connaissances ont défilé, me présentant inlassablement leurs condoléances les plus sincères.

Je leur répondais tel un robot. Mes pensées étaient inertes. J'étais dans un état de sidération sans précédent.

Mon esprit s'est effrité un peu plus quand le corbillard est passé, avec mon père à l'intérieur. Je ne réalisais pas. Je ne voulais pas y croire.

La première nuit a été épouvantable. Je n'ai pas fermé l'œil une seconde. J'attendais un signe, quelque chose qui me montrerait que tout ça n'était qu'un cauchemar. Mais rien ne s'est passé. La vie a continué et le soleil s'est levé doucement dans le ciel, comme avant.

La deuxième nuit a été remplie de sanglots et de regrets. Des questions sans réponses m'ont plongée dans la folie quelques instants. J'ai passé des heures sur Internet. Tentant de comprendre ce qu'il se passait dans la tête de quelqu'un qui s'apprêtait à passer à l'acte. Partant en quête de ce qui se passait physiologiquement pendant une pendaison. A-t-il souffert? Au bout de combien de temps la mort arrive-t-elle? La culpabilité m'a coupé le souffle et j'ai dû réveiller ma mère pour qu'elle m'aide à me canaliser.

Aujourd'hui, voilà trois jours qu'il est parti. Je dois choisir le cercueil et les vêtements qu'il portera à l'intérieur. L'enterrement a lieu dans deux jours.

Qui s'est un jour préparé à ce genre de choix? Comment prendre une telle décision?

J'en suis incapable, mes mains tremblent et mon pouls s'accélère. Mes forces menacent de céder encore, quand j'ouvre son placard pour y découvrir toutes les belles chemises qu'il portait merveilleusement bien. Heureusement ma mère est avec moi, tout aussi anéantie, mais puisant dans ses ressources pour se montrer forte pour nous deux.

Je pense à mon petit garçon. Il va falloir que je lui parle, que je trouve les mots. J'évite ses beaux yeux depuis trois jours, mais je ne vais pas pouvoir le faire longtemps. Il doit savoir. D'autant plus qu'il réclame son papi depuis que nous sommes arrivés…

Je propose à Enzo d'aller nous balader dans le village où je passais parfois mes vacances. Nous nous retrouvons dans un pré et nous nous allongeons l'un à côté de l'autre. Le barrage qui retient mon chagrin menace de s'effondrer d'un moment à l'autre.

– Mon petit ange… Te souviens-tu quand je t'ai parlé de ton oncle?

– Mon tonton qui est au ciel?

– Oui, mon cœur. Te rappelles-tu quand je t'ai dit que quand quelqu'un rejoint le ciel, il peut voler? Et qu'il nous protège pour toujours?

– Oui, et il s'appelle comme moi en plus!

– Exactement, mon ange…

– C'est pour ça que tu es triste, maman? Parce que tu penses à tonton Enzo?

– Je suis triste parce que papi Gianni est allé au ciel lui aussi et qu'il me manque beaucoup…

– Pourquoi papi est allé au ciel sans nous dire au revoir? C'est pas gentil!

– Tu sais, Enzo, parfois les anges descendent sur terre pour nous aimer et s'occuper de nous. Quand ils ont fini, ils doivent retourner là-haut… C'est pour ça que papi a rejoint tonton…

– C'est tous les deux des anges?

– Oui, mon bébé…

– Waouh, trop génial! Maman, je pourrai le dire à mes copains?

– Bien sûr, Enzo…

Une larme coule sur ma joue et mon fils me fait un câlin.

– Maman? Je veux pas que papi, il aille au ciel… Je veux encore monter sur ses épaules, moi…

– Je sais, mon bébé. Je sais, il me manque terriblement aussi…

– Est-ce que mon papa il est au ciel avec eux?

– Non, mon cœur… Je t'aime fort, mon grand garçon… Viens sur mes épaules, je te porte jusqu'à la maison…

***

Fabio

Au même moment, à Londres

Je suis rentré à Londres et j'ai repris le cours de ma vie tant bien que mal. Une colère sourde me consume depuis que j'ai quitté Monaco, il y a deux mois.

Je m'assure de toujours arriver le dernier au stade, et partir le premier pour soigneusement éviter Romain.

Il va me harceler de questions auxquelles je ne veux pas répondre.

Il est évident que je ne vais pas pouvoir fuir mon meilleur ami encore longtemps.

Mais je refuse de penser à elle. Je refuse de lui redonner ce pouvoir sur mon esprit. Elle ne m'a jamais rappelé et a sûrement repris sa vie comme si tout cela n'était pas arrivé. Alors j'en ai fait de même et j'ai tenté de donner une chance à mon couple. Mais pour cela, il fallait que je taise mon infidélité et vive dans un mensonge silencieux. On ne balaie pas deux ans de relation pour une erreur d'un soir. C'est du moins le mantra que je me répète. Peut-être un jour je finirai par en être convaincu.

Mais Marine n'est pas idiote. Elle a remarqué que quelque chose avait changé chez moi. Elle me trouve distant et tendu. Je m'en veux de la repousser. Elle n'y est pour rien.

Quand je franchis la porte, je lui tends un bouquet de roses rouges et un étui contenant une paire de boucles d'oreilles en diamant. Je sais que ça annihilera légèrement ses doutes.

– Merci, Ninou ! Elles sont magnifiques ! Je t'aime.

– Pardonne-moi mes sautes d'humeur de ces dernières semaines. J'ai eu quelques soucis à l'entraînement mais ça va mieux maintenant…

Elle dépose les présents et s'approche de moi, un sourire coquin sur les lèvres. Elle m'enlace et dépose un tendre baiser sur mes lèvres. Elle guette ma réaction.

Vais-je le lui rendre ? Ou me défiler comme ces derniers jours ?

Je ne parviens pas à répondre à cette question.

Soudain, je repense à Ambre, qui a rejoint son guitariste après avoir joui dans mes bras. Est-elle en train de l'embrasser ? Goûte-t-il à sa peau ? Se noie-t-il dans le vert de ses yeux ? M'oublie-t-elle en le laissant la pénétrer ?

Je vais devenir fou. Qu'elle aille au diable.

Je soulève Marine et la conduis dans la chambre. Je la pose sur le lit et la déshabille hâtivement. J'examine sa nudité mais je n'y décèle aucun tatouage. Je secoue discrètement la tête.

Sors de mes pensées, putain !

Je me débarrasse de mes habits et m'agenouille sur le matelas. Je l'embrasse et la caresse pour l'exciter au plus vite, avant de changer d'avis. Une fois qu'elle est prête à m'accueillir, je la bascule à quatre pattes et la pénètre sans autre forme de procès. Je ferme les yeux mais c'est *son* visage qui apparaît.

Alors je les rouvre pour chasser cette image. Je saisis les hanches de ma fiancée et accélère la cadence. Elle me murmure des mots cochons qui me glissent dessus sans le moindre effet. Elle crie mon nom encore et encore, espérant me faire venir. Je mets un dernier coup de reins, tout en pensant au corps de mon premier amour, comme je le fais depuis mon retour de Monaco, et je réussis à libérer ma jouissance.

Je me retire et me laisse tomber sur le lit. Je n'ai ressenti aucun plaisir. Aucun soulagement. Tout était mécanique et dénué d'émotions. Comme le peu de fois où nous avons fait l'amour ces deux derniers mois.

Je me rends à la douche et me gifle pour être aussi con. Je me délecte de l'eau chaude en espérant qu'elle soit salvatrice et qu'elle emporte son mirage. Mais rien n'y fait. Des flashs de ses mains sur ma peau et de ses lèvres pulpeuses me prennent en otage. Je repense à nos corps qui s'emboîtent parfaitement pour ne former qu'un, à cette alchimie quand nous faisons l'amour, à toutes les premières fois qu'elle a découvertes à mes côtés.

Le sang quitte subitement mon visage pour se réfugier dans mon intimité. Mon corps me trahit en me rappelant que même à des milliers de kilomètres, elle parvient à me transcender.

Laisse mon esprit tranquille, Ambre, je t'en supplie.

Je tourne le robinet vers l'eau froide pour calmer mes ardeurs et finir ma douche. Mais je suis à bout de nerfs et épuisé.

Il faut que je sorte, que je souffle.

J'envoie un SMS à Romain pour lui proposer un dîner.

[Désolé, Fab, mais je te rappelle
que je ne suis plus célibataire.
Alors arrête de me draguer,
tu me mets mal à l'aise.]

[Tu me fatigues, Romain !
Chez Tomo à 20 h ?]

[Bon, OK. À plus.]

***

Quand j'arrive au resto, mon meilleur ami est déjà là. Il rigole avec Christelle, la serveuse avec qui nous avons sympathisé. Nous sommes des habitués ici et elle s'occupe toujours bien de nous. Elle est française, elle aussi.

– Tiens, justement, j'étais en train de dire à Christelle que je ne pouvais plus te voir en peinture !

– Pauvre con ! Ça va, Chris ?

– Mieux que toi, on dirait ! Tu n'as pas l'air dans ton assiette ! Rien de grave, j'espère !

– Non, toujours mon manque de sommeil !

– Je vous mets la même commande que d'habitude, les garçons ?

– Oui, c'est parfait !

Elle s'éloigne de la table et je sens le regard inquisiteur de Romain sur moi.

– Quoi ?!

– Fab, qu'est-ce qui se passe ?

– Rien du tout. J'avais simplement envie de manger dehors avec mon pote.

– Tu me prends pour un con ? Tu m'évites au stade, tu as des yeux qui font peur et je te sens nerveux. Tu ne m'as plus reparlé de ton ex, alors je suppose que tout ça est intimement lié. Donc, je t'écoute !

– Tu m'énerves !

– Allez, parle !

– Je l'ai appelée ! Deux jours après que nous sommes rentrés de Monaco…

– Ben, c'est cool. Et ?

– Et c'est son mec qui m'a répondu.

– Aïe !

– Oui, aïe, comme tu dis. On se retrouve, on fait l'amour et, à peine partie, elle se précipite dans ses bras. Elle m'a vraiment pris pour un con et moi j'ai presque cru que l'amour était toujours là ! Et maintenant, ça fait deux mois que je me ronge les sangs !

– Non mais, tu t'entends parler ? Dans quels bras dors-tu tous les soirs ?

– Ce n'est pas pareil !

– Ah bon ? Et en quoi, c'est différent ? Elle a retrouvé son mec tout comme tu as retrouvé ta fiancée ! C'est hypocrite de ta part d'avoir les nerfs pour ça ! Vous êtes aussi coincés l'un que l'autre et dans le même bateau. Tu vas peut-être me faire croire que depuis que tu es rentré de Monaco, tu n'as rien fait avec Marine ? (Je le regarde et hausse les épaules.) C'est bien ce que je pensais ! Alors tu ne peux pas lui reprocher ce que toi-même tu fais !

– Tu m'énerves à avoir raison !

– À toi de savoir ce que tu veux ! Soit tu prends ça comme une erreur de parcours en souvenir du bon vieux temps et tu oublies, soit tu es persuadé que c'est elle et alors tu essaies de la revoir ! Fais un choix, Fabio !

Christelle nous interrompt et nous regarde tour à tour.

– Vous avez l'air bien sérieux, les garçons !

– On évoque nos premiers amours, répond Romain.

– Je vois... Effectivement, c'est un sacré sujet ! Je ne vais pas pouvoir vous aider là-dessus ! Mon premier amour était l'amour de ma vie et je l'ai perdu...

– Ah bon ? Qu'est-ce qu'il s'est passé ?

– J'ai bêtement été influencée par mes amis de l'époque, qui m'encourageaient à venir vivre à Londres, alors que lui ne pouvait pas partir pour ne pas laisser sa mère seule... Je les ai écoutés et la relation à distance est devenue invivable. Il a fini par me quitter. Au début, je pensais que ça ne me ferait rien. Alors j'ai fait la fête, rencontré d'autres mecs et continué ma vie, tout en pensant souvent à lui. Puis j'ai appris qu'il s'était marié et avait eu deux gosses. J'en ai fait une dépression. Pas un jour ne passe sans que je le regrette. Mais maintenant, c'est trop tard... Enfin ! Vous deux, vous êtes casés et heureux. C'est le principal !

Elle repart et je garde ses mots en tête. Je ne veux pas avoir de regrets. Je dois être sûr. Je sais que je ne trouverai plus le sommeil tant que je n'en aurai pas le cœur net. Je l'appellerai demain matin et j'obtiendrai des réponses.

***

Il est midi, et mon cœur s'apprête à quitter ma poitrine tandis que je suis dans ma voiture, le téléphone en main, prêt à lui téléphoner.

Je panique.

Putain, mais pourquoi je flippe comme ça? Pourquoi ai-je peur qu'elle puisse me rejeter alors que des millions de litres d'eau ont coulé sous les ponts?

Je mets mes doutes de côté quand la première sonnerie retentit. Mon appréhension les rejoint à la deuxième tonalité. À la troisième, je crois que mon courage aussi s'est fait la malle et pourtant, quand j'entends sa voix, je n'ai plus le choix.

– Allô?

Je l'entends renifler et sa voix semble fébrile.

– Ambre, c'est Fabio…

– Fabio?! C'est vraiment toi?

– Oui… J'avais besoin de t'entendre, de te parler…

Soudain, elle se met à pleurer, j'entends sa détresse dans sa voix. Un désarroi qui ressemble à une grande souffrance. Elle semble peiner à respirer.

– Ambre? Qu'est-ce qu'il se passe? Pourquoi pleures-tu?

– C'est… C'est… mon père…

Les sanglots s'intensifient et mon cœur se serre. J'ai peur de ce qu'elle s'apprête à m'annoncer.

– Dis-moi, bébé, parle-moi…

Le «bébé» m'a échappé. Comme une vieille habitude tenace, murée dans un coin de mon esprit et qui réapparaît sans crier gare. Je dois garder le contrôle.

– Il est mort, Fabio! Il s'est… pendu…

– Je… Je suis vraiment désolé, Ambre, dis-moi ce que je peux faire…

Les bras m'en tombent, je suis sous le choc. Je n'ose imaginer ce qu'elle doit traverser. Tout se glace à l'intérieur de moi. J'étouffe et je partage sa douleur car je l'ai un jour ressentie.

– Je suis désolée, Fabio, je dois raccrocher, j'ai rendez-vous avec le prêtre pour la cérémonie… Elle met un terme à la communication et je reste sans voix.

Je voudrais la prendre dans mes bras, la consoler, lui dire que le temps apaisera ses souffrances.

Pourtant, des milliers de kilomètres nous séparent, tout comme nos conjoints respectifs. Mais, cette fois, je m'en contrefiche. Je veux être près d'elle, la soutenir, lui tenir la main. Même si c'est éphémère, même si cela ne nous apportera rien. Même si je ne dois plus jamais la revoir après ça. Je refuse de la laisser, je refuse d'être absent comme je l'ai été pour sa grand-mère. Je serai là. Pour elle.

Je fais jouer mes contacts pour avoir toutes les informations qu'il me faut. Plus tard dans la journée, j'apprends que l'enterrement aura lieu demain. Je préviens mon coach que je serai absent plusieurs jours et il se montre très compréhensif. Je réserve un billet d'avion et une voiture de location au départ de l'aéroport de Nice. J'informe Marine que je dois me rendre à des obsèques, seul. Elle n'émet aucune opposition.

La hâte se mêle à l'angoisse car je n'ai pas la moindre idée de sa réaction quand elle me verra. Pourtant, c'est évident que jamais je ne la laisserai traverser ces ténèbres sans être à ses côtés.

Je serai là, Ambre, pour toi. Il ne peut en être autrement.

45

Ambre

J'enfile ma robe noire et me regarde dans le miroir. Mes yeux sont gonflés et ma respiration irrégulière.

J'oscille entre demi-sourire de façade et sanglots incontrôlables.

J'ai préparé mon fils ce matin. Une chemise noire que mes doigts ont eu du mal à boutonner tellement je tremblais. Mes larmes ont coulé et il en a essuyé une avec ses petits doigts, avant de passer ses bras autour de mon cou, me redonnant force et espoir en l'avenir.

Le cercueil est ouvert dans l'église. Je m'apprête à dire adieu à mon père. J'ouvre la grande porte en bois, le cœur au bord des lèvres.

Le silence est étouffant et les lieux sont vides. Les bancs sont prêts à accueillir ceux qui viendront lui rendre un dernier hommage dans quelques heures.

Une immense croix me fait face, ainsi qu'une statue de la Vierge Marie.

J'avance à pas feutrés et, au moment où je découvre mon père dans cette caisse en bois, plus rien ne peut être contenu. Tout en moi se brise instantanément. Je suis obligée de poser ma main sur ma bouche pour retenir mes cris de douleur. Je prends conscience de la réalité irréversible de la mort. Je ne verrai plus jamais ses beaux yeux bleus me scruter, ni son sourire. Il ne me prendra plus jamais dans ses bras.

Mon papa, je suis tellement désolée. Pardonne-moi toutes mes erreurs. Pardonne-moi de ne pas avoir pu te sauver. Tu me manques déjà tellement, si tu savais. Enzo te cherche partout pour faire l'avion avec toi. Pourquoi, papa ? Pourquoi tu ne m'as rien dit ? J'aurais été là, je t'aurais aidé ! Il y avait d'autres solutions ! Tu n'étais pas seul !

Je pose le dos de mes doigts sur son visage froid avant de réajuster sa cravate grise, que j'ai choisie. Je l'embrasse sur le front, tout en cherchant mon souffle. Je sors la photo de mon fils et moi et je l'insère dans une de ses poches, pour que l'on soit toujours près de lui.

Je saisis sa main tout en le regardant. J'aimerais qu'il la serre. Mais rien ne se passe. Tout est calme, vide de sens.

Je t'aime, papa. Où que tu sois, j'espère que tu reposes en paix. Je suis tellement fière de t'avoir eu comme papa, si tu savais. Dans une prochaine vie, je te choisirai encore, sois-en sûr. Tu étais quelqu'un de formidable malgré tes erreurs. Ne dit-on pas que l'erreur est humaine ? Tu vas me manquer chaque jour mais tu seras dans toutes mes pensées. Embrasse Yama pour moi. Maintenant, tu dois nous protéger de là-haut. Je t'aime, papa. Je te pardonne…

Je reste encore longtemps près de lui. Ma mère et Sana me rejoignent et l'émotion est à son comble. Pourtant, il faut accepter sa décision et accepter qu'il soit parti.

***

Les gens commencent à arriver. Un grand nombre d'entre eux viennent me présenter leurs condoléances les plus sincères, tout en me faisant des éloges sur l'homme qu'il était. Même si cela n'efface pas la peine, mon cœur se réchauffe. Les anciens joueurs, que mon père entraînait, portent tous un maillot noir, où est inscrit « Repose en paix, coach ». Ils me prennent dans leurs bras et certains pleurent autant que moi.

Mon père était un homme aimé et apprécié. Si seulement il en avait eu conscience. Si seulement il pouvait voir, aujourd'hui, le nombre de personnes venues lui témoigner leur attachement.

Lorsque tout le monde est installé dans l'église, le prêtre commence la cérémonie avec les textes que nous avons choisis. J'ai également écrit quelques lignes que je m'apprête à lire. Je dois le faire. Jusqu'au dernier mot. Sans m'effondrer.

Je regarde mon fils et ma mère, et puise la force dans leur amour.

– Mon papa, papi, tonton, coach, Gianni, il n'y a pas de mots assez forts pour exprimer ma douleur. Notre douleur. Heureusement, les souvenirs que tu nous as légués sont indélébiles et remplis de rires, de joies, de musique et de football. Tu as laissé une marque sur chaque personne que tu as rencontrée. C'est avec beaucoup de chagrin et de peine que je te laisse partir aujourd'hui, pour t'envoler au ciel et illuminer les cieux de ta présence. Tu vivras dans mon cœur, dans mon âme et dans chacun de mes pas, pour toujours et à jamais. Repose en paix, mon papa. Je t'aime.

L'assemblée m'applaudit pendant que ma cousine me fait signe qu'elle sort avec Enzo.

Je rejoins ma place et écoute le reste des lectures bibliques.

Mon cœur finit de s'écorcher quand les hommes des pompes funèbres ferment le cercueil et me demandent de sceller la dernière vis.

Adieu, papa.

Ne m'oublie pas.

***

Fabio

Le trajet en voiture m'a semblé interminable. J'ai fait toutes sortes d'hypothèses sur l'état dans lequel j'allais la trouver. J'ai tellement peur. Elle a toujours été une lumière scintillante et un espoir indubitable dans ma vie.

Je sais à quel point le deuil peut détruire et anéantir chaque parcelle de notre âme. Quand j'ai perdu mon frère, j'ai cru que le sol s'ouvrait sous mes pieds et que l'enfer m'accueillait à bras ouverts. Je me rappelle les cris, les hurlements, les coups, le sang sur mes mains quand j'ai repris conscience et réalisé que tout ceci était bien réel.

Je me rappelle ne pas avoir pu me rendre au cimetière pendant les trois années qui ont suivi son décès. Encore aujourd'hui, six ans après, pas un jour ne passe sans que le manque d'Enzo vienne caresser mes journées. La peine est moins forte car les souvenirs m'aident chaque jour à honorer sa mémoire.

La mort n'arrête pas l'amour, mais une partie de nous meurt en même temps que ceux qui nous quittent.

Le deuil d'un accident est déjà très difficile à surmonter. En supposant que l'on y arrive un jour. Mais qu'en est-il de celui d'un suicide ? Je n'imagine pas le nombre de questions qui doivent envahir l'esprit de ceux qui restent. La culpabilité démultipliée et l'incompréhension d'un tel geste.

Ma princesse, je serai là pour toi, je te le promets.

Je suis devant l'église et l'atmosphère est vraiment triste. Ce n'est même pas le mot qui convient pour exprimer ce qui se passe sous mes yeux. Je vois énormément de visages abattus, effondrés, choqués… Des centaines de personnes sont là, pour lui rendre un dernier hommage.

Je cherche désespérément ses yeux verts au milieu de la foule. Elle doit être effondrée.

Je sais que c'est mal pour la femme qui partage ma vie aujourd'hui, mais j'aimerais tellement voir Ambre et la prendre dans mes bras, la rassurer, la consoler. Elle a été mon phare quand la culpabilité me noyait un peu plus fort. Son amour était tout pour moi.

Les portes de l'église s'ouvrent et les corps s'engouffrent à l'intérieur. Même si quelques personnes m'ont déjà reconnu, salué et pris en photo pour certains, je préfère que ma présence passe inaperçue et rester à l'écart.

Je m'éloigne un peu de l'entrée, sur le côté gauche de l'église. Les minutes passent et j'aperçois un petit chemin qui semble mener au cimetière.

Lorsque je m'avance, je remarque un petit garçon. Il doit avoir 4 ou 5 ans. Il ne devrait donc pas être tout seul. Je m'approche de lui doucement et vois ses grands yeux tristes.

Il est vêtu de noir. Sûrement le fils de quelqu'un présent pour l'enterrement.

– Salut, bonhomme ! Tout va bien ?

– Euh… Maman veut pas que je parle aux inconnus…

– Elle a bien raison, ta maman ! Je pense d'ailleurs qu'elle n'aimerait pas que tu sois seul ici.

– Je suis pas seul. Ma tata n'est pas loin ! Elle est par là ou par là-bas !

– Tu veux qu'on la cherche ?

– D'accord. T'as quel âge, monsieur ?

– Vingt-quatre ans. Et toi, bonhomme ?

– Moi, bientôt 5 ans. Mais je suis un grand, tu sais.

– Je vois que tu es grand. Je pensais que tu avais au moins 10 ans.

Il rit. Son visage me semble familier. Il a de jolis yeux noisette et une petite fossette.

– Comment tu t'appelles ?

– J'ai pas le droit de le dire aux inconnus. Ma maman va pas être contente si je te le dis.

– Je comprends, bonhomme. Moi, c'est Fabio. Où sont ta maman et ton papa ?

– Je sais pas où il est, mon papa, je l'ai jamais vu. Maman dit qu'il est pas au ciel pourtant mais qu'il m'aime quand même. Et maman est dedans. (Il pointe l'église du doigt.) Elle est très triste tu sais, parce qu'il va aller au ciel. Mais c'est beau le ciel, quand même. C'est vrai qu'on peut voler quand on y va ?

– J'en suis sûr…

– C'est vrai ?

– Mmm. Mais c'est un secret, d'accord ?

– Je peux le dire à ma maman ? Comme ça, elle sera moins triste.

– C'est d'accord. Tu es vraiment un super petit garçon de penser à ta maman, tu sais. Et peu importe où il est, je suis sûr que ton papa t'aime très fort aussi !

Nous sommes interrompus par une voix féminine qui crie au loin :

– Enzoooooo? Enzo?!

Le petit garçon met sa main sur sa bouche et fait de grands yeux.

– J'crois c'est ma tata qui m'appelle!

Enzo? Ce petit garçon s'appelle Enzo. Ce prénom ranime immédiatement des centaines de souvenirs. Surtout en ce jour de deuil.

Une jeune femme débarque et je suis sûr que je la connais. Oui. C'est Léona. Elle ne me voit pas tout de suite. Probablement trop angoissée à l'idée d'avoir perdu de vue son neveu.

– Enzo, tu es là! Mon Dieu, tu m'as fait une de ces peurs. Ne t'éloigne plus de moi, d'accord?

– Ça y est, papi est monté au ciel? Il peut voler? Tu sais, le monsieur, là, il m'a dit qu'on pouvait voler au ciel? Faut que je dise à maman qu'elle a raison pour qu'elle soit moins triste pour papi Gianni et tonton Enzo.

Léona lève des yeux chargés d'étonnement et de gêne sur moi pendant que je reste abasourdi par les mots que je viens d'entendre.

« Tonton Enzo et papi Gianni. »

Ce petit garçon de 5 ans porte le même prénom que mon grand frère.

Ambre est fille unique, j'en suis certain. Alors si Gianni est son papi, cela veut dire que ce petit garçon est le fils de mon premier amour. Et si son tonton s'appelle Enzo et qu'il est mort également, cela veut dire que… Non, c'est impossible.

Ce bonhomme serait… Mon fils?

Non je ne veux pas y croire, c'est inimaginable. Jamais Ambre ne m'aurait mis à l'écart si elle avait porté notre enfant.

Il me faut quelques minutes pour rassembler mes esprits et réfléchir calmement.

Il m'a clairement dit qu'il ne connaissait pas son père. Il a 5 ans, ce qui voudrait dire qu'elle est tombée enceinte quand nous étions ensemble.

J'ai encore besoin d'une petite minute pour tenter de retrouver mon souffle.

Je repense à la couleur de ses yeux, typique des Giordano et cette petite fossette qui est identique à la mienne.

Putain, ma respiration se déchaîne. Je transpire et mes mains deviennent moites.

Non, il doit y avoir erreur. Ambre a peut-être une grande sœur dont elle ne m'a pas parlé. Jamais elle ne m'aurait caché l'existence de notre enfant. Je la connais assez pour savoir que cette éventualité aurait été inenvisageable pour elle. Je refuse de croire à cette possibilité.

Il y a sûrement une explication à tout cela. Je relève le visage pour quémander des réponses auprès de Léona mais elle a disparu.

Soudain, la foule recule pour quitter l'église et laisser sortir le prêtre, suivi de près par quatre hommes qui portent le cercueil.

Ambre est derrière eux, avec sa mère et Sana. Son visage est meurtri et rongé par la peine. Cette vision me fauche les entrailles et je ne peux empêcher mes larmes de couler. La douleur de la voir souffrir comme j'ai moi-même souffert me cisaille les boyaux.

Je voudrais l'approcher mais ce n'est pas encore le moment. Elle a besoin de sa mère et de sa meilleure amie. Comme si nos âmes demeuraient liées malgré tout, elle relève le nez, et nos regards s'aimantent instantanément. Elle s'arrête quelques secondes. Le temps se fige. Mes yeux la dévorent et lui promettent des jours meilleurs. Un léger sourire semble naître sur ses lèvres avant qu'elle ne poursuive son chemin vers le cimetière.

J'avance en direction du sentier pour avoir une vision de l'endroit où le corps s'apprête à être inhumé.

Ambre et sa mère se tiennent près du prêtre et donnent une rose à chaque personne, qui la dépose à l'intérieur du caveau.

Au bout de trente minutes, le cimetière s'est vidé. Nadia laisse sa fille avec l'homme d'Église. Il pose sa main sur son épaule, fait le signe de croix au-dessus de sa tête et se retire.

Elle est seule.

C'est maintenant que je dois l'approcher.

Je m'avance vers elle, déterminé. Elle relève ses yeux, qui s'amarrent aux miens. Ses pupilles sont remplies de mélancolie et de souffrance. Elles semblent m'autoriser à franchir le dernier pas qui nous sépare, pour qu'il n'y ait plus la moindre distance entre nous.

Mes bras, mon buste et mon visage l'encerclent et l'engloutissent comme pour la protéger de tout ce qui pourrait l'atteindre encore. Je la serre fort, pour lui transmettre tous les sentiments puissants qui s'agitent à l'intérieur de moi face à sa peine et sa douleur.

Je la sens expirer d'abattement et de résignation. Elle se laisse aller contre moi et son corps commence à tressaillir, signe évident qu'elle pleure.

Je resserre mon étreinte et embrasse le sommet de son crâne. Je passe doucement ma main dans ses cheveux.

– J'aimerais tellement prendre ta douleur ! Tu n'es pas seule, Ambre ! Je ne te laisserai plus jamais seule…

– C'est trop dur, Fabio ! Je n'y arriverai pas !

Je prends son visage en coupe et la force à ancrer ses yeux envahis de larmes dans les miens. Cette vision me broie les tripes violemment.

– Regarde-moi… Tu y arriveras ! Même si ce sera dur, même si parfois tu perdras espoir et que les souvenirs viendront raviver les douleurs. Tu y arriveras parce que je n'ai jamais connu de personne aussi forte et aussi courageuse que toi et… Parce que tu ne seras pas seule à mener ce combat…

Je l'embrasse sur le front et la reprends inlassablement dans mes bras. Ma chemise s'imbibe de ses larmes, tout comme mes joues.

J'ai tellement mal. Pour ce qu'elle traverse, pour ce que j'ai moi-même traversé. Parce que je sais à quel point la perte de quelqu'un nous déchire profondément. Il n'y a aucun mot pour exprimer cela. Rien n'est comparable, et l'on ne peut appréhender cela tant qu'on ne l'a pas vécu.

– Pourquoi, Fabio ? Pourquoi il a fait ça ? Il n'a rien dit, rien laissé.

– J'aimerais tellement avoir la réponse à cette question… Parfois c'est la seule solution face à une tristesse insurmontable. Il suffit d'un moment de faiblesse et d'un désespoir infini…

Alors qu'elle continue de se blottir dans mes bras, nous sommes interrompus…

– Mamannnnnn!

Sana et le petit garçon de tout à l'heure, Enzo, arrivent en courant vers nous. Elle retire ses mains de mon dos et nous regarde tour à tour. Il se jette dans ses bras.

Je reste ahuri.

C'est son fils.

Enzo est son fils.

Mes yeux s'écarquillent et je la fixe intensément.

– Maman, tu connais Fabio?

– Oui, mon poussin. Tu veux bien aller avec marraine? J'arrive tout de suite, mon cœur…

– D'accord, maman! Tu sais, Fabio m'a dit que papi et tonton, ils pouvaient voler au ciel! T'avais raison, maman…

Les mots me manquent cruellement. Sana récupère le petit garçon et me dévisage avant de partir.

– Ambre, qu'est-ce que ça veut dire? Tu as un fils? Est-ce que… est-ce que ce petit garçon est mon fils?

46

Fabio

– Ambre ! Est-ce qu'Enzo est mon fils ?

– Fabio, je... tu... bien sûr qu'Enzo est ton fils. Comment pourrait-il en être autrement ? Me penses-tu capable de te mentir ? Pourquoi serais-tu là aujourd'hui sinon ? Pourquoi, Fabio ? Comment peux-tu le laisser grandir sans papa ? Ça fait trop mal, tu comprends ? Je ne veux plus de ton fric ! J'aurais seulement voulu que tu apprennes à connaître l'enfant formidable qu'il est devenu, que tu partages des choses avec lui, que tu lui offres un jour un piano ou un ballon, peu importe ! Mais où étais-tu, toi, pendant que je séchais les larmes de notre fils car il ne comprenait pas pourquoi lui n'avait pas de papa ? Où étais-tu lorsqu'il était malade ? Lorsqu'il a fait ses premiers pas ? Dit son premier mot ? Tu n'étais pas là ! (Elle tape des poings sur mon torse et la tristesse perce dans sa voix.) Tu n'étais pas là ! Tu n'as jamais été là ! Il avait besoin de toi ! Mais non ! Monsieur était trop occupé à refaire sa vie et à réussir ! Je t'en veux tellement !

Elle pleure davantage et je la serre contre moi. Je suis abattu par ce qu'elle vient de me dire. J'ai tellement mal. J'ai l'impression d'avoir été dépossédé de mon droit le plus primaire. Elle s'écarte de moi et me fixe, les yeux remplis de haine et d'abattement.

– Alors je ne veux plus de ton fric ! Garde tes chèques et retourne à ta vie ! L'argent ne lui donnera jamais ce dont il a besoin ! Un papa présent, un modèle à aimer !

Je suis sous le choc de cette annonce et de tout ce qu'elle vient de dire. Quels chèques ? De quoi parle-t-elle ?

– Ambre, je ne comprends pas. Je ne savais pas, je... il... Crois-tu vraiment que j'aurais pu vous faire ça ? Que j'aurais été capable de vivre ma vie en ignorant une partie de moi ? C'est comme cela que tu me vois ?

– Je ne crois plus en rien, Fabio… Je suis désolée. Jamais je n'aurais cru mon père capable d'un tel geste et pourtant regarde où il est! Regarde cette putain de tombe! Il a choisi d'y être alors que moi je suis bel et bien là et Enzo aussi. Mais ça ne lui a pas suffi… Ça ne lui a pas suffi…

Elle se met à pleurer et se laisse glisser doucement vers le sol, je m'agenouille devant elle et prends son si beau visage entre mes mains.

– Ambre, regarde-moi. Je sais que tu as mal, je sais que tu souffres terriblement. Mais je te jure que je n'étais pas au courant pour Enzo, je ne comprends pas cette histoire de chèques, je te le promets, tu dois me croire… Comment aurais-je pu continuer chaque jour sans me préoccuper de lui?

– J'ai tout fait pour que tu sois présent dans sa vie. Si tu savais comme il t'idolâtre alors qu'il ne t'a jamais vu. Je n'ai pas pu me résoudre à lui dire qui tu étais. Je ne voulais pas qu'il puisse se sentir rejeté. Alors, je te regardais vivre ton rêve à la télé pendant que je m'occupais de lui, seule… espérant qu'un jour tu reviennes!

Je la prends dans mes bras et elle s'effondre de plus belle. Mon cerveau est en ébullition et j'essaie de réfléchir. J'ai envie de tout briser autour de moi. Quelque chose m'échappe. Mes pensées récentes reviennent. Elle est incapable de m'avoir caché ma paternité. J'en suis maintenant sûr. Il y a une explication à tout cela et, quand je l'aurai trouvée, je démolirai toutes les raisons de toutes ces années perdues avec mon enfant.

Je repense à ce petit bonhomme. Mon fils. J'ai un fils de 5 ans, et il me ressemble. Quand je lui ai parlé, quelque chose en moi s'est affolé. Je comprends maintenant pourquoi.

Des milliers de questions se bousculent dans ma tête! Comment ai-je pu ignorer son existence durant toutes ces années? Comment vais-je rattraper le temps perdu? Me laissera-t-elle passer un moment avec lui? M'aimera-t-il? Que vais-je lui dire?

– Berkkkk! Marraine, regarde, Fabio et maman, ils se font un câlin d'amoureux.

Il est là. Mon fils est là. Je le fixe intensément et relâche doucement sa mère puis l'aide à se relever. Soudain je n'ai plus de mots. À part cette vérité qui tourne en boucle dans ma tête. «Enzo est ton fils et tu as raté cinq ans de sa vie.» Il me sourit. Je lui souris. Il s'approche de moi.

– Comme Yoyo c'est plus l'amoureux de maman parce qu'il aimait une autre fille, ben tu peux être l'amoureux de maman, si tu veux!

– Enzo!

– Ben quoi? Je veux un papa, moi!

Tout le monde se regarde et le silence se fait.

– Viens, mon poussin, il faut aller voir mamie. Fabio, ne pars pas tout de suite, d'accord? dit Ambre.

Je hoche la tête et demeure muet face à tout cela. C'est beaucoup trop d'informations d'un coup. Sana me sort de ma torpeur.

– Qu'est-ce que tu fais là, Fabio? Tu ne veux pas de ton fils ni d'elle, alors pourquoi? Pourquoi t'être donné la peine de venir?

– Sana, je te jure que je n'étais pas au courant pour Enzo! Qu'est-ce qui m'a échappé pour que j'ignore ça, putain?

J'envoie un coup de poing dans la porte. Je saigne maintenant mais je m'en contrefous. Une partie de moi se brise. Des souvenirs reviennent. J'ouvre les vannes et des larmes inondent mon visage.

– Pourquoi je ne savais rien? Qu'est-ce qui s'est passé? Raconte-moi, Sana, je t'en supplie! J'ai besoin de comprendre!

Elle réalise que je suis sincère. Elle me regarde, stupéfaite, et tente de comprendre.

– Je ne sais pas quoi dire, Fabio! Je suis sous le choc tout autant que toi... Pourtant elle t'a mis au courant plus d'une fois.

– Quand me l'a-t-elle dit? C'est impossible! Explique-moi!

– Elle a appris sa grossesse quand elle était enceinte de six mois. Elle a fait un déni partiel. Tu étais déjà en Angleterre. Alors elle t'a écrit un SMS pour t'informer sur-le-champ que vous alliez avoir un fils. Mais ta réponse était claire et sans appel. Tu ne voulais rien savoir de cet enfant mis à part l'assumer financièrement! Ça l'a anéantie...

– Mais de quoi parles-tu ? Je n'ai jamais rien reçu et encore moins répondu. Pourquoi n'a-t-elle pas insisté ou essayé de me contacter autrement ?

– Oh, elle l'a fait, Fabio ! Elle t'a appelé tous les jours pendant des semaines mais tu ne répondais plus.

– Mais je n'ai jamais reçu aucun appel. Jamais je ne l'aurais ignorée. Elle était tout pour moi, même si nous étions séparés.

– Nous sommes même venues à Londres. Elle voulait te confronter à sa grossesse. Mais quand elle t'a vu, tu étais en très bonne compagnie. Une certaine Mila.

– Putain !

J'envoie un coup de poing dans la porte et je saigne de plus belle.

– Fabio, arrête, tu es en train de te bousiller la main ! Ça ne sert à rien…

– Ça ne sert à rien ? Je viens d'apprendre que j'ai un fils, que j'ai perdu cinq ans de ma vie avec lui. J'en ai rien à foutre de ma main, de cette porte, de tout ! Continue ! Il faut que je sache ! Que je comprenne !

– Lorsqu'elle a vu que tu avais quelqu'un, elle s'est dit que tu ne voulais vraiment pas de ce bébé. Que tu avais tourné la page, et que cette nouvelle venait bouleverser ta situation.

– Mais non, je ne savais pas. Je… Jamais je ne l'aurais laissée. J'aurais tout fait, tout quitté, je me serais occupé de lui, d'elle…

– Elle t'a envoyé une photo de lui le jour de sa naissance. Parce que comme le destin fait toujours bien les choses, Enzo est né le même jour que toi…

– Il est né le 18 janvier ?

Elle hoche la tête. Des larmes de désespoir prennent possession de mes yeux et je vois trouble. Tout s'écroule, tout m'échappe. Je suis à la fois heureux et malheureux.

– Mais tu n'as jamais répondu. Puis elle a commencé à recevoir chaque mois un chèque à ton nom, avec une adresse anglaise. Au début, elle t'écrivait et joignait des photos du petit, en espérant te faire changer d'avis. Puis elle s'est fait une raison et elle a simplement abandonné l'idée d'une famille réunie. Pourtant, elle n'a jamais pu refaire sa vie. Elle s'est vouée corps et âme à Enzo. Refusant que sa mère ou moi le gardions pour qu'elle sorte et vive.

– Je n'ai jamais envoyé de chèques. Je n'ai même pas de chéquier. Je n'ai reçu ni lettres ni photos. Je ne comprends pas… Il y a forcément une erreur.

Je n'arrive pas à réfléchir correctement. Mes idées s'embrouillent et s'affolent. J'ai l'impression que la vie s'est jouée de moi.

Soudain un éclair me vient.

– Attends. Tu as dit qu'elle avait reçu une réponse de moi après l'annonce de sa grossesse, mais je n'ai jamais répondu.

– Pourtant c'était bien ton numéro, Fabio…

– En m'installant à Londres, j'ai changé mes coordonnées et pris un numéro anglais. C'est mon agent qui s'est occupé de ça, je n'ai rien géré et j'ai laissé mon ancien téléphone chez moi. Mon numéro commençait à fuiter alors j'ai voulu changer. C'est ma mère qui devait s'occuper de désactiver la ligne… Oh, mon Dieu !

– Ta mère ?

– Ma mère !

Nous parlons en même temps et c'est comme si je tombais du centième étage d'un building.

Si ma mère a gardé le numéro, cela veut dire que c'est elle qui a répondu ! Peut-être même que c'est elle qui est à l'origine des chèques ? Avec son poste de directrice de banque, elle a dû n'avoir aucun mal à faire des chéquiers avec mon nom apposé dessus. Et Christian ? Lui aussi a toujours eu le nez dans mes affaires. Est-il de mèche ? Je suis perdu, comment ont-ils pu faire ça ?

– Tu penses vraiment qu'elle en serait capable ?

– Tu sais, Sana, si j'ai bien retenu une chose avec le suicide de Gianni, c'est que parfois les personnes que nous pensons connaître depuis toujours peuvent cacher des choses qui se révèlent imprévisibles. Alors j'ai envie de te dire que oui, elle en est capable.

– Mais pourquoi ta mère ou ton agent feraient quelque chose d'aussi grave ?

– Pour ma mère, tu dois déjà soupçonner les raisons… Et pour Christian, l'argent que ma carrière lui apporte et qui n'aurait probablement pas été le même si j'avais su que j'étais papa.

– C'est impensable, Fabio ! Je n'ai pas de mots. Je ne sais pas quoi te dire… C'est trop gros ! On parle de la vie d'un enfant !

– J'aurai le fin mot de cette histoire ! Sois-en sûre ! Et quand ce sera le cas, il vaudrait mieux ne pas se trouver sur mon chemin ! (Je passe nerveusement la main dans mes cheveux.) Dis-moi ce que je suis censé faire maintenant, ici ? Tout le monde dans son entourage doit croire que je me foutais de mon fils, que je suis un pauvre connard. En plus, je devais repartir ce soir mais je n'en ai plus le cœur. J'ai discuté avec lui sans savoir que c'était mon fils ! Pourquoi ils nous ont fait ça ? Ce petit bonhomme ne sait même pas qui est son papa ! (Je sanglote sans pouvoir me contenir.) Je ne veux pas partir sans le revoir, sans le prendre dans mes bras. Sans lui dire qu'à partir d'aujourd'hui il a un père et que c'est moi. Je ne laisserai pas passer une seule nuit sans qu'il sache que je ne suis peut-être pas un héros mais que je ferai tout pour lui…

– Écoute, ne précipite pas les choses. Ces derniers jours ont été horribles, presque insurmontables. Ambre n'a ni mangé ni dormi. Enzo est petit mais il sent bien que tout le monde va mal. Laisse-moi parler à Ambre et Nadia, leur expliquer la situation. Attends-moi là-haut, il y a une petite boulangerie, je reviendrai te chercher pour que tu puisses les voir avant de partir !

– Merci, Sana… de me croire et de me…

– Stop ! Ne dis plus rien et écoute-moi. Ambre a vécu cinq ans seule avec Enzo. Je ne l'ai jamais vue aussi malheureuse qu'en ce moment. Mon instinct me dit que tu es sincère. Alors je te préviens, si tu fais une chose de travers avec elle ou le petit, je te tue, Fabio ! Un faux pas et tu auras affaire à moi !

Elle tourne les talons et me laisse seul avec toutes mes questions et mes ruminations. Je pense à ma mère, avec qui j'ai pris des distances naturelles depuis mon départ à Londres. Je me souviens de ces derniers Noël passés tous ensemble, où elle me souriait en sachant que mon fils ouvrait ses cadeaux sans son papa. À

Christian qui cherche toujours plus d'argent dans mes contrats pour se remplir les poches pendant que je vis loin de la chair de ma chair.

Je vais devenir fou, je ne sais pas lequel des deux est responsable mais ils n'en sortiront pas indemne, je m'en fais la promesse.

Je sors mon téléphone et réserve un billet pour faire un détour par Rennes avant de rentrer à Londres. Je me prépare psychologiquement à cette confrontation qui va mal se terminer.

Je n'ai pas vu le temps passer quand Sana revient avec Enzo.

– Fabiooooooo ! Pourquoi t'es tout seul ?

– Ben, je t'attendais !

– C'est vrai ?

– Ben oui !

Son sourire éclaire son visage, ses petits yeux noisette s'illuminent et un poids quitte mes épaules.

– Et pourquoi t'as un bobo à la main ?

– Oh c'est rien, je suis tombé.

Sana s'agenouille devant Enzo.

– Poussin, je te laisse un petit peu avec Fabio et je reviens te chercher d'accord ?

– D'accord, marraine. Dis à maman que je l'aime fort !

– J'ai vu un parc un peu plus loin, bonhomme... Tu veux qu'on y aille ?

– Ouiiiii ! En plus, y a une balançoire, c'est trop bien ! Tu pourras me pousser ?

– OK, mais seulement si tu me gagnes à la course. Prêt ? Feu ? Partez...

Nous arrivons aux jeux en courant. Je l'ai laissé gagner et il ne manque pas de me le faire remarquer. Je fais semblant de bouder et il me fait un câlin pour me consoler. Comment de si petits bras peuvent-ils provoquer un chamboulement pareil en moi ? Il vient de renverser mon cœur par ce simple contact qui pourrait sembler dérisoire. Je lui rends son étreinte. Probablement un peu trop fort quand je remarque qu'il se tortille pour se libérer. Il se dirige vers la balançoire et me questionne pendant que je l'aide à s'installer.

– C'est quoi, ton travail ?

– Le foot, mon bonhomme.

– C'est vrai ? C'est un travail, le foot ?

– Eh oui ! Ça peut être un travail si on est très fort et qu'on s'entraîne beaucoup !

– Moi aussi, je veux faire pareil. Tu pourras m'apprendre ? Parce que mon papi, il m'a appris à faire des jongles mais maintenant il est plus là…

– Je crois me souvenir que ta maman sait très bien jongler !

– Pour de vrai ?

– Mmm, elle m'a même battu une fois !

– C'est la meilleure, ma maman ! C'est vrai que c'était ton amoureuse avant ? J'ai entendu ma tata le dire à mamie.

– Oui, c'est vrai…

– Et maintenant, tu l'aimes plus ?

– Tu sais garder un secret, Enzo ?

– Oui, un peu…

– Je l'aimerai pour toujours, ta maman !

– Et vous allez vous faire des bisous sur la bouche ? Berk !

– Et toi, bonhomme ? Tu as une amoureuse ?

– Oui, elle s'appelle Laure. C'est ma maîtresse !

– Ah oui ? Mais elle n'est pas un peu vieille pour toi ?

– Ben non ! En plus, elle est trop jolie et elle connaît tout l'alphabet !

– Bon, je comprends alors qu'elle soit ton amoureuse…

– Fabio ? Il s'appelle comment, ton papa ?

– Giovanni…

– Moi, je sais pas comment il s'appelle… Pourquoi il ne veut pas s'occuper de moi comme maman ?

Mon cœur s'émiette et je serre les poings de toutes mes forces, tout en essayant de ravaler les larmes qui menacent de poindre au bord de mes yeux.

– Je suis sûr que bientôt ton papa sera là pour toi et qu'il ne repartira plus jamais !

– C'est vrai ? J'ai encore demandé au père Noël qu'il m'amène mon papa ! Parce que Noël, c'est dans douze dodos !

– Je suis persuadé que cette année, ton souhait s'exaucera, Enzo ! Je te le promets !

Il descend de la balançoire et se jette dans mes bras. Je le serre fort contre moi et je sens une larme couler. Je l'essuie rapidement. Je ne veux pas le reposer, je réalise que je suis papa. Qu'à partir de ce moment, je donnerai tout ce que j'ai pour ce petit bout. J'irais lui décrocher la lune, s'il me le demandait. Je donnerai ma vie pour la sienne. Tout cet amour incommensurable s'impose à moi sans prévenir. Je relâche mon étreinte et le dépose lentement. Il me propose divers jeux et nous continuons à discuter. Ambre et Sana finissent par nous rejoindre et mettent fin à ce moment si irréaliste avec mon fils.

– Mamannnnnnnnnnnn ! Tu sais, Fabio, c'est le meilleur ! Il est allé super haut avec la balançoire et il a volé comme Pisderman !

Elle me dévisage sévèrement et redirige son attention vers Enzo.

– Fabio, c'est un grand, tu sais, mon poussin ! Donc tu ne dois surtout pas faire ça ! C'est dangereux !

– Oui je sais, t'inquiète pas, maman ! Fabio me l'a déjà dit !

Elle se retourne et semble surprise. Oui, je l'ai prévenu sur les dangers de faire des bêtises. J'ai un souvenir d'enfance qui m'a laissé une belle cicatrice. Je lui ai montré, et je pense qu'il ne sautera plus de nulle part.

– Enzo, tu viens avec marraine ? On va goûter ?

– D'accord ! Tu viens avec moi, Fabio ?

– Je te rejoins, mon bonhomme ! Pars devant !

Je me retrouve seule avec Ambre. Le stress me gagne, mon cœur s'emballe et la chaleur irradie ma peau. J'ai tellement peur. Peur de ce qu'elle peut me dire, me reprocher…

– Enzo a l'air de t'apprécier énormément…

– Tu penses ?

– J'en suis sûre même ! Tu as marqué beaucoup de points !

– Ambre, dis-moi que tu me crois, je t'en supplie ! Je n'étais au courant de rien et ça me détruit de savoir que j'ai un fils de 5 ans et qu'on m'a empêché d'être présent pour lui en me cachant son existence ! J'ai une haine tellement puissante, je te jure que je ne sais pas de quoi je serai capable quand j'apprendrai la vérité !

J'ai essayé d'être fort face à elle mais c'est chose impossible. Mes barrières éclatent et les sanglots m'assaillent. La peine et les regrets sont telles des lames glacées faites d'acier. Je laisse mon chagrin déferler face à ses beaux yeux émeraude qui me scrutent avec empathie.

– Je te crois, Fabio…

– Je suis tellement désolé ! Ça me tue, tu comprends ? Il m'a posé des questions sur mon père et sur le sien ! J'ai eu envie de tout envoyer valser ! Comment ont-ils pu me priver de ce droit ? Comment ont-ils pu le laisser souffrir ?

Elle me prend dans ses bras et me console. Elle ne cessera jamais de me surprendre. Sa peau et son odeur sont les traitements les plus efficaces face au mal qui me ronge.

– Pardonne-moi, Ambre ! C'est moi qui devrais te consoler, te rassurer et regarde-moi… Je veux faire partie de sa vie ! Je ne veux plus qu'il pense être orphelin de père ! Je veux être là pour lui et rattraper le temps perdu qui nous a été volé !

– Est-ce vraiment ce que tu veux ? Tu vis à Londres, nous à Bordeaux !

– Je trouverai des solutions ! Je ferai ce qu'il faut ! Rien n'est plus important que lui à présent ! Plus rien ne se mettra en travers de ma route !

– Je ne veux pas le brusquer, Fabio, je ne sais même pas comment lui dire…

Je m'avance vers elle et prends son visage en coupe.

– On y arrivera, je te le promets. Il faut que tu croies en moi. Laisse-moi d'abord tout régler et je te promets qu'après ça, notre fils aura un père présent et aimant ! Tu me fais confiance ?

– Oui, Fabio. Oui, je te fais confiance…

47

Fabio

Nous avons retrouvé Sana et Enzo devant la maison de ses grands-parents.

Toute sa famille est là, et je dois avouer que cette situation m'angoisse beaucoup plus qu'un match décisif. L'enjeu est immense puisqu'il s'agit de me faire une place dans la vie de mon fils. Il me semble qu'inconsciemment je n'arrive plus à amorcer le moindre pas. C'est sans compter sur Enzo qui se précipite vers moi pour finir sa course dans mes bras. Ambre en a fait un petit garçon fantastique.

– Fabio, tu peux me faire monter sur tes épaules, s'il te plaît, s'il te plaît, s'il te plaît?

Je l'installe délicatement et, quand je relève la tête, le visage de Nadia apparaît face à moi. J'ai un mouvement de recul. Ce que je n'avais définitivement pas prévu, c'est qu'elle me prenne dans ses bras. Au bout de quelques secondes, elle s'écarte de moi et s'essuie discrètement les yeux.

– Je ne sais pas comment tu vas régler tout ça, mais sache que je suis profondément désolée pour vous…

Elle n'ajoute rien. Probablement pour protéger Enzo de l'effroyable vérité.

– C'est moi qui suis désolé pour tout… Je m'en veux d'avoir été aveugle à ce point…

Bizarrement et contre toute attente, la famille d'Ambre se montre très accueillante et très chaleureuse. Ont-elles eu le temps d'expliquer la situation? Sont-ils seulement trop abattus pour se montrer distants ou en colère?

Je reconnais immédiatement Farès, l'oncle d'Ambre, qui sort de la maison familiale.

Il m'impressionne toujours autant malgré ma carrure qui a nettement évolué depuis le temps.

Son regard me transperce et il ne semble pas me souhaiter la bienvenue. Il fallait s'y attendre. Il s'approche de moi et je recule instinctivement, Enzo toujours sur mes épaules.

– Tonton Farès ! Tu as vu, c'est mon nouveau copain, Fabio ! C'est le meilleur ! Même qu'il sait sauter super haut !

Le petit garçon plante ses doigts dans mes cheveux et Farès reste dubitatif. Nadia l'entraîne à part, probablement pour lui faire état des faits.

Ambre se tient à côté de moi, je la fixe, et son sourire, bien que triste, me réchauffe les tripes.

Elle nous observe tour à tour, avant que des larmes ne gagnent son visage.

J'effleure instinctivement sa joue de mon pouce et elle prend appui dans ma paume, avant de me laisser plonger dans son regard. Je saisis sa nuque et l'attire dans mes bras.

– Oui, un gros câlin à trois ! crie notre fils.

Je la presse contre mon torse et lui murmure quelques mots :

– Je suis là, c'est fini. Je ne vous laisserai plus, je te le promets.

Elle relève la tête vers moi et j'embrasse son front.

– Berkkkkk ! Marraine, ils ont recommencé !

Je fais descendre lentement Enzo et il se jette dans les bras de sa mère.

Je passe encore quelques heures entouré des personnes les plus proches de sa famille. Je me sens étrangement à ma place. Aucune gêne ni timidité ne viennent enrayer mon esprit. J'observe Enzo sans relâche. Il est plein de vie, jovial et très grand pour son âge. Il joue avec une petite fille avant de venir se poser sur mes genoux pour me parler de son dessin animé préféré, qu'il connaît apparemment par cœur. Je pourrais rester des jours entiers de cette façon, à le regarder, l'écouter. Son sourire, ses petites mains et sa voix fluette.

Je suis prêt à tout pour rattraper le temps perdu.

Plus l'heure de partir se rapproche, plus mon cœur se déchire.

Je ne veux pas le laisser derrière moi, même si ce n'est que provisoire. C'est tellement difficile.

Farès demande à me parler ; je le suis dehors sans broncher. Il est assez persuasif.

– Ma sœur m'a parlé de la raison de ta présence ici. Vraiment ? Tu ne savais pas que tu avais un fils de 5 ans ?

– Je vous jure, c'est la st…

Sans que je m'y attende, il me plaque contre la porte d'entrée et cale son avant-bras sous mon cou. Il appuie légèrement pour me montrer qu'il a le dessus sur moi, et je le laisse faire car je n'ai plus la force de me battre.

– Elle n'a peut-être plus de papa mais je suis là maintenant pour la protéger ! Alors dis-moi la vérité sur-le-champ ! Parce qu'il est hors de question que tu rentres de nouveau dans leurs vies pour y foutre le bordel ! Je ne le permettrai pas !

– C'est la stricte vérité ! Je ne savais rien… Je ne…

Sans que je m'y prépare, des sanglots m'assaillent et je ne parviens pas à les refréner.

– On m'a volé ma vie… et la sienne par la même occasion en lui faisant croire qu'il était orphelin de père… Mais c'est fini maintenant ! Je suis là et je ne l'abandonnerai pas. Je le protégerai, je m'occuperai de lui, je lui apprendrai tout ce que je sais et j'abattrai tous les obstacles sur sa route ! Alors, avec tout le respect que je vous dois, il faudra faire avec moi car je n'irai nulle part…

Je finis mon monologue totalement essoufflé et j'essuie discrètement les larmes de mon visage. Farès me regarde, incrédule, un sourcil levé vers le ciel. Il cherche la faille qui pourrait le convaincre que tout ceci n'est que poudre aux yeux.

Lorsqu'il s'approche de moi, je monte ma garde, prêt à recevoir un coup. Pourtant, il me prend dans ses bras chaleureusement.

– Je n'en attendais pas moins de toi ! Au moindre faux pas, carrière ou pas, je te brise les jambes !

– Je n'en attendais pas moins de vous…

Nous rions timidement et il me prie silencieusement de retourner à l'intérieur.

Il est malheureusement temps pour moi de reprendre la route.

Je dois m'envoler pour Rennes afin de régler mes comptes.

Je salue tout le monde, et Ambre et Enzo m'accompagnent jusqu'à la voiture. Je serre les dents pour ne pas craquer. Mais je dois me montrer fort. Pour eux. Ils ont besoin de moi.

– Pourquoi tu t'en vas, Fabio ? Tu t'ennuies avec nous ?

– Approche, je vais te dire un secret. (Il s'exécute comme s'il était monté sur ressort.) Tu es le petit garçon le plus fabuleux du monde entier, je ne pourrai jamais m'ennuyer avec toi !

– C'est vrai ?

– Bien sûr ! Et tu sais quoi ? On se revoit très, très vite parce que je ne vais pas pouvoir passer trop de temps sans te voir ! C'est impossible ! Puis il faudra que tu me racontes si Laure est toujours aussi belle !

Il met ses mains sur ma bouche pour me faire taire.

– Chuuuuuut, maman sait pas que j'ai une amoureuse.

– Pardon !

Je mime le geste de la fermeture de bouche et du jet de clé. Il rit et je fonds un peu plus. Comment vais-je pouvoir le quitter ? Même provisoirement ?

Je me remets debout et plonge mes yeux dans le vert des siens. J'y décèle tellement de choses. De la peur, de la tristesse et de l'empathie.

– Ambre, promets-moi de me répondre chaque fois que je t'appellerai.

– Je te le promets...

– Promets-moi de me faire confiance...

– Je ne sais pas, c'est...

– Promets-le-moi, je t'en supplie !

– C'est promis...

– Je suis là maintenant ! Je suis bel et bien là...

Enzo se jette dans mes bras et me comprime le cou.

– Allez, maman ! Câlin à trois !

Elle s'approche et nous nous enlaçons tous les trois.

C'est à ce moment précis que je comprends quel est le but de ma vie à présent. J'expire violemment, tout en les maintenant contre moi. C'est comme si des milliers de fourmis traversaient ma peau.

Je les relâche au bout de quelques minutes. Je les embrasse tous les deux sur le haut du crâne en leur promettant de vite nous revoir.

Je prends le volant, non sans tristesse, et m'apprête à faire d'énormes ravages.

***

Lorsque j'aperçois la lumière dans la demeure qui nous a vus grandir mon frère, ma sœur et moi, la nausée m'envahit. La haine coule dans mes veines et mes mains tremblent frénétiquement. Je ne sais pas de quoi je suis capable et c'est bien cela qui me fait peur.

J'ouvre la porte et m'engage vers le salon.

Je ne m'y sens déjà plus chez moi. J'ai comme la vague impression d'être dans l'antre du diable.

J'aperçois ma mère, dans la cuisine.

C'est mon père qui prononce mon prénom en premier. Stupéfait de ma présence ici.

Ma mère pivote et son visage s'illumine. Le mal est tellement sournois, tellement agile pour camoufler le pire. Sauf que maintenant je sais tout.

Je compte jouer sur la surprise, histoire de guetter la moindre parcelle de ses réactions.

– Fabio, mon chéri, ça me fait tellement plaisir que tu sois venu nous faire une visite surprise !

– Selena n'est pas là ?

– Non, ta sœur dort chez une amie.

Je souris de la manière la plus hypocrite qui soit et, quand elle me prend dans ses bras, j'ai soudainement envie de vomir. Elle recule et se dirige vers la cuisine pour y revenir avec un nouveau couvert.

– Alors, que nous vaut cette visite surprise ? commence-t-elle.

– J'ai dû me rendre à un enterrement et je me suis dit que je ferais un crochet par ici au retour.

– Un enterrement ? s'étonne mon père.

– Qui donc est décédé ?

– Le père d'Ambre.

Son château de cartes s'effondre et l'assiette qu'elle tenait finit sa course au sol. Elle me regarde, ahurie. J'ai maintenant ma réponse. C'était elle. Depuis le début. Probablement avec l'aide de Christian.

– Que se passe-t-il, maman ? Quelque chose ne va pas ?

– Non, rien, je… Je… je suis simplement étonnée, c'est tout ! Comment… Comment va-t-elle ?

Mon père s'approche comme s'il sentait le vent tourner.

– Comment elle va ? Comme quelqu'un qui vient de perdre son père ! Mal. Très mal.

– Tu lui présenteras nos condoléances. Elle doit traverser une période difficile. Nous sommes bien placés pour le savoir, annonce mon père.

Sa sincérité est tellement poignante que je suis sûr qu'il n'est au courant de rien. J'acquiesce à sa requête d'un signe de tête et m'adresse à ma mère.

– Tu ne me demandes pas comment va Enzo ?

Elle semble estomaquée et plaque sa main sur sa bouche.

– Qui est Enzo ? demande mon père

– Oui, c'est vrai ça, maman ! Qui est Enzo ?

Mon père nous fixe l'un après l'autre. La tension est palpable, tout autant que l'incompréhension que je peux lire dans ses yeux.

– Ben alors, maman ! Tu n'as plus rien à dire ?

– Fabio, explique-moi ce qu'il se passe sur-le-champ ! Qui est cet Enzo ? Qu'est-ce que vous me cachez, tous les deux ?

– Ah, maman ne t'a pas prévenu ? Félicitations, papa ! Tu es l'heureux grand-père d'un petit garçon de 5 ans.

– Quoi ? Comment ? Qu'est-ce que c'est que cette histoire ? Caroline ?

– Oh t'inquiète, papa ! Je ne le savais pas non plus ! Je l'ai appris par hasard aujourd'hui ! Parce que ta femme n'a rien trouvé de mieux à faire que de me cacher l'existence de mon fils ! Cinq putains d'années que j'ai un fils qui grandit sans père parce qu'elle a décidé qu'Ambre n'était pas assez bien pour moi ! Elle a gâché ma vie ! Encore une fois ! Comme elle a gâché celle de mon frère en lui tournant le dos quand il avait besoin de sa famille ! Elle m'a privé de mon rôle de père !

Mon père se retourne vers elle.

– Caroline ! Dis-moi que c'est faux ! Tu n'as pas pu faire ça ! Non ! C'est impossible !

– Oh si, elle l'a fait, papa ! Elle leur a même envoyé un chèque tous les mois, histoire de rassurer sa conscience. Sauf que tu es une pourriture jusqu'à l'os ! Rien ne pourra jamais racheter ce que toi et Christian avez fait ! Parce que je suppose que ce connard est aussi dans le coup, n'est-ce pas ?

– Je l'ai fait pour toi, Fabio ! Pour que tu réussisses ta vie ! Cet imbécile de Christian n'est au courant de rien, il aurait sûrement fini par cracher le morceau ! hurle-t-elle, le regard noir et rempli de haine. Regarde où tu en es aujourd'hui grâce à moi ! Grâce à tout ça ! (Elle crie et fait de grands gestes. Elle semble proche de la folie.) Tu as une carrière au sommet et tu fréquentes une fille à ta hauteur ! Une fille comme toi ! Avoir un enfant aurait gâché ton existence ! Tu me remercieras un jour !

– Ne dis pas un mot de plus !

– J'ai un petit-fils ?

Je remarque le choc dans les yeux de mon père. Je pivote vers lui et me rapproche.

– Oui, papa. Il a 5 ans, il s'appelle Enzo. C'est un petit garçon formidable. Ambre a appris qu'elle était enceinte seulement à six mois de grossesse. Elle a tout fait pour que je l'apprenne. Sauf que ta femme en a décidé autrement. Elle lui a fait croire que je ne voulais rien savoir. Elle a établi des chèques avec une adresse anglaise pour être crédible jusqu'au bout. Pourtant ça n'a pas découragé Ambre, qui envoyait des lettres et des photos.

– Mon Dieu, Caroline ! Comment as-tu osé ? Tu viens de détruire la seule chose qui nous restait. Notre famille. Et ce petit garçon en faisait partie. Tu n'avais pas le droit ! J'ai l'impression que toute notre vie n'a été qu'un mensonge. Je te l'ai pardonné quand tu as décidé de chasser notre fils de la maison à cause de ses addictions. Mais là, je ne peux pas ! Tu es allée trop loin ! Et pourquoi ? Pour une question d'origine ? De rang social ? Tu es complètement irrationnelle !

– Vous ne comprenez rien, tous les deux ! Je l'ai justement fait pour notre famille ! (Elle secoue la tête frénétiquement et la raison semble la quitter peu à peu.) Cette garce a sûrement fait exprès de tomber enceinte pour te retenir, Fabio ! Pour profiter de toi et de nous ! Pour se sortir de la vie misérable qui l'attendait ! Ce petit garçon n'est rien d'autre qu'un petit bâtard ! Il n'est pas digne de notre famille !

– Ne dis pas un mot de plus ! crache mon père.

Elle le regarde, abasourdie.

– Tu es folle à lier, maman ! Tu n'as aucune limite ! Comment as-tu pu me faire ça ? Comment as-tu pu nous faire ça ? Tu n'as donc aucun cœur ? Aucune âme ?

– Ils n'ont manqué de rien, je m'en suis assurée !

– L'argent ne fait pas tout ! Il a manqué de l'essentiel ! Une vraie famille ! À cause de toi ! Jamais je ne te le pardonnerai ! Comment as-tu pu me parler et me sourire en sachant que mon fils, ton petit-fils, grandissait sans l'amour d'un père ? Tu es la pire personne que j'ai jamais rencontrée ! À partir de ce jour, tu es morte ! Ne t'approche plus jamais de moi ou de mon fils ! N'essaie plus de me contacter ! Si tu tentes quoi que ce soit, tu me le paieras ! Bravo, maman ! Tu as perdu un deuxième enfant aujourd'hui ! Et jamais je ne te laisserai connaître Enzo ! Je m'en fais la promesse ! Puisse le ciel avoir pitié de ton âme aussi pourrie que détraquée !

– Je veux que tu dégages de cette maison, Caroline ! Je ne te le répéterai pas deux fois ! Je ne veux plus jamais avoir affaire à toi.

– Giovanni, je...

– Ne dis plus un mot parce que je ne sais pas de quoi je serais capable.

– Mais...

– Dégage ! Prends tes affaires et barre-toi !

Pendant qu'elle monte à l'étage, je regarde mon père et il se met à pleurer. Mon Dieu, cette vision me retourne l'estomac et je joins mes larmes aux siennes.

– Je suis désolé, mon fils. De nombreuses fois, je l'ai laissée mettre le nez dans nos vies, et regarde où cela t'a mené. Je m'en veux tellement...

– Arrête, papa ! Tu n'en savais rien ! Tu as toujours été mon modèle. J'aimerais être un jour un père comme tu l'as été pour moi. J'ai toujours pu compter sur toi ! Même dans les moments les plus difficiles...

– Comment est-il ?

– Il me ressemble. Et il a les yeux des Giordano...

– Enzo... Je suis tellement touché de savoir qu'elle lui a donné ce prénom... J'ai toujours apprécié Ambre. Mais là, je n'ai pas de mots, je suis tellement abattu, jamais je n'aurais cru ta mère capable de telles horreurs...

– J'ai hâte que tu le rencontres, papa...

– Moi aussi, mon fils ! Moi aussi...

Elle redescend avec une boîte, qu'elle dépose sur la table, et quitte la maison. Elle ne mérite rien. Ni au revoir ni adieu. Puisse-t-elle un jour retrouver la raison...

Je m'approche de l'objet et l'ouvre délicatement. À l'intérieur, des photos de mon fils avec son âge noté derrière. Je les feuillette une par une. Chaque image de lui me renvoie au temps qu'elle m'a pris. Comment a-t-elle pu rester insensible à ce visage d'ange ?

Nous passons quelques heures à tout regarder, tout lire. Les mots me manquent et mes épaules s'affaissent. Mon père pose une main chaleureuse sur mon dos, tentant de me rassurer mais il est aussi bouleversé que moi, je le sens.

Je quitte la maison qui m'a vu grandir, avec l'impression d'être un inconnu. Tous mes souvenirs, mes moments passés ici assiègent mes pensées et me paraissent faux.

Ma mère a définitivement mis à mal mes plus profondes racines avec ce mensonge ignoble.

Mais je dois me reconstruire et aller de l'avant. Pour lui.

Je saisis mon téléphone et regarde la photo que j'ai prise de lui au parc. Je retrouve le sourire et décide de les appeler.

– Allô ?

– Bonsoir, Ambre... Malheureusement, comme je l'avais prédit, c'est ma mère qui est derrière tout ça ! Elle est à l'origine des chèques et de tout le reste. Mon père n'était au courant de rien... Il lui a demandé de quitter la maison !

– Pourquoi, Fabio ? Pourquoi s'est-elle toujours acharnée sur moi ? Sur nous ? Je ne lui ai jamais rien fait et j'ai toujours été polie et serviable. Je ne lui ai jamais donné la moindre raison de douter de mes intentions envers toi. Mais là, elle s'en est prise à mon fils. Elle n'avait pas le droit ! Elle l'a privé de son papa durant cinq ans et toi de ton fils ! Bordel, mais qu'est-ce qui ne tourne pas rond chez elle ?

– Je ne sais pas quoi te répondre. Moi-même, je ne le comprends pas. Mais je peux te promettre une chose. Plus jamais elle n'interférera dans nos vies. C'est terminé ! Assez parlé d'elle. Toi, comment tu te sens ? Je n'ai pas eu le temps de te le dire mais tu as été très forte aujourd'hui et très digne ! Ton père doit être si fier de la femme que tu es devenue !

– Merci... Je n'aurais jamais pensé qu'on pouvait éprouver une telle douleur. C'est au-delà des mots. Je ne réalise toujours pas... Je mesure maintenant ce que tu as dû endurer en perdant ton frère... Comment as-tu fait, Fabio ? Pour traverser tout cela ?

– Mon père m'a énormément soutenu. Le foot, aussi, m'a aidé à ne pas perdre pied. Mais j'ai recommencé à vivre et à respirer de nouveau le jour où mon ballon a failli assommer la plus belle fille qu'il m'ait été donné de rencontrer... C'est à tes côtés que j'ai repris goût à la vie... C'est toi et ton amour qui m'ont donné la force de me relever et d'aller de l'avant...

– Je te... Oui, Enzo, oui, je te le passe, calme-toi ! Dis donc, je ne sais pas ce que tu lui as fait mais il ne parle que de toi depuis que tu es parti, je lui donne le téléphone... Merci, Fabio... pour tout...

– Fabiooooooooo ! C'est quand que tu reviens me voir ?

– Coucou, mon bonhomme ! On va se revoir très vite ! J'ai une belle surprise pour toi et ta maman, mais c'est un secret, d'accord ? Tu ne dois rien dire à ta maman !

– D'accord, botus et mouche cousue. Mais c'est quoi, la surprise ?

– Tu le sauras vite, mon petit Spiderman ! Je te conseille de bien surveiller la boîte aux lettres…

– Bon d'accord. Fabio, tu sais, ben maman, elle a dit à marraine que tu étais trop beau en costume ! Comme le monsieur de Superman !

– Ah bon ? Et qu'est-ce qu'elle a dit d'autre encore ?

– Elle a dit aussi que… Maissssssssss, maman, j'avais pas fini !

– Allez, au lit, mon poussin, c'est l'heure. Merci d'avoir appelé, Fabio. Merci pour tout.

– Alors comme ça, je suis beau en costume… (Je l'entends rire légèrement.) Est-ce que je pourrais vous rappeler demain ? S'il te plaît ?

– Avec plaisir… Bonne nuit, Fabio.

– Essaie de dormir, Ambre… Si tu as besoin de quoi que ce soit, tu peux composer mon numéro à n'importe quelle heure du jour et de la nuit…

– Merci… À demain.

– À demain.

48

Fabio

La nuit a été mouvementée. Je suis rentré assez tard. Marine dormait déjà et j'ai préféré ne pas la réveiller. Il va falloir que je lui parle. J'ai ignoré ses appels et ses SMS de la veille mais je ne vais pas pouvoir rester silencieux éternellement. Elle doit être mise au courant de ce que je ressens.

Je dois arrêter de me mentir à moi-même. Elle ne me rend pas malheureux. C'est une jeune femme douce, conciliante et pleine de vie. Mais je me rends compte qu'elle n'est jamais parvenue à gagner mon cœur. Elle n'a pas réussi à s'y faire une place car il a toujours été hanté par une seule et unique personne. Elle. Mon premier amour.

On dit que la nuit porte conseil et c'est le cas. J'ai compris que je suis prêt à tout pour reconquérir Ambre et former une famille, avec notre fils. Il est hors de question que je la perde encore une fois. C'est inenvisageable. Mon âme ne le supporterait pas.

Alors je vais me battre pour eux et faire tout ce qui est en mon pouvoir pour gagner une place dans leur vie.

Je suis attablé à mon bar, devant mon café fumant, les yeux dans le vague, quand je sens des bras m'enlacer non innocemment. C'est le moment. Je me lève afin de rompre son étreinte et, lorsqu'elle tente de m'embrasser, je détourne la tête.

– Tu m'as manqué, Ninou !

– Marine, il faut qu'on parle…

– Maintenant ? Parce que j'ai d'autres projets plus croustillants pour nous…

Elle commence à se dévêtir et s'approche langoureusement de moi. Je m'apprête à lui faire de la peine et cette constatation ne me plaît pas car, malgré tout, j'ai passé de très bons moments avec elle.

– Arrête, Marine, ce n'est pas le moment! Rhabille-toi, s'il te plaît.

– Tu me fais peur, Ninou! Qu'est-ce qui ne va pas?

Ça y est, c'est le moment.

Des flash-back s'imposent à moi. Je repense à notre premier rendez-vous, à nos vacances en Italie, à sa patience malgré le fait que je n'arrivais pas à lui dévoiler mes sentiments. Pourtant, j'espérais profondément qu'en la demandant en fiançailles, des papillons s'affoleraient enfin à l'intérieur de moi, car elle a su me redonner le sourire quand j'en avais besoin, elle m'a toujours soutenu dans les décisions que je prenais et elle s'est toujours plus ou moins bien entendue avec mon entourage. Mais c'est moi le problème dans cette histoire. Car c'est moi qui n'ai jamais réussi à rompre les liens de mon passé et à la laisser s'emparer de mon cœur. Elle mérite quelqu'un de bien. Quelqu'un qui l'aimera comme je n'ai malheureusement pas su le faire.

– Je me dois d'être honnête avec toi… Tu es vraiment quelqu'un de bien, Marine, et durant ces deux ans, je n'ai rien eu à te reprocher. Tu as été aimante, attentionnée et toujours présente. J'ai essayé de m'investir, de tout te donner. Malheureusement, c'est peine perdue. Je… Je n'ai jamais cessé d'aimer mon premier amour, depuis toujours… Je me suis menti à moi-même et à toi aussi par la même occasion, mais je n'y parviens plus…

– Fabio, es-tu en train de me quitter?

Ses yeux s'inondent de larmes et cela me brise car elle ne mérite pas ce que je suis en train de lui infliger.

– Je suis désolé! Je ne suis pas la personne qu'il te faut. Tu mérites mieux que moi, mieux que ce que je t'apporte…

– Non, ne dis pas un mot de plus! Tu ne sais pas ce que tu dis! Ce décès t'a bouleversé mais tu ne peux pas me quitter, Ninou! Tu ne peux pas! crie-t-elle.

– Je suis désolé, c'est terminé, Marine… J'ai essayé, j'ai vraiment essayé, je te le jure…

– Non, je refuse! C'est hors de question! Nous nous sommes fiancés, nous avions des projets! Nos parents doivent venir pour Noël! Tu ne peux pas me faire ça!

Je savais qu'elle ne comprendrait pas, qu'elle ne voudrait pas, car elle n'a jamais su à quel point mon passé me tenait prisonnier, à quel point au fond de moi Ambre était marquée au fer rouge et que personne ne pourrait jamais la détrôner.

Je lui saisis la main et j'ai énormément de mal à affronter son regard rempli de tristesse.

– Il n'y aura pas de vacances ni de repas de famille. Ma mère est morte pour moi. Je ne t'ai pas tout dit. J'ai eu un fils de 5 ans avec Ambre. Il s'appelle Enzo et il est fantastique ! Ma mère m'a caché son existence et aujourd'hui je veux rattraper le temps perdu !

– Comment ça, tu as un fils ? C'est quoi, cette histoire ?

– Je l'ai appris lors de l'enterrement ! C'était celui du père d'Ambre…

– Donc tu balaies notre histoire pour un fils dont tu ne savais rien ? Et pour un premier amour qui t'a quitté lâchement ? Tu es pathétique ! Tu le sais, ça ?

– Peut-être… Mais aujourd'hui mon fils est ma priorité et je ne peux plus continuer de faire semblant ! Tu as énormément compté pour moi et je sais que tu es une personne formidable ! C'est pour cela que je préfère mettre un terme à tout cela ! Tu trouveras quelqu'un qui te mérite vraiment, j'en suis certain !

– Ninou, laisse-nous une chance, tu peux pas tout arrêter sur un coup de tête !

Il me reste une vérité à lui révéler, la plus difficile, la plus douloureuse, car je sais que cette révélation va la blesser. Mais je ne veux plus mentir, je veux faire amende honorable et devenir un homme modèle pour mon fils.

– Cette décision est réfléchie, Marine ! J'ai quelque chose à t'avouer… À Monaco, quand j'ai découché à l'hôtel, j'ai passé la nuit avec elle ! Je sais que c'est minable de ma part et que tu ne méritais pas ça… Pourtant, à ce moment-là, j'ai su que je l'aimais encore et que je ne pouvais pas continuer notre histoire…

Elle s'approche de moi et se met à me gifler et me griffer ! Je bloque ses mains mais elle est beaucoup plus coriace que ce que je pensais. Je comprends sa rage et sa colère. Pourtant, je me sens calme et paisible car je pense à l'avenir. Des yeux verts se matérialisent dans mes pensées et je souris bêtement.

Une fois qu'elle s'est calmée, je la relâche et elle se met à pleurer. Je m'approche pour la consoler.

– Ne t'approche pas de moi! Ne me touche pas! Tu me dégoûtes!

– Je suis désolé... Je ne voulais pas te faire de mal.

– Tais-toi! Ne dis rien de plus! Je te déteste!

Elle monte s'enfermer dans notre chambre et j'entends des bruits de casse et de bris. Je la laisse faire car le matériel m'importe peu. Je me sens tellement soulagé de cette décision. Je décide de lui laisser un mot dans lequel je lui explique qu'elle peut prendre le temps qu'il faut pour partir, que malgré tout je lui souhaite tout le bonheur du monde car elle le mérite et qu'elle a été un rayon de soleil dans ma vie durant deux ans. Je termine cette lettre en lui disant que je dormirai ailleurs en attendant.

Je récupère un sac d'affaires, une trousse de toilette et je me rends à l'entraînement. Il y en a un autre à qui je vais devoir tout révéler. Le connaissant par cœur, je pense que sa réaction va être à l'image de sa personnalité. Démesurée.

Je lui propose de venir manger avec moi en sortant du stade, et il accepte sans rechigner. Il ne se doute absolument de rien.

Lorsque je lui raconte toute la situation, mon récit est interrompu par des «oh», des «je ne te crois pas» et des «c'est impossible».

Je termine de lui exposer la situation et sa bouche est grande ouverte.

– Mon Dieu, Fabio! Jamais je n'aurais pensé qu'une mère puisse faire ça à son propre enfant! C'est ignoble! Je ne sais pas comment tu as fait pour ne pas l'étrangler! Je ne me serais pas gêné à ta place! *Oh my God!* J'ai un neveu de 5 ans! J'espère qu'il ne te ressemble pas parce que, le pauvre, ce serait une tare d'avoir ta tronche!

– Excuse-toi sur-le-champ et je te montre une photo de lui!

Il s'exécute et je crois qu'il fond lorsque je lui présente l'image de mon fils au parc. Ses yeux sont brillants, probablement sous le coup de l'émotion. Il me tape l'épaule et je comprends par ce geste qu'il ne trouve pas de mots mais qu'il n'en pense pas moins.

– C'est quoi, la suite, maintenant, Fabio ? Je veux le rencontrer, ce petit ! Il faut qu'il sache à quel point je suis exceptionnel ! Beaucoup plus que la chèvre qui lui sert de père !

– Je vais tout faire pour que l'on forme de nouveau une famille. Je ne veux plus vivre loin de lui et loin d'elle. J'ai réalisé à quel point je l'aime, à quel point elle est ancrée en moi. Si tu savais comme ça m'a brisé de la voir aussi malheureuse ! Alors, je vais me battre pour eux… Je leur ai pris un billet d'avion pour les vacances de Noël et je leur ai loué un appartement pas très loin d'ici. Sa meilleure amie m'a envoyé leur adresse et toutes les informations dont j'avais besoin ! Je vais tout poster cet après-midi ! J'espère qu'elle dira oui !

– Tu ne penses pas qu'après avoir perdu son père, elle voudra passer Noël avec sa mère ?

– Si ! C'est d'ailleurs pour ça que je leur ai pris le billet pour le 25 décembre ! Pour qu'elle puisse réveillonner avec sa famille…

– Et Marine ? Tu en fais quoi, dans tout ça ?

– Je l'ai quittée ce matin…

– Alléluia ! Je crois que c'est la première fois que j'apprends autant de bonnes nouvelles dans la même journée ! Bye bye, Ninou ! Je ne l'ai jamais aimée de toute façon !

– Il faut que cela reste entre nous ! Je ne veux pas faire la une des tabloïds ! Des photos de moi à l'enterrement ont déjà circulé sur le Net ! Je veux les protéger avant tout !

Nous nous quittons après cet instant confidences pour aller aux soins. En milieu d'après-midi, je regagne l'hôtel où je passerai les prochains jours. Après une douche sacrément méritée, je décide de les appeler.

– Fabioooooooooo ! C'est moi !

– Coucou, bonhomme ! Alors, tu as volé le téléphone de maman ?

– Bah non ! Je voulais te répondre en premier ! Tu fais quoi ? Tu joues au ballon ?

– Je suis rentré chez moi, ça y est ! Je pensais à toi alors je t'ai appelé ! Et toi, tu fais quoi ?

– Je suis avec maman, mamie et marraine dans la voiture ! On rentre à la maison ! Parce que j'ai l'école, tu sais !

– Oui, je sais et puis il y a Laure aussi…

– Je te passe maman parce que je vais manger un Kinder !

– D'accord, mon grand…

– Allô ?

– Comment vas-tu aujourd'hui ?

– J'essaie d'aller au mieux et de croire en l'avenir…

– La mort n'arrête pas l'amour, Ambre ! C'est dans cet amour et en te souvenant de lui que tu continueras à le faire vivre…

– C'est ce que je me répète mais ce n'est pas facile…

– Je sais… Crois-moi… Je vais te demander une seule chose. Surveille bien ton courrier, il se peut qu'une surprise te parvienne d'ici quelques jours…

Notre conversation téléphonique a duré deux heures et demie. J'ai eu 17 ans de nouveau. Elle a essayé de me convaincre de cracher le morceau, mais je suis tenace. Elle ne saura rien. Nous avons énormément parlé de son père. Elle m'a raconté des anecdotes de son enfance et de son adolescence auprès de lui. Elle a beaucoup ri et pleuré aussi. Mais parler de nos absents, c'est aussi entamer le processus de deuil. Nous avons également parlé de nous, de notre histoire. Des larmes ont sillonné mes joues et l'émotion a pris possession de nos voix. Nous avons fini par nous dire au revoir, à contrecœur.

***

Trois jours sont passés depuis ce coup de fil. Nous nous sommes appelés tous les soirs, et avons échangé des SMS. Elle m'a envoyé des photos d'Enzo et je me rends compte à quel point ils me manquent, à quel point je les veux auprès de moi.

Je m'apprête à partir à l'entraînement quand mon téléphone me signale un MMS. Je l'ouvre et c'est une image des billets d'avion avec le commentaire «Tu es complètement fou!» J'aimerais avoir l'audace de lui répondre «Je suis fou de toi…» mais je ne veux pas précipiter les choses.

[Dis-moi simplement que vous viendrez…
J'ai tout prévu, je vous ai loué un appartement
à deux pas du stade, j'ai déjà commandé le repas
chez un traiteur français et j'ai prévu des activités
pour votre séjour…]

[C'est d'accord… Ce sera le bon moment
pour tout avouer à Enzo…]

[Merci, Ambre, je suis tellement heureux!
Ce sera mon meilleur pote, Romain,
qui vous récupérera à l'aéroport.
Je vous attendrai à l'appartement,
caché dans un énorme paquet-cadeau
qu'Enzo ouvrira! Je lui ai promis que le père Noël
allait lui amener son papa…]

[Tu es complètement fou, Fabio…
Je pense que notre fils sera le plus heureux
de tous les petits garçons!]

[Et toi?]

[Moi?]

[Est-ce que tu es heureuse
de venir passer Noël avec moi?]

[Je ne sais pas! Cela me gêne pour celle
qui partage maintenant ta vie… Je ne voudrais pas
m'imposer ou mettre le feu aux poudres…]

[Ne t'inquiète pas pour cela ! C'est terminé,
je ne pouvais plus faire semblant
et réfréner mes vrais sentiments...]

[Je suis désolée pour toi...]

[Ne le sois pas...]

[Fabio ?]

[Oui ?]

[Merci pour tout... Je suis très heureuse
de passer Noël avec toi.
J'ai hâte ! Vraiment hâte...]

[Moi aussi... Je vous embrasse
tous les deux !]

***

Nous sommes le 25 décembre, et je n'ai jamais été aussi excité de toute ma vie. Je suis dans l'appartement que je leur ai loué. Tout est prêt pour les accueillir. La table est mise, les chambres sont prêtes et le paquet-cadeau n'attend plus que moi. Ambre a prévenu Enzo qu'il allait retrouver son père aujourd'hui. Nous nous sommes mis d'accord pour lui dire la vérité, pendant le repas.

Romain vient de m'écrire pour me prévenir qu'ils partaient de l'aéroport, en me précisant que mon fils était magnifique et qu'il ne me ressemblait pas du tout. Il est vraiment incorrigible.

Lorsqu'il me prévient qu'ils sont en bas de l'immeuble, je me précipite dans la grande boîte et m'y enferme. Quand j'entends la clé tourner dans la serrure, mon cœur bat à tout rompre. J'entends ses petits pas se rapprocher et sa voix fluette remplie d'excitation.

– Maman ! Tu crois vraiment que mon papa est à l'intérieur ?

– Oui, mon ange, il y est, fais-moi confiance...
– J'aurais tellement aimé que ce soit Fabio, mon papa !
– C'est vrai, poussin ?
– Oui, maman... Tu crois qu'il va m'aimer, mon papa ?
– J'en suis sûre ! Allez, ouvre, dépêche-toi !

Il s'approche encore et quand la lumière éclaire mon visage et que les yeux de mon fils se posent sur moi, je ne peux m'empêcher de fondre en larmes tout en riant de bonheur.

– Fabioooooooooo ! C'est toi, mon papa ?
– Oui, mon bonhomme ! C'est moi ! Mon fils ! Mon petit roi ! Je suis tellement désolé qu'on ait été séparés tout ce temps ! Mais c'est fini maintenant ! C'est fini !

Il me saute dans les bras et je pleure de plus belle. Ambre et Romain sont eux aussi chamboulés par cette scène qui n'a rien d'ordinaire.

– Pourquoi tu t'es pas occupé de moi avant ? Tu m'aimais pas ?
– Tu sais, poussin, tu te rappelles quand je t'ai expliqué qu'il y a parfois de mauvaises personnes qui font des choses vraiment pas gentilles ? commence Ambre.
– Comme Scar dans *Le Roi lion* ? Quand il a tué Mufasa ?
– Exactement ! réponds-je. Eh bien, une vilaine dame a fait en sorte que je ne sois pas au courant de ta naissance ! Je ne savais pas que tu existais, mon bonhomme ! Jusqu'à ce que je vienne à l'enterrement de ton papi... Jamais j'aurais pu ne pas être là pour toi, ne pas t'aimer de tout mon cœur si j'avais su qu'un grand garçon aussi formidable que toi était mon fils !
– C'est vraiment une très méchante dame, une sorcière !
– Je sais, mon bonhomme ! Mais à partir d'aujourd'hui, je serai toujours là pour toi ! Je n'irai nulle part ! Je te le promets !
– Fabio, est-ce que je peux t'appeler papa ?
– Bien sûr, mon fils ! J'en serai honoré...

Il me saute au cou et je le fais tournoyer dans les airs. Il rit à gorge déployée. Des papillons s'éveillent partout en moi et mon cœur finit par être achevé quand Ambre nous rejoint pour un câlin à trois. Les choses se gâtent quand Romain s'incruste et qu'il nous compresse contre lui.

– Vous êtes trop mignons, tous les trois ! dit-il.

– Romain, tu nous fais mal…

– Oh pardon ! C'est juste que de vous voir ensemble, ça me fait chaud au cœur ! Bon, je vais vous laisser, j'ai une femme qui m'attend derrière les fourneaux et, si je ne l'aide pas, c'est moi qui vais finir dans le four à la place de la dinde !

Nous rions tous ensemble, et Romain finit par quitter l'appartement.

Nous sommes enfin seuls, tous les trois. Je les observe et je suis à deux doigts de me pincer pour être sûr que je ne rêve pas.

Ambre avance un peu plus dans le salon, et elle pousse un cri de stupéfaction quand elle se rend compte de l'objet disposé au milieu du séjour.

– Oh, mon Dieu, Fabio ! Tu as loué un appartement avec un piano ! C'est… C'est magnifique, je ne sais pas quoi dire ! Merci du fond du cœur…

– T'entendre jouer et chanter me ravit tellement… Je me suis rendu compte lors du mariage à quel point ta voix m'avait manqué…

Je la devine touchée quand je vois ses joues rosir.

– Oui, maman, elle joue trop bien ! Tu peux chanter ma préférée, s'il te plaît, s'il te plaît, s'il te plaît !

– C'est d'accord, mon poussin !

– Ouiiiiiiii ! Viens, Fa… euh, papa, tu vas voir, tu vas l'adorer !

Elle s'installe sur le tabouret, et Enzo me rejoint sur le fauteuil positionné juste à côté, puis se jette sur mes genoux.

Au moment où les premières notes retentissent, je reconnais la chanson de Katy Perry « Thinking of You ».

Je me penche sur les paroles qu'elle évoque et mes palpitations s'accélèrent dangereusement. D'autant plus quand elle me fixe éperdument.

« Comparisons are easily done »

« Il est facile de comparer »

« Once you've had a taste of perfection »
« Une fois que tu as goûté à la perfection »
« Like an apple hanging from a tree »
« Comme une pomme accrochée à un arbre »
« I picked the ripest one »
« J'ai choisi la plus mûre »
« I still got the seed »
« Et sa saveur persiste »
« You said move on »
« Tu me disais d'aller de l'avant »
« Where do I go »
« Où vais-je aller? »
« I guess second best »
« Je suppose que les seconds choix »
« Is all I will know »
« C'est tout ce que je connaîtrai »
« Cause when I'm with him »
« Parce que quand je suis avec lui »
« I am thinking of you »
« Je pense à toi »
« Thinking of you »
« Je pense à toi »

Une fois la chanson terminée, Enzo se rue dans ses bras. Ambre plonge son regard dans le mien et je ne sais pas si je suis capable de me relever après la profondeur des mots qu'elle vient de chanter. J'ai la vague impression d'avoir les jambes coupées. Je sens une larme déferler sur ma joue et elle continue de me fixer sans ciller.

– Waouh! C'était magnifique, Ambre!

– Merci…

– T'es la meilleure, maman!

Après cet intermède musical, Enzo remarque la multitude de cadeaux sous le sapin et s'y précipite. Il commence à les ouvrir et je sors mon appareil photo pour immortaliser notre premier Noël ensemble. Ambre se positionne à côté de moi, nos épaules se touchent et j'arrête de respirer, perturbé par cette proximité soudaine.

J'observe discrètement son profil, elle sourit et je suis heureux.

– Mamannnnnnnn, regarde, le père Noël m'a ramené la voiture de Batman et le costume de Spiderman ! Je peux me le mettre maintenant ? S'il te plaît, s'il te plaît, s'il te plaît ?

– Bien sûr, mon poussin !

J'en profite pour leur faire visiter l'appartement. Il comporte deux chambres. Je ne voulais pas qu'elle pense que je veuille profiter de la situation ou les brusquer.

– Tu ne dors pas ici ? Tu vas rentrer chez toi ? demande-t-elle avec une pointe de déception.

– Non, j'ai pris une chambre d'hôtel pas très loin. Je ne voulais pas m'imposer…

– D'accord.

– Ma chambre, c'est la plus grande du monde ! Maman, on peut rester ici pour toujours ?

– On va d'abord aller manger, Enzo !

Nous passons à table, et avant de commencer le repas, je saisis une main à chacun d'eux, et ils en font de même. Je ferme les yeux et me lance.

– J'aimerais prononcer quelques mots avant que l'on commence à manger… En ce jour de fête, je remercie le ciel de vous avoir tous les deux près de moi. Une pensée pour toi, Gianni, père aimant et papi exemplaire. Une pour toi, Enzo, mon grand frère, mon meilleur ami. Une pensée pour vous, Yama, une mamie fabuleuse. J'espère que vous reposez en paix. On ne vous oublie pas. On pense à vous…

Lorsque je rouvre les yeux, Ambre est en larmes et je pose ma paume sur sa joue avant d'effleurer le bas de ses yeux de mon pouce.

– Merci pour eux, Fabio…

Nous mangeons, tout en discutant et en riant. Parfois je la sens ailleurs, triste et préoccupée. Alors je lui souris et caresse légèrement son avant-bras dès qu'elle se retire dans ses pensées les plus sombres, pour la faire revenir à nous, à moi.

Nous passons le reste de la journée à faire des jeux de société et à nous donner des gages. Voilà une heure que je porte un rouge à lèvres rouge, étalé approximativement par mon fils.

Lorsque nous entamons la énième partie de cache-cache, je trouve Ambre en premier et, avant que je ne me remette à la recherche d'Enzo, elle m'enlace, prononçant un simple « merci ». Je la serre contre moi en retour et nous sommes soudainement interrompus.

– Tu me trouveras jamais, papa ! Nananaire !

Nous rions, et la nuit vient rapidement poser sa robe noire. Bien trop vite à mon goût.

49

Fabio

Nous sommes sur le canapé, tous les trois, en train de regarder le générique de fin du *Roi lion*. Quand Mufasa est mort, Ambre a pleuré silencieusement et mon estomac s'est retourné en songeant à la peine qu'elle devait éprouver. Enzo étant entre nous, j'ai posé mon bras sur le dossier du canapé et j'ai caressé sa nuque pour lui montrer mon soutien.

Je me lève, sans envie, car c'est l'heure pour moi de me retirer.

– Bon ben, je vais vous laisser, vous devez être fatigués de cette journée ! Je vous veux en forme pour demain ! J'ai prévu plein de choses géniales !

– Nonnnnnn, papa ! Je veux que tu dormes là ! T'avais promis que t'irais nulle part !

– Je sais, bonhomme… mais je reviens demain matin ! C'est promis !

– Non ! Je veux que tu dormes avec moi ! Dans ma chambre ! S'il te plaît, s'il te plaît, s'il te plaît !

Je regarde Ambre pour qu'elle me vienne en aide. Je ne m'attendais définitivement pas à sa réponse.

– Reste avec nous ! S'il te plaît…

Le bonheur m'engloutit instantanément, tout comme la joie d'Enzo qui vient de me briser un tympan.

– C'est d'accord ! Mais je n'ai aucune affaire !

– Ben, maman peut te prêter son pyjama ! Hein, maman ?

– L'hôtel est à cinq minutes à pied. Je vais récupérer ce qu'il faut et je reviens…

– Et le temps que papa revienne, on va prendre une douche et se brosser les dents, mon poussin !

– Oh mais, maman, j'ai me suis déjà douché ce matin !

– Arrête de râler ! Tu penses que Spiderman pue des pieds, bonhomme ?

– Hahaha ! N'importe quoi, papa !

– Euh, Fabio, tu devrais peut-être juste retirer le rouge à lèvres avant de sortir ! On risque de te prendre pour une racoleuse à cette heure-ci…

Ma bouche forme un O et elle rit de sa plaisanterie. Ce son est simplement majestueux. La voir sourire alors qu'elle traverse probablement l'une des pires épreuves de sa vie met du baume sur mon cœur. Je lui souris en retour et réalise que tous les moments passés avec eux sont indescriptibles tant ils sont merveilleux. Nous sommes interrompus par notre fils.

– C'est quoi, une racoleuse, maman ?

– Une dame qui vend du maquillage, lui expliqué-je.

Après avoir enlevé ma parure de clown, je quitte l'appartement et me rends à l'hôtel. Soudain le stress me gagne. Je prends conscience que je vais passer la nuit près d'elle. Je panique et je compose frénétiquement le numéro de Romain.

– Fabio, je vais finir par porter plainte pour harcèlement ! Je t'ai déjà dit que je n'étais pas intéressé par toi ! Je suis hétéro ! Il faut que tu le comprennes, maintenant !

– Tais-toi et écoute-moi, idiot ! C'est urgent !

– Qu'est-ce qui t'arrive ?

– Elle m'a demandé de rester avec eux pour la nuit parce que Enzo a insisté et je ne sais pas comment me comporter ni quoi faire ! En plus, je ne lui ai pas encore offert son cadeau et j'ai peur de trop m'avancer…

– Es-tu heureux ?

– Oui, plus que jamais ! J'ai l'impression que c'est un rêve et que tout va s'arrêter…

– Arrête de te poser des questions et profite ! Tu vis avec les deux personnes qui comptent le plus à tes yeux ! Sois toi-même ! Sois à la hauteur ! Même si ça me brûle la langue de le dire, tu es quelqu'un de bien, n'en doute pas !

– Merci, Romain…

– Bon, je te laisse ! J'ai le dernier épisode de *Game of Thrones* qui m'attend ! Daenerys est bien plus sexy que toi ! *Ciao* !

Je me sens quelque peu soulagé par cette discussion et je me dépêche pour vite les retrouver. Je saisis l'écrin dans ma poche pour vérifier une dernière fois le présent que je lui ai offert.

J'observe la chaîne avec une certaine émotion. Grâce à la complicité de Sana, j'ai obtenu une photo de Gianni et Ambre que j'ai fait graver sur un pendentif. Au dos, la phrase «*Always in my heart, dad*» a été ajoutée. J'espère qu'elle ne trouvera pas cela déplacé. Je croise les doigts.

Je toque à la porte et c'est elle qui m'ouvre. Elle est en nuisette et je déglutis péniblement en observant sa silhouette qui se dessine en dessous. Des réminiscences de notre dernière nuit à Monaco m'assaillent et j'ai soudainement chaud.

– Enzo t'attend dans son lit. Je le fais patienter le temps que tu prennes une douche! Je… Je suis contente que tu aies accepté de rester…

Elle ferme la porte derrière moi et se dirige vers la chambre.

– Attends, Ambre! Dans l'euphorie de cette journée, j'ai oublié de te donner ton cadeau!

– Tu n'aurais pas dû! Je suis gênée, je n'ai rien prévu pour toi! Je t'avoue qu'avec tout ce qui s'est passé, ce n'est même pas moi qui ai fait les cadeaux de Noël car je n'ai pas réussi à mettre le nez dehors et…

Quelques larmes commencent à naître dans ses pupilles. Je m'approche d'elle, la prends dans mes bras et lui murmure doucement…

– Hééééééé… Arrête, c'est rien du tout! Mon plus beau cadeau est d'être avec vous ici! C'est tout ce dont je rêvais! (Je recule et lui tends l'écrin.) Tiens, joyeux Noël…

Dubitative, elle s'empare de l'objet et me fixe avec étonnement. Elle ouvre la boîte et lorsqu'elle découvre son contenu, elle embrasse immédiatement le pendentif. Elle ferme les yeux et répète la phrase dans un murmure qui me fend l'âme, puis elle m'étreint de toutes ses forces. Je sens mon cœur défaillir.

– Merci, Fabio! C'est le plus beau cadeau que tu pouvais me faire! Peux-tu… me l'attacher?

Je m'exécute et, au moment où j'effleure sa peau, je suis pris de légers tremblements, comme un adolescent qui se rend à son premier rendez-vous galant. Je tente de contenir cette anxiété ridicule et réussis, enfin, à nouer les extrémités. Elle pivote et pose sa main sur mon torse. Mon palpitant s'affole. Ce contact provoque une armada d'impétueuses sensations.

– Tu as de l'or en toi, Fabio ! Au fond de moi, je l'ai toujours su…

Je pose mes doigts par-dessus les siens quand notre fils vient se positionner entre nous.

– Papa ! Allez, je t'attends ! Dépêche-toi !

– Papa va aller prendre une douche, mon poussin ! Viens, je commence à te lire ton histoire et il te rejoindra, d'accord ?

Je les abandonne dans le salon et me rends à la douche, l'esprit affolé et la chaleur terrassante de son contact sur ma peau. Je réalise que je vais devoir prendre une douche froide.

Une fois propre et en pyjama, je marche à pas feutrés jusqu'à la chambre et me positionne dans l'embrasure de la porte. Enzo m'aperçoit et tapote le lit, me faisant comprendre que je dois le rejoindre. Je m'allonge délicatement et plonge dans l'histoire de Raiponce avec mon fils. Mais quand Ambre se met subitement à prendre une voix grave pour faire le bandit, je suis pris d'un fou rire irrépressible. Elle se relève légèrement, me fixant, offusquée par ma réaction et je stoppe immédiatement mon rire. Elle me filerait presque les jetons. Elle me tend le livre, vexée, et me lance :

– Ben, vas-y, toi ! Essaie !

Je m'empare du bouquin et commence mes imitations, avec une pointe d'appréhension. Il faut assumer ses actes, il paraît. Quand je termine l'histoire, Enzo est ébahi.

– Bravo, papa ! T'es le meilleur !

– Pff ! C'est sûr que c'est plus facile quand on est un homme de faire une voix masculine effrayante !

– Mademoiselle Bellino serait-elle de mauvaise foi ?

– Non, pas du tout !

Je me penche vers notre fils et lui murmure.

– Allez, dis à ta maman qu'elle était pas mal non plus !

– Maman ! T'étais pas mal non plus !

Nous rions tous les deux et elle me lance un oreiller en pleine face sans que je m'y attende. Cela a le mérite de me couper net et de la faire rire à gorge déployée. Enzo, quant à lui, a posé ses deux mains sur sa bouche.

Je me lève doucement, faisant croire que je suis contrarié et, quand elle commence à s'excuser, je jette le coussin qui était au sol sur elle, suivi des deux autres qui traînaient sur le lit. Elle essaie de se protéger mais Enzo se joint à moi pour lui faire sa fête. Au bout de quinze minutes, elle se met à crier.

– Drapeau blanc ! Vous avez gagné !

– Ouaiiiiiiiiiiis ! On est les meilleurs, papa !

Il me tape dans la main et va embrasser sa mère. Je suis tellement heureux à cet instant précis.

– Allez, c'est l'heure de dormir, mon poussin…

Il ne rechigne pas, ses paupières semblent lourdes et il bâille depuis plusieurs minutes. Il m'invite à me coucher près de lui et se colle immédiatement à moi. Ambre l'embrasse sur le front et lui souhaite une bonne nuit.

– Maman ! Faut faire un bisou sur le front de papa aussi ! Sinon il va mal dormir, t'as dit !

Nous nous regardons, gênés. Quand elle se met à faire le tour du lit, je commence à m'affoler et à m'impatienter. Lorsque ses lèvres touchent mon front, j'ai envie de l'enlacer et de l'embrasser à corps perdu. Mais je ne peux malheureusement pas. La lumière s'éteint et la respiration d'Enzo devient régulière. Je rejoue le film de la journée dans ma tête, épanoui, et me laisse gagner par le sommeil, apaisé.

***

Je suis réveillé en pleine nuit par une envie pressante. J'observe mon fils qui dort profondément. Je me rends aux toilettes et, après m'être lavé les mains, je m'apprête à regagner le lit, quand une lumière sous la porte d'Ambre attire mon attention. Sur le four, il est une heure du matin.

Est-elle réveillée ?

Je m'approche silencieusement de la pièce, remarquant que la porte est entrouverte. Je tends l'oreille et mon cœur se brise. Je parviens à discerner des sanglots étouffés et un fond de musique. Je comprends que toutes ses émotions retenues dans la journée s'expriment une fois la nuit tombée.

Je décide d'entrer dans sa chambre et la scène qui surgit à mes yeux finit de me briser. Elle est assise par terre, adossée au pied du lit, le visage inondé de larmes et le pendentif en main. Lorsqu'elle remarque ma présence, elle me murmure qu'elle est désolée et ses mots me coupent le souffle.

Je la rejoins rapidement, m'assieds à côté d'elle, passe un bras par-dessus son épaule pour l'attirer à moi. Elle s'effondre de plus belle et j'embrasse inlassablement son front, lui répétant que je suis là, qu'elle n'est pas seule, qu'elle peut se laisser aller.

– Je suis désolée, Fabio, que tu me voies comme ça... Mais j'ai tellement mal ! Tellement de questions sans réponses ! J'en perds le sommeil parce que ça tourne en boucle dans ma tête...

– Ne sois jamais désolée ! Je comprends tes questionnements, ils sont légitimes mais il faut que tu arrêtes de brider tes émotions ! Laisse-les sortir, laisse-les s'évacuer... Tu as le droit d'être triste et effondrée ! Cela ne fera pas de toi quelqu'un de faible ! Simplement quelqu'un qui vient de perdre l'homme le plus important de sa vie... Tu peux tomber mille fois, je t'aiderai à te relever mille fois !

Elle pleure de plus belle et je la garde près de moi, caressant ses cheveux et embrassant son crâne. Lorsque les tressaillements s'apaisent, je prends son visage en coupe et essuie ses larmes du bout de mon pouce. Je la soulève et la dépose sur le lit. Je m'allonge près d'elle et nous recouvre. C'est là qu'est ma place. Elle a besoin de moi.

Elle se blottit immédiatement dans mes bras et m'attire à elle.

– Merci, Fabio...

Elle m'embrasse dans le cou et mon palpitant est sûrement en train de se décrocher. Je la serre plus fort.

– Ne me remercie pas ! N'oublie pas, tu tombes, je te relève ! Dors maintenant… Je suis là…

Elle relâche la pression dans ses épaules et finit par s'endormir. Une fois que c'est le cas, je vais chercher Enzo et le ramène près de nous. Je ne veux pas qu'il se lève en pleine nuit, pensant que je l'ai abandonné, encore une fois. Il bouge un peu mais se rendort.

***

Les rayons du soleil transpercent légèrement les persiennes. Je sens une petite main sur mon menton. Je tourne lentement le visage et je les contemple, endormis et paisibles.

Je m'extirpe silencieusement du lit, direction la salle de bains. Je voudrais me doucher et leur préparer un petit déjeuner digne de ce nom. J'ai déjà tout prévu, et même trouvé des recettes sur Internet.

Je me savonne et me remémore les larmes nocturnes de mon premier amour. Si seulement je pouvais lui enlever une once de son chagrin et l'aider à porter ce fardeau…

Le chemin vers la guérison sera long mais je sais qu'elle surmontera cette épreuve. Même si la blessure du deuil restera vive, nous devons avancer malgré tout et leur rendre hommage à travers nos actes et nos réussites.

Je quitte la douche et, alors que je m'apprête à enrouler ma serviette autour de ma nudité, elle ouvre subitement la porte. Sous le coup de la surprise, je la fais tomber. Ses yeux se déplacent instinctivement vers mon intimité et elle rougit dans la foulée. Je récupère le linge et m'encercle rapidement les hanches.

– Je suis désolée, Fabio, je ne savais pas que tu étais là !

– Menteuse, tu voulais me voir tout nu ! Avoue !

Elle rit, ou plutôt elle glousse, et s'excuse de nouveau. Tout d'un coup…

– Papaaaaaaaa !

Il me saute dans les bras. Moi qui pensais les surprendre avec un « super breakfast », on peut dire que c'est raté. Je réussis tout de même à les convaincre de se reposer sur le canapé le temps que je me mette aux fourneaux.

Je fouette activement la pâte à pancakes, quand Ambre me rejoint dans la cuisine, m'informant qu'Enzo s'est rendormi. Elle me propose son aide, que je refuse poliment.

Elle se met à inspecter mes préparations et j'avoue ne pas me sentir à l'aise face à son intrusion. Surtout dans la tenue qu'elle arbore et qui en laisse trop suggérer pour le simple short que je porte. Elle s'approche sournoisement et la tension monte d'un cran quand elle vient se positionner près de moi et qu'elle se penche pour vérifier l'intérieur des plats.

Bordel.

C'est bien ce que je pensais. Elle ne porte pas de soutien-gorge. Je déglutis péniblement et rapproche mon bassin du plan de travail pour empêcher la réunion imminente de tout mon sang dans mon bas-ventre.

Elle passe derrière moi et laisse traîner sa main sur mes reins. Elle trempe ses doigts dans la préparation et produit un «Mmm» à faire damner un saint.

La fin est proche. Elle doit arrêter ça. Sur-le-champ.

Elle se dirige vers la machine à café avec une démarche féline.

– Où sont les tasses?

– Dans le placard en bas à droite!

– Je ne les vois pas… Tu peux m'aider?

Je ne peux résolument pas quitter le plan de travail car la «réunion» a eu lieu malgré tout le self-control dont je disposais.

– Non, cherche bien vers le fond. Je dois continuer de battre la pâte sinon ce ne sera pas bon…

Au bout de quelques minutes, la pression redescend. Je me force à ne pas la regarder de nouveau. Nous discutons comme autrefois, pendant que je confectionne les mets. Nous ne reparlons pas d'hier soir. Je ne veux résolument pas la conduire sur des terrains où elle ne veut pas aller…

Après le petit déjeuner, nous nous préparons pour la première activité prévue. Vu l'engouement d'Enzo pour *Le Roi lion* et les animaux de la savane, j'ai décidé de les amener au zoo de Londres.

Il me semble perdre l'usage de l'audition quand je lui annonce notre destination et qu'il s'époumone de joie.

La journée passe vite et les étoiles emplissent nos yeux. Nous avons ri quand notre fils nous a demandé pourquoi Timon ne chantait pas « Hakuna Matata » avec lui.

Après nos douches respectives, il a piqué du nez pendant le repas et a fini par s'endormir rapidement, dans le lit de sa mère. Il nous a fait promettre de passer la nuit tous les trois.

Nous sommes seuls à présent.

– Je te remercie infiniment pour cette journée, Fabio ! C'était fantastique ! Enzo ne voudra jamais rentrer à Bordeaux après tout ça !

– Ce n'est que le début ! J'ai pris des places pour aller voir le spectacle du *Roi lion* demain !

– C'est beaucoup trop ! Je suis gênée !

– Tu ne devrais pas... Je suis tellement heureux ! J'ai d'ailleurs quelque chose à te demander...

– Je t'écoute, Fabio...

– Je voudrais t'inviter, demain soir, en tête à tête... Tu n'es pas obligée de me répondre tout de suite mais sache que, au cas où tu accepterais, j'ai déjà demandé à Romain de venir garder Enzo car je sais qu'il est très responsable et...

– C'est oui !

– Il s'occupera bien de lui et... Comment ?

– Oui, Fabio !

– Tu acceptes de dîner avec moi ?

– Mmm...

– D'accord... J'envoie un SMS à Romain pour lui confirmer, alors.

Elle allume la télévision et nous prépare deux chocolats chauds. Elle porte un nouveau pyjama, toujours aussi sexy, qui laisse entrevoir le galbe de ses fesses. Heureusement, quelques coussins traînent sur le canapé au cas où. Elle me tend la tasse puis me scrute quelques secondes avant d'entamer la conversation.

– Fabio? Ça fait quoi d'avoir réalisé son rêve? Aussi loin que je me souvienne, c'était ça, ton plus grand souhait... La carrière que tu as aujourd'hui.

Elle boit une gorgée sans me quitter des yeux.

– C'est vrai que j'ai la carrière dont j'ai toujours rêvé étant gosse! Le football m'a aidé à garder la tête hors de l'eau de nombreuses fois et à avoir une vie saine. Pourtant, cela m'a coûté la plus belle chose qui me soit arrivée dans la vie! Toi...

– Ce n'est pas ta passion qui nous a séparés, Fabio! Nous étions encore des adolescents. Tu as eu du mal à concilier notre histoire avec toutes tes opportunités et je n'avais pas la force nécessaire pour encaisser toutes les remarques désobligeantes de ta mère. Avec le recul, j'ai parfois des regrets et je me dis que, peut-être, j'aurais dû faire abstraction de tous ses dires et te suivre malgré tout...

– Et moi j'aurais dû te retenir davantage, j'aurais dû me battre pour toi, pour nous. J'ai laissé ma fierté guider mes actes et je m'en veux terriblement aujourd'hui...

– Mais ces choix nous ont conduits à Enzo alors, finalement, je ne changerais rien à tout ce qui s'est passé! Aujourd'hui, mes craintes sont apaisées car je sais que tu seras un père formidable!

Elle termine cette phrase en effleurant ma joue du bout de ses doigts. Je fixe sa bouche, légèrement entrouverte, et me mords la lèvre inférieure. Mon rythme cardiaque s'accélère pendant que je prends l'initiative de m'avancer vers elle doucement. Mon visage se déplace vers le sien et je dépose ma main derrière son crâne. Ses cheveux s'entremêlent à mes doigts et elle sourit à mesure que la distance entre nous se rétrécit. Je commence à sentir son souffle chaud ricocher sur mes lèvres et mon menton. Je déglutis et, alors que je m'apprête à franchir le dernier millimètre entre nous...

– Maman, papa, venez dormir avec moi, s'il vous plaît! Je veux faire un gros câlin à trois, moi!

Enzo vient se mettre entre nous et dépose sa tête sur mon épaule. Nous nous dirigeons vers la chambre tous les trois. Nous nous allongeons, notre fils au milieu. Nous sommes face à face et je décide d'oser quelque chose.

Je m'empare de l'une des mains d'Ambre et enlace nos doigts. Je ramène sa main vers moi et embrasse sa bague, notre bague, tout en murmurant «Où que tu sois, je serai là».

Ce bijou me donne espoir en l'avenir, en nous.

Parce que l'on s'est aimés comme on n'aime qu'une seule fois, à en perdre la raison. Parce que c'est près d'elle que ma vie a vraiment commencé. Parce que c'est dans ses yeux que je veux me noyer chaque soir avant de m'endormir.

À ce moment précis, j'ai l'intime conviction que je ne veux plus jamais être ailleurs qu'avec elle.

50

Cette nouvelle journée a été formidable. Enzo a littéralement adoré le spectacle du *Roi lion*, même si ce dernier était entièrement en anglais.

Romain et Jessica nous ont accompagnés et tout le monde s'est très bien entendu.

D'ailleurs, les filles sont allées faire les boutiques ensemble, pour trouver une robe pour Ambre ce soir. Nous sommes donc entre hommes.

– Alors, et si on allait à la fête foraine faire des manèges et manger plein de churros au Nutella ? demande Romain.

– Ouiiiiiii ! Romain, c'est le meilleur du monde !

– Merci pour moi, mon fils !

– Mais toi, t'es le roi, papa ! Comme Mufasa !

Après avoir écumé le parc d'attractions de fond en comble, nous avons pris la direction de l'appartement. Sur le chemin du retour, j'ai reçu un message de mon premier amour, me demandant de la récupérer à vingt heures et de ne surtout pas venir avant.

Il va falloir que je passe chez moi, récupérer une chemise et un pantalon pour me préparer chez Romain, dans l'éventualité où Marine serait là. J'ai demandé aux garçons de m'attendre en bas car j'ai peur de la croiser.

Heureusement pour moi, elle n'est pas là. Tout comme toutes ses affaires. Elle a laissé son jeu de clés sur le meuble de l'entrée. Cela me soulage de savoir qu'elle a accepté la décision.

Je préviens Romain de son absence et ils finissent par me rejoindre.

C'est une sensation très étrange de voir mon fils déambuler dans mon chez-moi. J'aimerais que cette vision soit quotidienne et que plus jamais je ne doive passer trop de temps sans lui.

– Bon, Fab, il est déjà 18 h 30 et, vu ta tronche, y a du boulot ! Alors va te préparer au lieu de baver sur moi ! Dis-lui, Enzo !

– Oui, papa ! Il faut que tu ressembles à un prince !

– Allez, viens, Enzo, laisse ton père se refaire une beauté ! Je vais t'apprendre deux ou trois techniques de foot dans le jardin en attendant !

– Ouiiiiiiiii !

Ils filent dehors et je monte vite à l'étage pour me préparer. L'heure est grave. Je veux lui plaire. Non. Je dois lui plaire.

Je me douche, me taille la barbe et choisis ma tenue pour ce soir.

J'enfile une chemise blanche avec une veste cintrée rouge, un pantalon noir à pinces et une paire de baskets blanches.

Le résultat me plaît assez. Je me coiffe parfaitement, sans négliger le moindre détail. Plus les minutes défilent et plus l'impatience s'infiltre dans chaque pore de ma peau. J'ai tellement hâte d'être seul avec elle, de la redécouvrir, de lui montrer à quel point elle compte pour moi.

Quand je regagne la pièce principale, il est déjà l'heure d'y aller. Enzo et Romain se sont lancés dans une partie de Playstation et ont du mal à s'arrêter.

– Ce n'est pas possible ! Vous êtes des tricheurs dans cette famille ! Comment un enfant de 5 ans peut me battre à *Fifa* ?

– Peut-être parce que t'es nul ! lancé-je.

– C'est pas grave, tonton Roro ! La prochaine fois, je te laisse gagner ! Promis !

Mon fils et moi nous moquons de lui et il finit par faire la tête. Un vrai gosse.

Lorsque nous arrivons devant l'appartement, je m'arrête et réalise encore une fois l'enjeu de cette soirée. Mes pieds sont cloués au sol, rongés par le stress. Je n'arrive plus à avancer.

Ce sont les doigts de mon fils s'enroulant aux miens qui me ramènent les pieds sur terre. Il me tire vers lui et j'ouvre la porte. La voix de Jessica résonne au loin.

– Ne venez surtout pas dans la chambre, les garçons ! Attendez-nous dans le salon ! On en a encore pour quelques minutes !

– Aucun problème, mon amour !

Je ne peux absolument pas m'asseoir. Je fais les cent pas dans la cuisine pendant que Romain et Enzo entament une partie de cartes.

Quand des bruits de talons retentissent, je lève les yeux et mon cœur manque un battement.

Je ne parviens pas à définir cette vision enchanteresse.

Est-ce un rêve? Suis-je au paradis? Elle est… Elle est…

– Tu es tout simplement magnifique!

– Waouh, maman! T'es encore plus belle qu'une princesse!

– Merci, les garçons… Ce n'est pas trop habillé pour l'endroit où tu nous emmènes?

– Non… Tu es parfaite!

Elle embrasse Enzo et remercie Jess et Romain de nous le garder ce soir.

Elle passe devant moi et me sourit. J'avale péniblement ma salive et fais appel à toute l'énergie dont je dispose pour ne pas la dévorer des yeux.

Mission échouée.

Mes yeux se baladent sur ses formes divines et ma respiration est un peu plus saccadée à chacun de ses pas.

Je me retourne et les trois spécimens sur le canapé me montrent leur pouce en guise d'encouragement.

Je lui ouvre la portière et lui laisse le temps de s'installer avant de faire le tour de la voiture pour la rejoindre.

– Je ne te l'ai pas dit là-haut, mais tu es très beau ce soir! Je suis très heureuse d'avoir un moment rien qu'à nous!

– Et moi donc…

Pendant le trajet, je me mets dans la peau d'un guide touristique et lui raconte un peu l'histoire de la ville et l'engouement des Anglais pour la famille royale. Mes explications ont l'air de lui plaire, tout comme Londres et ses habitants. Elle a même avoué pouvoir habiter ici sans problème. J'ai cru hurler de joie à ces mots car c'est tout ce dont je rêve.

L'endroit où je l'emmène est un restaurant italien, gastronomie que nous adorons tous les deux. Je l'ai privatisé pour la soirée et j'ai fait venir des musiciens pour l'occasion. Cela peut paraître prétentieux de ma part mais, quitte à avoir de l'argent, autant qu'il serve à lui faire passer un merveilleux moment. Du moins, je l'espère.

– Tu es sûr que c'est là, Fabio? Tout est vide et à peine éclairé!

– C'est normal! Je voulais t'avoir rien que pour moi...

Son visage est illuminé par la surprise et la joie. Elle entre en premier et découvre la décoration du lieu. Avec l'accord du patron, la pièce est exclusivement éclairée par des lanternes contenant des bougies.

À notre arrivée, les musiciens se mettent à jouer et les doigts d'Ambre remuent instinctivement.

Le serveur nous accueille et nous installe.

– Waouh! Tu es complètement fou, Fabio! Je ne sais pas quoi dire...

– Je voulais que cette soirée soit parfaite! Tu mérites ce qu'il y a de mieux!

Nous passons commande et, bien évidemment, une bouteille de champagne arrive vite sur notre table. Nous nous regardons et nos rires emplissent la salle avant qu'elle n'ouvre les hostilités.

– Tu aimes toujours autant le champagne à ce que je vois... dit-elle.

– C'est ta faute! La dernière fois que j'en ai bu, j'ai croisé mon ex dans un ascenseur et elle m'a sauté littéralement dessus! Alors depuis j'en abuse en espérant que ce moment se reproduise un jour...

Elle rougit.

– Je t'ai sauté dessus? N'importe quoi! C'est toi qui m'as suivie dans le couloir!

– C'était simplement pour t'aider à retrouver ton chemin! Mais comme d'habitude tu n'as pas pu t'empêcher de me sauter dessus! «J'ai envie de toi, Fabio», mimé-je avec une voix féminine sexy.

Elle me tape sur l'épaule et je ne peux me retenir de rire. J'ai toujours aimé la taquiner. Retrouver cette sensation est tout simplement exquis. Nos yeux se capturent et je redeviens sérieux. Je ne dois pas perdre de vue mon objectif.

Elle.

Nous.

– Je ne t'ai jamais oubliée, Ambre. J'ai pourtant essayé. J'ai eu des relations, je ne vais pas te mentir. Je voulais avancer car, au fond de moi, je t'en voulais tellement de nous avoir abandonnés. Pourtant, j'ai pensé à toi chaque jour de ma vie. Mon cœur n'a jamais réussi à te laisser partir. Quand je t'ai vue au mariage, j'ai su que même le temps n'avait rien changé à ce que j'avais toujours ressenti pour toi. Un amour sans limites, un amour fou… La vérité, c'est que je ne peux plus imaginer ma vie sans toi… Je t'ai déjà perdue une fois et c'est hors de question que cela arrive de nouveau !

Je relève la tête vers elle et l'émotion s'est emparée de ses traits. Des perles salées sillonnent ses joues pour s'écraser sur son sourire resplendissant.

– Je regardais tous les soirs ma bague, en espérant que tu pensais à moi, autant que je pensais à toi… Nombreux étaient ceux qui me trouvaient stupide de m'accrocher à un premier amour de jeunesse, jusqu'à m'empêcher de vivre. Quand je t'ai remis ce micro, tout l'amour qui dormait paisiblement en moi s'est éveillé de nouveau et a explosé en millions d'éclats dans chaque cellule de mon être…

C'est à mon tour d'être ému. Ambre a toujours su me bouleverser avec ses mots. Encore une fois, elle y est parvenue. En étant simplement elle. Sans artifices, sans faux-semblants. Elle est mon double, ma moitié. Je lève mon verre, elle me rejoint.

– À nous, à notre fils… commencé-je.

– À nous, à notre famille…

Des fourmis prennent possession de mon épiderme et mes pulsations cardiaques sont probablement trop élevées. Pourtant, je me sens extrêmement bien.

Le repas se poursuit et les bulles du champagne commencent à dissiper l'angoisse silencieuse qui s'était logée au centre de ma poitrine, et à me détendre. À tel point que lorsque nous avons fini notre dessert, je l'invite à danser.

Nous nous plaçons face à face, mais je ne bouge pas, paralysé par la peur de ne pas savoir où mettre mes mains. Heureusement, elle prend les devants, s'en empare et les dépose sur ses hanches, avant d'entourer mon cou de ses bras.

Quand le piano reprend, nos regards s'aimantent et ne cillent pas. Seuls nos corps se déplacent, suivant langoureusement la mélodie.

Dans ses pupilles, je peux lire tellement de choses. La confiance qu'elle me donne, les tourments qui l'occupent quand l'obscurité apparaît, l'amour inconditionnel d'une mère, la peur de l'avenir… Mais aussi la promesse d'un bonheur éternel.

En cet instant, nous reprenons mutuellement vie, dans les yeux l'un de l'autre.

Nos lèvres s'étirent à l'unisson et je plonge dans cette immensité émeraude où mon âme s'épanouit.

Mes mains remontent vers son visage et l'encerclent.

C'est le moment.

Alors je m'approche, rétrécissant lentement la distance entre nous, et m'empare de ses lèvres. Lorsque nos bouches se rencontrent, nous expirons en même temps, comme si ce baiser était la réponse à ce tout que l'on appelle la vie. Nos langues s'effleurent timidement, dans un ballet doux et envoûtant. Je rapproche son corps du mien et approfondis notre étreinte. La pudeur de notre échange renforce chaque sensation et mes sens sont en ébullition.

Je m'arrête un instant, tout en conservant ses joues dans le creux de mes paumes.

– Je t'aime tellement, si tu savais ! Je t'aime plus que tout…

Je reprends possession de ses lèvres, délicatement et gracieusement. Ce baiser n'a rien d'un préliminaire. Il est l'antidote à nos malheurs, la partie d'un tout, la pièce manquante du puzzle.

Il est la nouvelle page de notre histoire, qui ne connaîtra de fin que lorsque l'un de nous s'éteindra.

Nos bouches se quittent et elle me regarde.

– Je t'aime, Fabio ! Tu es et tu resteras le seul dans mon cœur ! C'est toi… Ça a toujours été toi…

Je la serre fort contre moi et embrasse son front. L'évidence me frappe de plein fouet. J'ai trouvé ma voie et je n'irai nulle part ailleurs.

Nous quittons le restaurant, main dans la main, le cœur léger. Je l'embrasse avant qu'elle n'entre dans la voiture. Une fois à l'intérieur, nos doigts se capturent et je ne les lâche plus, même si cela rend ma conduite difficile.

Dans l'ascenseur, elle se positionne au fond de la cabine et m'observe avec incandescence et désir. Je me rapproche d'elle et elle se mord la lèvre inférieure. Je souffle dans son cou et sa peau réagit immédiatement, se couvrant d'une multitude de frissons. J'effleure la peau de son bras et m'appuie légèrement contre elle pour qu'elle se rende compte de l'effet qu'elle me fait.

Alors qu'elle expire violemment, la sonnerie nous indique que nous sommes arrivés au bon étage, et nous ramène à la réalité.

Je me dirige vers l'appartement et avant que je ne l'ouvre, elle saisit ma main pour me faire pivoter et me plaque contre la porte.

Les rôles s'inversent et c'est moi qui suis à présent en position de faiblesse. Elle balade sa main sur mon torse et s'arrête à la lisière de ma ceinture. Je peine à respirer. D'autant plus quand elle vient appuyer sa poitrine sur mes pectoraux et que la vue plongeante qu'elle m'offre devient dangereuse pour mon pantalon.

Son souffle caresse mes lèvres et, alors que je m'apprête à l'embrasser, j'ouvre malencontreusement la porte en m'appuyant sur la poignée. Son poids nous fait basculer tous les deux en arrière et nous nous effondrons lamentablement dans l'entrée. Elle sur moi. Nous rions et regardons immédiatement derrière nous pour constater si nous avons été repérés ou pas.

Nous découvrons Romain, dont la tête dépasse du dossier du canapé, le regard dirigé vers nous.

Il a dû perdre un gage car son visage est recouvert de maquillage. Ses lèvres sont rouges, ses sourcils remplis de crayons noirs et il porte un fard à paupières rose vif qui vient égayer le tout.

Il nous est alors impossible de ne pas nous esclaffer face à ce faciès improbable.

– Qu'est-ce vous foutez par terre alors qu'il y a un lit?

– Longue histoire! réponds-je tout en nous relevant tous les deux. La soirée s'est bien passée? Enzo a été sage?

– Mon futur filleul est parfait! Il s'est endormi il y a environ une heure. Jessica est rentrée, elle était fatiguée.

Ambre sautille sur place, probablement gênée d'avoir été découverte dans une telle posture. Pour ma part, j'ai hâte de reprendre là où cette chute inattendue nous a interrompus.

– Bon, allez, je vous laisse avant d'assister à des choses auxquelles mes yeux ne sont absolument pas préparés! Enzo est dans son lit! Il dort normalement à poings fermés! Bonne nuit, les amoureux! À demain…

Il quitte l'appartement et nous voilà seuls. Je prends la main d'Ambre et nous dirige vers la chambre de notre fils pour vérifier que tout va bien.

Pendant qu'elle s'émerveille devant lui, je l'embrasse langoureusement dans le cou et je la sens défaillir sous mes assauts. Elle se retourne subitement et m'entraîne vers sa chambre.

Une fois à l'intérieur, elle la verrouille à clé et retire ses talons.

Elle pivote vers moi et je la rejoins précipitamment, la faisant reculer jusqu'à ce que son dos touche le mur. Je pose mon front contre le sien, haletant et impatient. Je capture ses lèvres et l'embrasse éperdument, tel un fou en perdition. Nos respirations s'accélèrent et elle retire ma veste avant de déboutonner ma chemise.

Le torse nu et le pantalon à l'étroit, je descends la fermeture Éclair située sur le côté droit de sa robe. Puis elle lève sensuellement les bras afin que je la lui retire. Elle est à présent en sous-vêtements rouges et mon excitation est à son paroxysme. Son corps est l'objet de tous mes fantasmes. Depuis toujours.

Ses formes, son odeur et ses courbes hantent mon esprit depuis notre première fois. Elle défait le bouton de mon pantalon, qui finit sa course sur le sol, suivi de près par mes baskets.

Mes mains la caressent, la découvrent et l'enflamment. J'empoigne ses fesses et la soulève afin que ses jambes encerclent mon bassin. Je plonge ma langue dans le creux de sa clavicule et la balade jusqu'à l'orée de sa poitrine.

D'une main, je retire l'une des bretelles de son soutien-gorge et l'un de ses tétons s'offre à moi. Je le lèche, l'aspire et accélère la danse à mesure que ses gémissements augmentent. Je réitère la même manœuvre avec le deuxième et je sens son intimité s'humidifier sur mon bassin. Quant à mon boxer, il est à deux doigts de céder tant j'ai envie d'elle.

Je la garde dans mes bras pour la déposer sur le lit. Alors que je commence à m'installer sur elle, elle me fait basculer brusquement avant de passer ses jambes sur chaque côté de mon corps. Elle retire son soutien-gorge ; ses seins sont simplement magnifiques. Je les prends à pleine main et fais rouler ses pointes entre mes doigts. Elle se délecte et remue instinctivement son entrejambe sur le mien. Ce contact me rend complètement fou. Elle appuie plus fort à chaque mouvement. Ma rigidité se mélange à sa moiteur et j'ai l'impression que la pénétration devient vitale.

Mais elle en décide autrement quand elle se met à descendre et à retirer mon caleçon sans jamais lâcher mon regard.

Mon érection est mise à nu. Elle s'en empare d'une main et entame des allers-retours d'abord doux puis plus rapides. Ce geste m'arrache un gémissement rauque et profond. Je bascule la tête en arrière et c'est à ce moment précis que je sens sa langue sur le bout de mon sexe. Mon cœur manque un battement et, alors que je relève le visage, elle prend mon gland dans sa bouche avant de refermer ses lèvres dessus. Elle descend lentement tout en faisant tournoyer sa langue autour, et remonte langoureusement. Elle réitère cette chorégraphie encore, l'enfonçant un peu plus chaque fois. Tout mon corps tressaille et je suis au bord de la jouissance.

Je la force à remonter et reprends le contrôle de la situation. Je la positionne sur le dos et m'installe à côté d'elle. Je retire son string avant de diriger ma langue vers sa poitrine et absorber sa pointe durcie en intégralité. Elle geint sans savoir que le supplice ne fait que commencer. Je dirige ma main vers son intimité et écarte ses lèvres. Mon pouce trouve rapidement son bouton le plus secret et les mouvements circulaires commencent. Ma langue continue son assaut sur sa poitrine, et ses jambes sont agitées de légers tremblements. Cela ne m'arrête pas. Bien au contraire. Tout en laissant mon pouce au même endroit, j'insère un doigt en elle. Je veux l'emmener au bout de son plaisir, là où les barrières s'effondrent. Elle étouffe un cri, puis deux.

Je ne peux décemment plus attendre. J'ai besoin de lui faire l'amour, de la pénétrer, de la posséder. Je veux me fondre en elle pour que nous ne fassions qu'un.

Je m'allonge entre ses jambes, qu'elle écarte davantage pour me permettre d'y accéder pleinement.

Je suis à l'entrée de son intimité, je la regarde et l'amour me frappe encore une fois en plein cœur.

J'avance mon bassin et tout doucement, je la remplis, jusqu'au bout. Jusqu'à ce que plus aucune distance n'existe.

Nous gémissons respectivement contre nos visages avant de nous embrasser.

Je commence mon va-et-vient, d'abord délicatement pour prendre conscience de la beauté de cet instant.

J'accélère la cadence petit à petit, l'excitation et le plaisir étant au sommet de ce qu'il est possible de ressentir.

L'amour est si fort et si puissant que je voudrais la mordre, l'accrocher à moi et m'imbriquer en elle pour l'avoir près de moi pour l'éternité.

Nous étouffons nos cris, pour ne pas réveiller notre fils et, quand elle positionne ma main sur sa bouche pour y gémir violemment, terrassée par un orgasme, je perds la notion des choses et jouis sans crier gare à mon tour.

Nous sommes en sueur et haletants. Le cœur au bord des lèvres et le sang bouillonnant de délectation.

Une évidence me harponne brusquement.

Je relève la tête vers elle et libère son visage des quelques mèches de cheveux qui cachent son regard.

– Je t'aime tellement, Ambre ! Ne me laisse plus jamais. Je veux que tu restes vivre ici, avec moi…

51

Fabio

– Ne réponds pas tout de suite ! Je te demande simplement d'y réfléchir. Je ne veux plus être loin de toi et d'Enzo ! Je veux qu'on soit une famille ! Le temps nous a déjà filé entre les doigts… Nous pouvons vivre où tu veux, ça m'est égal ! À partir du mois de mai, je peux quitter Londres et vivre à Bordeaux, si c'est ce que tu souhaites ! Mais je t'en supplie ! D'ici là, reste ! Restez avec moi !

Elle me fixe, ne s'attendant probablement pas à cette requête. Toutefois, je me dois d'être honnête et d'écouter mon cœur. Mon essentiel est là. Sous mes yeux.

À côté d'eux, rien n'a d'importance. Je l'ai compris à présent. C'est l'amour qui nous rend heureux et la famille que l'on se construit. Sans cela, nous ne sommes rien de plus qu'un être de passage sur terre. L'amour donne un sens et de la beauté à la vie.

– Je t'aime, Ambre ! Peu importe ce que tu décides, je t'aime et je serai près de toi…

Je l'embrasse à en perdre haleine et nous refaisons l'amour, tendrement. Nous nous endormons après nous être douchés. Elle se blottit contre moi et je crois que ce moment précis est la définition même du mot *bonheur*.

Nous sommes réveillés au petit matin par notre petit garçon qui saute sur le lit. Il chante une chanson dont les paroles me font immédiatement sourire.

– Papa et maman, ils sont amoureux ! Papa et maman, ils sont amoureux ! Youpiiiiiiii ! Je vais avoir un petit frère ! Je vais avoir un petit frère ! Youpiiiiiiii !

Je le capture et lui fais des chatouilles sur les côtes. Il explose de rire. Je constate un nouveau point commun avec sa mère.

Quand il se déhanche un peu trop, je stoppe mon attaque pour le laisser reprendre son souffle.

– C'est tonton Roro qui a dit que vous étiez amoureux depuis toute la vie ! Mais que vous faisiez semblant de pas le savoir ! Et moi, je veux un petit frère !

Nous nous regardons avec Ambre, gênés. Si ça ne tenait qu'à moi, je lui ferais un bébé sur-le-champ. Mais je ne veux pas la brusquer et je veux d'abord profiter de ces deux-là et rattraper tous nos moments perdus. Les enfants sont surprenants tant il est facile de détourner leur attention sur autre chose. Surtout quand ils sont gourmands.

– Qui veut manger des pancakes au Nutella ? lancé-je.

– Moi, papa ! Moiiiiiiiii ! Avec de la chantilly aussi !

Ouf. Voilà un sujet botté en touche. Pour l'instant en tout cas. Ambre me murmure un « merci » et j'entraîne Enzo avec moi dans la cuisine. Il m'aide à préparer la pâte et à mettre la table, pendant qu'Ambre nettoie et range le salon. Le passage de la tornade Enzo/Romain semble avoir laissé des traces.

Après nous être préparés, nous allons faire le tour de la ville à pied et visiter le musée du Jeu.

Ambre semble perdue dans ses pensées, probablement perturbée par mon annonce de la veille. Pourtant, elle ose me tenir la main et m'embrasser devant notre fils. Alors je prends ça pour du positif et m'imagine déjà réitérer ce moment aussi souvent que possible.

***

Les journées se suivent et ne se ressemblent pas. La complicité ne fait que grandir entre mon fils et moi. Nos instants partagés à trois sont fabuleux et j'appréhende la date de leur retour.

Nous n'avons toujours pas reparlé de l'avenir proche. Je ne veux pas me montrer insistant et risquer de la perdre. Elle est encore fragile psychologiquement, alors je veux qu'elle soit maîtresse de sa décision. Je m'adapterai quoi qu'il en soit, car mes certitudes sont toujours au beau fixe.

Nous avons fait l'amour tous les jours. Plusieurs fois. Jamais je ne pourrai me lasser de la caresser, de la pénétrer et de la faire jouir.

Chaque minute passée près d'eux me conforte et me pousse à déplacer des montagnes.

J'ai fait les présentations entre mon papa, ma sœur et Enzo via Facetime. Mon fils a eu tellement de choses à leur raconter qu'ils ont passé une heure et demie ensemble. Il a même réussi à faire pleurer mon père quand il lui a dit qu'il était content d'avoir un nouveau papi car le sien lui manquait terriblement. Nous avons organisé des retrouvailles pour notre anniversaire dans quelques semaines.

Aujourd'hui, nous sommes le 31 décembre. Romain et Jessica viennent fêter le réveillon de la Saint-Sylvestre avec nous.

Nous avons tout préparé et tout installé, puis nous nous octroyons une petite pause tendresse. Enzo est en train de dessiner dans le salon et nous sommes tous les deux dans la cuisine.

Je la prends dans mes bras et l'embrasse fougueusement. Ses jambes se transforment en coton et je commence à être à l'étroit.

– Tu me rends fou, bébé ! Même en pyjama avec de la farine sur le front ! J'ai tellement envie de toi… chuchoté-je. Je t'aime plus que tout ! Tu le sais, ça ?

– C'est moi qui t'aime plus que tout ! Qui dit nouvelle année dit nouvelles résolutions ! Alors j'espère que tu seras en forme quand on ne sera que tous les deux ce soir… Car j'ai justement deux ou trois nouvelles idées que je voudrais essayer, mon cœur…

– Ah bon ? Lesquelles ?

Elle s'avance vers moi et me murmure ses pensées les plus intimes. Ce qu'elle m'avoue et me demande me surprend, et mon sang se réunit immédiatement à l'intérieur de mon sexe, que je sens déjà gonfler. Je déglutis péniblement.

– Et voilà ! Tu as gagné ! Il me faut une douche froide ! Mais sache que tu as intérêt à être également en forme car je serai au rendez-vous ce soir ! Tu peux me faire confiance…

***

Ambre

Pourquoi ai-je l'impression de vivre un rêve éveillé ? Pourquoi je culpabilise de me sentir bien alors que j'ai perdu mon papa il y a si peu de temps ? Pourquoi je n'arrive pas à lui dire que je meurs d'envie de vivre avec lui ? Est-ce de la peur ? De l'appréhension ?

Tant de questionnements mais autant de certitudes.

Celle de l'aimer plus que tout. Celle de vouloir rester près de lui pour toujours. Celle de former une famille tous les trois.

Voilà plusieurs jours que je suis spectatrice de la relation qu'il a développée avec notre fils. Ils sont tellement complices, pour ne pas dire fusionnels. Ils ne se lâchent plus d'une semelle. Jusqu'à devenir l'ombre de l'un et de l'autre. Enzo ne jure que par son père, tout comme moi. Dieu seul sait où j'en serais s'il ne m'avait pas aidée à traverser les ténèbres ces derniers jours.

Quand il m'a retrouvée en larmes, dans ma chambre, mes idées noires étaient en train de m'engloutir et de me faire basculer vers une noirceur sans précédent.

Puis il est apparu, telle une lumière salvatrice, au milieu de mon monde qui s'effondrait dans l'obscurité la plus totale.

Il a pris soin de moi à chaque seconde depuis mon arrivée, et j'ai pu respirer de nouveau.

Alors comment imaginer un seul instant être loin de lui ? C'est tout bonnement impossible et inimaginable !

Il faut que je lui dise que plus jamais je ne partirai et que j'accepte de vivre ici avec lui.

Il ne le sait pas, mais je me suis déjà renseignée pour inscrire Enzo dans une école française. D'ailleurs, notre fils m'a clairement fait comprendre qu'il voulait rester vivre ici, et prendre le bus rouge tous les jours.

J'aime cette ville, j'aime la sensation de pouvoir recommencer de zéro. J'ai même cherché du travail. Par chance, dans l'école française que j'ai trouvée pour Enzo, ils cherchent une enseignante.

Avec mon master, j'ai les qualifications suffisantes pour enseigner en maternelle.

Je prends toutes ces découvertes comme un signe de mes absents. Le signe que je fais le bon choix, et qu'ils me guident et facilitent mon avenir.

Le plus difficile pour moi sera de vivre loin de ma mère et de ma meilleure amie. Mais je me promets de rentrer aussi souvent que possible pour passer du temps avec elles. Je sais que jamais Fabio n'y verra le moindre inconvénient.

Pendant le repas, je me sens divinement bien. J'apprécie vraiment beaucoup Romain et Jessica. Ils sont adorables et font tout pour me mettre à l'aise depuis le début. D'ailleurs, ce dernier adore notre fils, et je crois bien que c'est réciproque. Avec Fabio, ils forment un trio infernal. Je m'amuse à les surnommer les trois mousquetaires, tellement ils sont hilarants.

Nous avons officialisé notre relation et ils sont très heureux pour nous.

Quand le décompte de la nouvelle année commence, Enzo est dans les bras de son père. Je les observe et je suis frappée par la beauté de ce que je vois. Elle est là, ma providence. Auprès d'eux.

Je les rejoins pour le câlin à trois de la nouvelle année. Nous nous enserrons les uns les autres, nous souhaitant le meilleur pour les mois à venir.

Fabio me surprend en train de le regarder, alors il s'approche de moi et nous nous enlaçons.

– Qu'est-ce qu'il se passe, bébé ? Tu penses à ce que je vais te faire ce soir ? lance-t-il mutin.

– Non, je pense qu'il est grand temps que je t'annonce que j'ai pris ma décision et que je veux vivre avec toi, mon amour…

– Quoi ? Tu peux répéter ?

– Ma place est ici, Fabio. Je veux vivre à Londres et partager chaque jour de ma vie avec toi ! Je ne sais pas de quoi demain sera fait, je sais juste que je veux que tous mes lendemains soient près de toi ! Je t'aime comme jamais je n'ai aimé personne ! Je veux qu'on forme une famille et que plus rien ne nous sépare ! Plus jamais !

– C'est ce que je veux aussi, bébé ! Je t'aime tellement !

Il me soulève et me fait tourner dans les airs, avant de me faire redescendre et de m'embrasser fougueusement.

– Eh ben ! Ça, c'est de la galoche ! crie Romain. Qu'est-ce qu'on fête, au juste ?

– Elle a accepté de rester vivre ici, bordel ! Fais péter le champagne ! hurle Fabio.

Nous rions tous et Enzo se jette dans les bras de son père. Le bonheur me prend en otage et mon cœur se remplit de joie.

J'ai trouvé ma voie. Lui. Fabio Giordano.

Il m'a guidée dans le meilleur, comme dans le pire. Il m'a appris à vivre, à aimer, à souffrir, à me relever et à sourire de nouveau.

À partir d'aujourd'hui et jusqu'à la fin des temps, je lui confie mon cœur, mon âme et je lie nos vies pour toujours et à jamais.

Note à moi-même : l'aimer, maintenant et pour l'éternité.

ÉPILOGUE

Ambre
Trois ans plus tard

« Les passagers du vol 7392 à destination de Barcelone sont priés de se rendre à la porte B12 pour l'embarquement. Merci. »

Je lève les yeux de mon roman et observe Sana et mes cousines. Elles sont plongées dans le dernier numéro de *Crimes* et font de gros yeux à chaque fait divers qu'elles découvrent.

Personnellement, je préfère les histoires d'amour passionnées aux meurtres sanglants.

– Allez, les filles, nous devons embarquer ! nous presse Jessica.

Nous lui emboîtons le pas, toutes excitées par le week-end que l'on s'apprête à passer. Mon téléphone vibre et je découvre une photo de ma mère et mon fils à Lacanau, avec le message :

[Profite bien, maman. Tu me manques déjà.
Je t'aime.]

Enzo a eu 8 ans il y a quelques mois et je me rends compte à quel point le temps nous file entre les doigts.

[Je t'aime, mon fils ! Sois sage avec mamie
et dis-lui que je l'aime aussi !]

Je m'apprête à ranger mon portable quand il me signale l'arrivée d'un nouveau SMS. Je l'ouvre non sans hâte quand je découvre qu'il s'agit de Fabio.

[Profite bien, bébé ! Tu me manques déjà !
Au cas où je ne te l'aurais
pas assez dit avant que tu ne partes,
je t'aime plus que tout…]

Je souris bêtement et lui réponds sur-le-champ.

[C'est moi qui t'aime plus que tout,
mon amour. Profite bien, toi aussi!
Mais pas trop quand même :)]

– Allez, Ambre! Dépêche-toi! C'est vraiment pas le jour pour être en retard et rater l'avion! crie Sana. Et arrête de sourire béatement comme ça, ça me donne envie de t'étrangler!

– Ouh là là! Mais si le célibat te rend si désagréable, remets-toi avec Loïc, vieille fille!

– C'est pas ta vie de jeune fille que je vais enterrer, mais plutôt toi si tu continues à me traiter de vieille fille!

Je regarde la bague à mon annulaire et l'effleure du bout des doigts. Dans un mois, je deviendrai officiellement Mme Ambre Giordano. Nous porterons enfin tous les trois le même nom de famille.

Je m'installe près du hublot et me noie dans l'horizon.

Des souvenirs des trois dernières années assaillent mes pensées.

Fabio a été confronté à une conférence de presse où l'existence d'Enzo a été révélée. Il savait que cela arriverait, alors il s'y était préparé.

Ses mots ont tourné en boucle dans ma tête durant des mois.

« Effectivement, j'ai bel et bien un fils de 5 ans. Il s'appelle Enzo et il est formidable. Une personne mal intentionnée de mon entourage m'a empêché de faire partie de sa vie en me cachant sa naissance, et j'ai pris les mesures judiciaires nécessaires à cette horrible dissimulation. Nous formons de nouveau une famille aujourd'hui, lui, sa maman et moi. Ils sont ma raison de vivre, mon essentiel. Alors je vous demanderai de respecter notre vie privée et nos retrouvailles, et de vous concentrer sur ma carrière. Merci à tous. »

Après ça, l'incroyable histoire de notre famille a fait la une des journaux pendant des semaines, avant de laisser place, de fil en aiguille, à d'autres anecdotes plus croustillantes.

Après des mois d'attente, Fabio a pu reconnaître Enzo afin qu'il porte son nom de famille. Cet acte est venu sceller officiellement le lien indéfectible qui les unit.

Nous vivons toujours à Londres, car Fabio est maintenant capitaine d'Arsenal. Nous avons déménagé dans une plus grande maison, car nous avons accueilli un petit chiot, un Jack Russel que nous avons appelé Jukie.

Enzo est en CE2 et il a beaucoup d'amis anglais qui viennent souvent à la maison. L'adaptation n'a pas toujours été évidente, mais son père et moi lui apportons les armes nécessaires pour affronter les difficultés.

Je continue d'enseigner en école maternelle et je donne des cours de piano et de chant dans une association de quartier. Ce travail m'épanouit pleinement.

J'ai eu quelques moments difficiles, le deuil de mon père étant comme un volcan, tantôt ensommeillé, tantôt en éruption. Fabio a été exemplaire, il ne m'a jamais abandonnée, même quand j'étais au fond du gouffre. Avec beaucoup d'amour, de tendresse et de patience, il m'a aidée à me relever.

Ma mère m'a énormément soutenue, tout comme Sana. Chaque fois que Fabio est en déplacement, je passe le week-end à Bordeaux.

Je me sens chanceuse, malgré les coups durs, malgré les épreuves, je me suis relevée et j'ai l'homme le plus merveilleux à mes côtés.

La voix de l'hôtesse me sort de mes songes.

« Bienvenue sur le vol 7392 en direction de Barcelone. Avant de vous expliquer les consignes de sécurité, je voulais féliciter Ambre, qui se marie prochainement, et lui souhaiter beaucoup de bonheur. »

Je ris quand les passagers se mettent à m'applaudir et me siffler.

Sa demande en mariage me revient immédiatement en mémoire. Nous fêtions la dernière Saint-Sylvestre, entourés de nos familles et nos amis. Quand le décompte s'est terminé, tout le monde s'est écarté et Fabio est apparu, un genou à terre, devant moi. Sa déclaration m'a coupé le souffle.

« Ambre, mon bébé, mon amour, mon tout. Devant notre fils, notre famille et nos amis, je te demande avec tout mon cœur et tout mon être de devenir ma femme et de me faire l'honneur de m'appartenir jusqu'à ce que la mort nous sépare. Veux-tu m'épouser et faire de moi l'homme le plus heureux?»

Et j'ai dit oui, entre deux sanglots. La boucle était bouclée car c'est à cette même date que, trois ans auparavant, notre histoire avait repris son cours. L'émotion m'envahit et je regarde ma bague, de nouveau, mesurant à quel point je suis éperdument amoureuse de mon futur mari.

***

Fabio

Nous venons d'arriver à l'hôtel avec l'équipe. Nous affrontons Manchester pour ce dernier match de la saison. Je partage ma chambre avec Romain, comme d'habitude. Il est habité par l'euphorie depuis que nous avons quitté Londres.

– Putain, Fab, si tu savais comme j'ai hâte d'enterrer ta vie de garçon ! On va s'éclater tout le week-end ! Direction Ibizaaaaaaaaa !

– Tu me fatigues déjà ! Concentre-toi d'abord sur le match ! Si on gagne, on confirme notre première place ! Alors reste concentré !

C'est un match important et je veux que cette année se termine en beauté. Elle a été magique. Tout est parfait depuis que nous avons emménagé ensemble et que je me réveille chaque jour à leurs côtés. Je ne remercierai jamais assez le ciel pour ce présent qu'il m'a fait. Eux.

Elle est bien arrivée à Barcelone et je suis fou de jalousie en pensant à tous ces hommes qui vont la dévorer du regard.

Je suis tellement impatient de m'unir à elle pour toujours…

Je défais mes valises, et un paquet rectangulaire argenté apparaît entre mes vêtements. Je saisis la boîte et l'ouvre délicatement.

Ce que j'y découvre me laisse sans voix. Les larmes gagnent mes pupilles et je lis difficilement le mot qui accompagne le test de grossesse.

Coucou, papa. Je t'écris ce mot du ventre de maman. Je fais la taille d'une pièce de monnaie et pourtant je t'aime déjà plus que l'Univers tout entier. J'ai hâte que tu me prennes dans tes bras et que tu me fasses plein de câlins. Je t'aime, papa. On se voit dans sept mois…

Je partage ma découverte avec Romain et sa joie éclate et résonne probablement dans tout l'hôtel.

– J'espère que vous allez faire une belle princesse ! Pour que ma fille ait enfin une copine !

Je souris et tente désespérément de réaliser. Je m'empare de mon téléphone et appelle ma future femme.

– Allô ?

– Bébé, je viens de découvrir ta surprise. Mon Dieu, tu ne peux pas imaginer à quel point je suis heureux ! J'ai l'impression de vivre un rêve éveillé !

– Tout ça est bien réel, mon amour ! Tu vas être papa ! Encore !

– Je t'aime tellement. Fais attention à vous deux, d'accord ? Et reviens-moi vite, que je puisse recouvrir ton ventre de milliers de baisers !

***

Ambre

Nous raccrochons et je ne suis plus la seule dans la confidence de cette grossesse surprise mais tant attendue.

Nous sommes au bar de l'hôtel, et je demande au serveur de mettre la chaîne du sport pour suivre le dernier match de mon futur mari.

Lorsqu'il entre sur le terrain, je suis ébahie par sa beauté et son charisme. Le temps passe mais les sentiments se fortifient. Lorsqu'il marque un but avant la fin de la première mi-temps, il s'arrête devant une caméra et met son pouce dans sa bouche, pour annoncer sa future paternité. Tous ses coéquipiers lui sautent dessus et le serrent dans leurs bras.

Mes demoiselles d'honneur se tournent toutes vers moi et hurlent de bonheur. Elles m'embrassent, caressent mon ventre et m'enlacent.

Je regarde le ciel et envoie un baiser. Car je sais que si les choses sont aussi belles, c'est aussi grâce à mes absents, qui de là-haut me protègent et guident mes choix.

J'effleure les contours de mon nombril et murmure au petit être qui pousse en moi…

– Bienvenue dans la famille Giordano, bébé.

FIN

REMERCIEMENTS

J'ai commencé à écrire cette histoire par réel besoin, un peu comme on entame une thérapie. Et aujourd'hui, c'est avec mon cœur et mon âme que je vous remercie pour cette magnifique aventure.

Tout d'abord, merci à ma fille et ma Maman, de m'avoir soutenue depuis le début de ce projet. Vous êtes mon essentiel et mes moteurs depuis toujours. Je vous aime plus qu'il n'y a d'amour sur cette terre.

Mon Papa, tes yeux bleus perçants étaient là, avec moi, entre chaque mot, entre chaque ligne. Je t'aime, tu me manques tellement. J'espère que de là où tu es, tu es fier de moi.

Yama, tu étais une grand-mère et une mère formidable. Tu as laissé ton empreinte sur chaque membre de notre famille.

Merci à mon chéri, d'avoir été là malgré les nombreuses nuits blanches, et de m'avoir poussée à me dépasser. Je t'aime.

Parce qu'elle est réelle, parce qu'on aimerait toutes en avoir une dans nos vies, merci à toi ma Sana, ma sœur d'une autre mère. Sans toi, je ne l'aurais jamais fait. Sans toi, je n'aurais jamais osé. Je t'aime.

Merci à ma famille, mes amis, et à toutes les personnes que j'ai rencontrées et qui m'ont inspiré beaucoup de personnages de cette histoire.

Je remercie ma maison d'édition, pour avoir cru en mon roman et me permettre aujourd'hui de le partager avec le plus grand nombre. Marianne, merci pour vos retours, votre gentillesse et votre écoute. Maud, Carole, vous êtes une équipe formidable. Je n'aurais pu rêver mieux.

Un énorme merci à mes bêtas lectrices Leïla, Jessica et Carine. Vous êtes des femmes exceptionnelles.

Un gigantesque merci à toi, Seb, pour avoir donné vie à Fabio, pour avoir dit oui à toutes mes demandes, même les plus farfelues, et pour t'être investi à 100 %. Tu es un homme en or et je confirme qu'il y a un grand cœur derrière tes muscles.

Merci à la team Wattpad, grâce à qui tout a commencé. Chrystel, Camille, Virginie, Emma, TessaWolf, Christelle P, Cynthia B, Estelle, Sarah, Isabelle, Sandra, Emilie, Mathilde, Cécilia, Jordane, Laurina, Gaëlle, Laure, Laura, Cyrielle, Cindy, Aline, KhadiVal, Fabienne, MercuroCrom, Nahila, Assnou, Mjey, Léa, Anne-Laure, Crickye, Limylily, Davina, Escada, LetiFala, Claire Mael, Laurie E, et à toutes celles et ceux qui ont lu BBI et l'ont fait vivre. Vous êtes une team extraordinaire.

Merci à toi, qui as acheté et lu ce livre. Je t'ai livré là une grande partie de moi… J'espère que Fabio et Ambre t'ont transporté autant qu'ils ont changé ma vie.

Pour le mot de la fin, n'oubliez jamais de croire en vous, car rien n'est impossible.

Suivez vos rêves, ils connaissent le chemin…

addictives

Romans déjà parus

Rose Becker
Le Bébé, mon milliardaire et moi (aussi en poche)
Torride, sexy & dangereux
Forever You – saisons 1 et 2
Dangerous

Phoebe Campbell
Lui résister… ou pas – l'intégrale
You Again
Single Daddy. Try Me if You Can

Mia Carre
Bad for You
Teach Me Everything
Charmant connard !

Mélodie Chavin
Campus Rules
Fucking Wedding

Sonia Eska
Ne me tente pas

Emma Green
Toi + Moi : L'un contre l'autre (aussi en poche)
Toi + Moi : Envers et contre tout (aussi en poche)
Toi + Moi : Seuls contre tous (aussi en poche)
Call Me Baby – volumes 1 et 2
Call Me Bitch
Love Me if You Can
Kiss Me if You Can
Bliss. Le faux journal d'une vraie romantique – volumes 1 et 2
Jeux interdits
Jeux insolents
Jeux imprudents
Une toute dernière fois
Fallait pas me chercher ! – volumes 1 et 2
Corps impatients (aussi en poche)
Cœurs insoumis (aussi en poche)
Âmes indociles (aussi en poche)
Cent facettes de Mr Diamonds – l'intégrale
Bliss. Le faux journal d'une vraie romantique – l'intégrale
(Im)parfait
Love Me if You Can – l'intégrale

Kiss Me if You Can – l'intégrale
It's Raining Love!
The Boy Next Room
Call Me Baby – l'intégrale
Call Me Bitch – l'intégrale
PS: Oublie-moi!
Fallait pas me chercher! – l'intégrale
Recherche coloc: emmerdeurs, râleurs, lovers… s'abstenir!
10 bonnes raisons de te détester!
Just 17
Love & Lies on Campus
Bien plus forte que toi!
If You Wanna Be My Lover...

Kim Grey
Insolent Bastard

Megan Harold
Breaking the Rules
Initiation with My Boss

Ludivine Hart
Arrogant & Tattooed

Amy Hopper
Gone Boy
Le Coloc

Julie Huleux
Alpha Player

Charlie Lazlo
Mon insupportable boss

Sienna Lloyd
Mords-moi!

Caroline Mongas
Mariage forcé. Un contrat indécent

June Moore
Étreinte – volumes 1 à 3

Zoé Murat
Stepbrother Love
Boss Me Around

Clara Oz
Arrogant

Lise Robin
Infiltrée. Sex, Drugs & Danger
Love Scandal

Gaëlle Sage
Kiss, Kill & Ride

Ana Scott
Dark Ride
Last Ride
Vicious Ride
The Dominant
Evil Ride
Sensual Stepbrother
Un enfoiré mais un coup d'enfer!

Camilla Simon
Le voisin parfait est un enfoiré
Initiation with My Enemy
Le mec parfait est un inconnu… ou presque !

Ève Souliac
Sexy Mistake

Liv Stone
Love Lessons

Lisa Swann
Adore-moi ! – l'intégrale

Louise Valmont
Toi & moi, c'est compliqué!
Campus Initiation

Chloe Wilkox
Extreme Lover – l'intégrale
Immoral
Dominant Boss. Apprends-moi
The Virgin's Price

Luv

Romans déjà parus

Ana K. Anderson
Indompté
Scottish Bastard

Sophie Auger
Be with Me

Sonia Birdy
L'Initiation
Touchdown. Campus Star

Laura Black
Dark Initiation
Games of Desire
H.A.R.D. Hot, Arrogant, Rebelle, Déterminé
Sulfurous Bad Boy

Margot D. Bortoli
Too Young

Juliette Brunel
Delicious

Anne Cantore
Promets-moi. Louise et Marco

Sarina Cassint
Avec toi… peut-être
Insolent Boss

Mary Ann Davis
Coach Me Love

Nora Davy
Don't Resist

Gwen Delmas
Noël, toi & moi
Perfect Boss
Sex Friends. Pas de contraintes, que du plaisir !

Eugénie Dielens
Imprévisible Boss

Cléa Dorian & Ninon Vars
Dark Love

Laurie Eschard
Love Naked

Lil Evans
Savage Rider
Crash & Burn
Boss Affair

Lou Garance
Can You Keep a Secret?
Foutu coloc !

Alexandra Gonzalez
Shades of You

Erin Graham
Teach Me Love
The Boss

Secret Stepbrother
Strong Addiction
Coloc avec mon boss

Joh Harper
Crazy Love
Broken but Alive

Marie Hayle
Under Control
Lover Next Door

Emma S. James
Under the Rain

Iris Julliard
Catch & Shoot

Lucie F. June
Fight with Darkness

Sara June
Rider in the Dark
Sexy Wild Rider

Lena Jung
Mon coloc, mes désirs & moi

Emily Jurius
Love to Hate You

Allie Krown
High School Challenge

Marion Laurent
Mr Alpha

Pauline Libersart
Tiger. Entre ses griffes

Nina Loren
Breaking the Ice

Ella Lores
Mariée par accident à un connard arrogant rencontré la veille…
My Best Enemy

Jessica Lumbroso
Emma X. Secrète et insoumise

Lili Malone
Coloc avec un inconnu

Mila Marelli
Dark Man in Love

Crazy Wedding

Mag Maury
Fast Games
No Love, No Limits
My Hipster Christmas

Alix Parks
Never Kiss the Boss

Jeanne Pears
Insupportable coloc
Colocs & Sex Friends
H.O.T. Hypnotique, Obstiné, Ténébreux
The Most Insolent Man

Alexia Perkins
Arrogant Fake Lover

Sophie S. Pierucci
L'Inconnu de l'ascenseur & Moi (aussi en poche)
My Stepbrother. L'initiation

Silvia Reed
Darkest. La dernière heure
Too Close

Anita Rigins
No Rules
My Rules

Avril Rose
Coffee, Sex & Law

Jana Rouze
Effet de vague – saisons 1, 2 et 3

Wendy Roy
Une seule fois (ou presque)

Ana Scott
À corps brisés

Léana Soal
Fight & Hope

Cara Solak
Perfect Obsession

Izia Soley
Fauve

Liv Stone
Initie-moi. Mes jours contre tes nuits

Lena K. Summers
Perfect Bad Boy
Donovan, roi des connards

Kaly Swann
Austin. Breathe with Me

Lily Tortay
Dance for Me

Flore Valier
Ta peau contre la mienne

Anna Wendell
Arrogant Bad Boy
Apprends-moi le désir
Colosse. Le maître du jeu

Mina Zadig
Just Sex & Tattoos
Arrogant Highlander

New adult addictives

Romans déjà parus

Isla A. Rowley
Toxic Games

Sianna Milano
High School Initiation

A addictives POCHE

Romans déjà parus

Rose Becker
Le Bébé, mon milliardaire et moi (aussi en grand format)

Marjorie Burbaud
The Campus Teacher

Phoebe Campbell
Tes ordres sont mes désirs

Olivia Dean
À lui, corps et âme – volumes 1 et 2

Lou Everly
Bad Boy Crush

Erin Graham
Nos amours contraires

Emma Green
Seuls contre tous (aussi en grand format sous le titre *Toi + Moi : Seuls contre tous*)
L'un contre l'autre (aussi en grand format sous le titre *Toi + Moi : L'un contre l'autre*)
Envers et contre tout (aussi en grand format sous le titre *Toi + Moi : Envers et contre tout*)
Corps impatients (aussi en grand format)
Coeurs insoumis (aussi en grand format)
Âmes indociles (aussi en grand format)

Megan Harold
Sublime-moi !

Charlie Lazlo
Kiss Me I'm Famous

Sophie S. Pierucci
L'Inconnu de l'ascenseur & Moi (aussi en grand format)
Deep & Dark

Lise Robin
Forbidden Stepbrother

Alexane Tolley
The Boss Rules

Chloe Wilkox
Your Game, My Rules

Toxic Games
Isla A. Rowley

Elle est la reine du lycée.
Il est nouveau et compte bien la faire enrager !
Issue d'une famille aisée et puissante, Laria a tout de la typique reine du lycée : sûre d'elle, respectée, presque adulée. Seule ombre au tableau ? Enjel, le nouveau, rebelle aux répliques cinglantes. Un peu en retrait, il ne fait pas partie du même monde que les autres et n'a aucune envie de s'intégrer. Ce qu'il veut, en revanche, c'est faire plier Laria. Pour quelle raison ? Parce que derrière la façade de la parfaite Prom Queen, la jeune femme dissimule bien des secrets. Secrets que semble connaître Enjel. Ou du moins, c'est ce qu'il pense… Au jeu des faux-semblants, qui du bad boy ou de la reine du lycée sortira vainqueur ?

Auteure : Sianna Milano
Edisource – Éditions Addictives
100, rue Petit, 75019 Paris
Imprimé par FINIDR – Lipova cp. 1965 – 73701 Cesky Tesin,
République tchèque
Dépôt légal : janvier 2022 – Achevé d'imprimer : décembre 2021
ISBN : 978-2-37126-460-1
Réf. contrat : ZAMB_001